U0083468

民國文化與文學研究文叢

（四川大學特輯）

八 編

李 怡 主編

第 6 冊

戰國策派考論

李 金 鳳 著

國家圖書館出版品預行編目資料

戰國策派考論／李金鳳 著 — 初版 — 新北市：花木蘭文化事
業有限公司，2017〔民 106〕
目 4+244 面；19×26 公分
（民國文化與文學研究文叢 八編：第 6 冊）
ISBN 978-986-485-037-2（精裝）
1. 中國文學 2. 文學流派 3. 文學評論
820.9   106012787

特邀編委（以姓氏筆畫為序）：

ISBN-978-986-485-037-2

丁　帆	王德威	宋如珊
岩佐昌暲	奚　密	張中良
張堂錡	張福貴	須文蔚
馮　鐵	劉秀美	

民國文化與文學研究文叢
八 編 第 六 冊　　　　　ISBN：978-986-485-037-2

戰國策派考論

作　　者　李金鳳
主　　編　李　怡
企　　劃　四川大學現代中國文化與文學研究中心
　　　　　北京師範大學民國歷史文化與文學研究中心
總 編 輯　杜潔祥
副總編輯　楊嘉樂
編　　輯　許郁翎、王　筑　美術編輯　陳逸婷
出　　版　花木蘭文化事業有限公司
社　　長　高小娟
聯絡地址　235 新北市中和區中安街七二號十三樓
　　　　　電話：02-2923-1455／傳眞：02-2923-1452
網　　址　http://www.huamulan.tw 信箱 hml 810518@gmail.com
印　　刷　普羅文化出版廣告事業
初　　版　2017 年 9 月
全書字數　227044 字
定　　價　八編 12 冊（精裝）新台幣 22,000 元

戰國策派考論

李金鳳　著

作者簡介

李金鳳，女，1986 年生，江西于都人。2014 年畢業於四川大學，獲文學博士學位。現任西南大學文學院教師。主要從事中國現代文學流派、雜誌和作家研究。目前主持省級以上項目兩項，在《文藝爭鳴》、《新文學史料》、《現代中國文化與文學》等刊物上發表學術論文二十餘篇。

提　要

　　戰國策派是在抗日救亡背景下興起的涉及政治、歷史、地理、文化、文藝等多學科的綜合性文化派別。深重的民族危機、紛亂的政治勢力、萎靡的民族文化促使戰國策派學人秉承書生論政、文章報國的傳統文人精神，對準中國病症開出藥方。戰國策派早期主要關注和研討國際局勢、抗戰時勢；中期批判和反思中國傳統文化、民族性格；後期提倡和實踐「民族文學運動」。戰國策派關注的重心經歷了從「政治歷史」到「文化重建」再到「文學運動」的流變過程。

　　本書主要論述了三方面的內容：一是考察戰國策派的內涵與外圍。這一部分主要界定了戰國策派的內涵、聚合方式、核心成員、基本成員、外圍刊物等。二是探究戰國策派與五四新文化運動之關聯。戰國策派並沒有否定新文化運動的價值和意義，它繼承了五四「重新估定一切價值」的懷疑、批判精神，繼續探討文化重建與民族精神改造的命題，堪稱「第二度新文化運動」。三是重點考察戰國策派的後續刊物《民族文學》。《民族文學》是戰國策派的文化觀念在文學領域的反映，它呈現了戰國策派尤其是陳銓的思想觀念的轉變。總之，本專著的核心主旨是考辨、考論，力圖跳出目前研究中存在的預設框架和思維模式，從原始刊物入手還原戰國策派的基本史實，再現戰國策派的歷史語境。

本　書
受 2015 年度教育部人文社會科學研究青年基金項目
「戰國策派考辨與研究」（15YJC751025）資助

構建中國現代文學研究「川大群落」的雛形──《民國文化與文學研究文叢》四川大學特輯引言

李　怡

　　2012 年，我開始與花木蘭文化出版社合作，按年推出「民國文化與文學」論叢，2014 年以後又按年加推「人民共和國文化與文學」論叢，可以說，鼓舞我完成這兩大學術序列的堅強的動力就在於我本人的「四川體驗」，更準確地說，是我對於四川大學學術群體的深切感受和強烈期待。「民國文化與文學」與「人民共和國文化與文學」論叢自誕生的那一天起，就是以中國現代文學研究「川大群落」的存在爲「學術自信」的，四川大學學人的身影幾乎在每一輯中都有出現，儼然就是這兩大序列的內在的紐帶和基石。迄今爲止，我們已經在論叢中集中推出了「南京大學特輯」、「中國人民大學特輯」與「蘇州大學特輯」，編輯出版「四川大學特輯」則是計劃最久的願望。

　　在當代中國的學術版圖上，四川大學留給人們的印象常常是古代文化的研究，包括「蜀學」傳統中的中國古代史、古代文學、古代漢語研究，新時期以後興起的比較文學研究也擁有深刻的古代文學背景，其實，中國現當代文學的發展和學術研究也與四川大學淵源深厚。

　　作爲西南地區歷史久遠的高等學府，四川大學經歷了一系列複雜的演化、聚合與重組過程，眾多富有歷史影響的知識分子都在不同的時期與川大結緣，構成「川大文脈」的一部分。例如四川省城高等學校下屬機構的分設中學堂時期的學生郭沫若與李劼人，公立外國語專門學校時期的學生巴金，成都高等師範學校時期的受聘教師葉伯和，國立成都大學時期的受聘教師李

劼人、吳虞、吳芳吉，國立四川大學時期的陳衡哲、劉大杰、朱光潛、卞之琳、熊佛西、林如稷、劉盛亞、羅念生、饒孟侃、吳宓、孫伏園、陳煒謨、羅念生、林如稷，新中國以後的川大學生中則先後出現過流沙河、童恩正、楊應章、郁小萍、易丹、張放、周昌義、莫懷戚、何大草、徐慧、趙野、唐亞平、胡多、冉雲飛、顏歌等。作為學術與教學意義的中國現當代文學，也在川大早早生根，文學史家劉大杰在川大開設「現代文學」必修課的時間可以追溯到 1935 年，是中國較早開展新文學創作研究高校之一。新中國成立後，隨著中國現代文學（新文學）學科的建立，四川大學的相關學者代代相承，在各自的領域中成就斐然，成為中國現代文學研究界的主要力量。林如稷、華忱之先生是新中國中國現代文學學科的奠基人之一，新時期以後，則有易明善、尹在勤、王錦厚、伍加倫、陳厚誠、曾紹義、毛迅、黎風等持續努力，在郭沫若研究、李劼人研究、四川作家研究、中國新詩研究等方面做出了引人注目的貢獻，是中國西部地區最早培養碩士生與博士生的學術機構。〔註 1〕

　　我是 2004 年加入四川大學學術群體的，當時中國高校的「學科建設」的大潮已經開始，許多高校招兵買馬，躍躍欲試，而川大剛好相反，老一代學者因年齡原因逐步淡出學術中心，相對而言，當時地處西部，又居強勢學科陰影之下的川大現代文學學科困難重重。在這個情勢下，如何重新構建自己的學術隊伍，尋找新的學科優勢，是我們必須面對的頭等大事。幸運的是，我的川大經歷給了我許多別樣的體驗，以及別樣的啟迪。

　　首先是寬闊、自由而富有包容性的學術環境。雖然生存在傳統強勢學術的學科陰影之下，但是川大卻自有一種巴蜀式的特殊的自由氛圍，學人生存方式、思想方式都能夠在較少干擾的狀態下自然生長，也正如「海納百川，有容乃大」的川大校訓所示，古典的規誡中依然留下了現代學術的發展空間。在學院的支持下，四川大學現代中國文化與文學研究中心成立，中國現當代文學學科有了學科設計、學科活動的平臺，2005 年，《現代中國文化與文學》創刊，除中國現代文學研究會的《中國現代文學研究叢刊》外，這在當時屬於國內僅有一份由高校創辦的現代文學研究叢刊。八年之後，該刊被南京大學社科評價中心列為 CSSCI 來源輯刊，算是實現了國內學界認可的基本目標。

　　其次是相對超脫、寧靜的治學氛圍。進入川大以前，我所服務的高校正

〔註 1〕　參見程驥：《四川大學與中國現代文學》，《現代中國文化與文學》2008 年第 5 輯。

處於「學科建設」的焦慮之中，那種「奮起直追」、「迎頭趕上」的熱烈既催人「奮進」，又瓦解著學術研究所需要的從容與餘裕心境。到川大沒幾天，我即受毛迅教授之邀前往三聖鄉「喝茶」，山清水秀的成都郊外風和日麗，往日熟悉的生存緊張煙消雲散，「喝茶」之中，天南地北，學術人生，無所不談，半日工夫雖覺時光如梭，但卻靈感泉湧，一時間竟生出了許多宏大的構想！毛迅教授與我一樣，來自步履匆忙、心性焦躁的山城重慶，對比之下，對成都與川大的生存方式多了幾分體驗，在後來的多次交談中，他對這裡的「巴蜀精神」、「成都方式」都有過精闢的提煉和闡發，據我觀察，這裡的「溢美之辭」並非就是文學的想像，實則是對當今學術生態的一種反省，而只有在一個成熟的文化空間中，形形色色又各得其所的生存才有可能，學術生活的多樣化才有了基礎，所謂潛心治學的超脫與寧靜也就來自於這「多元」空間中的自得其樂。〔註2〕春日的川大，父親帶著孩子在草坪上放風箏，老者在茶樓裏悠閒品茗，學子在校園裏記誦英文，教授一時興起，將課堂上的研究生帶至郊外，於鳥語花香間吟詩作賦、暢談學問之道，這究竟是「學科建設」的消極景觀呢？還是另一種積極健康的人生呢？真的值得我們重新追問。

　　第三是多學科砥礪切磋的背景刺激著現代文學的自我定位。在四川大學，中國現當代文學並非優勢學科，所以它沒有機會獨享更多的體制資源，但應當說，物質資源並不是學術發展的唯一，能夠與其他有關學科同居於一個大的學術平臺之上，本身就擁有了獲取其他精神資源的機會。與學科界限壁壘森嚴的某些機構不同，我所感受到的川大學術往往形成了彼此的對話與交流，例如文學與史學的交流，宗教學、社會學與其他人文學科的交流，就現代文學而言，當然承受了來自其他學科的質疑與挑戰——包括古代文學與西方文學，然而，在古今中外文化的挑戰中發展自己不正是中國現當代文學的實際嗎？除了挑戰，同樣也有彼此的滋養和借鏡，例如從中國少數民族文學中發展起來的文學人類學，原本與中國現當代文學關係密切，但前者更為深入地取法於文化人類學、符號學、民族學、社會學等當代學科成果，在學術觀念的更新、研究範式的革命等方向上大膽前行，完全可以反過來啓示和推動現當代文學研究的發展。

　　以上的這些學術生態特徵也是我在川大逐步感受、慢慢理解到的。可能也正是得益於這樣的環境，我個人的學術方式也與「重慶時期」有所不同了，

〔註2〕　李怡、毛迅：《巴蜀學派與當代批評》，《當代文壇》2006年2期。

更注重文學與史學的結合，更注意史實與史料的並重，也有意識地從其他學科中汲取靈感，跳出現代文學研究閉門造車式傳統套路，將回答其他學科的質疑當做學術展開的新起點。也是在四川大學，我更自覺地在一個較為完整的歷史框架中思考中國現代文學的發展方向，進而提出了「從民國歷史發現現代文學」、「民國文學機制」等新的設想，在構想這些新的學術理念的時候，我能夠深深地意識到來自周遭的歷史信息與學術方式的支撐力量，那種生發於土壤、回應於知音的精神基礎，那種彌漫於空氣中的「氣質型」的契合……是的，新的學術之路也關聯著現有的社會文化格局。幾年之後，我重新打量這裡的學術同好，在毛迅對「巴蜀自由」的激賞中，在姜飛對國民黨文學挖掘中，在陳思廣對現代長篇小說史料的鉤沉中，啟示也都透出了某種共同的文史互證的趣味，這可能就是悄然形成的中國現代文學「川大學術群落」的氣質吧。

最值得稱道的還是在這一氛圍中成長著的年輕的學子們，從某種意義上說，努力將前述的「川大學術氣質」融入研究生教育，這可能是我們自覺不自覺地一種追求。在我的印象中，可能源於毛迅教授，我自然也成為了自覺地推手。在三聖鄉的「茶話會」誕生了「西川讀書會」，從讀書會發展成為全國性的「西川論壇」，繼而將「論壇」開到了日本福岡，成為中日現代文學學者的兩國對話，從《現代中國文化與文學》的格局開闢出了《大文學評論》的方法論探求，最後兩岸合作，創辦《民國文學與文化》，誕生《民國文化與文學》論叢、《人民共和國文化與文學》論叢，以及《民國文學史論》、《民國歷史文化與中國現代文學研究》等大型叢書，一批又一批的四川大學的博士研究生在這樣的學術格局中發現了新鮮的話題，滿懷興趣地耕耘著他們自己的學術領地，關於民國文學，關於解放區文學，關於魯迅，關於通俗文學……作為導師，能夠「快樂著他們的快樂」，大概再沒有比這樣的時刻更讓人興奮的了。這至少說明，我們對川大學術積極意義的理解和發掘是正確的選擇，這樣的選擇無愧於川大，無負於我們自己，也對得起中國現當代文學！

限於論叢規模，《民國文化與文學研究文叢·四川大學特輯》在 2017 年只收錄四川大學資深學者的論著，以及四川大學中國現當代文學專業畢業的博士生尚未出版的論著，這樣的原則，顯然是將兩類川大學子排除了：一是著作已經先期出版了，二是在川大接受了良好的碩士訓練，並繼續沿此道路在其他學校取得博士學位者。這樣一來，某些洋溢著「川大氣質」的優秀論

著便無緣進入論叢了。不過，我想，遺憾只是暫時的，在不久的將來，我們完全可以重新編輯一套完整的「中國現當代文學川大學人論叢」，只要這「川大學術氣質」眞的不是曇花一現，而是持續性的日長夜大，在當代中國的學界引人矚目。在那時，作爲川大學術的曾經的見證人，作爲川大氣質的第一次的闡釋者，我們都樂意以「川大群落」的一員爲驕傲，並繼續爲它添磚加瓦。

2017 年春節於成都江安花園

目次

緒　論

　　戰國策派是在抗日救亡背景下興起的一個涉及政治、歷史、哲學、地理、文化、文藝等多學科的綜合性文化派別。1940 年 4 月，雲南大學文學院教授林同濟，西南聯大歷史系教授雷海宗、政治系教授何永佶、外語系教授陳銓、國文系教授沈從文等 17 位「特約執筆人」，秉承「書生論政、文章報國」的激情與理想，在昆明創辦《戰國策》半月刊（1940.4～1941.7，共 17 期）。1941 年 1 月發行上海版《戰國策》（只出版了 3 期，是昆明版《戰國策》文章的輯錄發表）。《戰國策》停刊後又於 1941 年 12 月在重慶版《大公報》開闢《戰國》副刊（1941.12.3～1942.7.1，共 31 期），繼續宣傳戰國策派的思想文化觀念。《戰國》副刊停刊後，陳銓於 1943 年 7 月創辦《民族文學》（1943.7～1944.1，共 5 期），倡導一場「民族文學運動」，宣揚具有民族意識的「民族文學」。戰國策派學人多爲高校大學教授，早年留學歐美，學貫中西，知識淵博，個性獨特，思想自由，他們對社會、政治、歷史、文化、文學等方面的看法與「五四」以來的知識分子的見解多有不同，鮮明地烙上了「抗戰建國」的時代印跡。他們在「大政治」視野的引領下，提倡「第三期的學術思潮」、「第二度新文化運動」和「民族文學運動」，繼承了十九世紀中葉以來維護民族生存和獨立的宏大目標，延續了五四新文化運動以來的國民性改造、中國文化重建和民族精神重構的命題理路，具有極強的民族主義色彩。進入二十一世紀的今天，回顧他們的理論學說，重溫他們的文化構想，仍然具有振聾發聵的現實意義和悠遠綿長的借鑒意義。

第一節　文獻回顧

《戰國策》一經問世，猶如在大海中投入一塊巨石，激起了千層浪花。在 40 年代自由保守的昆明，戰國策派的思想主張獨具個性、偏激絕倫，引發了欣賞與贊同、批評與鞭笞的不同態度。

曾琦稱讚《戰國策》「虎虎有生氣」，並特地向駐美大師胡適推薦。〔註 1〕蔣延黻來信致《戰國策》：「純明兄轉來《戰國策》十數冊，拜讀之餘，不勝欽佩。……兄等今日大聲疾呼，要民族復爲熱血動物，此實最基本之圖也。《戰國策》之主張可佩，文章亦可佩，民族之前途端看此新力軍之勝負如何。」〔註 2〕蔣延黻非常欣賞戰國策派的理論觀點，大有「深得我心」之感。《戰國策》創刊號一經發表《戰國時代的重演》，著名的《大公報》立馬給予轉載，各報刊雜誌相繼發出了不少聲音，借林同濟提出的論點闡釋各自的主張。茅盾認爲，從歷史唯物論觀點看，戰爭有「正義」與「非正義」之說，決不能用「戰國時代」來混淆是非。〔註 3〕羅夢冊認爲，不是「戰國時代的重演」，而是人類解放時代的來臨，今日的中日之戰不是強弱國家的對抗，而是反帝國、反征服的解放浪潮，這才是現時代的意義。〔註 4〕柳凝傑既不贊同羅夢冊的看法，對於林同濟的觀點也是部分贊同，部分否定。他贊同林同濟認爲人類文明由分到合的過程中戰爭具有必然性的看法。柳凝傑認爲面對殘酷的世界戰爭，應該嚴肅看待林同濟的觀點，但僅用「戰國時代」來解釋一切，未免過於簡單。〔註 5〕「戰國時代的重演」這一觀點，在學界引起了大震動。

與此同時，陳銓提出的「英雄崇拜」也引發了學界的爭議，同一陣營的沈從文、賀麟就提出過不同意見和委婉批評。胡繩在《論英雄與英雄主義》一文中指出，要改變舊歷史觀對「英雄」的神秘主義看法，「不是因爲有了英雄才有歷史，而是在廣大群眾的歷史的基礎上顯出了英雄。」〔註 6〕所以他對陳

〔註 1〕曾琦：《致胡適書》，《曾慕韓先生遺著》，沈雲龍編：《近代中國史料叢刊》第68 輯，文海出版社 1968 年版，第 254 頁。

〔註 2〕蔣延黻：《致〈戰國策〉》，昆明《戰國策》第 15、16 期合刊，1941 年 1 月 1日。

〔註 3〕茅盾：《時代錯誤》，重慶《大公報》，1941 年 1 月 1 日。

〔註 4〕羅夢冊：《不是「戰國時代的重演」，而是人類解放時代之來臨！》，重慶《大公報》，1941 年 3 月 25、27 日。

〔註 5〕柳凝傑：《論所謂「戰國時代的重演」及所謂「人類解放時代之來臨」》，《大公報》，1941 年 4 月 15～17 日。

〔註 6〕胡繩：《論英雄與英雄主義》，《全民抗戰週刊》第 148 期，1940 年 11 月 30 日。

銓的英雄觀念進行了批判。後來胡繩在《論反理性主義逆流》一文中進一步批判了戰國策派的非理性主義思想，包括陳銓的尼采論、賀麟的黑格爾論、林同濟的第三期學術思想。胡繩認為，戰國策派歌頌戰爭，高捧尼采，採用所謂「全體性的文化」或「文化的全體觀」，這是反理性主義的表現。「法西斯的思想是反理性主義思潮的集大成者，也就是近代思想最反動的一個表現」，因此要防範於未然，「打碎一切反理性主義」，「充分發揚清醒的、現實的、科學的理性主義」。〔註7〕

在抗戰時期，總體而言，學界雖有不同意見和分歧，但還是側重於學術性的討論，左翼文化界試圖在學理層面上揭露戰國策派的時代錯誤和理論錯誤。

但隨著時局的發展，國內外形勢的變化，《新華日報》的主編章漢夫在中共的機關刊物《群眾》直接斥責戰國策派的本質是法西斯主義，「反民主為虎作倀的謀皮的謬論」。 戰國策派對內的政治觀「是反民主的，是希特勒主義的」，對外的主張是「暴力的」、「侵略的」，戰國策派的婦女理論是反動的，和希特勒的觀點「婦女回到廚房和閨房」一樣是「謬論」。陳銓的「指環與正義」，「完全是希特勒的法西斯侵略主義的應聲蟲」。〔註8〕此文一出，戰國策派在歷史上留下的罪名「宣傳法西斯主義」就成為定論了。緊接著，左翼文化界口徑一致地譴責戰國策派與當時正在進行的反法西斯戰爭背道而馳，是「宣揚法西斯主義」的派別。章漢夫《「戰國」派對戰爭的看法幫助了誰？──斥林同濟「民族主義與二十世紀」一文》，李心清《「戰國」不應做法西斯主義的宣傳》，歐陽凡海《什麼是「戰國」派的文藝》，洪鐘《「戰國」派文藝的改裝》，克汀《我們向哥白尼學習些甚麼？──斥在科學偽裝下的「戰國」派理論》，戈矛《什麼是「民族文學運動」》，楊華《關於文學底民族性》，顏翰彤《讀〈野玫瑰〉》，谷虹《有毒的〈野玫瑰〉》，方紀《糖衣毒藥──〈野玫瑰〉觀後》……這些文章從政治思想、史學觀念、文化理論以及文學作品等各個方面批判戰國策派，冠以「法西斯主義」的罪名。

1942 年，郭沫若在渝市文化界第七次座談會上對林同濟的第三期學術思想表示懷疑，「同如從過高處鳥瞰，難免不茫無所見。」〔註9〕隨著政治局勢

〔註 7〕胡繩：《論反理性主義的逆流》，《讀書月報》第 2 卷第 10 期，1941 年 1 月 1 日。

〔註 8〕漢夫：《「戰國」派的法西斯主義實質》，《群眾》第 7 卷第 1 期，1942 年 1 月 25 日。

〔註 9〕《大公報》報導：《渝文化界應該討論文化之進步問題》，重慶《大公報》，1942 年 12 月 21 日。

的明朗，1948 年，郭沫若發表《斥反動文藝》，將文藝界分爲紅黃藍白黑等五類分子。其中，戰國策派被列爲「藍色」。與「藍色」緊密關聯的是「藍衣社」，眾所周知，「藍衣社」是國民黨的文化特務組織，曾宣揚法西斯主義思想推崇，一個國家，一個黨，一個領袖等理論。稱戰國策派爲「藍色」，也就是指責戰國策派替國民黨的統治服務，是國民黨的文化特務。因此，戰國策派在被認爲是「宣揚法西斯主義」之外又加上了另一條罪名：「爲國民黨統治提供學理依據」。 這些定性爲半個多世紀的批判定下了基調。

確切地說，1949 年前，對於戰國策派學人的觀點，社會和學界是有多重態度的。它的誕生雖不乏伴有左翼文化界的嚴厲批評，但對戰國策派學人而言並未有政治上的任何傷害。戰國策派學人對此也不屑一顧、不與論爭。解放後，這種批評生態發生了巨大的改變，對戰國策派批判的政治色彩越來越濃，學理探討的聲音微乎其微，以至於出現了袁英光的《「戰國派」反動史學觀點批判 —— 法西斯史學思想批判》一文，完全失去了學理的尺度，將戰國策派送上了反蘇、反共、反人民的歷史舞臺。「這一批法西斯走卒迫不及待地期望著建立法西斯專制政權，成爲國際的第五縱隊。」，「在政治思想上誘惑和欺騙中國人民走向法西斯，投降蔣介石、日寇、希特勒！」〔註 10〕袁英光的言論顯然已超出學術探討範疇，轉爲添油加醋的口誅筆伐。這階段，各大文學史、教材、學術研究都將戰國策派視爲法西斯主義的派別，深刻地影響了學術的生態和後人的判斷，以至於半個世紀以來，戰國策派猶如被丟棄的嬰兒，掃入歷史的垃圾堆，無人問津，聲名狼藉 50 年。

新時期以來，戰國策派終於迎來了漫長寒冬裏的春天。

在史料方面，史料的蒐集和整理取得了顯著的進展。1979 年重慶師範學院中文系編寫了《國統區文藝資料叢編：「戰國派」（一）、（二）》，輯入了戰國策派核心成員林同濟、雷海宗、陳銓三人的代表作，收錄了《戰國策》和《戰國》的文章目錄，也蒐集了文化界對戰國策派的批評文章，更難能可貴地刊登了陳銓的三部戲劇《野玫瑰》、《金指環》、《藍蝴蝶》，這是至今所見最早而又較爲詳盡的一部關於戰國策派的史料集。鍾離蒙、楊鳳麟主編的《中國現代哲學史資料彙編第三集第三冊：戰國策派法西斯主義批判》（瀋陽：1982年，內部發行）搜集了林同濟、雷海宗、陳銓三人更多篇幅的文章以及左翼

〔註10〕 袁英光：《「戰國派」反動史學觀點批判 —— 法西斯史學思想批判》，《華東師大學報》（人文科學版）1958 年第 2 期。

文化界的批判文章，同樣有助於學者瞭解戰國策派的面貌。蔡儀主編的《中國抗日戰爭時期大後方文學書系 —— 第二編·理論·論爭·第 1 集》、上海文藝出版社出版的《中國新文學大系：1937～1949 年·第 2 集·文學理論卷 2》以及上海教育出版社出版的《文學運動史料選（四）》也都收錄了戰國策派的代表性文章，當然更多的還是批評、論爭性質的文章。以上幾部史料的局限性是僅僅收錄了戰國策派學人林同濟、雷海宗、陳銓三人的論作，其他戰國策派學人的文章沒有收錄，難以瞭解戰國策派的全貌，容易以偏概全。另外，在輯錄批評戰國策派學人的文章中，忽略了當時贊同、欣賞戰國策派或與之相似觀點的文章，從而無法全面反映戰國策派的論爭面貌。最重要的一部史料集是丁曉萍、溫儒敏編的《時代之波 —— 戰國策派文化論著輯要》（中國廣播電視出版社，1995 年），書中收錄了戰國策派學人的主要文章，不局限於林同濟、雷海宗、陳銓三人，可以較為詳細地瞭解戰國策派的文化主張和思想風貌，並附錄了戰國策派的主要論著。在代前言中丁曉萍細緻梳理、評析了戰國策派的「戰國時代」重演論、民族文學的主張、文化重建的構想等，從而為整體上把握戰國策派提供了有益的思路。最新的史料成果是張昌山主編的《戰國策派文存》（雲南人民出版社，2013 年 2 月版），此文存囊括了《戰國策》和《大公報·戰國》副刊兩大刊物的所有文章，為研究者查找文獻提供了最大的便捷。和它相似的還有曹穎龍、郭娜編的《民國思想文叢：戰國策派》（長春出版社，2013 年 1 月版），收錄了戰國策派學人林同濟、陳銓、雷海宗、何永佶、洪思齊、賀麟、沈從文、郭岱西、馮至的代表性論著，對瞭解戰國策派的思想風貌大有幫助。2013 年出版的這兩套文獻為人們進一步瞭解戰國策派提供了渠道，標識著學界對戰國策派的關注和重視。

　　另外，戰國策派學人的傳記、代表性著作得以印行或者由後人收集整理而成。1989 年，雷海宗的《中國文化與中國的兵》由嶽麓出版社出版，裏面包括林同濟和雷海宗合著的《文化形態史觀》。2010 年由葉雋主編的「民國學術叢刊·歷史編」再次出版了雷海宗林同濟的名作《文化形態史觀·中國文化與中國的兵》（吉林出版集團有限責任公司，2010 年）。最近幾年新出或重版了雷海宗的著作就有《伯倫史學集》（中華書局，2002 年）、《中國通史選讀》（北京大學出版社，2006 年）、《西洋文化史綱要》（2007 年）、《中國文化和中國的兵》（商務印書館，2007 年）、《中國的兵》（中華書局，2012 年）、王敦書選編的《歷史·時勢·人心》（天津人民出版社，2012 年）、《國史綱要（增

補本）》（武漢出版社，2012 年）、《世界上古史講義》（中華書局，2012 年）、《雷海宗世界史文集》（天津人民出版社，2014 年）。2016 年，天津人民出版社出了一套「雷海宗文集」叢書：《中國文化與中國的兵》、《雷海宗史論文集》、《雷海宗時論集》、《雷海宗雜論集》、《中國史綱要》《世界古代史綱要》等等。林同濟的文章也有文集收錄，許紀霖、李瓊編的《天地之間—— 林同濟文存》（復旦大學出版社，2004 年）提供了林同濟較爲完整的著述和生平資料，爲研究林同濟打下了基礎。此外，還有其他文集相繼出版：江沛、劉忠良編：《中國近代思想家文庫：雷海宗 林同濟卷》（中國人民大學出版社，2014 年）、林驤華編《形態歷史觀 丹麥王子哈姆雷的悲劇》（復旦大學出版社，2016 年）等等。季進、曾一果的《陳銓：異邦的借鏡》（文津出版社，2005 年）梳理了陳銓的生平經歷和創作思想，勾勒了一個眞實、獨特的陳銓形象，一方面呈現了他豐富複雜的思想歷程，另一方面又敘述了他在溝通中德文化方面的卓越貢獻，還原了他在中國現代文學史和文化史上的獨特地位。中國現代文學研究館編的《野玫瑰》（華夏出版社，2009 年重印），收錄了陳銓的兩部小說，兩部戲劇，一部文藝理論，基本上囊括了陳銓的主要代表作，對瞭解陳銓的思想面貌和創作成績是相當有益的。2013 年 1 月又出版了陳銓早期的代表作《革命的前一幕》（中國國際廣播出版社）。新世紀以來的動向充分說明了戰國策派的思想文化和文學作品都得到了格外的重視。最後，文化界、文藝界人士的回憶錄、日記、年譜、書信等，也爲戰國策派的研究提供了大量的珍貴史料。例如，茅盾的自傳《我走過的道路》（人民文學出版社，1984 年）、侯外廬的《韌的追求》（生活・讀書・新知三聯書店，1985 年）、陽翰笙的《陽翰笙日記選》（四川文藝出版社，1985 年）、曹聚仁的《天一閣人物譚》（上海人民出版社，2000 年）、吳世勇編的《沈從文年譜（1902～1988）》（天津人民出版社，2006 年），何兆武口述的《上學記》（生活・讀書・新知三聯書店，2008 年）、浦薛鳳的《浦薛鳳回憶錄》（中）（黃山書社，2009 年）、南開大學歷史學院編寫的《雷海宗與二十世紀中國史學—— 雷海宗先生百年誕辰紀念文集》（中華書局，2005 年）、中國社會科學院近代史研究所中華民國史研究室編的《胡適來往書信選》（中華書局，1979 年）等等，爲我們多重理解戰國策派提供了有價值、有意義的線索和材料。

伴隨著史料的豐富，戰國策派的研究也在不斷深入，既有對戰國策派整體的研究，也有多角度、多層面地觀照戰國策派。標誌性的著作是江沛的《戰

國策派思潮研究》（天津人民出版社，2001 年），這是研究戰國策派的第一部專著，也是後人研究戰國策派繞不過的存在。江沛在歷史主義的基礎上，以現代文化學的觀點與方法對戰國策派思潮進行了第一次全面、系統的整理。他將戰國策派納入到尙力主義的文化思潮中，探討了戰國策派學人思想形成的文化背景和哲學源流，分析了「戰國時代的重演」這一文化形態史觀，討論了戰國策派學人對傳統政治文化（官僚傳統）、傳統倫理觀念的檢討與反思，並且還論述了戰國策派學人在文藝創作方面倡導「民族文學」的理論與實踐。最後，江沛辨析了戰國策派的「民族至上」理念、民主與獨裁的看法以及與法西斯主義的關係。江沛在這部著作中化費大量筆墨爲戰國策派平反，他採用對比的方法，證明戰國策派與法西斯主義有著根本的不同。但對比的基礎則是什麼是法西斯主義？時至今日，關於法西斯主義的定位本身就頗有爭議，僅僅根據季米特洛夫、梁漱溟、賀麟對法西斯主義的「看法」來「確立」法西斯主義的本質是有欠妥當的，況且梁漱溟提及的是納粹主義精神，法西斯主義與納粹主義顯然有區別，二者並不能混淆。因此，戰國策派與法西斯主義的關係仍有待辨析。魏小奮的博士學位論文《戰國策派：抗戰語境裏的文化反思》從文化角度入手，著重理清戰國策派文化反思的脈絡，試圖還原到抗戰語境中，論述文化反思的切入點（「進入時代」）、哲學基礎、文化統相法等等，追問了「剛道人格型」的時代意義。〔註 11〕這是一篇集中探討「戰國策派」文化特色的學術論著。路曉冰的博士學位論文《文化綜合格局中的戰國策派》也是從文化思潮的角度對戰國策派進行研究，將戰國策派置入四十年代文化綜合的歷史語境中，系統考察戰國策派的理論來源、文化觀念、文學創作等方面的內容。該文最值得注意的是第三章「從對戰國策派的批判看現代文化批判的常規模式」，對 20 世紀 40 年代的文學文化批判現象進行了梳理反思，總結出「政治定性」是現代史上文化批判的常規武器與常規戰法。〔註 12〕宮富的博士學位論文《民族想像與國家敘事 ——「戰國策派」的文化思想與文學形態研究》以陳銓爲代表的戰國策派文學作爲研究對象，從總體上對戰國策派的民族主義宗旨、文化策略、文學主張做了論述。文中重點論述了「民族、國家」至上的民族文學以及戰國策派文學的浪漫主

〔註 11〕魏小奮：《戰國策派：抗戰語境裏的文化反思》，北京大學 2002 年博士學位論文。

〔註 12〕路曉冰：《文化綜合格局中的戰國策派》，山東大學 2006 年博士學位論文。

義特質。〔註13〕這是借用了西方的「文學敘事 —— 民族國家」的研究模式，從民族主義的視角審視戰國策派。尤其值得注意的是，宮富辨析了三十年代的民族主義文藝與戰國策派文學之間的聯繫與區別，指出戰國策派具有非民間、非代言的特質，具有較大的創新性。賀豔的碩士論文《「戰國策派」：關於國家與民族的敘述和文學想像》、王應平的《戰國策派與民族國家文學的現代建構》都屬於這一系列的成果，但由於過份依賴於西方「民族共同體」的既定範式，研究視域有待開闊。高阿蕊的博士學位論文《戰國策派的美學思想初探 —— 以陳銓和林同濟爲代表》反思了以「政治立場」、「民族國家」爲視角進行研究的局限性，從美學的角度觀照戰國策派。該論文「以戰國策派兩位核心人物陳銓和林同濟爲代表，通過對他們的美學思想的勾勒和梳理，來達成對戰國策派美學思想的初探。」〔註14〕這的確有助人們瞭解被遮蔽的戰國策派的美學思想，爲後來的研究提供一個新視角。徐旭的著作《戰國策派主辦報刊中的生存危機敘述》（世界圖書出版廣東有限公司，2016年）是在 2011 年的碩士學位論文基礎上修訂而成，該書試圖從比較文學的視野出發，借用埃德蒙德・胡塞爾的現象學理論，融合比較文學形象學的相關知識，對戰國策主辦報刊中存在的生存危機敘述這一現象進行解讀，角度新穎、針對性強。徐旭認爲，戰國策派深切感受到中華民族面臨著時局觀危機、整體觀危機和力量觀危機，針對這三種危機，他們標舉出了三個模範人物，運用「戰」、「國」、「策」這三大理論來應對危機。「戰」、「國」、「策」也構成了戰國策派化解中華民族之生存危機的完整預期。白傑的碩士學位論文《話語的蹤跡：戰國策派文藝思想的話語分析》則借用福柯「話語 —— 權力」的分析方法，「集中探討戰國策派文藝在民族矛盾、階級矛盾、個人與集體矛盾交織叢生複雜多變的時代語境下所蘊藏的學術理念和藝術價值，並著力揭示文學批評機制與權力運行機制之間的複雜關聯」〔註15〕。分析以上博、碩學位論文，學界從史學、歷史、文化、文學、美學、民族國家、現象學、話語權力等各個角度對戰國策派進行了全方面的觀照打量，致使曾經作爲一

〔註13〕 宮富：《民族想像與國家敘事 ——「戰國策派」的文化思想與文學形態研究》，浙江大學 2004 年博士學位論文。

〔註14〕 高阿蕊：《戰國策派的美學思想初探 —— 以陳銓和林同濟爲代表》，西南大學 2011 年博士學位論文，第 5 頁。

〔註15〕 白傑：《話語的蹤迹：戰國策派文藝思想的話語分析》，西南大學 2006 年碩士學位論文，第 5 頁。

個反動的學術派別，終於浮出歷史地表，抹去了覆蓋在它上面的各種塵埃，清晰立體地佔據現代史學、文學領域的一角，贏得了遲來五十多年的學術生存空間。〔註 16〕

　　臺灣學者也有對戰國策派進行研究，相對大陸而言，成果較少。目前筆者所知有馮啓宏的《戰國策派之研究》（高雄覆文圖書出版社，2000 年）和范珮芝的碩士學位論文《抗戰時期的救亡思想：戰國策派的文化改造主張》（國立臺灣大學，2011 年）。馮啓宏的專著主要從史學角度對戰國策派進行探討，在「緣起背景」、「發展脈絡」、「觀點構想」以及「爭議與回想」這些方面做了比較全面的論述。馮啓宏特別考察了戰國策派的思想淵源 —— 文化形態學，該書用不少篇幅討論文化形態史觀的發展，描述在近代中國的傳入與發展情形，特別是湯因比思想對戰國策派的影響。馮啓宏是研究法西斯主義出身的，碩士論文《法西斯主義對中國三〇年代政治的影響》，憑藉著對法西斯主義與戰國策派的熟悉和瞭解，馮啓宏在文中辨析了戰國策派並非是法西斯主義，他認爲遭受左翼攻擊的可能原因在於提倡尼采思想和反對社會主義，抓住了戰國策派被批判的某些重要因素。范珮芝在前人研究的基礎上，重新理清戰國策派的思想內容，分別從政治、史學、文化精神改造三個不同的主題探討戰國策派，「分析其核心關切的課題、問題處理的方案與運用的思想資源、以及思想的局限性」〔註 17〕。范珮芝認爲，雖然戰國策派不等於法西斯主義，但是戰國策派的思想本身容易遭致誤解，左翼的批判在某種程度上具有它的合理性。她的目標在於理清戰國策派的原意，針對遭受批判事件給予解釋，從而還原一個眞實的立體的戰國策派。出發點不錯，但在具體的研究中未能給出一個信服的答案，論述稍嫌簡單。王爾敏的《20 世紀非主流文學史與史家》中對「戰國策派」的論述也值得關注。他把戰國策派列爲與科學

〔註 16〕 有關戰國策派的詳細平反史、學術史可參看：A 徐傳禮的《歷史的筆誤和價值的重估 —— 「重估戰國策派」系列論文之一》梳理了從 40 年代到 90 年代的研究狀況。B 江沛《戰國策派思潮研究》第一章第二點「學術史的整理」，描述了戰國策派被政治打壓以及在上世紀 80 年代後被學界平反的歷程。C 宮富《民族想像與國家敘事 —— 「戰國策派」的文化思想與文學形態研究》，第一章第二點「學術回顧」，回顧了戰國策派從 40 年代到新世紀以來的研究成果。D 路曉冰《文化綜合格局中的戰國策派》「引言」、「第三章」，「引言」詳細梳理了戰國策派的研究狀況，「第三章」描述了戰國策派如何被稱爲法西斯主義以及在上世紀 80 年代後如何被平反的歷程。筆者不再重複論述。

〔註 17〕 范珮芝：《抗戰時期的救亡思想：戰國策派的文化改造主張》，國立臺灣大學 2011 年碩士學位論文，第 2 頁。

主義史學派、馬列主義史學派之外的第三派：非主流史學派。他肯定了戰國策派的重要價值和歷史意義，「這些學者在世界眼光上，在文化使命上，在學問造詣上，俱遠遠超過淺薄濤張、眼高手低的科學主義史學派。」〔註18〕科學主義史學派在二十世紀三四十年代主要是指馬列主義史學派，重要的領袖有郭沫若、翦伯贊、呂振羽、范文瀾、侯外廬等。可見，被馬列主義史學派指責和批評的戰國策派在王爾敏的心目中遠高於馬列主義史學派，他認爲馬列主義這個主流派，不是「學問最高」，而是「聲勢最大」。暗示了「聲勢最大」的主流派對非主流派的戰國策派的擠壓。同時，王爾敏還指出其師沙學濬與戰國策派的關係，突出地緣政治、地理學科在戰國策派中佔有的重要性，這有助於我們思考在當時語境下何謂「戰國策派」。

第二節　研究反思

　　筆者仔細地閱讀了與戰國策派相關的原始刊物和文章，並且閱讀了研究戰國策派的代表性論著，不禁有以下幾個質疑的地方。

一、歷史還原：何謂「戰國策派」？

　　一般根據雷海宗、林同濟等人提出的「戰國時代重演論」的觀點以及理論與刊物名稱的一致，將這個流派稱之爲「戰國策派」或「戰國派」。必須指出，這個命名本身並不夠準確，主要是反對「戰國策派」的某些人士根據其中的一部分理論給予的稱號。但這一稱號卻神奇地在華夏大地流傳下來，很少有人質疑「戰國策派」或「戰國派」名稱的合理性。由於約定俗成的慣性力量，學界也未曾清晰界定過這個概念，最終導致它的內涵與外延模糊不清。

　　眾所周知，戰國策派並不是實體組織或團體，它是通過怎樣的方式聚合起來的？戰國策派的核心成員和基本成員又有哪些？理清這些最基本的問題，才有助於瞭解戰國策派的運作情況和整體面貌。但是，到目前爲止，很少有人去辨析、界定戰國策派，導致學界研究戰國策派出現混亂或不一的地方。〔註19〕

〔註18〕王爾敏：《20世紀非主流史學與史家》，廣西師範大學出版社2007年版，前言第6頁。

〔註19〕目前見有李嵐的《戰國策派與各方論爭》（桑兵、關曉紅主編：《先因後創與不破不立：近代中國學術流派研究》，北京生活·讀書·新知三聯書店2007年版）和孔劉輝的《「戰國派」新論》（《抗日戰爭研究》2012年第4期）兩篇文章中有對戰國策派界定，但都較爲簡單、籠統。

　　最大的分歧在於「戰國策派」的核心成員問題。關於它的成員問題，多數單篇論文或有關專著乃至 1980 年以來的博、碩學位論文都傾向於將林同濟、雷海宗、陳銓作爲戰國策派的核心成員，至於賀麟、何永佶、沈從文、洪思齊是不是戰國策派的成員就莫衷一是了，形成了互有異同、難以統一的局面。江沛認爲林同濟、雷海宗、陳銓、何永佶、賀麟是戰國策派的代表性成員。宮富則認爲是林同濟、雷海宗、陳銓、賀麟。路曉冰覺得只有林同濟、雷海宗和陳銓爲戰國策派的核心成員。馮啓宏又將林同濟、雷海宗、陳銓、何永佶、賀麟和洪思齊都認爲是戰國策派的重要成員。孔劉輝又指出，林同濟、何永佶、陳銓、沈從文和雷海宗才是戰國策派的核心成員。在這些論斷中，路曉冰和孔劉輝是界定過戰國策派成員的，但路曉冰只是簡單判定，孔劉輝則只考證了沈從文與戰國策派的來龍去脈。〔註 20〕何永佶、洪思齊與戰國策派的關係到底是怎樣的，則未經考辨。張江河在考論戰國策派與地緣政治的關係時，只認爲雷海宗、何永佶、林同濟才是引入、運用地緣政治理論的成員，殊不知，洪思齊才是戰國策派中運用地緣政治的主角〔註 21〕，然而全文並未提到洪思齊，可能在學界的思維邏輯中，洪思齊並不屬於戰國策派，也就無須多言。〔註 22〕從這一事例就說明，研究「戰國策派」僅僅關注林同濟、雷海宗、陳銓三人並不能代表該派的整體情況和實際面貌。某種程度上說，僅僅以這三人來「代表」「戰國策派」是對「戰國策派」的誤解，以此作爲學術研究則有失嚴謹。

　　另外，戰國策派的子刊物以及與戰國策派相關的外圍刊物又有哪些？除了學界確定的隸屬戰國策派的正牌刊物《戰國策》、《大公報·戰國》之外，《民族文學》、《軍事與政治》、《今日評論》、《荊凡》等刊物與戰國策派的關係到底是怎樣的？諸多疑點和分歧都需要經過仔細地分析和討論，因此，重新理清戰國策派的內涵、組織、成員、刊物等問題是非常有必要的。

　　應該說，戰國策派的研究已取得了突出成果，但出現了研究盲區，即缺乏對戰國策派的界定。李嵐在論及「戰國策派與各方論爭」中非常難得地提及到了「戰國策派」的界定問題，列了一個「戰國策派基本成員一覽

〔註20〕參見孔劉輝：《和而不同、殊途同歸 —— 沈從文與「戰國派」的來龍去脈》，《學術探索》2010 年第 5 期。

〔註21〕可參看本書第一章第一節「洪思齊與戰國策派」。

〔註22〕張江河：《地緣政治與戰國策派考論》，《吉林大學社會科學學報》2010 年第 1 期。

表」﹝註23﹞，但其中還有許多值得推敲和商榷的地方。從目前的研究成果來看，關於「戰國策派」的內涵、聚合、成員、刊物以及外圍等狀況仍然缺乏一個清晰準確的界定和劃分。

二、現實演變：一成不變的戰國策派？

戰國策派從一開始就是在政治、歷史、哲學、文化、文學等各個方面齊頭並進，綜合性較強。後來的研究者常常會根據它在某一領域的論述進行研究。以博碩論文為例，對戰國策派的政治問題關注的有《戰國策派政治思想研究》（梁庇寒，中國政法大學 2007 年碩士學位論文）、《戰國策派政治思想再探》（周若清，湖南師範大學 2003 年碩士學位論文）；文化領域的有《文化綜合格局中的戰國策派》（路曉冰，山東大學 2006 年博士學位論文），《戰國策派：抗戰語境裏的文化反思》（魏小奮，北京大學 2001 年博士學位論文）；文學領域的有《民族想像與國家敘事——「戰國策派」的文化思想與文學形態研究》（宮富，浙江大學 2004 年博士學位論文），《話語的蹤跡：戰國策派文藝思想的話語分析》（白傑，西南大學 2006 年碩士學位論文）；美學領域的有《戰國策派的美學思想初探——以陳銓和林同濟為代表》（高阿蕊，西南大學 2011 年博士學位論文）等等。這些論文本身就說明了戰國策派的綜合性。但是，在意識到它綜合性、多學科的一面，卻未意識到它流變性的一面。有研究者已經認識到，「前期的《戰國策》上有大量的介入現實政治的文章；而到了後期的《戰國》，此類稿件則極為稀少，絕大部分稿件都為探討文化重造與民族生命力。」﹝註24﹞但賀豔得出的結論卻是「令人驚奇的是，他們自己的宣言和實踐又有一定程度的悖離」﹝註25﹞。事實上，戰國策派始終不離它的宗旨，始終不渝地舉起「國家至上、民族至上」的旗幟。縱觀戰國策派所有的文章，我們會發現，戰國策派一直致力的三個方向是：

一是對國際局勢、抗戰時勢的關注與研討。籠統而言，這就是賀豔所說的「現實關懷」。何永佶、洪思齊、林同濟都是國際問題研究專家，他們認為

﹝註23﹞ 桑兵、關曉紅主編：《先因後創與不破不立：近代中國學術流派研究》，北京生活·讀書·新知三聯書店，2007 年版，第 518～519 頁。

﹝註24﹞ 賀豔：《「戰國策派」：關於國家與民族的敘述和文學想像》，西南大學 2003 年碩士學位論文，第 5 頁。

﹝註25﹞ 賀豔：《「戰國策派」：關於國家與民族的敘述和文學想像》，西南大學 2003 年碩士學位論文，第 5 頁。

此次世界大戰是戰國時代的重演，是以戰為中心、戰成全體、戰在殲滅的殘酷競爭。為此，戰國策派學人超越了意識形態的束縛，採取「大政治」的視野，運用正在德國興起的地緣政治學來觀照國際局勢和抗戰時勢，對中國的現實政治、社會的諸多問題發表了獨具一格的看法。他們試圖在風雲變幻的國際局勢中看清世界未來的發展方向，為中國在大政治角逐中取得勝利之途邁進。

二是對中國傳統文化、民族性格進行批判和反思。戰國策派認為，兩千年來中國習於大一統的局面下，活力喪失，萎靡頹廢。重文輕武的文化傳統也形成了一種無力、柔弱型的文化。從文化形態史觀上看中國文化已經進入了第二周文化的末期，急需進行在望的第三周文化的建設。為此，他們提倡「第三期的學術思潮」和「第二度新文化運動」。戰國策派始終關注「民族遠景」問題，站在文化立場上，改造國民精神，締造新的人生觀，以求民族復興。這是延續了十九世紀中葉以來維護民族生存和獨立的宏大目標，也繼承了五四新文化運動以來的文化重建和國民性改造的命題。

三是提倡和實踐民族文學運動。戰國策派重點關注了文學問題，這方面以具有文學創作天賦和文學實績的陳銓為代表。他們認為新文學要表現新的時代精神，新的人生觀和新的文學理念，這就是陳銓提倡的「民族文學」。這個民族文學是以現階段的民族主義思潮為基礎，不以五四時期的個人為中心，也不以三十年代的階級為中心，而是以民族意識為中心。民族文學，其核心是把文學運動與民族運動結合起來，造就一種發揚民族精神、民族意識的文學類別。這是戰國策派將文學作為文化重建和人生觀改造的重要方式。

這三個大的問題，隨著國內外形勢的變化以及編輯人員、撰稿人員的變動，戰國策派是具有流變性、階段性的，不同的刊物具有不同的重心，每一個刊物代表著戰國策派經歷的每一個階段。

戰國策派經歷的第一個階段是以《戰國策》為標誌。《戰國策》創刊背後有一個大的國際背景，法西斯德國、意大利節節勝利，納粹卐字旗到處招展。日本於 1940 年 9 月 27 日正式參與德意軸心國。民主國家英法疲於應付德國閃電戰，呈現出衰敗之象。法國敗落，英國、美國等民主國家相繼有集權的趨勢，社會主義國家蘇聯則與德國簽訂互不侵犯協定。中國與日本處在抗戰的艱難時刻。變化多端的國際局勢，前途未卜的中日戰爭，最嚴峻的現實擺在國人面前，對國際局勢的探討和國內戰爭形勢的分析就成為戰國策派最關

注的問題之一。《戰國策》在整個創辦之際都非常關注時勢政治問題。關於時局政治方面的文章佔據了《戰國策》的主要版面。《戰國策》停刊後，筆者以爲戰國策派內部已經發生了變化。應該說，《戰國策》在雷海宗、沈從文、林同濟、陳銓、何永佶幾個編輯中，何永佶絕對是主角，刊物的經濟來源都是動用了他的私人關係，他在《戰國策》上發文也居首位，共31篇文章。到了重慶《大公報・戰國》副刊，何永佶再無參與編輯之事，也無文章發表，估計與《大公報・戰國》的責編林同濟發生了分歧。

戰國策派經歷的第二個階段是以《大公報・戰國》爲標誌。《大公報・戰國》副刊背後有一個巨大的國際變化，在它創刊 4 天之後，爆發了影響深遠的珍珠港事件，國際局勢突然變得明朗起來，中國的抗戰勝利已大體確定，不過是時間早晚的問題。這時候的戰國策派則從現實政治的重心中抽離出來，專注於文化重建和民族精神改造。林同濟就說：「抗戰的最高意義必須是我們整個文化的革新！」〔註 26〕所以培養一個健康的民族，創造一個嶄新的文化才是重中之重。在編輯《大公報・戰國》的過程中，林同濟的弟弟林同奇就意識到：「那時我才朦朧察覺到同濟的興趣正從歷史和地緣政治學轉向哲學，尤其是人生哲學。」〔註 27〕林同奇所說的「人生哲學」其實主要是指文化重建和民族生命力的建設。但在編輯《大公報・戰國》副刊的後期，戰國策派遇到了強大的輿論壓力，主要來自於中共、左翼文化界的批判。中共的機關刊物《群眾》、《新華日報》、《解放日報》紛紛撰文批評戰國策派，口徑一致地認爲他們是在宣傳法西斯主義。1942 年 1 月國際反法西斯戰線已經建立，法西斯主義遭遇了全世界的反對，聲名狼藉。宣稱戰國策派爲「法西斯主義」，這種批判無疑是嚴厲的，後果也是嚴重的，多種因素交織在一起，《大公報・戰國》副刊最終難以爲繼。

戰國策派經歷的最後一個階段是以《民族文學》爲標誌。《民族文學》的創刊意味著戰國策派再一次發生了變化。陳銓、林同濟〔註 28〕、沈從文將重心關注於文學領域，通過民族文學來提高民族意識，增強民族凝聚力。這時

〔註 26〕 林同濟：《嫉惡如仇 —— 戰鬥式的人生觀》，重慶《大公報・戰國》第 19 期，1942 年 4 月 8 日。

〔註 27〕 林同濟：《「我家才子，一生命苦。可歎！」—— 與同濟一起的日子》，許紀霖等編：《天地之間 —— 林同濟文集》，復旦大學出版社 2004 年版，第 344 頁。

〔註 28〕 林同濟在《民族文學》刊物上發過古體詩。林同濟的妹妹林同端也在這刊物上發表過譯文。

期主要是陳銓在發揮他的文學優勢致力於「民族文學運動」。原本以爲文學領域是文化重建和人生觀改造的穩妥方式，但《民族文學》依然被認爲是宣揚法西斯主義謬論的刊物，遭到了左翼文化界的嚴厲批判。戰國策派最終被送上了宣揚法西斯主義的歷史舞臺。

從《戰國策》到《大公報‧戰國》再到《民族文學》，戰國策派關注的內容、刊物的編輯都發生了變化。換而言之，戰國策派是有流動性、階段性的，它關注的重心經歷了從政治歷史→文化重建→文學運動這樣一個漸變過程。當然，這只是一個大體的理路，並非是涇渭分明的純淨標格，三者的融合穿插是必然的。在這樣一個流變過程中，由於它多處開花，多處用力，在表達、提倡的過程中，有的領域更容易引起公眾的注意，產生了較大的影響，譬如：戰國時代重演論、文化形態史觀、英雄崇拜、婦女回家論、民族文學運動等等。但這更多是人們後來的印象，並不是戰國策派最初的原貌。我們不能完全根據「影響」，即戰國策派個別同仁的文章、觀點所引發的學界的贊同欣賞或是批評牴觸來「決定」和「闡述」戰國策派的思想觀念，尤其不能根據左翼人士對戰國策派的批評與抨擊的那些方面來論述戰國策派的思想文化。目前的研究思路仍停留在左翼文化界的思維模式中，大多爲平反而研究，實質上是把左翼的批判方面當作了戰國策派的主要思想。筆者以爲，要研究戰國策派眞實的狀況，必須跳出目前研究中存在的預設框架和思維模式，從刊物本身入手還原戰國策派的基本史實，追認它的整體性、眞實性和流變性。

三、另一陣地：不該遺忘的《民族文學》

以往人們研究戰國策派，一般只考慮《戰國策》、《大公報‧戰國》這兩個刊物，而將《民族文學》排除在外。但是在談到戰國策派的文藝和文學方面，又不得不提到《民族文學》，畢竟它才是進行「民族文學運動」的實驗地。但也僅僅是提到而已，確切地說是需要引用或查看陳銓的幾篇文章《民族文學運動》、《五四運動與狂飆運動》、《第三階段的易卜生》、《戲劇深刻化》、《中國文學的世界性》、《漢姆雷特的解釋》等才提及到《民族文學》。或者個案研究陳銓，翻出他在《民族文學》刊物上發表的理論（如上）或作品《花瓶》、《自衛》、《飲歌》、《哀夢影》等等。至於《民族文學》的眞實面貌，則無人追究。莫非這是一片荒地？不值得學界開採和深挖？不是的。我們知道，「民

族文學運動」是在重慶版《大公報‧戰國》副刊中正式提出來的〔註 29〕，這是戰國策派重要的文學思潮，也是戰國策派文化重建構想的一部分。「民族文學」的提倡與戰國策派一直宣傳的「民族至上、國家至上」的民族主義思潮一脈相承。《戰國策》、《大公報‧戰國》闡述了戰國策派的政治觀、歷史觀、文化觀、文學觀，爲「民族文學運動」做了理論聲援，在中西對比的雙重視野下爲「民族文學運動」開闢了理論的道路。作爲一個流動的戰國策派，它在後期逐漸將重心從政治歷史方面轉移到文化文學領域，意識到文學在建構民族精神、文化重建等方面的重要作用。無論從戰國策派自身的理論建構看，還是從學界尤其是左翼文化界對這一運動的反響看，「民族文學運動」在戰國策派中都佔據重要的地位。尤其是戰國策派提倡的「戰國時代的重演」、文化形態史觀、尼采哲學、英雄崇拜等觀念被左翼文化界批判時，加之美國參戰後，國際局勢明朗起來，戰國策派內部已經發生了轉變與分化。對於陳銓等人來說，不斷意識到文學在提高民族意識等方面的突出作用，開始減少或放棄容易引起爭議的尼采哲學、英雄崇拜觀念的提倡，專注於文學領域的運作。這就是 1943 年 7 月在重慶創辦的《民族文學》。

路曉冰曾提到：

> 這兩份刊物（即《戰國策》和《大公報‧戰國》，筆者注。）
> 是戰國策派的主要理論陣地，除此之外還有陳銓在 1943 年 7 月創刊
> 於重慶的《民族文學》月刊。這份月刊主要是宣揚民族文學運動的
> 一份文學刊物，其主要的文學主張也是來自於戰國策派的文化觀
> 念，應該視爲戰國策派的文化觀念在文學領域的反映。〔註30〕

的確如此，戰國策派在《戰國策》和《戰國》這兩個刊物中提到諸多關於文學的理論觀點，但並未有文學作品給予支撐，僅僅是一種空談。《戰國》副刊舉起了「民族文學運動」的大旗幟，卻僅僅處於理論設想階段，一切的展開都靠《民族文學》這個雜誌。戰國策派既然提倡「民族文學運動」，就離不開文學作品的支撐，惟有在文學創作上做出貢獻，一場運動才不會成爲空談。《民

〔註29〕 參見陳銓的兩篇文章：《民族文學運動》（重慶《大公報‧戰國》第 24 期，1942
年 5 月 13 日）和《民族文學運動的意義》（重慶《大公報‧戰國》第 26 期，
1942 年 5 月 27 日）。

〔註30〕 路曉冰：《文化綜合格局中的戰國策派》，山東大學 2006 年博士學位論文，第
15 頁。

族文學》雜誌正是「民族文學運動」的實驗地和園地。將《民族文學》歸正到戰國策派的子刊物中，我們才能更清晰地看到戰國策派在文學領域形成的理論體系。蘇春生認爲，戰國策派在文學上是自成一體的，「從事文學理論批評的成員主要有林同濟、陳銓、沈從文、朱光潛、梁宗岱、馮至等，已基本形成一個完整的理論體系，評介西方文學的主要作者有吳達元、費鑒照、商章孫、柳無忌、袁昌英等人。」〔註31〕朱光潛、梁宗岱、馮至、吳達元、費鑒照、商章孫、柳無忌、袁昌英這些人都主要出現在《民族文學》刊物上。缺失了《民族文學》，戰國策派在文學上如何自成一體？在這個意義上，李嵐指出：「1943 年由陳銓主編的《民族文學》，沈從文、朱光潛、梁宗岱都在上面發表過文章，亦可歸入戰國策派的刊物之列。」〔註32〕

　　當然，並不是說《民族文學》就只關注文學，而不延續《戰國策》、《大公報·戰國》刊物曾經關注的問題。《民族文學》繼承了《戰國策》、《戰國》刊物上發表時政評論的傳統，通過「論壇」和理論批評文章繼續關注政治、歷史、文化等問題。並且，《民族文學》整個雜誌並沒有脫離戰國策派的整個邏輯鏈條。《民族文學》對政治、歷史、國家、民族的基本觀點和立場並未有所改變，「大政治」依然是《民族文學》關注的焦點，這集中表現在《民族文學》每一期的「論壇」。《民族文學》第一期論壇中的短論《兩種分法》認爲世界上的人類，不能用「橫的分法」（階級），只能用「縱的分法」（民族）。「處在中國目前的層面，我們是被侵略者，我們只有全國一致地抵抗侵略，來保衛我們的國家民族，而我們決不能再有內爭，這是全國民眾一致的要求。」「凡事鼓動內爭的文學，都是我們反對的文學。」〔註33〕從反對階級、世界主義到反對內爭的文學，這比之前的刊物更進一步。緊接著第二期論壇《第三國際正式解散》繼續談論這一問題，「第一第二第三國際，不能成功，就是因爲它違反人性，不合時代，不能抵抗排山倒海的民族主義。現在的世界，正是民族主義的時代，不是世界主義的時代。」〔註34〕否定階級和世界主義觀念，

〔註31〕蘇春生：《文化救亡與民族文學重構——「戰國策派」民族主義文學思想論》，《文學評論》2009 年第 6 期。
〔註32〕桑兵、關曉紅主編：《先因後創與不破不立：近代中國學術流派研究》，北京生活·讀書·新知三聯書店 2007 年版，第 520 頁。
〔註33〕論壇《兩種分法》，《民族文學》第 1 期，1943 年 7 月 7 日。
〔註34〕論壇：《第三國際正式解散》，《民族文學》第 2 期，1943 年 8 月 7 日。

提倡民族主義，這正是《戰國策》、《戰國》副刊著力宣傳的理念。《要大炮不要黃油》一文中指出：「在民族生存競爭尖銳化的時代，蘇聯的國防政策，恐怕是我們不但在戰時而且在戰後，也必須採取的政策。」〔註35〕諷刺了那些歌頌國際和平的詩人，強調要「大炮」的國防政策。第五期論壇《以戰止戰》再次肯定戰爭的作用，認爲現在是戰鬥的時代，「要想赤手空拳，用和平的手段，來打倒強權，取得勝利，等於癡人說夢！」〔註36〕唯有「以戰止戰」才能消弭戰爭，爭取戰後的和平。和平背後依然不忘「積極建設軍事」，才可以「自衛」。這與林同濟的《戰國時代的重演》表達的觀點和理念非常相似。僅舉幾例就可說明《民族文學》依然是以「超階級」的立場，從唯實的國家利益出發，提倡民族主義，強調國防，否定階級，具有「大政治」的眼光。

　　另外，我們必須指出，「民族文學運動」及其《民族文學》雜誌是戰國策派遭受左翼人士批判的最主要的原因。眾所周知，話劇《野玫瑰》是陳銓宣揚民族意識最強烈的作品之一，也是支撐「民族文學運動」最具代表性的作品。恰恰是它遭到了最猛烈的批評。左翼文化界認爲《野玫瑰》是糖衣毒藥的毒玫瑰，包含著戰國策派的思想毒素，因此抗議它獲得教育部的劇本三等獎。但是《野玫瑰》卻被國民黨官員重視、保護和利用起來，繼續在各大劇團上演，自然加劇了左翼文化界對戰國策派的敵視和抨擊。《解放日報》報導的《〈野玫瑰〉一劇仍在大後方上演》就表達了對國民黨的不滿。〔註37〕鬧得沸沸揚揚的「野玫瑰」風波對戰國策派的核心成員陳銓是有重大影響的，也影響到了他對國民黨的態度和立場。正是在「野玫瑰」風波之後，陳銓對國民黨、中共的態度悄然發生了轉變，導致他在創辦《民族文學》刊物的過程中，不斷靠近國民政府，宣傳國民黨的理論，多次讚揚肯定孫中山、蔣中正的思想言論。從《民族文學》的卷首語、論壇、編輯漫談、廣告等方面來看，帶有較強的右翼色彩。與此同時，主編陳銓對中共的態度非常不友好，經常著文批評他們的政策、思想、文藝。例如：「除非反對的人，心存偏愛。一定要說，像蘇聯共產黨領導的那樣國家，就應當講國防，像中國國民黨領導的這樣國家，就不應當講國防，應當專談世界主義。」〔註38〕「凡事鼓動內爭

〔註35〕論壇：《要大炮不要黃油》，《民族文學》第 2 期，1943 年 8 月 7 日。
〔註36〕論壇：《以戰止戰》，《民族文學》第 5 期，1944 年 1 月。
〔註37〕《〈野玫瑰〉一劇仍在大後方上演》，《解放日報》第 2 版，1942 年 6 月 28 日。
〔註38〕論壇：《飛機大炮在後面》，《民族文學》1943 年第 3 期。

的文學，都是我們反對的文學」〔註39〕。明眼人都知批評的是誰。

　　陳銓的這種態度以及《民族文學》的右翼特徵又導致了左翼文化界的進一步批判。洪鐘的《「戰國」派文藝的改裝》專門針對的就是《民族文學》的言論挑刺，認爲陳銓的文學理論，仍然是建立在法西斯的哲學基礎上的。《民族文學》刊物提倡的「民族文學」依然不過是戰國策派的文藝的改裝，實質未變。〔註40〕這說明，在左翼文化界看來，《民族文學》仍屬於戰國策派的文藝範疇。戈矛的《什麼是「民族文學運動」》指責陳銓口口聲聲說「民族文學運動」，卻不知道或故意無視正在進行的「抗戰文藝」。他認爲左翼文化界領導的抗戰文藝才是實實在在的民族文學。〔註41〕楊華的《關於文學底民族性》諷刺陳銓不熟悉「官家文學」，「民族主義文學」早在十年前就已經提倡過了，陳銓再來號召「民族文學運動」是步其後塵。〔註42〕最後，《解放日報》編輯著文，直接批判《民族文學》是公開宣傳法西斯主義的刊物，指責《民族文學》射毀了五四運動以來最寶貴的「民族、民主、科學」三大法寶，「中國法西斯主義者的用心，是明如觀火了。」〔註43〕《民族文學》也就成了明如觀火的「法西斯謬論」，和《戰國策》、《大公報·戰國》「本質」一樣了。應該說，話劇《野玫瑰》、「民族文學運動」以及《民族文學》刊物在文藝領域內形成了對左翼文化界的競爭與威脅。左翼文化界領導的抗戰文學也聲稱爲抗戰服務，提倡民族意識，戰國策派的舉動及其成效恰恰是對左翼文化界的擠兌，關鍵是這一做法和成效還被國民黨看中和利用，這就更值得警惕了。因而左翼人士針對陳銓倡導的「民族文學運動」及其《民族文學》刊物進行了多次發難。從這個角度而言，筆者認爲，《民族文學》刊物應該作爲戰國派的子刊物給予重視。它不僅僅是一個純文學刊物，而且是一個「文化事件」。它的背後蘊藏著一個左翼的邏輯，那就是「《民族文學》＝陳銓＝戰國策派＝法西斯主義＝國民黨」。這就可以解釋何以被學界視爲純文學的《民族文學》〔註44〕

〔註39〕論壇：《兩種分法》，《民族文學》1943年第1期。

〔註40〕洪鐘：《「戰國」派文藝的改裝》，《群眾》第9卷第23、23合刊，1944年12月25日。

〔註41〕戈矛：《什麼是「民族文學運動」》，《新華日報》，1942年6月30日。

〔註42〕楊華：《關於文學底民族性》，《新華日報》，1943年2月16日。

〔註43〕《解放日報》編者：《「民族文學」與法西斯謬論》，《解放日報》，1944年8月8日。

〔註44〕孔劉輝認爲《民族文學》只是一個「純文學刊物」，參見《「戰國派」新論》，《抗日戰爭研究》2012年第4期。

依然遭到了左翼文化界的批判，因為它背後並不純。

綜上所述，從《戰國策》、《大公報·戰國》副刊到《民族文學》這是一個不可忽視的緊密相連的體系。將三者刊物聯繫起來看，才能更豐富更全面地理解戰國策派的原貌，也將更具體更深刻地透視戰國策派與國民黨、左翼文化界之間複雜微妙的關係。學界一般也認為《民族文學》是戰國策派的後續，但卻不予仔細研究。因此，筆者將在正文中重點研究《民族文學》這個刊物，以彌補這方面的不足。

第三節　研究思路與內容

戰國策派從一開始就蘊含著多條路線，政治、歷史、地理、文化、文學等多頭並進的方式探尋抗戰救亡的出路，延續五四新文化運動「重建民族文化」、「改造國民性」的主題進行新一輪的學術文化思潮。但是，戰國策派成員各自用力的領域和方向不一致，各個領域用力的時間也不統一，加上國內外形勢的變化，編輯人員、撰稿人員的變動，這就導致這個派別是有流變性的，它的理論或觀念並非一成不變，每一時期有它不同的內容，每個刊物也有它不同的重心。

首先，戰國策派用力最重的當屬「大政治」。這是戰國策派的宗旨。在《代發刊詞》中明確提出要研究「大政治」。「大政治」包括「唯實政治」與「尚力政治」，通讀戰國策派的文本，其實還包括「地緣政治」。「地緣政治」本身就隸屬「大政治」範疇。「地緣政治」與戰國策派關係密切，張江河專門考論了地緣政治與戰國策派的關係，在摘要中就指出：「現今的地緣政治及其理論，是抗日戰爭時期由『戰國策派』移入中國的。」〔註45〕在「大政治」上宣傳最力的學人是林同濟、何永佶、洪思齊等，在刊物上則首推《戰國策》。《戰國策》更像是一個時政刊物，多發表對國際局勢、國內形勢的看法，對英法美德日蘇等大國的戰爭形勢的觀察。《戰國策》第 6 期專門出了一期「歐戰號」，研究歐洲戰局以及對中國戰局的影響。代表性的文章有：《歐戰與中國》、《論均勢》、《地略與國策：意大利》、《如果希特勒戰勝》、《花旗外交》、《法蘭西何以有今日？》、《日本軍部與元老重臣》、《日本參戰嗎？》、《蘇聯

〔註45〕 張江河：《地緣政治與戰國策派考論》，《吉林大學社會科學學報》2010 年第 1 期。

之謎》、《美國應立即宣戰》……在這些時政評論中，多採用德國流行的「地緣政治」觀照國內外形勢，表現戰國策派的思想理論，告知國人戰國時代已經重演了，戰爭不可避免，國力成為國際競爭的單位，因此，關鍵時刻應拋棄分歧內爭，「組織國力，搶救自己」。這時期的《戰國策》更像是《今日評論》與《荊凡》，學者型的時政刊物。儘管有「戰國時代的重演」和「英雄崇拜」的觀點引起了學界的注意和批評，由於是主流的時政論刊，論調客觀理性，並未引起左翼文化界、中共的特別注意。即便是談論與德國法西斯關係密切的「地緣政治」以及表現出對德國元首希特勒的敬仰、佩服之情（比如陳銓、何永佶），都未遭到左翼文化界的批評，未出現戰國策派是法西斯主義的論調。

　　接著是在史學領域。雷海宗是歷史學家，早在 30 年代就嘗試用文化形態學的理論闡述中國的歷史問題，提出了「中國文化獨具兩周」的創見。爾後出版《中國文化與中國的兵》，就以文化形態史觀為理論方法，對世界文明、中國社會發展規律、特徵做出了深刻獨到的分析。林同濟作為政治學者，對歷史也具有超常的敏銳性，他和雷海宗在戰時關注中國的歷史與文化，提出「戰國時代重演論」，採用斯賓格勒、湯因比的文化形態史觀思考中國的歷史文化問題。林同濟的《戰國時代的重演》，《第三期中國學術思潮 —— 新階段的展望》、《從戰國重演到形態歷史觀》，雷海宗的《歷史警覺性的時限》、《歷史的形態 —— 文化歷程的討論》、《獨具二周的中國文化 —— 形態史學的看法》等都是代表性的論述。史學領域方面的集中成果是林同濟、雷海宗的論文集《文化形態史觀》。雷海宗的「文化五階段說」、「中國文化獨具兩周」、「在望的第三周」，林同濟的「三階段說」、「第三期學術思潮」都是文化形態史觀的具體表現。這些提法或觀點引起了學界的爭論，影響較大，以至於人們一想到戰國策派就會聯想起「戰國時代重演論」和文化形態史觀。這是戰國策派在歷史方面的貢獻，也是《戰國策》刊物和重慶《大公報・戰國》關注的重點。

　　預示著戰國策派將要發生轉變的微妙信息是《戰國策》第 17 期的兩篇文章：一是林同濟的《廿年來中國思想的轉變》，二是陳銓的《文學批評的新動向》。一個「轉變」，一個「新動向」暗示了戰國策派將要轉向文化領域和文學領域。林同濟在這篇文章中提出要繼五四新文化運動之後倡導「第二度新文化運動」，也就是說要從五四時期的個人主義思潮轉換到民族主義、集體主

義思潮。林同濟拋出了一些「新思潮的種子」，希望有識人士把它們「收拾」、「培養」、「集成」，創造「第二度新文化運動」。果然，這一期之後《戰國策》停刊，發表在《大公報・戰國》的文章多爲文化重建、民族精神改造方面的文章，時政評論的文章已經消失了，走上了五四新文化運動以來的國民性批判與文化重建的路數。因此，《大公報・戰國》副刊主要針對的是文化問題。這並不是說，之前的《戰國策》就不關注文化問題，譬如林同濟提出的「文化綜合」、「文化統相」，沈來秋的國防經濟文化，雷海宗的「中國文化與中國的兵」等等都包含文化問題。文化問題恰恰是戰國策派關注的焦點。文化是一個內涵廣泛的概念，與政治、歷史、文學等密切相關，因此，也不是說《大公報・戰國》就不關注其他的領域了。恰恰相反，政治歷史問題繼續關注，陳銓還提出了著名的「民族文學運動」。筆者想說的是，戰國策派用力的領域和重心不一樣了。

最後是在文學方面。一般認爲，在文學創作上卓有建樹的陳銓是戰國策派文學領域內的核心力量。事實也是如此，名噪一時的「民族文學運動」就來自於陳銓的倡導。但陳銓並不是戰國策派學人中最早關注文學問題的，他在《戰國策》上發表的文章多爲介紹德國的民族性格和思想，推崇「英雄崇拜」，重點關注了尼采的學說，連續發文從尼采的政治觀、道德觀、婦女觀、無神論等各個方面闡述尼采的思想。陳銓是在《戰國策》最後 1 期即第 17 期開始關注文學問題。他在《文學批評的新動向》一文中指出，一時代有時代的文學，文學是常常變化的，文學變化了，批評的標準也要跟著變化。近代以來，從康德開始，文學批評已經發生了新動向，第一是文學解釋，第二是文學欣賞，第三是文學創造，這三種批評方式都是站在「自我哲學」的人生觀宇宙觀的立場上，反對傳統的規律，展開新的文學批評的局面。但陳銓還是更傾向於文學創造，提出了「心靈創造說」。文學隨時代變化而變化的觀點就是後來在《大公報・戰國》提倡「民族文學運動」的理論根據。其實最早關注文學問題的是沈從文。沈從文比陳銓早幾步表示要在文學方面有所建樹。在《戰國策》第 2 期就發表了一篇白話文問題，第 9 期正式發表《新的文學運動與新的文學觀》，然後在《大公報・戰國》第 11 期上發表《對作家和文運的一點感想》，反對文學的功利性、商業性和官場氣，避免文學與商場、官場結合。另外，何永佶創作的希臘神話貫穿《戰國策》刊物始終。朱光潛的《流行文學三弊》、《文學與語文》（上中下）也是在語言文學領域著力的。

《大公報・戰國》副刊發行後，林同濟提出新的文藝觀：「虔恪・恐怖・狂歡」；梁宗岱提出文藝欣賞與批評論。這說明《戰國策》從一開始就重視文學領域，尤其是隨著陳銓的轉向與加入，《狂飆時代的德國文學》、《文學批評的新動向》、《歐洲文學的四個階段》、《民族文學運動》、《民族文學運動的意義》……一系列文章相繼發表，文學在戰國策派占的比重越發明顯，最終醞釀出一個文學刊物——《民族文學》，試圖刮起一場新的「民族文學運動」。戰國策派已經從備受爭議的政治歷史領域退出，著重在文化、文學領域建構「民族文學運動」。

綜上所述，戰國策派是有流動性的，它關注的重心經歷了從政治歷史→文化重建→文學運動這樣一個漸變過程。這是大致的理路，並非是涇渭分明的純淨標格，三者的融合穿插是必然的。

本書的核心主旨是考辨、考論。研究的原則是別人說得多的少說，別人說得少或幾乎無關注的將花費力氣重點闡述。筆者是在前人研究的基礎之上，對關鍵性的問題進行考查論述。譬如：戰國策派的界定，戰國策派與五四新文化運動的關係，《民族文學》與戰國策派的關聯等諸多問題。筆者以為，研究戰國策派真實的狀況，依然還得從刊物本身入手，所以對與此有關的原始刊物較為重視，比如《戰國策》、《大公報・戰國》、《民族文學》、《軍事與政治》、《今日評論》、《荊凡》、《中央日報》、《群眾》、《解放日報》、《新華日報》等等。但又不局限於這些，在考辨的同時試圖建立自己的理論體系、研究思路和構想。如前所述，戰國策派從開始到結束的整個過程中，在多種複雜動態的因素推動下具有流動性、漸變性。本書的結構安排和研究重心大致體現了戰國策派的流變性。

第一章主要考辨戰國策派的內涵與外圍。「戰國策派」或「戰國派」是一個內涵極不明確的概念。時至今日，研究戰國策派的成果已經相當多了，但是關於戰國策派的內涵、組織、聚合、成員、核心刊物、外圍刊物等依然不確定或者說有分歧。因此，重新理清、界定戰國策派是非常有必要的。筆者在這一章中主要界定了戰國策派的內涵、聚合、核心成員、基本成員、外圍刊物等。戰國策派作為一個鬆散的、自由的文化團體，其核心成員是林同濟、雷海宗、陳銓、何永佶、洪思齊、沈從文。筆者將《軍事與政治》、《今日評論》、《荊凡》作為戰國策派的外圍，重點辨析《今日評論》、《荊凡》與戰國策派的關聯，目的是為了更清晰、更切實地瞭解戰國策派產生的時代背景、

歷史語境和文化生態。在考查戰國策派的內涵與外圍的同時，也將論述戰國策派的「大政治」和「地緣政治」，發現戰國策派在四十年代的抗戰中國並不是一個孤立的現象，它的背後蘊含著豐富複雜的信息，昭示著與以往知識分子親英美派、親蘇派不一樣的另一種西學 —— 親德文化與立場。

第二章重點考察戰國策派與五四新文化運動的關係。學界普遍認為，戰國策派對五四新文化運動是持批評與否定態度的，陳銓指認五四運動犯了三個嚴重的錯誤，更是將戰國策派對「五四」的否定提到了一個更加尖銳的歷史層面上。後來的學者也往往將戰國策派與五四新文化運動對立起來看。然而仔細研讀戰國策派的文本，我們會發現，戰國策派並沒有否定「五四」的價值和意義，也沒有取消和抹黑它，而是在另一個層面上，繼承了五四「重新估定一切價值」的懷疑、批判精神，繼續探討五四新文化運動以來的文化重建與民族精神重造的命題。在分析考察戰國策派與五四新文化運動的異同、繼承又超越的同時，本文也在重點闡述戰國策派的文化重建構想。戰國策派試圖通過輸入文化形態史觀和尼采的意志哲學等有關學理，更新國人的史學觀、文化觀和人生觀。他們批判頹廢無力的文化、奴隸型、柔弱型人格以及官僚傳統和家族制度，從「個人、家庭、社會」三個角度出發完成了「國民性批判與文化重建」的「三位一體」。

第三章著力研究戰國策派的後續刊物《民族文學》。陳銓在重慶《大公報·戰國》副刊倡導一場「民族文學運動」，《民族文學》雜誌正好是「民族文學運動」的園地。但《民族文學》除發表文學作品之外，還有諸多短論、理論文章，繼續探討《戰國策》、《戰國》副刊的共同話題，不過重心是在文學領域，這正好呈現了戰國策派的第三個階段：將文學作為戰國策派總體文化重建的重要部分。通過這個刊物可以發現，戰國策派在長期的發展過程中，各成員的觀點態度是有變化的，與國民政府的關係也有變動。在《民族文學》創辦時期，林同濟的注意力逐漸由「戰國主義」轉入「人文主義」。陳銓在經歷了「野玫瑰」風波事件之後，在錯綜複雜的因素中逐漸靠攏國民政府，宣傳國民黨的思想理論，導致《民族文學》在卷首語、論壇、編輯漫談、廣告等方面來看表現出極大的右翼特徵。

第一章　戰國策派界定及其外圍刊物

　　「戰國策派」或「戰國派」是一個內涵極不明確的概念。時人根據雷海宗、林同濟等人提出的「戰國時代重演論」、刊物名稱以及反對派人士（左翼文化界）給予的稱號等命名為「戰國策派」或「戰國派」。這個命名本身並不夠準確，導致這個概念也模糊不清。目前學界研究戰國策派的不少，但對戰國策派的內涵、聚合、成員、刊物以及外圍並未有清晰準確的劃分。本章節將重點理清戰國策派的內涵與外圍，包括核心成員、基本成員、外圍刊物等。筆者將《軍事與政治》、《今日評論》、《荊凡》作為戰國策派的外圍，重點辨析《今日評論》、《荊凡》與戰國策派的關聯，從中可以更清晰、更切實地瞭解戰國策派產生的時代背景、歷史語境和文化生態。總而言之，戰國策派在四十年代的抗戰中國，絕不是一個孤立的現象，昭示著與以往知識分子親英美派、親蘇派不一樣的派別——親德派。

第一節　內涵與外圍：戰國策派界定

　　時至今日，如何界定戰國策派，依然是一個有待於解決的問題。對於戰國策派的內涵、聚合、組織、成員、外圍等基本問題，學界一直存在分歧或無人界定。筆者以為，研究的前提則是如何界定戰國策派，重新理清它的內涵與外圍，是很有必要的。

一、戰國策派的內涵和聚合

　　何謂「戰國策派」？學界對它的定義可謂眾說紛紜。最寬泛的一種說法是王爾敏在其著作《20世紀非主流史學與史家》中指出：

　　「戰國策派」一詞，乃形容我國抗戰期間關心世界大局且具危
亡警覺之學者言論。但凡有強烈民族主義意識，從而自世界列強現
勢而作學理與形勢探討者，即被人目為「戰國策派」。〔註1〕

按照這個界定，戰國策派就不僅包括圍繞在《戰國策》、《戰國》副刊這兩個刊
物上發表文章的作者，還包括《今日評論》、《荊凡》、《軍事與政治》、《國論》
等一系列刊物上發表關於世界局勢看法、作學理與形勢探討、具有強烈民族主
義意識的探討者都算是戰國策派。王爾敏作為抗戰時期的過來人和見證人，他
對戰國策派的定義從一個側面暗示我們，戰國策派並非如後人的敘述那樣狹
隘，只有林同濟、雷海宗、陳銓等三人。在當時抗戰救亡的背景下，相當多的
一部分學者都在探討國際局勢，關切民族危亡，並用自己的專業所學進行學理
性的分析與思考。但按照這個說法，戰國策派的研究勢必顯得漫無邊際，反而
有可能掩蓋這個流派的特殊性與獨特性。徐傳禮則嘗試從廣義與狹義兩個角度
來重新界定戰國策派。首先，他認為：「狹義的戰國策派只有戰國策社幾位同仁，
即林同濟、雷海宗、陳銓、何永佶、沈從文 5 人。」〔註2〕廣義的戰國策派是
指「《戰國策》、《戰國》作者 41 人」、再加上「在創叢書」作者，共 44 人，「便
是廣義戰國策派的主要成員」，甚至還包括「《民族文學》作者群以及在思想傾
向、學術觀點上支持讚賞他們的人。」〔註3〕徐傳禮的說法有助於瞭解戰國策
派的基本人數及其範圍，但他未能指出依據何種標準、何以如此分類，也未對
其構成狀況進行詳細論述，而是簡單地把與戰國策派來往的所有人都涵括在廣
義的戰國策派內，顯然是不夠科學和準確的。孔劉輝贊同徐傳禮的關於狹義戰
國策派的說法，他認為：「『戰國派』只是一個以《戰國策》半月刊和《大公報‧
戰國》為中心，以個體為原則，由學者文人構成的作者群體，其核心成員當為
林同濟、何永佶、陳銓、沈從文和雷海宗。」〔註4〕

　　戰國策派確實是以刊物為陣地、以個體為原則，由學者文人構成的一個
獨特的派別。它的聚合方式是鬆散的，自由的。它沒有統一的綱領、章程和
組織程序，不過依託西南聯大、雲南大學等高校這一場域，圍繞著《戰國策》、

〔註1〕王爾敏：《20 世紀非主流史學與史家》，廣西師範大學出版社 2007 年版，第
　　　　49 頁。
〔註2〕徐傳禮：《歷史的筆誤和價值的重估——「重估戰國策派」系列論文之一》，
　　　　《東方叢刊》1996 年第 3 輯。
〔註3〕徐傳禮：《歷史的筆誤和價值的重估——「重估戰國策派」系列論文之一》，
　　　　《東方叢刊》1996 年第 3 輯。
〔註4〕孔劉輝：《「戰國派」新論》，《抗日戰爭研究》2012 年第 4 期。

《大公報‧戰國》、《民族文學》等刊物發表文章的一群高級知識分子的聚合體。這些知識分子專業知識豐富，獨立意識強，對問題的看法常常紛紜不一，所以戰國策派的聚合方式必定不能像左聯那樣具有嚴密的組織、綱領和章程。他們創辦的刊物屬於同人刊物，同人刊物本身就代表著差異，參差不齊的一種狀態，某種程度上說並非「求同存異」，而是求「態度的一致性」〔註5〕。著名記者范長江在採訪戰國策派時詳細記錄了各成員之間的分歧。籠統而言，林同濟和雷海宗都認為現今世界已進入一個「戰國時代」，中國也進入到「世界範圍的兼併與殲滅的渦旋中」。最終，全世界的趨勢是大一統，大一統之後就走向衰敗。這種悲觀的歷史觀顯然不被陳銓看好，「這正是我們的致命傷」，「應該採用黑格爾哲學的精神」，相信前途是光明的，人生是充滿希望的。沈從文、洪思齊、何永佶「皆發表聲明，關於這種形而上學的問題，並不是他們有一致的意見，林、雷兩先生剛才這些看法，只是他們個人的思想，不是《戰國策》全體一致的立場。」〔註6〕這說明，以往研究戰國策派側重於林同濟、雷海宗倆人的歷史哲學觀念，而忽視其他成員的思想研究，這可能是對戰國策派的一種誤讀。戰國策派本身的思想是龐雜的，各個成員之間的見解不一，有時甚至是矛盾、牴觸的。

譬如，關於對民主與獨裁的看法，雷海宗、何永佶、沈從文、林同濟、陳銓、林良桐六人的觀點就不一致，他們之間有重合但也有明顯的分歧。雷海宗在《中國文化與中國的兵》這本書中，激烈地批判古代的專制政治制度，這種制度導致國民一盤散沙，不關心國家命運。從雷海宗一貫的政治意識看，他顯然不贊成建立獨裁式的元首制度。何永佶對西方的政治制度是非常嫻熟的，他認為民主與獨裁「各有各的好處，各有各的壞處」，「這兩種政制中沒有一種是絕對的好，也沒有一種是絕對的壞，這完全看地方時代的情形而定。」〔註7〕但顯然，他反對一個國家內只有「一個政黨，一個意見」，乃至「一樣思想，一個系統，一種荣式」，認為這些都是吃力不討好且違背世界真理。根據他在現實生活中的表現和言論，何永佶顯然是民主政治的信奉者和積極的

〔註5〕 「態度的一致性」是汪暉提出的概念，用以描述新文化運動的聚合方式，參見：《預言與危機——中國現代歷史中的「五四」啓蒙運動（上）》，《文學評論》1989 年第 3 期。筆者在此借用一下。

〔註6〕 長江：《昆明教授群中的一支「戰國策派」之思想》，湖南《開明日報》，1941年 1 月 9 日。

〔註7〕 何永佶：《反叛與反對——答聯大某生》，《戰國策》第 3 期，1940 年 5 月 1日。

實行者。沈從文也是鮮明地擁護民主制度的，他在否定陳銓的英雄崇拜觀時指出：「國家要集權，真正的『民治主義』與『科學精神』還值得來好好的重新提倡，正因為要『未來』必與『過去』（不）一樣，對中國進步實有重要的意義。」〔註8〕林同濟認為在戰國時代，各個國家已相繼進入「一切為戰、一切皆戰」的戰鬥狀態中，民主政體應不應該有，「全看民主與全體站的關係如何」，民主問題被迫落到了次等地位。〔註9〕但林同濟批判大一統文化和專制頹廢的官僚傳統，已經隱含了對民主制度的贊同。陳銓在介紹尼采的政治思想時曾明確表示對民主政治的不贊同，他說：「民主政治、社會主義，無政府主義和基督教，都根據同樣的精神，都是近代文化平庸、粗疏、墮落的主要原因」，並且認為「所謂『一切人類生來是平等的』，這也是政治上最大的謊話」〔註10〕。另外，陳銓提倡英雄崇拜，強調「整個的國家配作一個強有力的戰鬥單位」，對政府集權是比較肯定的，但都是「在目前緊迫情勢下」。陳銓認為在目前形勢下需要提倡和實現「應付時代理想，爭取中華民族獨立自由的理想政治」，但並不否定「崇高的政治理想」。〔註11〕比較明確主張獨裁的實際上是林良桐。林氏在《民主政治與戰國時代》一文中認為民主政治並不適合於戰國時代，戰國時代需要一個大權在握的政府，將國家民族的生存和獨立放在第一位，團體重於個人，安全重於自由，因而「不必過份迷信民主政治」。林良桐的看法是在戰國時代根據國內外形勢做出的無奈選擇，如果在抵禦外侮和效率安全之間可以找到平衡點，林良桐可能會並不主張獨裁。〔註12〕從以上的論述可知，以往學界往往根據林良桐、林同濟、陳銓等人的看法就認為戰國策派是在提倡集權，主張獨裁，宣揚法西斯理論，這顯然是一種不加分析的誤解或有意的曲解。他們言說和立論的基礎建立在對現實的判斷——「戰國時代的重演」以及抗日救亡的時代背景下做出的有利於民族生存獨立的暫時選擇。他們對獨裁併沒有強烈支持，頂多是一種無奈的、消極的「贊成」。左翼文化界對戰國策派的指責和批判，給他們扣上宣揚法西斯主義的帽子，顯然是一種不負責任的政治鞭笞。

〔註 8〕沈從文：《讀〈論英雄崇拜〉》，《戰國策》第 5 期，1940 年 6 月 1 日。

〔註 9〕林同濟：《戰國時代的重演》，《戰國策》第 1 期，1940 年 4 月 1 日。

〔註10〕林同濟：《尼采的政治思想》，《戰國策》第 9 期，1940 年 8 月 5 日。

〔註11〕陳銓：《政治理想與理想政治》，重慶《大公報·戰國》第 9 期，1942 年 1 月 28 日。

〔註12〕林良桐：《民主政治與戰國時代》，《戰國策》第 15、16 期，1941 年 1 月 1 日。

　　根據戰國策派的發刊詞，「大政治」是戰國策派公認的宗旨和主張，這是得到戰國策派同仁肯定和確認的。按理說大家對「大政治」的解釋應該是一致的，但他們給出的答案依然是個性化的自我闡述。何永佶在《政治觀：外向與內向》一文中解釋：「認定戰爭為國家最後的精義，時時刻刻想著國與國間是不斷地鬥著或明或暗的戰爭，而將國內一切的一切，置於這個大事業的最高總馭之下：這種看法，我們無以名之，名之約外向，或大政治（high politics）的政治觀。」〔註13〕何永佶突出強調的是「戰爭」和「國家」，具有極強的現實指涉意味。洪思齊則指出「大政治」這個名詞是《戰國策》的幾個朋友創造的，涵義並非一望而知：「『大』約意識不過表示他是超派別、超階級、超省域，是以國為單位，世界為舞臺的鬥爭政治。」〔註14〕他還強調「大政治」是通過戰爭和外交來達到國與國之間鬥爭的政治，「大政治」的目的是為國家的生存與發展。「大政治是以國的鬥爭做中心思想的，它的手段是戰爭和外交，他的法則是唯實政治和力的政治（macht-politik）。大政治是對外的。絕對不是用以對內。」〔註15〕洪思齊闡述了「大政治」的來歷、涵義、範圍、目標等，突出國與國之間的競爭，手段是通過「唯實政治」和「力的政治」，總體而言具有清晰、普遍、恒定的意義，和公佈的宗旨涵義比較一致。但是他又說：「大政治以唯實外交做南針，有的時代也採用用力的政治，但不能說大政治就是唯實政治或力的政治。總之，『大政治』是一個新的名詞，具有新的意義。並不就等於所舉的西文名詞。」〔註16〕這又賦予「大政治」一詞具有無限擴大和衍生意義的可能性。所以林同濟在《千山萬嶺我歸來！》一文中直截了當地說：「你問《戰國策》所提倡的『大政治』是什麼？簡單得很！能夠為國家做一椿事業，銷斂洋人的威風，或進而由洋人的手中取而代之，便是大政治。」〔註17〕這就已經離開戰國策派公佈的宗旨中對「大政治」涵義的界定而轉向模糊、抽象、空洞的意義所在。

　　戰國策派同仁連最基本的概念都沒有達成一致，這說明這是一個相當鬆散的文化派別。學派內部每位成員都有獨立自由的發言權，不限制、不統一

〔註13〕何永佶：《政治觀：外向與內向》，《戰國策》第 1 期，1940 年 4 月 1 日。
〔註14〕洪思齊：《釋大政治》，《戰國策》第 10 期，1940 年 8 月 15 日。
〔註15〕洪思齊：《釋大政治》，《戰國策》第 10 期，1940 年 8 月 15 日。
〔註16〕洪思齊：《釋大政治》，《戰國策》第 10 期，1940 年 8 月 15 日。
〔註17〕林同濟：《千山萬嶺我歸來！》，《戰國策》第 13 期，1940 年 10 月 1 日。

成員之間闡釋、用力的領域,允許他們天馬行空地發表見解,彼此之間也允許存在異議和爭論。他們聚集在一起,靠的是「態度的一致性」。即便有分歧有爭議,也能夠兼容並包。比如,陳銓的《英雄崇拜》一文發表後,戰國策派內部成員沈從文、賀麟就分別撰文批評或闡釋各自意見。再如,沈從文的《談家庭》,尤其是何永佶的《談婦女》,表達了「婦女回家」的論調,強調女人的真正地位是在家庭,提倡一種新賢妻良母主義,引起了全國各地婦女界的反對。當記者問到這事,洪思齊指明:「何教授對待女人問題之說法,只是他個人的主張」〔註18〕。這提醒我們,需要用一種更開放、更動態的眼光來觀照戰國策派的內涵和聚合。誠如戰國策派「再三」聲明:「我們大家沒有完全統一的意見,寫文章也沒有事先討論過,編輯不過收收稿子,並無一成不變的編輯方針。」〔註19〕正是這種無完全統一意見、無事先討論、無既定編輯方針的聚合方式,決定了戰國策派是一個鬆散的、開放的民間文化團體,不求一致性,只求「態度的一致性」。戰國策派以刊物為中心,以個人行為為原則,自由加盟,自由退出,表現出一種超然的態度和學者文人的個性。這就是為何戰國策派難以界定,成員流動性太大,言論風格各異,難以找到一致性。後人乾脆根據雷海宗、林同濟、陳銓等比較緊密的關係而認為只有他們三人才是戰國策派的核心成員,這是有待推敲的。

二、戰國策派的核心成員

學界總體的傾向是將林同濟、陳銓、雷海宗作為戰國策派的核心成員,多數單篇論文或有關專著乃至 1980 年以來的博、碩學位論文都傾向於將這三人作為核心成員。毫無疑問,林、陳、雷這三人起著聚合他人、倡導言論的骨幹作用,當屬戰國策派的核心成員,這一點學界是沒有分歧的。關鍵是,備受爭議的賀麟、沈從文、何永佶和洪思齊是不是戰國策派的核心成員?或者說他們與戰國策派的關係到底如何?在這方面學界形成了眾說紛紜、難以統一、互有異同的局面。

研究戰國策派最有力的學者江沛在他的專著中指出:「半個多世紀以來,

〔註18〕 長江:《昆明教授群中的一支「戰國策派」之思想》,湖南《開明日報》,1941年1月9日。
〔註19〕 長江:《昆明教授群中的一支「戰國策派」之思想》,湖南《開明日報》,1941年1月9日。

前人在對戰國策派思潮進行褒貶時，一般多圍繞著發表文章最多、觀點最具代性的林同濟、雷海宗、陳銓、何永佶、賀麟等人進行。一般認為，戰國策派的核心人物即是林、雷、陳、何、賀五人。」〔註20〕江沛的劃分標準是「發表文章最多、觀點最具代性」，但囊括在內的賀麟在戰國策派刊物上發表文章僅2篇，文章數過少，關切議題集中於哲學與思想文化，與林同濟、雷海宗、陳銓、何永佶四人頗有差異。依據江沛的說法，賀麟是不能算作戰國策派的核心成員的，但他又將賀麟作為戰國策派的核心成員，這就前後矛盾了。同時，江沛將其他學人，如陶雲逵、梁宗岱、沙學濬、沈從文、洪思齊、谷春帆、王贛愚、林良桐等排除在戰國策派範圍外，認為他們「很難」被「視為戰國策派的『圈內人』」。〔註21〕這個判斷還沒有經過仔細的分析與鑒別。

　　宮富在他的博士學位論文中乾脆放棄對戰國策派成員的辨析，毫不猶豫地指出：「『戰國策派』的主要代表人物有林同濟、雷海宗、陳銓、賀麟等。」〔註22〕這是不夠準確的。路曉冰在他的博士學位論文中簡單考察了戰國策派的組成，最終他採取了學界最為穩妥的共識：「從戰國策派的理論體系、在其所辦刊物上所發表的文章以及實際影響上來看，主要代表人物應該是林同濟、雷海宗和陳銓。」〔註23〕臺灣學人范珮芝以「政治觀、歷史觀、文化精神改造提案的一致性」為依據，認為真正算是戰國策派主要人物的是「林同濟、雷海宗、陳銓、何永佶」，賀麟和洪思齊都應該排除在外。〔註24〕臺灣學者馮啓宏則從廣義的角度定義戰國策派，在肯定林同濟、雷海宗、陳銓這三位主將外，還將何永佶、賀麟和洪思齊納入到圈內。〔註25〕徐傳禮和孔劉輝又將洪思齊排除在外，認為戰國策派的主要成員是林同濟、雷海宗、陳銓、何永佶、沈從文這5人。〔註26〕由此可知，關於戰國策派的核心成員問題可

〔註20〕江沛：《戰國策派思潮研究》，天津人民出版社2001年版，第13頁。
〔註21〕江沛：《戰國策派思潮研究》，天津人民出版社2001年版，第13頁。
〔註22〕宮富：《民族想像與國家敘事——「戰國策派」的文化思想與文學形態研究》，2004年浙江大學博士學位論文，第3頁。
〔註23〕路曉冰：《文化綜合格局中的戰國策派》，2006年山東大學博士學位論文，第15、16頁。
〔註24〕范珮芝：《抗戰時期的救亡思想：戰國策派的文化改造主張》，國立臺灣大學2011年碩士學位論文，第3頁。
〔註25〕參看馮啓宏：《戰國策派之研究》，高雄覆文圖書出版社2000年版，第4頁。
〔註26〕徐傳禮：《歷史的筆誤和價值的重估——「重估戰國策派」系列論文之一》，《東方叢刊》1996年第3輯。

謂互有異同、難以統一。

　　李嵐在論及「戰國策派與各方論爭」中簡單提及了戰國策派的界定問題，列了一個戰國策派基本成員一覽表。仔細通讀，不難發現，表中許多成員並沒有「在文中公開提倡、宣揚過『戰國時代重演論』」〔註27〕，如此，則中國青年黨的常燕生、陳啓天以及柳浪都提到過「戰國時代」，莫非也要將他們列為戰國策派的基本成員？因此，不能以「戰國時代重演論」作為單一的評判標準。況且，表中有些成員，如童雋，戰國策派刊物中並沒有出現「童雋」這一名字，而是「童寯」，這可能是筆誤。他只發表過一篇《中國建築的特點》，沒有提到過「戰國時代」，不能算是「戰國策派的基本成員」，最多只是傾向於戰國策派的外圍人士。另外，文中對有些基本成員的筆名、生平、思想的介紹不詳或有錯誤。

　　目前學界研究戰國策派的人不少，大多數並未對該派的核心成員做過認真地考證和仔細地辨析。因此，理清和考辨戰國策派的核心成員是很有必要的。成員不確定，也就無法確定戰國策派的研究範圍和視域，至於它的整體面貌、實際狀況也就無從得知。

　　要理清和確定戰國策派的核心成員，我們首先來看戰國策派的發刊詞：

> 　　本社同人，鑒於國勢危殆，非提倡及研討戰國時代之「大政治」（HighPoliticS）無以自存自強。而「大政治」例循「唯實政治」（RealPolitie）及「尚力政治」（PowerPolitics）。「大政治」而發生作用，端賴實際政治之闡發，與乎「力」之組織，「力」之馴服，「力」之運用。本刊有如一「交響曲」（Symphony），以「大政治」為「力母題」（Leitmotif），抱定非紅非白，非左非右，民族至上，國家至上之主旨，向吾國在世界大政治角逐中取得勝利之途邁進。此中一切政論及其他文藝哲學作品，要不離此旨。〔註28〕

在戰國策派的思想觀點中，「戰國時代重演論」是最為人熟知的，也可以說是該派的核心命題，但為大家忽略的是，正是在「戰國時代」這一大的時代背景和歷史境遇中，戰國策派才醒悟到「大政治」意識的提倡和培養是當務之急。「大政治」是戰國策派的宗旨，也是戰國策派學人共同擁護的觀念和

〔註27〕桑兵、關曉紅主編：《先因後創與不破不立：近代中國學術流派研究》，北京生活・讀書・新知三聯書店，2007年版，第516頁。

〔註28〕本社：《發刊詞》，昆明《戰國策》第2期，1940年4月15日。

主張。這一點得到了林同濟、洪思齊等人的確認。洪思齊指出：「除了『大政治』一點外，《戰國策》同人沒有共同的意見。」〔註 29〕洪思齊在記者范長江面前確立了「大政治」的權威。他還說，為了抵制以日耳曼為主的歐洲文化的東侵，抵抗西方文化對中國的侵略，他們要根據地理形勢做一些計謀，這就是提倡「大政治」的原因。〔註 30〕林同濟回答記者范長江的提問說：「我們戰國策之所以提倡『大政治』，就是主張放大眼光，向外發展，要加緊抵抗歐洲方面向中國侵來的兼併戰，我們要用『大政治』來進行對付歐洲文化的反殲滅戰。」〔註 31〕因此，我們認為，「大政治」才是戰國策派共同擁護的核心理念。「大政治」認定戰爭為國家最後的精義，時刻想著國與國之間是或明或暗的不斷鬥爭，因而將國內的一切，都置於「大政治」的最高總馭之下。〔註 32〕「大政治」重視戰爭，注重鬥爭，拋棄大一統觀念和「陞官圖」的小政治觀，例循「唯實政治」和「尚力政治」，最高原則是「國家至上、民族至上」。「大政治」應是劃分戰國策派成員的主要標準。「戰國時代的重演」，不過是他們根據歷史和現實做出的一個判斷，是「大政治」的時代背景，但「大政治」卻並不以「戰國」為唯一的時代背景。它是超派別、超階級、超省域的，是以國為單位，世界為舞臺的鬥爭政治，適合人類的每一個階段。

陳銓、林同濟、雷海宗、何永佶、洪思齊等都認為當今世界局勢是「戰國時代的重演」，戰爭即民族的競存，是國立的競爭，戰爭性質的正義與非正義是其次的，關鍵要在「大政治」的視野下，採取「唯實政治」的外交手段，培養「尚力」的文化，發揚「尚武」的精神，達到抗戰建國的目的。這五人應該算是戰國策派的核心成員。

在抗日戰爭時期還有一份重要的報導也確認了這一事實。當戰國策派在大後方聲名鵲起時，著名記者范長江對此進行了採訪。范長江在記敘出席「戰國策」社為其舉辦的晚餐會時，曾明確提到：「主人方面，是林同濟先生、何永佶先生、雷海宗先生、沈從文先生、陳銓先生、洪思齊先生和徐敦璋先生。」

〔註 29〕長江：《昆明教授群中的一支「戰國策派」之思想》，湖南《開明日報》，1941年 1 月 9 日。

〔註 30〕長江：《昆明教授群中的一支「戰國策派」之思想》，湖南《開明日報》，1941年 1 月 9 日。

〔註 31〕長江：《昆明教授群中的一支「戰國策派」之思想》，湖南《開明日報》，1941年 1 月 9 日。

〔註 32〕何永佶：《政治觀：外向與內向》，昆明《戰國策》第 1 期，1940 年 4 月 1 日。

〔註 33〕這是當時情境下新聞記者指認的戰國策派的主人，拋開了歷史因素和後世人爲因素的干擾，較爲可靠。其中，林同濟和何永佶佔了兩頭的主位，可以說明在創辦《戰國策》刊物過程中，林同濟和何永佶絕對是主角。事實上也的確如此。奇怪的是徐敦璋〔註 34〕既以主人身份招待范長江，按理說應是戰國策派的重要成員，但他的名字從未出現在該派刊物上，也未發現以筆名方式出現，因此，應將之排除於該派核心成員之外。

毫無疑問，林同濟、雷海宗、陳銓三人，起著組織他人、倡導言論的核心作用，當屬戰國策派的重要成員，這一點學界已經達成共識，筆者就不必考辨了，在此簡單介紹一下他們的情況。至於沈從文、何永佶和洪思齊是不是戰國策派的核心成員，筆者將在研讀這三人文章的基礎上結合該派的整體學術思想作爲參照，分別進行考證論述。

（一）林同濟（1906～1980）

林同濟，筆名耕青、獨及、望滄、公孫震等。1906 年出生於福州的望族世家，1922 年考入清華學校高等科。清華畢業後，1926 年官費赴美密西根大學攻讀國際關係與西方文學史，1928 年獲得學士學位。其後轉入加州大學伯克萊分校攻讀政治學，1929 年獲得碩士學位，1933 年再次獲得該校政治學博士學位。1930～1932 年間，擔任加州密爾斯大學中國歷史與文明課程的講師。1929～1933 年間，擔任加州大學伯克萊分校東方語言學系講師。1934 年回國，就任南開大學政治系兼經濟研究所教授。1935 年，擔任《南開社會經濟季刊》（英文）主編。1937 年擔任昆明雲南大學政經系教授。1938 年受雷海宗邀請，一同主編《今日評論》。1940～1942 年任雲南大學文法學院院長。1940 年，開始創辦《戰國策》，後來在重慶開創《大公報·戰國》副刊。1942 年夏至1945 年 5 月擔任重慶北碚復旦大學比較政治學教授。其間在重慶主辦了「在

〔註33〕長江：《昆明教授群中的一支「戰國策派」之思想》，湖南《開明日報》，1941年 1 月 9 日。

〔註34〕徐敦璋（1904～？），字元奉，重慶墊江人，1926 年清華學校畢業，留美法學博士，與賀麟、林同濟等爲清華同學。1928～1931 年分獲威斯康辛大學經濟學學士、碩士、哲學博士學位，後去瑞士日内瓦國際法研究院研究國際法；回國後，曾執教於南開大學，1935 年南開大學經濟研究所曾出版徐氏著作《中國對國際聯合會的政策》；抗戰前夕任四川大學法學院院長；抗戰時期，財政部貿易委員會曾出版徐氏編輯的《美國與各國所締結之互惠貿易協定》；解放初在燕京大學執教；1952 年「院系調整」調北京政法學院（後爲中國政法大學）任教，爲該院的重要教授之一。

創書林」書社，擔任《在創叢書》主編。1945 年，林同濟著手創建一座規模宏大的西方思想圖書館，命名爲「海光圖書館」，並受到了上海銀行創始人陳光甫的經濟支持。之後，林同濟再次赴美，在密爾斯學院、斯坦福大學等學校講學過程中搜集了大量書籍。1948 年回國。同年，「海光西方思想圖書館」在上海的哥倫比亞路正式創建成立。1949 年上海解放，圖書館關閉，藏書轉入上海圖書館。1951 年中共提出知識分子思想改造運動，林同濟上交了一份思想檢討報告，行文艱難，可見內心的痛苦與無奈，最後戛然而止。1952 年全國院系調整，林同濟劃入復旦大學外文系教授英文。1957 年反右運動被劃入右派。從 50 年代後期開始，林同濟致力於莎士比亞研究與劇本翻譯，他認爲莎學是世界性的學問，中國應該積極參與，被時人稱爲「著名的莎士比亞專家」。1980 年赴美參加莎士比亞討論會，致力於中美文化的交流，因操勞過度，突發心臟病，11 月 20 日病逝於舊金山。〔註35〕

林同濟的碩士學位論文爲《日本對東三省之鐵路侵略：東北之死機》（Political Aspects of the Japanese Railway Enterprises in Manchuria），該論文對日本的鐵路經營權轉變、日本本國對外政策、日本與他國在東北的勢力變遷等做了翔實的介紹，論證了日本對東北鐵路的經營實爲侵略野心的擴張。博士論文在碩士論文的基礎上進一步研究日本問題，《日本在東北的擴張》進一步揭示了日本的侵略野心。1931 年的「九一八」事變更是印證了林同濟的觀點。林同濟的一生憂國憂民，與中國的命運聯繫在一起。發表的文章多爲現實政治歷史的反思與批判，塑造嶄新的文化精神爲指向。總體而言，林同濟是一位純粹的中國傳統文人，以「立言」爲最高理想的一介書生。

（二）陳銓（1903～1969）

陳銓，作家、翻譯家，中德比較文學專家。又名大銓，字濤西，別名陳正心，筆名有唐密、T、陳大全、濤西、濤每等。1903 年 9 月 25 日生於四川富順縣城鹽井街。1911 年起在私塾讀書，1916 年入富順縣立高等小學，1919 年考入成都省立第一中學，1921 年考入清華留美預科班，1922 年入清華大學西方語言系學習。在大學期間，受到了吳宓的賞識，開始爲《學衡》（1922 年創辦）撰稿並擔任編輯。陳銓在《學衡》上發表了不少譯作，在《清華週刊》、《清華

〔註35〕林同濟生平主要參考：李瓊：《林同濟傳略》；林同奇：《「我家才子，一生命苦。可歎！」——與同濟一起的日子》；江沛：《戰國策派思潮研究》；范珮芝：《抗戰時期的救亡思想：戰國策派的文化改造主張》。

文藝》、《弘毅》上也發表了不少作品。時人稱陳銓、賀麟、張蔭麟爲「吳門三弟子」、「文學院三傑」，又將其與錢鍾書、張蔭麟、李長之並稱爲「清華四才子」。1928 年 7 月赴美深造，就讀於美國奧柏林大學，研究英德文學，先後獲文學學士、哲學碩士學位。1928 年 9 月長篇小說《天問》由上海新月書店出版面世。1929 年 12 月長篇小說《戀愛之衝突》由上海厲志書局出版。1930 年轉往德國克爾大學（Kiel University）哲學院德文系，師從著名的黑格爾研究專家查德・克羅納爾（Richard Kroner）。1933 年轉入柏林大學，主修德國文學。博士論文題目爲《中國純文學對德國文學的影響》（別名：中德文學研究），通過小說、喜劇、抒情詩的討論，考察了中國文學對德國文學的影響，試圖改進以往的翻譯中國文學中存在的問題，將中國最優秀的文學作品介紹到德國去，這是中德文學關係研究的開山之作，也是中國比較文學研究的經典之作。1933 年底獲得博士學位。1934 年 1 月回國，任武漢大學英文系教授，同年 9 月任清華大學德文系教授。1935 年 1 月長篇小說《彷徨中的冷靜》由上海商務印書館出版，同年 10 月長篇小說《死灰》由天津大公報社出版部出版。1938 年至 1942 年任西南聯合大學外文系教授。1940 年，在《戰國策》和《大公報・戰國》上發表了一系列轟動性文章，主要介紹德國的人物與思想、文化與文學，力圖在中國掀起德國式的狂飆運動，開啓浪漫主義思潮。1942 年 3 月戲劇《野玫瑰》在重慶公演，影響極大，引發了一場「野玫瑰」風波事件。1942 年夏來往重慶，擔任中央政治學校教授，兼任中國青年劇團編導、重慶歌劇學校教授、重慶正中書局總編輯等職務。1943 年 7 月創辦《民族文學》，宣揚「民族文學運動」。1943 年出版理論新著《文學批評的新動向》，從世界文學的角度考察中國文學的貢獻，開創一個新的文學批評時代。1944 年 5 月出版理論著作《從叔本華到尼采》，作爲「在創叢書」的一種。1946 年，陳銓任同濟大學德文系及外語組主任兼外語教研組主任，將主要精力放在教學、翻譯和戲劇理論上，出版戲劇理論專著《戲劇與人生》（1947 年）。1949 年在復旦大學德語組任教授，同時在東吳大學法學院兼任教授。1952 年調至南京大學任外文系教授。1957 年被迫停止教學，從事圖書管理和德語翻譯工作。這一時期譯著有《語言的藝術作品 —— 文藝學引論》、《兒子們歸來》、《兩人在邊境》、《西班牙婚禮》、《約翰娜煤井》等。1969 年 1 月 31 日因病在南京含冤去世。〔註36〕

〔註36〕陳銓生平主要參考：《陳銓：異邦的借鏡》；徐志福：《抗日「救亡」運動中的陳銓》；宮富：《民族想像與國家敘事 ——「戰國策派」的文化思想與文學形態研究》；江沛：《戰國策派思潮研究》。

陳銓從 1922 年開始公開發表作品，一生筆耕不綴，著作等身，發表了大量的文學作品，尤其在戲劇文學方面產量頗豐。僅抗戰期間創作的劇本就有《黃鶴樓》（1939 年）、《野玫瑰》（1941 年）、《金指環》（1943 年）、《無情女》（1943 年）、《藍蝴蝶》（1943 年）以及獨幕劇《婚後》、《自衛》、《衣櫥》等等。長篇小說有《天問》、《衝突》、《革命的前一幕》、《彷徨中的冷靜》、《死灰》（再版題爲《再見，冷荐》）和《狂飆》。短篇小說集有《藍蝴蝶》、《歸鴻》等。詩集有《哀夢影》。改編、譯作有《西洋獨幕笑劇改編》、《語言的藝術作品》、《兩人在邊境》、《兒子們歸來》、《約翰娜煤井》、《西班牙婚禮》等。陳銓在戲劇文學方面影響巨大，也是戰國策派中唯一有較大文學實績的重要成員。同時，陳銓還出版了大量的學術著作和文集，譬如，《中德文學研究》、《從叔本華到尼采》、《叔本華生平及其學說》、《戲劇與人生》、《文學批評的新動向》等等。陳銓是國內第一位較爲全面系統地闡釋了叔本華、尼采思想的學者。陳銓是戰國策派中最具爭議的核心成員，長期被人誤解和曲解，實際上，陳銓是一位具有強烈民族意識和愛國情懷的知識分子，一位深具浪漫氣質的小說家、戲劇家和頗有建樹的學者。

（三）雷海宗（1902～1962）

雷海宗，字伯倫，1902 年出生，河北永清縣人。雷海宗出身於具有書香門第氣息的中農家庭，父親雷鳴夏爲當地基督教中華聖公會牧師。雷海宗勤奮好學，自幼在舊學和新學兩方面都打下了相當紮實的基礎。1917 年入北京崇德中學上學，1919 年考入清華高等學校，1922 年畢業後赴美就讀芝加哥大學，主修歷史，副修哲學。1924 年考入該校的研究院歷史研究所，師從著名的史學家詹姆斯·湯普森（James Westfall Thompson）。1927 年以博士論文《杜爾哥的政治思想》獲得博士學位。回國後執教於南京國立中央大學歷史系，同時兼任金陵女子大學歷史系教授和中國文化研究所研究員，講授西洋史和中國史。1931 年轉任武漢大學史學系與哲學系合聘教授，講授歐洲通史等教程。1932 年被清華大學歷史系主任蔣延黻看中調任清華大學歷史系。蔣延黻離開清華後，雷氏繼任歷史系主任一職，主持了校內學術刊物《清華學報》和《社會科學》，並將在這兩份刊物上發表的論文結集成冊《中國文化與中國的兵》，於 1938 年由商務印書館出版。抗戰期間任西南聯合大學歷史系教授、系主任，1946 年還代理文學院院長。主編了《今日評論》、《戰國策》、《大公

報‧戰國》、《周論》等刊物。與林同濟合編成的《文化形態史學觀》於 1946
年由大東書局印行。雷氏從歷史學出發，透過援引史賓格勒和湯因比的文化
形態學理論，根據中國自身的歷史狀況和文化特點，創造出符合中國需求的
文化形態史觀。這就是著名的「中國文化獨具三周論」。1952 年，院系調整，
調任天津南開大學歷史系教授和世界史教研室主任，主要從事世界史學科建
設，講授世界上古史，世界近代史和物質文明史，精心編撰《世界上古史講
義》一書。1957 年雷海宗發表《世界史分期與上古中古史中的一些問題》，對
馬克思主義中的奴隸社會與封建社會提出質疑，認爲這兩階段並沒有實質性
的差異，並且大膽提出，馬克思主義在恩格斯去世以後基本上停滯不前，列
寧也只是在個別問題上有所新認識。這一觀點遭到了點名批判並被劃爲右派
分子。隔年，雷海宗的身體狀況出現惡化，恢復教員後仍帶病上課且翻譯《西
方的沒落》部分章節。1962 年 12 月 25 日病逝於天津。〔註37〕

　　雷海宗畢生從事歷史教學和研究工作。在 30 多年執教過程中，講授中國
通史、世界上古史、世界中古史、世界近代史、中國哲學史、中國文化史、
外國史學史、外國文化史、基督教史等多種課程。編纂有《中國通史》、《中
國通史選讀》、《西洋通史》、《西洋通史選讀》、《世界上古史講義》等。譯著
有《克羅奇的史學論》。抗戰前後的著作有《中國文化與中國的兵》、《文化形
態史觀》。最近幾年新出或重版了雷海宗的諸多著作，學界逐漸意識到雷海宗
的歷史觀、史學觀的重要價值。隨時間推移，雷海宗的學術思想與學術成就
必將佔據史學界的重要地位。

（四）何永佶與戰國策派

　　何永佶（1902～1967），字尹及。丁澤、吉人、仃口、二水也爲何永佶。廣
東番禺人。何永佶畢業於清華高等學校，1924 年前往美國哈佛大學攻讀政治
學，獲政治學博士學位。回國後擔任北京大學政治學系教授，教授比較政府與
英美憲政民主制等課程。其後擔任北平政治學會秘書、太平洋國際會議中國代
表。1937 年左右何永佶擔任中山大學社會學系教授兼任廣東勤勤大學教授。
1946 年左右擔任中央政治學校教授。1949 年後擔任雲南大學教授，後離開中

〔註37〕雷海宗生平主要參考：南開大學歷史學院編：《雷海宗與二十世紀中國史學》；
　　　王敦書：《雷海宗的學術道路》；雷海宗著，王敦書選編：《歷史‧時勢‧人心》；
　　　江沛：《戰國策派思潮研究》；范珮芝：《抗戰時期的救亡思想：戰國策派的文
　　　化改造主張》。

國，之後擔任新加坡南洋大學籌備處秘書和華僑銀行秘書。〔註38〕1967 年去世。在三四十年代，何永佶是著名的政論家，曾擔任《民聲週報》、《戰國策》、《世紀評論》、《觀察》、《大公報》等刊物主要撰稿人。出版著作有《爲中國謀國際和平》（1945 年）、《爲中國謀政治改進》（1946 年）、《憲法評議》（1947 年）、《中國在戲盤上》（1948 年）等等，多爲報刊雜誌的文選集。〔註39〕

　　何永佶發表最多的就是政論性文章，善於用生動譬喻描述政治狀況。具體涉及到《戰國策》這個刊物中，何永佶共發表了 31 篇文章〔註40〕，位居戰國策派同人發文數第一，遠遠超過了公認的戰國策派核心人物林同濟（8 篇〔註41〕）、陳銓（13 篇〔註42〕）、雷海宗（3 篇）三人。如果再加上重慶《大公報·戰國副刊》這個刊物，林同濟爲 24 篇〔註43〕，陳銓爲 21 篇，雷海宗爲 7 篇，也是遠超這幾位核心成員。從數量上來說，何永佶絕對是戰國策派的頂梁柱，至少也是戰國策派前期的核心成員。

　　眾所周知，戰國策派公開的宗旨是「大政治」，「大政治」是戰國策派的核心觀念。何永佶恰恰是「大政治」觀的主要論述者。發表了《政治觀：外向與內向》、《論大政治》、《論國力政治》、《從大政治看憲政》、《希特勒的外交》、《留得青山在！──「工人無祖國」嗎》等約 6 篇文章。這些文章都在闡釋和運用「大政治」的觀點和方法。他強調「戰國」這一大背景，提倡「大政治」，反對注重內爭、割據、階級的小政治觀，打破幼稚的善惡觀念，倡導一種新型政治倫理。何永佶深知國際環境是嚴峻的、現實的，「大政治」觀要求根據國與國之間的利害關係來分析和預測國際局勢，也只有從「大政治」觀出發才能看出國際間的無情邏輯以及「國與國間的悲歡離合」，尋找到最適合於目前形勢的對策。這個觀點是極具洞見性的。他直擊兩千年來中國傳統的政治觀和外交觀，認爲支配中國政治的儒家哲學滿口仁義道德、和諧大同，充滿了「壅雍和和」的氣象，普遍信仰世界大同、國際主義，沒有「戰爭意識」，在大一統局面下，本無可厚非，但在「爲消滅而戰」的全體戰爭中，這

〔註38〕曹聚仁：《天一閣人物譚》，上海人民出版社 2000 年版，第 64 頁。
〔註39〕何永佶生平主要參考：何永佶：《中國在戲盤上》；江沛：《戰國策派思潮研究》；范珮芝：《抗戰時期的救亡思想：戰國策派的文化改造主張》；曹聚仁：《天一閣人物譚》。
〔註40〕署名爲何永佶、永佶、尹及、丁澤、吉人、行口、二水統計起來共 31 篇。
〔註41〕署名爲林同濟、同濟、公孫震統計起來共 8 篇。
〔註42〕署名爲陳銓、唐密統計起來共 13 篇。
〔註43〕署名爲林同濟、同濟、公孫震、獨及、望滄統計起來共 24 篇。

種傳統政治觀念就非常危險了。對外政治應該強調「力」,「力」即國家的力量,涉及到國內政治,「大政治」觀恰恰瞄準的是國內紛亂的政治勢力。「外向的政治觀注重國防,集全國一切的力量,以向外方,復由此意識的出發點,而努力於政權之統一化,吏治之效率化,軍隊之機械化。」〔註44〕內向的政治觀,產生了一種「藤妾之道」、「妻妾爭風」的政治,政治重心即在內爭,軍隊私人化,形成割據局面,軍權未能得到統一。因此,他抨擊社會上不利於抗戰建國的「小政治」觀,辨析「向內政治」與「向外政治」的區別,樹立從「大政治」的視野觀照社會上的一切現象,乃至以「大政治」爲目標檢視社會上的不良現象。面對蘇聯高喊「世界無產階級聯合起來」、「工人無祖國」這些口號,何永佶指出,要透過口號的外表,從世界「大政治」的觀點,審量它們的眞正涵義。「現代國與國間的關係,根本就是馬奇維里式,說得天花亂墜的甜蜜話,往往完全不是怎麼一回事。拿人家的有心話,死當作上帝信條看」〔註45〕,正中遠在俄國將帥的心意,但這是在「大政治把戲裏當了供犧牲踐踏的小兵小卒」〔註46〕,犧牲的正是自己祖國的利益。他認爲蘇聯實行的仍是唯實政治,喊這些口號是別有用心,因此要識破它的眞面目。他強調,工人並非沒有祖國,蘇俄絕對不是工人的大祖國,眞正的祖國就在他們現有的土地上而不存在於遙遠的烏托邦。只有把現有的祖國建設好,社會主義才有可能眞正到來。何永佶的「大政治」觀必然對以國際主義、社會主義、階級主義爲標榜的蘇聯乃至中共持警惕、批評意見。正是從「大政治」觀點看,何永佶在《談婦女》中才表達了備受爭議的「婦女回家」論調,新賢妻良母主義的實質是號召國民建設家庭生活,培養「人力」,增強國家的競爭力。

戰國策派關注的重要問題是政治、時勢與外交問題。何永佶作爲國際問題研究專家,在這方面是最用力的。《歐戰與中國》、《希特勒如何攻英?》、《希特勒的外交》、《君子外交——動口不動手》、《論均勢》、《所謂中國的「外交路線」》、《東擊與西擊》、《龍虎鬥》、《美國應立刻宣戰》等文章都是在分析國際局勢,明瞭抗戰形勢。他對於國際局勢的分析是相當精確的,譬如《美國

〔註44〕 何永佶:《政治觀:外向與內向》,昆明《戰國策》第 1 期,1940 年 4 月 1 日。
〔註45〕 丁澤:《留得青山在!——「工人無祖國」嗎》,昆明《戰國策》第 3 期,1940 年 5 月 1 日。
〔註46〕 丁澤:《留得青山在!——「工人無祖國」嗎》,昆明《戰國策》第 3 期,1940 年 5 月 1 日。

應立刻宣戰》，當時尚未發生珍珠港事件，他就已經預料到了即將發生的一切。在這些文章中，何永佶重點論述了各個國家的政治外交，再反觀中國的政治外交，提出問題和解決辦法。在《歐戰與中國》一文中，何永佶認爲目前國際局勢雜亂如麻，其主因在於美國旗幟不鮮明。到底是中立還是參戰，美國的態度一直曖昧不明，前後矛盾、言行相違。美國的態度是「惑」，蘇俄的態度是「謎」，在這「謎」、「惑」兩端中間，是全能國的「狠」和同盟國的「慌」，以及微小中立國的「抖」。「惑」、「謎」、「狠」、「慌」、「抖」五個字一下子將國際局勢的狀況表達得清楚準確。在美國尚未採取行動之前，中國對外的政策是在「謎」與「惑」當中徘徊。何永佶認爲，國際局勢不明朗，也不意味著國內要繼續實行八面玲瓏的外交政策。他分析德意路線對中國實際上並沒有什麼幫助，有好處的話頂多是「聲勢援助」。美國與中國隔得太遠，利害變薄，行動不積極。「從地略（geopolitik）與『唯實政治』（realpolitik）觀點看來，中國與蘇俄相聯比中國與任何國相聯的可能性都大。」〔註47〕中蘇兩國的共同敵人是日本，互需聲勢幫忙，因此，他從唯實政治角度出發，在外交上應「聯俄」。儘管他內心並不喜歡以社會主義、階級鬥爭爲意識形態的蘇聯，但仍然在 1940 年做出了理性的對外路線。

　　戰國策派學人向來具有親德立場，崇尚德國的思想學術文化，何永佶就是其中重要的代表。在德國節節勝利，同盟軍抵抗力脆弱的情況下，何永佶分析了德國的政治外交問題，重點考察了希特勒的外交政策和政治見解，認爲希特勒的外交手段和政治理念是值得國內借鑒的。在《希特勒與朱元璋》一文中就說明了希特勒何以能將德國變成一個全能國家，行文中暗含了對希特勒本人的佩服之情。《戰國策》上出現的希特勒語錄，主要來自於何永佶的手筆。何永佶的親德態度毫不亞於陳銓。但總體而言，他還是能夠保持學者的理性客觀態度。總之，在戰國策派的思想體系中，有一重要內容就是國際局勢與抗戰時勢研究，何永佶就是這方面的核心人物。

　　戰國策派關注的核心問題就是文化。文化的建設千頭萬緒，但對中國而言，重塑一個新型政治倫理和新的文化人生觀迫在眉睫。中國在二千多年的封建王朝的專制統治下，形成了獨具中國特色的傳統政治文化。這種政治文化早已存在嚴重問題，在遇到強大的西洋政治經濟文化勢力面前，皇帝制度

〔註47〕尹及：《所謂中國的「外交路線」》，昆明《戰國策》第 9 期，1940 年 8 月 5 日。

消失了，但大一統皇權之下的流弊卻依然存在，在民族危亡的時刻逐漸暴露出它嚴重的弊端。戰國策派學人認為應從政治的角度探索文化重建的方式，而涉及到政治方面，官僚傳統是影響中國政治文化發展的核心所在。針對官僚的貪污腐敗問題，何永佶提出了一個重要觀點，就是將「富」與「貴」分開。「富」是指「有錢」，「有財產」。「貴」就是「地位高」，「有統治權」，「有領導力」。他指出，政治的弊端就在於「富」、「貴」二字不分開。「『富』與『貴』結婚，是一切政治的病源，它們倆所生的子子孫孫，就是『貪污』『卑鄙』『無恥』『混亂』『傾軋』『譭謗』，以及其他一切一切的病症。」〔註48〕統治階級要一致才能有指揮靈活之效。統治權最忌分裂，分裂則使國內紛亂，而財富是使統治權分裂的重要武器，財富也將使統治階級「軟化」，變為物質的高度享受者。因此，「富」與「貴」是一個不祥的結合，「富」「貴」結婚，「貴」必失其所以為「貴」，「富」也必失其所以為「富」，兩邊都得不到好處。「『權力』與『財富』是互相侵蝕互相腐化的東西！」〔註49〕所以，中國的政治必須向著制度化的方向走，將「富」與「貴」截然分開。何永佶提到了柏拉圖的提案。柏拉圖建議「保護者」（統治階級）不得私有家庭，不得私有財產，「農工商」（被統治者）則可以有私有產業和家庭。這樣做的目的是把「財產」與「政權」絕對分開，就是把「富」與「貴」的聯繫截然斬斷。「貴」只做「貴」的事，「富」只做「富」的事。何永佶指出，真正的「貴」人並不求物質的享受，而將他們的快樂寄託在工作裏，生命的意義在於創造。在此，何永佶對「貴族」表示了足夠的尊敬和重視，他希望在貴富不分的中國社會裏，能夠在內政上「富」、「貴」分家，使中國的政治制度走上優良的道路。戰國策派認為，在新戰國時代，大一統局面下的頹萎的官僚制度是必須改革的，「要個個做官的人，敏銳地感覺一官一職統不是個人功名利祿的對象，乃必須盡忠竭力，做得精彩絕世，使國家得以光耀馳驅於國際之場——這乃是我們官僚傳統所需要的基本精神革命。」〔註50〕林同濟提出的官僚傳統的基本精神革命，與何永佶提出「富」與「貴」分開、獨立運轉的理念一脈相承。對比雷海宗的《中國的元首》和林同濟的《官僚傳統——皇權之花》等文章，

〔註48〕何永佶：《富與貴》，昆明《戰國策》第 4 期，1940 年 5 月 15 日。

〔註49〕何永佶：《富與貴》，昆明《戰國策》第 4 期，1940 年 5 月 15 日。

〔註50〕林同濟：《官僚傳統——皇權之花》，重慶《大公報》第 4 期，1943 年 1 月 17 日。

會發現，這三人針對皇權制度下的官僚傳統問題，各自有著深刻獨到的理解和建議，形成了對中國傳統政治文化改造的豐富思考。

戰國策派歷來就被認為提倡集權與獨裁，其實，對民主與獨裁的看法，戰國策派成員之間的觀點言論非常不一致，筆者以為，何永佶的觀點最具客觀理性成熟。他在哈佛大學獲得了政治學的博士學位，回到國內從事的也是政治學方面的教學與研究工作。著有英文著作《The Origin of Parliamentary Sovereignty》(《歐洲憲政溯源》)，對政治領域內的民主、獨裁等政制問題是相當熟悉和瞭解的。關於民主與獨裁的見解，集中表現在《反叛與反對 —— 答聯大某生》一文中。這篇文章對民主與獨裁有著最為集中、最為精準的論述。

何永佶指出：

> 民主獨裁之分：這種分別不限於政制，而根本是一種精神，心理，思想上之分。在獨裁的國家內，人們習慣於視一切的「反對」為「反叛」，故凡出口半個字批評政府的，都認為是「反動」，該槍斃，在民主的國家內，人們習慣於「反對」與「反叛」之截然不同，目的一致的而意見盡可不一致，意見一致的而辦法盡可不一致。〔註51〕

> (獨裁與民主) 各有各的好處，各有各的壞處。民主制的壞處，是在危急存亡的時候，議員大人們還在那裏你一句他一句的空談，白費時間：這恐怕就是歐陸許多國家拋棄民主採用獨裁的大因，為的是獨裁制辦事敏捷，成績易見。但我們千萬不要忘記，這獨裁者必須有一正確的政策，如他的政策是錯誤的，則不須多少時間，國家就會完結了……民主制就不同：那裏的錯誤政策比較的容易更改……顯然地，這兩種政制中沒有一種是絕對的好，也沒有一種是絕對的壞，這完全看地方時代的情形而定。〔註52〕

何永佶區分了民主與獨裁這兩種政制的特點，觀點成熟，思維辯證。用當今的眼光來看都不失為「真知灼見」。針對某些愛國人士希望國家內只有一個政黨，一個意見的看法，他指出「這是絕對辦不到的事，就是辦得到也

〔註51〕何永佶：《反叛與反對 —— 答聯大某生》，昆明《戰國策》第 3 期，1940 年 5 月 1 日。

〔註52〕何永佶：《反叛與反對 —— 答聯大某生》，昆明《戰國策》第 3 期，1940 年 5 月 1 日。

不是好事；試問如只有一樣思想，一個系統，一種荣式，這世界多麼沒意思！這人生值得過活，就是因爲除了這種荣式外還有別種荣式，這個系統外還有別個系統，這樣思想外，還有別樣思想。這世界如不是五花十色，有正有反，有陰有陽，有正統又有所謂『異端』，那眞不值得留戀！」〔註53〕因此他對希特勒這樣的獨裁者們持批評、嘲諷態度。後人認爲戰國策派在提倡集權與獨裁，宣傳法西斯主義思想，這是沒有經過仔細分析和鑒別的誤讀。

另外，何永佶在《戰國策》上發表了諸多神話，文學才氣也是逼人的。在戰國策派還未開始關注文學問題時，他首先創作神話作品來表達對現實的看法，預示了戰國策派中後期將要轉向文學領域。假設，他在戰國策派的後續刊物中繼續發文，這些神話創作將會連貫成一個完整體系，表達一系列的寓言故事。

總而言之，無論從思想觀點、立場態度、社會反響，還是從發文質量、數量上看，何永佶都應該是戰國策派的核心成員。這一點得到了戰國策派同人陳銓、沈從文的指認。解放後，陳銓在「交代材料」中點名：「在昆明時，我與他及何永佶，沈從文，雷海宗等共辦反動半月刊《戰國策》。」〔註54〕並且這個刊物的經濟來源動用了何永佶的人脈關係：「《戰國策》的後臺是雲南財政廳長繆雲臺，那時何永佶是他的私人秘書。何永佶說動繆雲臺出錢，他答應每期付出出版費用。」〔註55〕可見，何永佶不僅是刊物的重要編輯，而且是刊物的經費支撐者。沈從文在五十年代中也提到過《戰國策》這個刊物是「由林同濟、何永佶等共同負責」〔註56〕。陳源在寫給胡適的信中也提到：「少年政治學者何永佶、林同濟之流，在昆明辦有一個刊物，名《戰國策》，提倡『力的政治』，崇拜德國式的思想。」〔註57〕曾在西南聯大就讀的何兆武也在口述中講道：「後來雷先生、林先生、還有外文系的陳銓、雲南大學政治系的何永佶等幾個人物辦了一份雜誌《戰國策》，別人稱他們做『戰國派』，

〔註53〕何永佶：《反叛與反對 —— 答聯大某生》，昆明《戰國策》第 3 期，1940 年 5 月 1 日。
〔註54〕陳銓「文革」交代材料。
〔註55〕陳銓「文革」交代材料。
〔註56〕沈從文：《沈從文自傳》，《沈從文全集》（第 27 卷），北嶽文藝出版社 2002 年版，第 149 頁。
〔註57〕中國社會科學院近代史研究所編：《胡適來往書信選》，中華書局 1979 年版，第 482 頁。

在抗戰期間算是一個重要的學派。」〔註58〕由此得知，在當時學人的眼中，何永佶是《戰國策》刊物的執行編輯和主要負責人。綜合以上考慮，筆者確認何永佶是戰國策派的核心成員。

（五）洪思齊與戰國策派

洪思齊（1906～1984），又名洪紱，1906 年生於福建。1926 年畢業於協和大學物理系。1932 年留學法國，1933 年獲法國里昂大學地理學博士，後畢業於巴黎大學外交系。曾師從世界著名地理學家馬東（E. de Mar tone，1873～1955）。1934 年回國，在中山大學任教，任地理系教授，系主任。其後轉往清華大學、西南聯大等校任教。1949 年解放後，輾轉於臺灣、美國、加拿大各高校，任地理學教授。洪思齊懂英、法、德三語，尤其擅長英語和法語，曾博覽和收藏大量當時歐美出版的地理書刊。洪思齊是中華地理教育研究會的重要研究委員，關注中國省區改造問題和「地理教育之目的」。周廷儒、王乃梁、鄧綏林、丁錫祉、鄒新垓、李式金、張英駿、李孝芳等教授均受教於洪思齊。在研究方面，洪思齊善於把自然地理和人文地理結合起來，曾用地緣政治學關注國內外局勢的發展變化。抗戰勝利前夕，關於戰後的建都問題，翁文灝、沙學濬、洪思齊、傅斯年等人熱烈爭議，有人主張建都北平，有人主張遷都濟南，有人主張還都南京……洪思齊指出：「戰後國防要偏重東北，東北能保住，中國一定成爲一個頭等強國」，「從地略觀點，北平最適於做戰後統一中國的永久首都。」〔註59〕事實上，除去國民政府執意要還都南京，中國政權的首都一直在北京。洪思齊在經濟地理學方面造詣很深，爲國際經濟地理學方面的專家。主要代表作有：《重劃省區方案芻議》、《區域經濟地理引言》、《英國經濟地理大綱》、《劃分中國地理區之初步研究》、《從地略論建都》、《地理教育之目的》、《蘇聯之謎》、《地略與國策：意大利》、《釋大政治》等等。

洪思齊在《戰國策》刊物上發表的文章有《挪威爭奪戰：地勢與戰略》、《地略與國策：意大利》、《如果希特勒戰勝》、《蘇聯的巴爾干政策》、《法蘭西何以有今日》、《蘇聯之謎》、《釋大政治》等 7 篇，文章數遠超雷海宗（3 篇），僅次於林同濟（8 篇），占第 4 位。加上《大公報‧戰國》4 篇，雷海宗才與洪思齊其名，同占第五名。閱讀這些文章，不難發現，洪思齊主要論述了兩

〔註58〕何兆武口述，文靖撰寫：《上學記》，北京生活‧讀書‧新知三聯書店 2008 年第 2 版，第 151 頁。

〔註59〕洪紱：《從地略論建都》，重慶《大公報》1944 年 1 月 23 日。

方面的內容：一是「大政治」觀；二是用「地緣政治」觀照國際局勢。

首先，我們來看「大政治」觀。如前所述，「大政治」是戰國策派公開的宗旨，佔據戰國策派的核心地位。洪思齊是繼何永佶之後最清晰、最準確、最理性地定義「大政治」涵義的成員。在《釋大政治》一文中，洪思齊開篇即指出：「大政治是以國的鬥爭做中心思想的，它的手段是戰爭和外交，他的法則是唯實政治和力的政治（macht-politik）。」〔註60〕這與戰國策派公佈的發刊詞非常相似，確定了「大政治」的基本特徵和含義。事實上，戰國策派的確是以國的鬥爭做中心思想，以唯實政治和力的政治作為準則，通過研究戰爭和外交問題，達到國家至上和民族至上的目的。洪思齊正是用「大政治」的觀點來看待各國的國策與戰爭的關係。他認為，拋開一切成見，以現實的眼光來看待蘇聯的外交，就會發現蘇聯雖然是社會主義國家，但它推行的仍是唯實的外交和力的外交。「戰爭是政治的繼續」，外交談判失敗便要「請大炮來說話」，「唯一可以感動它的只有貨真價實的利益關係，利益之所在，便寄之以同情，利益之所反，便加以憎惡。」〔註61〕這就是蘇聯的國策真面目。也就是說，「大政治」是超脫意識形態束縛的政治觀。「大政治」以唯實外交做指南針，有時也採用力的政治。「但不能說大政治就是唯實政治或力的政治。」〔註62〕洪思齊解釋道：「大政治這個名詞是《戰國策》裏的幾個朋友創的。它的涵義並不是一望而知的，但是因為沒有更妥當的名詞，所以就創了它。『大』約意識不過表示他是超派別、超階級、超省域，是以國為單位，世界為舞臺的鬥爭政治。」〔註63〕這就是戰國策派發刊詞中公佈的「非紅非白、非左非右」、「民族至上、國家至上」的主旨。面對蘇聯外交具有迷惑性的一面，反蘇擁蘇的人都將布爾什維克主義的理論來解釋和推測蘇聯的行動，洪思齊指出千萬不要將「主義」與「政策」混為一談。蘇聯是一個國家，外交必須以安全保障做中心思想，因此，蘇聯的外交是「基於現實的政治，並非以理想的環境為對象。換言之，她所行的是唯實的外交（real-politik）而不是要推行什麼主義，打倒什麼主義。」〔註64〕洪思齊提醒我們要拋開「正義」、

〔註60〕 洪思齊：《釋大政治》，昆明《戰國策》第 10 期，1940 年 8 月 15 日。
〔註61〕 洪思齊：《蘇聯之謎》，昆明《戰國策》第 6 期，1940 年 6 月 25 日。
〔註62〕 洪思齊：《釋大政治》，昆明《戰國策》第 10 期，1940 年 8 月 15 日。
〔註63〕 洪思齊：《蘇聯之謎》，昆明《戰國策》第 6 期，1940 年 6 月 25 日。
〔註64〕 洪思齊：《蘇聯之謎》，昆明《戰國策》第 6 期，1940 年 6 月 25 日。

「公理」、「國際主義」、「社會主義」、「同情」、「憎惡」這些虛幻無力的名詞，擺脫意識形態的干擾，學習蘇聯運用唯實的外交和力的外交來保證本國的安全。

「大政治」作爲戰國策派自創的新名詞，洪思齊是唯一一位對「大政治」蘊含的多重可能性做公開解釋的成員，並且他還難能可貴地區分了「大政治」的適用範圍。他指出：

> 大政治是對外的。絕對不是用以對內。對內用則引起過國家的分裂。只講利害不顧是非的唯實政治用以對內則引起黨派的鬥爭、階級的鬥爭、私人鬥爭、小集團的鬥爭，鬥爭激烈了，就不顧國家利益，甚至藉重外力，出賣祖國。力的政治用以對內則引起革命和內戰。兩種法寶在國內用都要亡國。反之，國內必須有法律、道德、公理、正義，必須調和團結，才有力量對外。北伐以前，中國對外則依靠法律和公理，對內則實行唯實政治和力的政治，實爲今日國難的禍根。〔註65〕

這說明洪思齊對「大政治」具有清醒和理性的認識，絕不是主張在國內實行鐵血政策和唯實外交。從國內的歷史事實中，他清醒地認識到國內實行所謂「大政治」容易遭致禍害，反而不利於國家的安定統一。在抗日救亡的關頭，洪思齊希望用「大政治」的眼光去關注國與國之間的戰爭而不是國內之間政治勢力的鬥爭。爲此，洪思齊還專門解釋外界的誤會：「一些『向內觀』的政論家以爲我們主張國內實行唯實政治和力的政治實在是莫大的誤會。」〔註66〕這個解釋很重要。戰國策派歷來就被認爲強調集權和獨裁，提倡鐵血主義，爲國民政府消滅異己提供理學依據。實際上它的集權、尚力、唯實、鐵血都是對外的，是爲提升中國在世界大政治舞臺上的競爭力。作爲唯一一位最用力、最專業地解釋戰國策派的宗旨以及「大政治」涵義的成員，洪思齊應該被視爲戰國策派的核心成員。

除「大政治」外，洪思齊致力於從「地緣政治」的視野和角度觀照國際局勢和國內外政策。作爲地理學專家，洪思齊的文章多從「地緣政治」的角度出發，分析這個國家的地略、國策與戰爭的關係。洪思齊從地勢的角度來看待挪威爭奪戰，審視挪威爭奪戰的戰略問題。挪威具有天然的優勢，是德

〔註65〕洪思齊：《釋大政治》，昆明《戰國策》第 10 期，1940 年 8 月 15 日。
〔註66〕洪思齊：《釋大政治》，昆明《戰國策》第 10 期，1940 年 8 月 15 日。

國的「生命線」，也是英國的爭奪地，所以同盟國和德國都異常重視挪威海岸的爭奪戰。由於挪威特殊的地勢，相對應的戰略問題也要因地制宜。洪思齊認為，一個國家的國策（外交策略）必須與它的地理位置相一致：「一個國策必須與她的地略配合。遵循這個原則，才能夠生存，發展，否則不是招致亡國的慘禍，亦要淪陷於半殖民地的孽鏡。」〔註67〕一九三五以後的法國政府沒有認清德國是法國唯一的敵人，上任的外交家既不是高尚理想的國聯主義者，也不是道地老牌的尚力主義者，而是一串非驢非馬的「外行部長」。這些外行部長，犯了一個致命錯誤，沒有用「力」的外交，防止德軍重整旗鼓，導致法國陸軍慘敗，堂堂一個大國，竟被淪為佔領國。〔註68〕意大利意識到自身地略位置上的缺陷不足：怕封鎖，怕轟炸，因此實行地中海政策，速戰速決，避免封鎖和轟炸。意大利之所以能夠和德國合作，是因為從意大利的地略看，地中海比大陸重要，所以它能夠在大陸上對德讓步，換取德國對它的地中海政策的支持。洪思齊指出：「墨索里尼的地中海政策不是主觀的個人幻想，或主義演繹，乃是完全根據在意大利地略的位置和需要而鑄成的。」〔註69〕洪思齊實際上是在用國際上最新的成果「地緣政治」來分析各國的國策、外交與戰爭的關係。

「地緣政治」是政治地理學中的一種理論。它根據各國的地理要素和政治格局的地域形式，來分析和預測世界或地區範圍的戰略形勢和有關國家的政治行為。也就是說，地緣政治學視地理因素為影響乃至決定一個國家的政治行為的基本因素。張江河認為，地緣政治學是抗日戰爭時期的戰國策派首先移入到中國的。〔註70〕何兆武也回憶道，戰國策派「開我國近代地緣政治學的先河」。〔註71〕這裡，學界都肯定戰國策派是介紹和引進地緣政治學的先導，但張江河在考論「戰國策派」與地緣政治的關係時，只認為雷海宗、何永佶、林同濟才是引入、運用地緣政治理論的成員，全文隻字未提洪思齊與

〔註67〕 洪思齊：《地略與國策：意大利》，昆明《戰國策》第 4 期，1940 年 5 月 15 日。

〔註68〕 洪紱：《法蘭西何以有今日》，昆明《戰國策》第 4 期，1940 年 5 月 15 日。

〔註69〕 洪思齊：《地略與國策：意大利》，昆明《戰國策》第 4 期，1940 年 5 月 15 日。

〔註70〕 張江河：《地緣政治與戰國策派考論》，《吉林大學社會科學學報》2010 年第 1 期。

〔註71〕 何兆武：《緬懷雷先生》，南開大學歷史學院編：《雷海宗與二十世紀中國史學》，中華書局 2005 年版，第 61 頁。

地緣政治的關係。〔註72〕考察戰國策派的所有文章，不難發現，洪思齊才是介紹和運用地緣政治學的第一人。在戰國策派的核心成員中，林同濟、何永佶是政治學家，雷海宗是歷史學家，陳銓和沈從文是文學家，從專業的角度來看，洪思齊具有天然的優勢，他發表的文章大多爲地緣政治方面的應用文章。戰國策派的編輯在洪思齊的《地略與國策：意大利》一文中特意加了編者按：「自從去秋蘇德協定以後，用意識形態的方式來判定國際大政治的學派逐漸衰微，而用地理政略學（geopolitik 我們想簡譯爲地略學）的看法逐漸抬頭。地略學在歐陸學界近年來已取得顯著的地位，是一種道地的大政治科學。我們一味英美化的大學科程，對此道自來是莫若無睹。本刊特請洪先生把列強的國策與地略關係做簡單的個別分析自本期起陸續發表。——編者。」〔註73〕可見，洪思齊才是運用「地緣政治」的主角。他可以利用他的專業優勢進行國策與地略的分析。地緣政治隸屬於「大政治」範疇，是「大政治」的運用領域。第二次世界大戰的爆發，以及 1939 年秋的蘇德協定，戰國策派逐漸意識到用意識形態的方式來推演判斷國際大政治的趨勢是不可行的，而應該用地緣政治學的觀點來看待各國的國策與戰爭的關係。洪思齊認爲，戰國時代，七國爭雄，合縱連橫，當時的政治就是「道地的大政治」。春秋戰國時代的遠交近攻、合縱連橫、離強合弱、唇亡齒寒等皆屬地緣政治之運作。這可以從另一個角度解釋，戰國策派何以對中國的春秋戰國時代情有獨鍾，這與他們的理論是相一致的。

從發文數量、「大政治」、「地緣政治」等幾個層面來說，洪思齊理應是戰國策派的核心成員。范長江的記者報導也確認了這一事實。令人遺憾的是，在目前的研究中，洪思齊幾乎是缺席的，他的生平簡歷、思想觀點都是模糊不清的，洪思齊值得我們進一步深究。

（六）沈從文與戰國策派

沈從文（1902～1988）的生平著述學界較爲熟知，筆者從略，主要辨析沈從文是不是戰國策派的核心成員？以往研究戰國策派的學者一般不把沈從文作爲戰國策派的核心成員。江沛、馮啓宏、范珮芝、宮富、路曉冰等在其

〔註72〕 張江河：《地緣政治與戰國策派考論》，《吉林大學社會科學學報》2010 年第 1 期。
〔註73〕 洪思齊：《地略與國策：意大利》，昆明《戰國策》第 4 期，1940 年 5 月 15 日。

論著中都將沈從文排除在外。考慮的因素主要有：一是沈從文的思想在某種程度上說與戰國策派核心人物林同濟、陳銓、雷海宗、何永佶等人有較大的分歧與差異，學界一般將他視爲自由主義作家的代表；二是自戰國策派遭受左翼批判後聲譽不濟，爲避免歷史上的污點，沈從文在八十年代接受採訪時「堅決否認」自己是戰國策派的成員，否認自己與戰國策派有親密聯繫。

事實而言，沈從文不僅與戰國策派甚爲親密，而且還直接參與了《戰國策》的編輯工作。沈從文在傳記材料中寫道：「曾和聯大同事錢端升、陳岱孫等編過一週刊，又同林同濟等編過一半月刊。」〔註74〕1940 年 2 月致其兄沈雲麓的私人信件中提到：「我雜事過多，近又同朋友辦一雜誌，每月必有一萬字文章繳卷，一年要萬多印刷費，經費不困難。」〔註75〕這裡的雜誌指的就是《戰國策》刊物。1941 年 2 月，在給施蟄存的信中寫道：「刊物純文學辦不了，曾與林同濟辦一《戰國策》，已到十五期，還不十分壞，希望重建一觀念。」〔註76〕這說明，沈從文確實參與了《戰國策》的編輯工作，並且對刊物寄予了較大的希望。在他人看來，沈從文也被認爲是戰國策派的成員。陳銓在「交代材料」中指證：「在昆明時，我與他及何永佶，沈從文，雷海宗等共辦反動半月刊《戰國策》。」〔註77〕李輝、施蟄存都曾談到沈從文與戰國策派之間的關係。李輝與夏衍的對話中談道：「沈從文在 1943 年或 1944 年的時候，給當時的《戰國策》雜誌寫過文章……沈從文的問題主要是《戰國策》，這就不是一個簡單的問題了。」〔註78〕施蟄存在《滇雲浦雨話從文》一文中說道：「從文一生最大的錯誤，我以爲是他在四十年代初期和林同濟一起辦《戰國策》。」〔註79〕沈從文是戰國策派學人中最爲積極的撰稿者之一，在《戰國策》刊物上發文 8 篇，《大公報·戰國》發文 1 篇，《民族文學》發文 1 篇，共計 10 篇，算得上是發文數量較多的一位成員，高於雷海宗、洪思齊，僅次於陳銓，而

〔註74〕沈從文：《總結·傳記部分》，《沈從文全集》第 27 卷，北嶽文藝出版社 2002 年版，第 89 頁。

〔註75〕沈從文：《致沈雲麓》，《沈從文全集》第 18 卷，北嶽文藝出版社 2002 年版，第 381 頁。

〔註76〕沈從文：《覆施蟄存》，《沈從文全集》第 18 卷，北嶽文藝出版社 2002 年版，第 390 頁。

〔註77〕陳銓「文革」交代材料。

〔註78〕李輝：《與夏衍談周揚》，《往事蒼老》，廣州：花城出版社，1998 年版，第 240～242 頁。

〔註79〕施蟄存：《滇雲浦雨話從文》，《新文學史料》1988 年第 4 期。

且他是少有的貫穿於三個刊物的撰稿者。五十年代後沈從文辯解說「一面受
牽連責備而離開」〔註80〕，或許是離開了編輯崗位，但從發文情況看，他與
戰國策派一直保持著親密的同盟關係。無論從編輯關係，還是從影響上看，
亦或從發文數來看，沈從文無疑是戰國策派重要的成員之一。

　　最近幾年，學界發表了數篇論文考論沈從文與戰國策派的關係，傾向於將
沈從文列爲戰國策派的重要成員。最早的是吳世勇，在《爲文學運動的重造尋
找一個陣地──沈從文參與〈戰國策〉編輯經歷考辨》一文中，他通過對沈從
文參與《戰國策》刊物編輯工作前後情況的考證，探討了沈從文與戰國策派的
關係，認爲沈從文在思想層面上與戰國策派有某些共同點，並且揭示了沈從文
參與《戰國策》編輯工作的深層原因。〔註81〕然後是孔劉輝，在《和而不同、
殊途同歸──沈從文與「戰國派」的來龍去脈》一文中認爲：「從參與編輯、
發表文章、團體活動、文化主張等多方面看，沈從文毫無疑問是《戰國策》同
人和『戰國派』核心成員之一。」〔註82〕其後，在《「戰國派」新論》一文中繼
續持有這一觀點。緊接著是李揚的《沈從文與「戰國策派」關係考辨》，他認爲
沈從文：「不但是《戰國策》的一個比較活躍的編者和作者，同時在『國家至上』、
『文化反思』與『生命崇拜』等問題上，也與這一流派成員的核心理念有著諸
多內在一致之處。在這個意義上講，沈從文應該被看作是『戰國策派』的一員。」
〔註83〕這三篇論文已經非常詳細地闡述了沈從文與戰國策派的來龍去脈，從編
輯關係、思想觀念等方面做了深刻的論述。最新一篇文章《沈從文與〈戰國策〉
派的關係有多深？──沈氏佚簡〈提倡做人的新態度〉考釋》指出，在《戰國
策》第15、16合期上有一封署名「沈粥煮」的「讀者來信」《提倡做人的新態
度》，其筆調和內容都很「沈從文」，結合沈從文抗戰以來的思想變遷、他對知
識分子問題的嚴肅思考、他對「閹寺性」的持續批判、他對「人的重造」「民族
重造」的殷切期望等來看，這封佚簡當出自沈從文之手。由此，李雪蓮認爲沈

〔註80〕沈從文：《沈從文自傳》，《沈從文全集》（第27卷），北嶽文藝出版社2002年
　　　　版，第149頁。
〔註81〕吳世勇：《爲文學運動的重造尋找一個陣地──沈從文參與〈戰國策〉編輯
　　　　經歷考辨》，《淮南師範學院學報》2005年第1期。
〔註82〕孔劉輝：《和而不同、殊途同歸──沈從文與「戰國派」的來龍去脈》，《學
　　　　術探索》2010年第5期。
〔註83〕李揚：《沈從文與「戰國策派」關係考辨》，《北京師範大學學報（社會科學版）》
　　　　2012年第3期。

從文與戰國策派的關係之深密應該得到進一步的證實。〔註84〕沈從文竟然化名為「沈粥煮」撰寫「讀者來信」來支持、鼓勵戰國策派，其中的關係之深淺值得我們去體察。筆者在閱讀戰國策派刊物的過程中，直覺沈從文與戰國策派的確有著不可脫離的關係，上述學者已詳細考辨過，不再贅論，贊同他們的看法，認爲沈從文是戰國策派中不可或缺的重要成員。

　　綜上所述，筆者以爲，林同濟、陳銓、雷海宗、何永佶、洪思齊、沈從文都是戰國策派的核心成員。過去學界認爲林、陳、雷才是該派的核心人物，對其研究也就集中於這三人的言論表述，這必然遮蔽了另外三位成員的理論主張。根據筆者對戰國策派的熟悉和瞭解程度，只有將這六人納入到戰國策派的核心成員中，才能對該派的整體脈絡和眞實狀況做出深入地研究，從而突破現有的研究模式和思維方式。

三、戰國策派的一般成員和外圍

　　除了核心成員，戰國策派還有哪些成員？戰國策派的成員組成首先來自於在《戰國策》、《大公報・戰國》副刊和《民族文學》這三個刊物上發表文章的作者。當然並不是在這三個刊物中發表文章的作者都可以歸入到圈中之人。首先可以肯定的是，在這些刊物上發表作品的作者可以認爲是戰國策派的外圍。至於具體哪些成員是戰國策派的，就要仔細辨別了。根據《戰國策》的發刊詞以及大政治、地緣政治、尚力、戰國重演等關鍵詞，筆者大膽推定，賀麟、陶雲逵、林良桐、郭岱西〔註85〕、谷春帆、王贛愚、沙學濬、陳碧笙、沈來秋等9人是戰國策派的基本成員。

　　賀麟，眾多學者將他列爲戰國策派的核心成員，他的精神氣質的確與這個派別有諸多相通之處，但考慮到他在《戰國策》刊物上僅發表過2篇論文，只能算作戰國策派的普通成員。《五倫觀念的新檢討》是對中國的五倫觀念進行檢討和估價。「五倫觀念是儒家所倡導的以等差之愛、片面之愛去維護人與人間的長久關係的倫理思想。」〔註86〕賀麟認爲這箇舊禮教未必一定要打倒，完全可以在這個基礎之上重建新社會新人生的行爲規範和準則。《英雄崇拜與人格教

〔註84〕李雪蓮：《沈從文與〈戰國策〉派的關係有多深？——沈氏佚簡〈提倡做人的新態度〉考釋》，《現代中文學刊》2016年第5期。

〔註85〕孔劉輝認爲郭岱西（岱西）是林同濟筆名，參見：《「戰國派」作者群筆名考述》，《新文學史料》2013年第4期。

〔註86〕賀麟：《五倫觀念的新檢討》，昆明《戰國策》第3期，1940年5月1日。

育》是針對陳銓的英雄崇拜觀念發言，建構賀麟的英雄崇拜觀念。他認爲英雄崇拜根本上是在文化和道德方面，是關於人格修養的問題，而非政治問題。〔註87〕這與陳銓的觀點其實是有區別的，但總體而言，他是贊成英雄崇拜的。

陶雲逵在《戰國策》刊物上發表了 2 篇文章，一篇是《力人 —— 一個人格型的討論》，另一篇是《從全體看文化》。陶雲逵崇尚力，推崇力人與力文化。他認爲中華民族有太多的無力的奴隸型人格，造成了公認的中國病，比如不負責任、敷衍隨便、因循模範、無創造、無是非、明哲保身等等。針對這種道地的「奴隸型人格」，就必須保衛「主人型人格」，培養力人。陶雲逵強調力，抨擊國民性格，與林同濟的觀點相當一致。但是，陶雲逵認爲培養力人的主要手段是「遺傳」，「所謂從遺傳入手就是選擇力人，使他們多生殖，反之，無力人當少生殖。如此，力人增多，無力人減少。」「我們得保衛力人的種子，培養它，使它生長、開花、結種、繁殖。」〔註 88〕通過優生學的方法來增加力人，林同濟的言論中從未提及，這是他們的差異所在。陶雲逵的後一篇文章是書評，評魯思・本尼迪克特的《文化的模型》（Pattern of Cluture），從文化的整個局勢入手，注重全局的研究方法，這與林同濟在第三期的學術思潮中提出的「文化綜合」或「全體文化」非常相似。

林良桐特別關注民主政治問題，曾在《今日評論》上發表《中國人民與民主政治》一文，然後在《戰國策》上繼續發文闡述中國國情與民主政治的關係。《民主政治與戰國時代》一文中認爲，現在是「戰國」時代，「戰國時代需要一個大權在握的政府」，「不必過份迷信民主政治」。目前中國不是能不能實行民主政治的問題，而是需不需要、合不合適的問題。民主政治尚自由、尚平等、尚理智，戰爭時代講服從、講紀律、講信任，實行民主政治必然與戰爭環境有所衝突。他認爲，「戰國時代的政府，應以國家民族的生存和獨立爲第一任務」，講服從、紀律、安全、團體、強權，因而「民主制度不適應於戰國時代」。林良桐比較贊同在戰國時代實行集權，但他認爲這是不得已的事情，「我並不是主張獨裁，但我只指出民主的弱點」，在民族危亡時刻，如果民主與獨裁可以並行不悖，那麼他「馨香而祝之」。〔註89〕由此得知，唯一一

〔註87〕賀麟：《英雄崇拜與人格教育》，昆明《戰國策》第 17 期，1941 年 7 月 20 日。
〔註88〕陶雲逵：《力人 —— 一個人格型的討論》，昆明《戰國策》第 13 期，1940 年 10 月 1 日。
〔註89〕林良桐：《民主政治與戰國時代》，昆明《戰國策》第 15、16 合期，1941 年 1 月 1 日。

位主張獨裁和強權的戰國策派學人，也是迫於現實做出的無奈選擇。民主的理念依然保留在他內心深處。

王贛愚在《關於我們的戰時行政》一文中討論的是中國的戰時行政。「領袖集權」是目前戰時行政的特徵，但他認為「事權集中」才是戰時行政之不移原則，不能僅靠「領袖集權」，過份倚靠領袖，事無鉅細必須請示，耗精力於瑣屑，反失其行政首長之作用，還使國家行政系統紊亂，責任不明，效率低下。因此，今日的中國行政需要創立一個「行政總樞」，進一步促進「行政集權」才能使「領袖集權」充分發揮其效力。「維持行政系統完整外，釐定各級機關的職權，使各守範圍，不推諉也不逾越，由級級負責進到人人負責。這是行政集權的最高表現，也就是戰時的最基本需求。」〔註 90〕王贛州愚提出的「權力政治時代」、現實外交、關注「力的培植和增長」等觀點，與戰國策派「大政治」的理念比較一致。王贛州還參與了林同濟、雷海宗、陳銓共同主編的「在創叢書」。作為「在創叢書」的編委，王贛愚在在創出版社出版了兩本專著《民治新論》和《新政治觀》。

郭岱西在《戰國策》和《大公報·戰國》副刊上發表了 5 篇文章：《中國人之所以為中國人》、《隱逸風與山水畫》和 3 篇《偶見》。郭氏主要談的是中國人的民族性格、精神氣質。他認為中華民族是「外儒內道」：表面上是孔孟的面孔，內心則是老莊的靈魂。中國人之所以道地是個中國人，乃在其為「道」。道家的根本觀念是自由，一種超脫社會、看破一切的自由。這種自由不是西方世界裏的「布爾喬亞的權利思想，奮鬥精神」，而是一個天性懷疑的藝術家，產生一種譴浪情懷：狂放、隱逸、弄世、出山。中國的山水畫，就是隱逸風的結晶。西洋的藝術史是自我與時空的鬥爭史，中國的藝術與時空卻是兩相忘的。在對比了中西兩國的性格、藝術之後，郭氏認為中國文化適應的特點是「新的同化於舊的，而不是舊的同化於新的」〔註 91〕。所以中國文化的復古與維新要特別注意這一點。郭氏認為中國是一個道地的和平主義者的民族，產生的都是標準大一統帝國的和平作品。〔註 92〕中國人又太「樂群」，拘泥於家庭，謀殺了天才。人生的最高目的不是服務他人，而是創造。

〔註 90〕王贛愚：《關於我們的戰時行政》，重慶《大公報·戰國》第 15 期，1942 年 3 月 11 日。

〔註 91〕岱西：《隱逸風與山水畫》，昆明《戰國策》第 1 期，1940 年 5 月 15 日。

〔註 92〕岱西：《偶見》，重慶《大公報·戰國》第 26 期，1942 年 5 月 27 日。

〔註93〕這方面的論述與林同濟的文化觀念非常相似。郭氏又指出中國人「不善崇拜英雄」,「缺乏崇拜人的能力」,「四周環繞的,盡是英雄崇拜的國家,而我們總不肯佩服我們的領袖們」,這是中國一大弱點。〔註94〕這實際上是在倡導陳銓的英雄崇拜觀念。

谷春帆在《今日評論》上就連載有《中國人民族意識的推動》、《近代民族主義之產生》、《中國會成為近代民族主義國家麼?》、《中國應採的民族主義》等文章,其民族主義立場與戰國策派相一致。在《大公報‧戰國》上發表《廣「戰國」義》一文,提出了歷史的新趨勢,豐富了「戰國」的意義。谷春帆認為「生產力」、「全能戰爭」、「理智之發展」這三個因素影響著未來的發展走勢。他指出,世界上的武力衝突不可避免,影響現代戰爭的主要決定因素是生產能力。目前世界上再分割的戰爭,是強與強的戰爭,非殲滅對方為止誓不罷休。「這樣白熱殘暴的戰爭,雙方均不得不竭盡國家全副精力。因此國家主義全能主義更要抬頭。」〔註95〕中國已無可避免地捲入了全能戰爭當中,要做的就是提高生產力,提高民智,並且用「戰國時代」的新標準去審視「過去的傳統文化與民族性」。〔註96〕

沙學濬,被譽為中國政治地理之理論先驅。他發表在《大公報‧戰國》的文章《地位價值——一個國防地理的討論》是從地緣政治學的角度來關注地理位置與現實政治、戰爭的關係,與洪思齊同屬一類。沙學濬這篇文章主要談的是國防地理的地位價值,他認為,國家現在是在「國防第一」的大時代中生存,國家是一個生活圈,也是一個國防體,國家如果不統一,在地理上無由成為健全的國防體。「國防體之構成要靠首都與核心區域和邊緣區域的國防要點相互間的有機聯繫與自由活動」,在一個國家境內,一部分村鎮、一部分城市海港往往具有國防地理的地位價值,因此要在「全體」中找到「部分」的位置、作用和價值,從全國國防地理的形勢上加以認識與評估。〔註97〕王爾敏認為「沙學濬先生同時期在重慶《大公報》的《戰國》副刊上發表其

〔註93〕郭岱西:《偶見》,昆明《戰國策》第15、16合期,1941年1月1日。

〔註94〕岱西:《中國人之所以為中國人》,昆明《戰國策》第1期,1940年4月1日。

〔註95〕谷春帆:《廣「戰國」義》,重慶《大公報‧戰國》第18期,1942年4月1日。

〔註96〕谷春帆:《廣「戰國」義》,重慶《大公報‧戰國》第18期,1942年4月1日。

〔註97〕沙學濬:《地位價值——一個國防地理的討論》,重慶《大公報‧戰國》第12期,1942年2月18日。

重要歷史地理論文，其性質尤符合戰國策派學派的精神理想」，是「在同一時勢背景下」「一個學派人物的共同心聲」〔註98〕。

陳碧笙，中南史關係研究專家，抗戰時期遠赴滇緬邊界地區，進行實地考察和社會調查，陸續發表了《滇邊經營論》、《邊政論叢》及《滇邊散記》等專著。戰國策派曾出版過他的專著《滇緬公路》。具體到戰國策派刊物中，發表了《敵人的新攻勢》和《滇緬關係鳥瞰》兩篇文章，多是時勢分析和地緣政治運用。陳碧笙的《敵人的新攻勢》一文分析國際戰局。日本決定南進，但被陷入中國大路的泥淖當中，欲進不可，欲罷不能，狼狽不堪。為盡快結束中國事變，日本採取了速戰、速和、速結的新戰略。軍事冒險、飛機轟炸、物質封鎖、政治攻勢全部上演。陳碧笙指出，這是自戰事爆發以來，敵人在外交上政治上軍事上同時發動的最大規模的進攻，也是它最後一次掙扎。因此只要挺過這一次，敵人再也沒有勝利的希望，中國再也沒有失敗的可能！陳碧笙表明了抗戰到底的態度以及要警示內部腐化。〔註99〕《滇緬關係鳥瞰》從地理、歷史、邊界、經濟等四個方面強調滇緬與中國的關係。陳碧笙認為，緬甸線的安全與否關係到中國整個抗戰的大局，因此一定要加強中緬關係的合作。〔註100〕

沈來秋在《戰國策》刊物上發表了兩篇文章《國防經濟的新潮》和《國防經濟力的分析》，都是從國防經濟學的角度關注抗戰時期的國防經濟問題，他指出：「以尼采的超人論為本體，加以魯屯道夫的全體性戰爭論和石彭的集團主義，適以造成近期的國防經濟的新潮。」〔註101〕從經濟的角度支撐了戰國策派的思想理論。在分析國防經濟力的構成要素，談到內政外交問題時，沈來秋認為：「凡能推動全國的國防力量而增進其工作效率者，即是此時期所需要的政體。」〔註102〕他認為無論在戰時或是平時，增強中央政府統制的權能都是必需的，「全國的力量必當集中，全國的意志必當統一，方可一致對外。」〔註103〕戰國策派部分學人認為在戰時必須集權，增強國家力量，沈來

〔註98〕 王爾敏：《20 世紀非主流史學與史家》，廣西師範大學出版社 2007 年版，第 89 頁。

〔註99〕 陳碧笙：《敵人的新攻勢》，昆明《戰國策》第 7 期，1941 年 7 月 10 日。

〔註100〕陳碧笙：《滇緬關係鳥瞰》，昆明《戰國策》第 14 期，1940 年 12 月 1 日。

〔註101〕沈來秋：《國防經濟的新潮》，昆明《戰國策》第 11 期，1940 年 9 月 1 日。

〔註102〕沈來秋：《國防經濟力的分析》，昆明《戰國策》第 15、16 期，1941 年 1 月 1 日。

〔註103〕沈來秋：《國防經濟力的分析》，昆明《戰國策》第 15、16 期，1941 年 1 月 1 日。

秋的看法與戰國策派部分學人的思想主張契合。另外,當林同濟提出「虔恪・恐怖・狂歡」的文藝創作三母題時,沈來秋專門撰寫了一篇文章《讀〈寄語中國藝術人〉》表示佩服與欣賞,認為這是一篇有創造思想與藝術的讀品,是詩,是畫,是音樂,「眞是一篇足以啓發中國新文化的文章」,「不禁要拍案叫絕!」。〔註104〕可見,在文藝理念上,沈來秋也贊同戰國策派,將他列為戰國策派的基本成員,並不為過。

梁宗岱、朱光潛、馮至、吳宓、E.R、鄭潛初、疾風、王迅中、費孝通、孫毓棠、黃鈺生、童寯、曾昭掄、馮友蘭、王季高、陳雪屏、蔣延黻、沈粥煮〔註105〕等游離於戰國策派的邊緣。這些人大都有自己的觀念主張或者建立了自己的理論體系,有些自由主義思想痕跡較重或黨派關係比較強烈。譬如王季高,他在《戰國策》上發表一篇文章《現實主義——從張伯倫到羅斯福》,強調一種徹底的眞正的現實外交是時代精神,這與戰國策派的「唯實政治」相當相似,戰國策派編者也認為這是「本刊一向的主張」,但由於王季高更傾向於政客型人物,屬於國民黨大官朱家驊的親信,筆者不將他列為戰國策派的成員。另外,吳宓與他的弟子陳銓關係密切,多有交往,但吳宓提倡古典人文主義,與戰國策派的思想理論有相當的差異,並且他自己也自覺意識到不屬戰國策派:「吳氏閱後,一笑置之,曰:『我自有主張,固非戰國策派也。』」〔註106〕徐茜曾詳細考辨過吳宓與戰國策派的關係,她認為這只是特定機緣下的偶然交會,思想的分歧決定了吳宓不可能是戰國策派的成員。〔註107〕筆者將吳宓作為戰國策派的外圍人士。不過,這些人在同人性質的刊物上發表文章至少表明他們對戰國策派的理念是默認、支持、不反感的,某種程度上是贊同、欣賞,最起碼不反對。因此,筆者以為這些人可以歸於戰國策派的外圍。

徐傳禮認為廣義的戰國策派包括:

> 廣義的戰國策派,應該包括「在創叢書」(上海大東書局 1946

〔註104〕沈來秋:《讀〈寄語中國藝術人〉》,重慶《文藝先鋒》第 2 卷第 5、6 期,1943 年 6 曰 20 日。

〔註105〕李雪蓮考證「沈粥煮」實為「沈從文」的筆名,參看:《沈從文與〈戰國策〉派的關係有多深?——沈氏佚簡〈提倡做人的新態度〉考釋》,《現代中文學刊》2016 年第 5 期。

〔註106〕楊樹勳:《憶吳雨僧教授》,《傳記文學》第 1 卷第 5 期,1962 年 10 月。

〔註107〕徐茜:《吳宓眞的是「戰國策派」嗎?》,《中華讀書報》,2014 年 12 月 17 日。

年 5 月至 1947 年 3 月出版，林同濟和陳銓主編，共 9 種）的作者 7 人，即陳序經（當年全盤西化論的提出者，著《鄉村建設運動》）、陳銓（著《從叔本華到尼采》、《戲劇與人生》）、林同濟與雷海宗（著《文化形態史觀》）、林同濟（著《時代之波》）、伍啓元（著《由戰時經濟到平時經濟》）、王贛愚（著《民治新論》、《新政治觀》）、杜才奇（著《羅馬皇權》）。「在創」二字是「存在和創造」的簡化，標明編者接受乃至弘揚存在主義與超人哲學「存在的價值在於創造」的精義而重鑄中華文明的意願。7 人中新增 3 人，加上《戰國策》、《戰國》作者 41 人，一共 44 人，他們便是廣義戰國策派的主要成員。

　　廣義的戰國策派，還應包括《民族文學》作者群以及在思想傾向、學術觀點上支持、讚賞他們的人，如柳凝傑著文爲林同濟辯護，陳源稱讚《野玫瑰》，荊有麟、徐訏寫類似題材與主題的小說《間諜夫人》、《風蕭蕭》，張蔭麟宣揚歷史形態學，張恨水運用戰國時代重演的眼光來評說歐洲戰場、世界外交，預言太平洋戰爭，還有其他從事比較學研究而主張從德國文化（包括尼采哲學）中汲取精神營養者，主張走超黨派的中間路線而從事看日救亡和文化救亡者，主張獻身於「國家至上、民族至上」的民族主義文學運動者，都應視爲廣義的戰國策派。〔註 108〕

徐傳禮的這個界定有些寬泛，不過對於我們瞭解戰國策派大有裨益，因此，可以將徐傳禮提到的這些情況列爲戰國策派的外圍進行考察。

　　說到戰國策派的外圍，我們會想到《軍事與政治》、《今日評論》、《荊凡》這三個刊物。這三個刊物與戰國策派關係密切。將這幾個刊物聯繫起來看，有助於我們瞭解戰國策派產生的時代背景、歷史語境和文化生態。我們可以更加清晰地認識到，戰國策派在四十年代的抗戰中國，絕不是一個孤立的現象，它的背後蘊含著豐富複雜的信息，昭示著與以往知識分子親英美派、親蘇派不一樣的另一種文化態度 —— 親德立場。

　　首先來說《軍事與政治》這個刊物。《軍事與政治》創刊於 1941 年 3 月，終刊於 1945 年。該刊是側重於「軍事與政治」的綜合性刊物，隸屬國民黨

〔註 108〕徐傳禮：《歷史的筆誤和價值的重估 —— 「重估戰國策派」系列論文之一》，《東方叢刊》1996 年第 3 輯。

軍事委員會政治部。發刊辭《我們爲什麼要發行這個刊物》由時任軍委會政治部主任張治中所撰。陳銓與《軍事與政治》主編向理潤〔註109〕係多年的同學、好友。陳銓在該刊發表《衣櫥》、《金指環》、《藍蝴蝶》等劇作以及《鬧中》、《文學運動與民族運動》、《戲劇的深淺問題》、《戲劇批評與戲劇創作》等文章。賀麟在此發表了《戰爭與道德》一文。這個刊物主要發的還是陳銓的文章。陳銓倡導「民族文學運動」最重要的理論文章《文學運動與民族運動》就是最早發表在《軍事與政治》上，確立了民族文學運動的理論基礎和最初的思想觀念。其後陳銓在重慶《大公報‧戰國》副刊第 24、25 期上連續發表的《民族文學運動》、《民族文學運動的意義》，都能從這篇文章中找到依據，這是他提倡民族文學運動的先聲。而《軍事與政治》能夠給以刊登和重視，這就說明了它的態度和傾向。事實上，《軍事與政治》上發表的諸多文章與戰國策派的思想觀念有相似之處。例如，陳清初就贊同戰國策派對文化與歷史發展的觀念：「今日爲『力與快』（force and speed）之時代，任何國家與民族欲求獨立存在於今之世，非具備此兩種條件不可，是以凡一國家其表現之『力與快』超過一般國家者強，不及一般國家者弱即亡，揆之史實，歷歷可數。」〔註110〕學界有研究者把《軍事與政治》視爲戰國策派刊物之一。〔註111〕其實，《軍事與政治》不能被列爲戰國策派的刊物，不過可以將它列爲戰國策派的考察範圍之內，這有助於我們更加清楚地瞭解戰國策派的思想文化。

接下來的兩節，筆者將重點論述《今日評論》、《荊凡》與戰國策派的關聯。

第二節　戰國策派的雛形——《今日評論》

四十年代深重的民族危機促使一批具有社會良知和責任感的知識分子毅然秉承「書生論政，文章報國」的傳統文人精神，圍繞著《戰國策》、《大公

〔註109〕向理潤：1906～？，字澤蓀，四川金堂人，1927 年清華學校畢業留美，威斯康辛大學政治學博士，時任張治中主持下的國民黨軍事委員會政治部第三廳副廳長。曾擔任南京中央軍校上校政治主任教官，廣州行營第二廳第三組少將組長，西康省政府教育廳代理廳長。

〔註110〕陳清初：《「國家至上」的具體表現》，重慶《軍事與政治》第 3 卷第 5 期，1942 年 11 月 30 日。

〔註111〕江沛：《戰國策派思潮研究》，天津人民出版社，2001 年 7 月版，第 12 頁。

報・戰國》、《民族文學》、《今日評論》、《軍事與政治》、《荊凡》等刊物發表
對政治時局、國際態勢、歷史哲學、思想文化、文藝思潮等多方面的創見和
理念，爲抗戰建國貢獻心力。《今日評論》就是抗戰時期最重要的一個知識分
子刊物。從《今日評論》這個刊物上，我們可以看到國際局勢的變化對國內
知識分子尤其是自由主義知識分子的影響，也可以看出親德派的戰國策派對
於《今日評論》的微妙影響。

　　《今日評論》創刊於 1939 年 1 月 1 日，終刊於 1941 年 4 月 13 日，共
出版 5 卷 114 期，是抗戰期間影響非常大的一個綜合性刊物，也是抗戰前
期知識分子的重要輿論陣地。《今日評論》發起人是錢端升，他負責出版編
輯，朱自清負責文藝編輯，吉人負責印刷。筆者在附錄「筆名考證」中認
爲吉人就是何永佶，也就是說戰國策派的核心成員何永佶參與了《今日評
論》的出版工作。不僅何永佶，戰國策派的其他核心成員雷海宗、林同濟、
沈從文也都參與了《今日評論》的編輯工作。雷海宗是其主編之一，林同
濟也參與其中，沈從文有時負責文藝稿件。林同濟、沈從文、王贛愚、王
迅中、何永佶、曾昭掄、谷春帆等都曾在《今日評論》上發表文章。《戰國
策》與《今日評論》在撰稿人上有重合之處，多爲西南聯大的教授學者。
這兩個刊物都誕生於西南聯大，依託於西南聯大的高校資源、文化氛圍，
可謂一校兩刊。當《戰國策》創刊後，《今日評論》第 3 卷第 16、17 期刊
登了《戰國策》的創刊號廣告，第 3 卷 23 期又刊登了《戰國策》第 4 期的
廣告。研讀《今日評論》5 卷廣告，會發現刊登《戰國策》的廣告對《今日
評論》來說很不尋常。《今日評論》刊登的廣告非常少，最多時不過一個
A4 紙版面，最少時就完全沒有廣告，只有《今日評論》的出版印刷說明。
這說明，兩者關係是很親近的。

　　《今日評論》的內容涵蓋了國際、政治、經濟、社會、教育、語言、文
學和通訊八個方面，和戰時的其他刊物一樣，圍繞著抗日戰爭這個當前最大
的現實發言闡述。籠統地說，《今日評論》的文章多以討論國際局勢、時政
熱點與社會具體問題爲主，與後來的《戰國策》存有內在的關聯。《今日評
論》的基調是「中論」，力圖保持「中」的立場，而在這「中」之間，「予與
端升深談，似窺見其依舊拉唱自由主義。」〔註 112〕浦薛鳳所說的「拉唱自
由主義」才是這份刊物的最初原意。《今日評論》在抗戰初期影響非常大，

〔註112〕浦薛鳳：《薛浦鳳回憶錄》（中），黃山書社 2009 年版，第 172 頁。

一個知識分子自由言論的著名論壇。但隨著國際局勢的變化，抗日救亡的艱難，《今日評論》的立場有所變化。最初的變化來自於戰國策派的成員之一王贛愚的文章《養士與政治》、《在朝與在野》以及署名爲山的《加緊團結》和予的《今年的青年節》，這四篇文章已有加強團結、反對黨派紛爭的集權論調。但總體而言並不明顯。爾後 1940 年 4 月 1 日，《戰國策》創刊，戰國策派學人談論「大政治」（Grossspolitik）、「力的政治」（Realpolitik）和「英雄崇拜」，強調「國家至上、民族至上」，要求建立強有力的中央政府。林同濟的《戰國時代的重演》指出，現在已經進入一個不得不戰的戰國時代，戰爲中心、戰成全體、戰在殲滅，一切爲戰，一切皆戰。戰爭成爲解決民族、國家間各種問題的手段，因此整合「整個國家的力量」，「組織到最高度的效率」以應付戰國時代的局面才是最要緊的事情。在這種情況下，林同濟開始懷疑民主在戰爭中的作用，「這並不是看不起民主，乃是說事到今日，是在險惡到驚人的程度，就是轟動全球一百多年的民主問題也竟然落到次等地位。」〔註 113〕緊接著，陳銓在《戰國策》第 4 期提倡「英雄崇拜」，號召崇拜有作爲的偉大人物，譬如孫中山、蔣中正等各個領域的英雄人物，同時指責五四新文化運動提倡個人主義導致英雄崇拜的失落。9 月 22 日，陳銓在《今日評論》上發表了著名的《論新文學》，他認爲，目前中國已經進入了一個無情無義的戰國時代，生死存亡的關頭。「從前舊式的人生觀，最近二十年前從西洋輸入比較新式的人生觀，無疑地已經不適於今日了。許多保守殘缺的老先生，受了英美自由主義的紳士們，和薰染了蘇聯階級鬥爭思想的青年志士，他們還想用他們那一套陳腐的觀念，來應付目前這一個新局面，他們一定要悲慘失敗的。」〔註 114〕他既否認了中國過去的人生觀，也拋棄了英美的自由主義和蘇聯的階級鬥爭的人生觀。陳銓指出，處在這樣一個新時代，新文學要表現新時代的精神，新時代的人生觀，這個新的人生觀就是他提出的十一個新理想：

　　　　第一：理想的人生是戰鬥，不是和平。

　　　　第二：理想的人是戰士，不是君子。

　　　　第三：理想的道德是征服，不是憐憫。

　　　　第四：理想的快樂是勝利，不是妥協。

〔註113〕林同濟：《戰國時代的重演》，昆明《戰國策》第 1 期，1940 年 4 月 1 日。
〔註114〕陳銓：《論新文學》，《今日評論》第 4 卷第 12 期，1940 年 9 月 22 日。

第五：理想的自由是民族，不是個人。

第六：理想的國家是統一的，不是分裂。

第七：理想的政治是軍隊組織，不是個別獨立。

第八：理想的經濟是國富，不是民享。

第九：理想的教育是訓練服從，不是發展個性。

第十：理想的社會是民族主義，不是階級鬥爭。

第十一：理想的國際關係是中華民族領導下的天下爲公，不是平等待我的共存共榮。〔註115〕

「戰鬥」、「戰士」、「征服」、「勝利」、「民族」、「統一」、「軍隊組織」、「軍隊」、「國富」、「服從」、「民族主義」等這些關鍵詞，容易聯想起正在爭霸歐洲的德意法西斯國家宣傳的理念，法西斯主義的某些因素在陳銓的這篇文章中較爲明顯地表露出來。無怪乎一名叫歐陽采薇的人建議陳銓再加上第十二條理想：「理想的婚姻不是以愛情爲基礎，而是以優生學爲基礎」，嘲諷陳銓是在傚仿希特勒主義。值得注意文中一句話，陳銓在提出這十一條理想之後，特別說明：「在徹底看清世界潮流的人眼光看來，自然可以有深厚的同情，不至譏評爲狂妄大膽。」〔註116〕可見，他並非不知道這十一條理想蘊含著法西斯主義的因素，但在生死存亡的關鍵時刻，他認爲這個新的人生觀是可以拯救國家，所以底氣很足，立論堅決。《今日評論》的主編錢端升顯然寄予了「深厚的同情」，慷慨刊登這篇極具煽動性的文章本身就表明了他的態度。陳銓發文的背後有一個世界形勢的變化，國際局勢上英法疲於應付德國閃電戰，英法民主國家呈現衰敗之象，法西斯國家德國、意大利節節勝利。中國出現了一批懷疑西方民主國家生存能力的聲音。《戰國策》就是這樣一份刊物，戰國策派的出現以及他們對戰爭、民族、權力和英雄的迷戀，表明在西南聯大這一群知識分子當中產生了一種新動向。1940 年 8 月 29 日，陳源在四川樂山給老朋友胡適（時任駐美大使）寫信，對這個現狀表示擔憂：

這四個月來，國際局面變化多端，是半年前所沒有夢想到的。

國內向有一部分人士傾向德國，現在更爲明顯。少年政治學者何永佶、林同濟之流，在昆明辦有一個刊物，名《戰國策》，提倡「力的政治」，崇拜德國式的思想。大部分人的信念，都很動搖。……可是

〔註115〕陳銓：《論新文學》，《今日評論》第 4 卷第 12 期，1940 年 9 月 22 日。

〔註116〕陳銓：《論新文學》，《今日評論》第 4 卷第 12 期，1940 年 9 月 22 日。

國內政治學者，除端升、努生數人外，恐同我觀點者爲數已不多。

〔註 117〕

陳源的這封信進一步表明，由於國際局勢的影響，國內親德派，反對自由民主的知識分子突增，影響了大部分人的思想信念。陳源以爲，錢端升的觀點和他是比較一致的，但實際上，繼陳銓發表《論新文學》後一個星期，錢端升也開始主動地、自覺地在自己的刊物上主張由蔣介石領導的國民政府實行開明的一黨獨裁。

正是以錢端升的《我們需要的政治制度》、《一黨與多黨》爲標誌，《今日評論》撰稿人急劇右傾，立場由「中論」轉向「右傾」。我們以錢端升爲代表說明這個變化。《今日評論》創刊時，他發表了一篇文章《統一與一致》，和國內其他知識分子一樣，他是贊成國內統一、不分裂的，但他以爲這個「統一」不是「一致」，不能強求思想的「一致」來獲得國家的統一。錢端升反對摧殘思想自由、壓迫言論自由的行爲，表現出了對思想自由、言論自由的積極肯定和維護。隨著國際局勢的變化，英國、美國等民主國家相繼有集權的趨勢，德國法西斯橫行歐洲，錢端升的言論開始有所轉變。在《國家今後的工作與責任》一文中，錢端升開頭就講述了這種國際局勢的變化對國民的影響，他說：「世界最近的劇變引起了不少關於我國今後政治制度，經濟結構，與夫對外政策，應如何以求適應的討論。當局者關心這些問題；論政者關心這些問題；青年有爲之人士更關心這些問題。然而要對這些繁複重大的問題得些切實中肯的討論，我們首須確定我們國家今後若干年內應做的工作與應負的責任，知道了我們的工作與責任，然後可以決定我們應有的制度與政策。」

〔註 118〕「世界最近的劇變」已經引起了錢端升的重視和注意，也引發了全國如何以求適應的討論，當局者、論政者、青年人士都在關注這些問題。錢端升認爲，目前中國「若干年內的工作 —— 也就是我們各個中國人對整個中華民族的責任 —— 簡括地說起來，不外抗戰、建國。」〔註 119〕確立了抗戰建國的工作任務和責任，那麼，「一切的制度，政策，甚而主義，凡足以助我成功

〔註 117〕中國社會科學院近代史研究所編：《胡適來往書信選》，中華書局，1979 年，第 482 頁。

〔註 118〕錢端升：《國家今後的工作與責任》，《今日評論》第 4 卷第 13 期，1940 年 9 月 29 日。

〔註 119〕錢端升：《國家今後的工作與責任》，《今日評論》第 4 卷第 13 期，1940 年 9 月 29 日。

者，皆是好的；凡足以妨害成功者，皆是壞的。」〔註120〕在這個前提之下，中國目前需要的政治制度既不是「舊式官僚政客所半把持半放任的政制」，「也絕不是英美式的民主政治」，「更不是極權制度」，因為這些制度不能擔負起抗戰建國的大任，也不適合中國國情，而「需要一個擁有大權力，而且能夠發揮大效率的政府。只有這樣一個政府才擔負得起抗戰建國的各種偉大工作。」〔註121〕這就是指蔣介石領導的國民政府。錢端升非常擁戴蔣介石的領袖地位，把抗戰建國的大任寄予在他身上。他說：「在國民大會未能成立，憲政未能實施以前，我以為最合宜的政制是由國民授國民黨總裁蔣先生以全權處理政治。」〔註122〕雖然他也說過，這樣一個大權力的政府應該尊重各個人民的人格與尊嚴，允許個人言論自由，但總體的態度則是指向專制與集權。在《一黨與多黨》一文中其專制、集權的意識更加明顯，他甚至對極權主義發表了這樣一番見解：

> 我以為極權主義不全是惡的，極權國家每好黷武，每好凌辱弱
> 小民族，好蔑視人民人格。這些是極權主義中惡劣部分。但極權國
> 家之擁有大權極權國家之可以國家的力量來改造社會的生產制度及
> 人民的經濟生活，則與其說是極權主義的短處，毋再說是極權主義
> 的長處。我以為今後的國家，如欲使社會進步，人民平等，則必須
> 握有大權。〔註123〕

這裡，錢端升參照國際局勢的變化，以及國內最大的現實需要——抗日救亡，對極權主義有了辯證的看法，認識到了它在發揮極權力量促使國家進步的積極作用。既然極權主義有它的積極作用，那麼放眼於國內現實，錢端升認為多黨制導致政府不能握有大權，從自身國家今後的需要而論，一黨制是無可避免的制度。他比較了國內各個黨派的情況，在國民黨與共產黨之間，他認為只有國民黨才能擔任抗戰建國的大任。可以肯定的是，錢端升絕不希望在國內上演意大利、德國那樣的法西斯暴政，但在目前民族生存遭到最嚴重威脅的時候，一切的政治制度都必須按照最客觀、最現實的需要出發，而不是

〔註120〕錢端升：《國家今後的工作與責任》，《今日評論》第 4 卷第 13 期，1940 年 9 月 29 日。

〔註121〕錢端升：《我們需要的政治制度》，《今日評論》第 4 卷第 15 期，1940 年 10 月 13 日。

〔註122〕錢端升：《我們需要的政治制度》，《今日評論》第 4 卷第 15 期，1940 年 10 月 13 日。

〔註123〕錢端升：《一黨與多黨》，《今日評論》第 4 卷第 16 期，1940 年 10 月 20 日。

自己的主觀判斷或個人喜好。以此類推，他認為一黨制，擁有一個大權力，能夠發揮大效率的政府，才能拯救目前的危難局勢。這種見解自有它的價值和意義。

在變化莫測的世界局勢中，德意的政治制度對國內知識分子而言，的確有了一個重新思考國內政制的新維度、新視野。這就容易理解為何《今日評論》會由「中論」的基調轉向「右傾」，為何會出現《戰國策》這樣一種刊物。正如易社強所說：「立憲的希望渺茫，而與此同時，法西斯主義在歐洲獲勝，使恐懼和懷疑蔓延到自由主義陣營，也使專制主義和極權主義的擁護者受到鼓舞，其思想與態度強硬的戰國策派相一致。」〔註124〕《今日評論》開始質疑英美式的自由、民主，贊成中國一黨專政的思想再次回潮。確切地說，當自由民主的聲音受到質疑，集權主義開始抬頭的時候，《今日評論》的陣營有了分化，強調集權、戰爭、英雄的一批知識分子開始在《戰國策》刊物上發聲，將《戰國策》作為言論的舞臺，繼續闡釋各自的思想觀念。許紀霖就指出了《今日評論》與《戰國策》的先後關係：「他與雷海宗等人先是辦《今日評論》，隨後出版《戰國策》雜誌，開始全面宣傳『民族至上』、『國家至上』的理念。」〔註125〕所以，原本「中論」的《今日評論》在國際局勢的影響下開出了集權之花——《戰國策》。

眾多學者也意識到《今日評論》與《戰國策》之間的關聯。李瓊在林同濟的傳記中就寫道：「《今日評論》的主編是西南聯大歷史系主任雷海宗，雷是林同濟的昔日好友。1938 年《今日評論》在昆明創刊。林同濟受雷海宗的邀請一併參與編輯。朱光潛也有加入。慢慢地，圍繞著《今日評論》雜誌雲集了相當一篇志同道合者，他們是後來的『戰國策』派的雛形。」〔註126〕其他研究者也認為《今日評論》與《戰國策》有內在的聯繫。范珮芝就認為：「《今日評論》可謂《戰國策》的前身。」〔註127〕筆者以為，從刊物編輯、投稿作者的交叉、重合，思想觀念的相似、互滲，以及存在的事實看，研究戰國策

〔註124〕易社強：《戰爭與革命中的西南聯大》，臺北傳記文學出版社股份有限公司出版，2010 年，第 288 頁。

〔註125〕許紀霖：《林同濟的三種境界（代序）》，許紀霖等編：《天地之間——林同濟文集》，復旦大學出版社 2004 年版，第 4 頁。

〔註126〕李瓊：《林同濟傳略》，許紀霖等編：《天地之間——林同濟文集》，復旦大學出版社 2004 年，第 369 頁。

〔註127〕范珮芝：《抗戰時期的救亡思想：戰國策派的文化改造主張》，國立臺灣大學2011 年碩士學位論文，第 9 頁。

派可以將《今日評論》作爲參考的外圍刊物。將兩者聯繫起來看，我們會發現，在抗日救亡的特殊時期，知識分子在面對國際局勢和中國政局的複雜狀況上，思考採取何種政體、何種方式擺脫中國困境的方法與對策，這是相對於國共而言的第三種抗戰力量。他們用自己所學的理論知識去關照抗戰下的中國如何取勝、如何建國的問題。同時，面對國際局勢的風雲變化，知識分子表現出了政體選擇的猶豫、徘徊以及內心彷徨焦灼的狀態。

第三節　「地緣政治」：戰國策派與《荊凡》

《荊凡》是由陳民耿主編的一份集中介紹和運用大地政治學（地緣政治學〔註128〕）的專業刊物。這個學說其實戰國策派的何永佶、洪思奇、雷海宗、林同濟、沙學濬等曾提倡過、運用過，不過是戰國策派眾多思想文化資源中伸展出來的「一脈」，卻比戰國策派更早頂上了宣傳「法西斯主義」的帽子。《荊凡》作爲「世界第三種研討地緣政治之雜誌」〔註129〕，瞭解它有助於我們更清晰地認識到「地緣政治」與戰國策派的關係，知曉在世界局勢不明朗時國內知識分子彷徨無定的迷惘心情和對德國的好感欽佩態度。通過《荊凡》，再通過戰國策派，從中可以得知，親德派遠比我們今日認爲的要多許多，另一種西學：德國學術文化，在抗戰乃至中國的影響同樣深遠。

一、《荊凡》：「彷徨無定」背景下探討「地緣政治」

《荊凡》1941年8月創刊，1941年9月終刊，僅出了2卷。卷一的執筆者有：曾石虞、張其昀、殷祖英、張威廉、沙學濬、李旭旦、丁山、袁壽椿、南浦、李耀先、陳民耿。卷二的執筆者有：王文元、張印堂、孫宕越、常燕生、凌乃銳、袁壽椿、任美鍔、吳繩海、莊以臨、陳民耿。其中，陳民耿爲主編。這些執筆者多爲各大高校的教授學者，尤其是歷史地理學方面的專家，專業知識豐富，見解獨特，使得《荊凡》帶有較強的學術氣息。

縱觀這份刊物，它的宗旨無疑是提倡「地緣政治」（「大地政治」）。「上至天氣下至地質，大之及於山林河海小之及於蚊蚋魚龜」均在討論的範疇。「國

〔註128〕現一般稱之爲「地緣政治學」，翻譯的緣故，《荊凡》大多稱之爲「大地政治學」。筆者尊重《荊凡》作者的使用習慣，故在多數時候稱之爲「大地政治學」。
〔註129〕豪斯荷夫：《靈識無境界》，《荊凡》1941年卷二，第40頁。

家如一有機動物在大地之上所希冀者何端，所鬥爭者何事，其受地理環境之約束至若何程度，均不難探明合乎科學之解答。」〔註130〕「合乎科學之解答」就是其目的和原則。

　　主編陳民耿對大地政治學有全面深刻的認識，他師從英人巴勒多克氏Ernesr Bradddock，得其指示窺得此學之門徑，後又兩度歐行訪法德宿儒名彥，「所集關於大地政治學之材料，歸國後原欲加以整理並印行一雜誌表而出之。」〔註131〕由於戰事影響，一度中斷，又在張君勱、曾石虞的鼓勵下「重理前業」，這就是《荊凡》刊物的由來。「荊凡」取自蘇東坡的《王中甫哀辭》兩句：「已知毅豹為均死，未識荊凡定孰存。」「荊凡」，比喻存亡無定。在特殊的抗日救亡時期，其實是暗示中國和日本之間的戰爭，誰勝誰負並未知曉。論實力，日本相當於古代的楚國，中國相當於古代的荊國，日本戰勝中國貌似是有很大可能的，但「凡未始亡，而楚未始存也」〔註132〕，在這風雲變幻的世界中，中日兩國誰勝誰負依舊是個迷。「良以國際風雲莫測，當此萬方多難之日，千戈未定：盱衡大地，興亡影事，又不勝邦國滄桑之感者也。」〔註133〕這實際上反映了在珍珠港事件尚未發生時，國際局勢並不明朗的情況下，抗戰時期的一部分知識分子彷徨無定的狀況和心情。

　　其實，早在一年前，戰國策派就已經表達了對中國戰局的迷惘態度和彷徨心情。何永佶就指出，國際形勢是美國「惑」而蘇俄「謎」，在這「謎」、「惑」兩端中間，是全能國的「狠」和同盟國的「慌」，以及微小中立國的「抖」。「它們誠惶誠恐，朝不保夕，事齊？事楚？莫知所從！」〔註134〕國際局勢十分混亂：美國立場令人困惑，前後矛盾、言行相違；蘇聯不聲不語、言行一致卻看不透；大部分國家是「莫知所從」；中國也是迷惘不定：「在這個飄搖動盪變幻莫測中，我們中國也許人人有屈大夫的『孰吉孰凶？何去何從』之感。」〔註135〕「孰吉孰凶？何去何從」這八個字代表了戰國策派學人在複雜難測的國際局勢中以及前景堪憂的抗戰形勢中的狀態和心情，堪稱抗戰前中期（1942年前）一代學人的寫照。

〔註130〕陳民耿：《創刊詞》，《荊凡》1941年卷一。
〔註131〕陳民耿：《創刊詞》，《荊凡》1941年卷一。
〔註132〕孫通海譯注：《莊子》，中華書局2007年版，第297頁。
〔註133〕陳民耿：《創刊詞》，《荊凡》1941年卷一。
〔註134〕何永佶：《歐戰與中國》，昆明《戰國策》1940年第6期。
〔註135〕何永佶：《歐戰與中國》，昆明《戰國策》1940年第6期。

　　雖然抗戰前途尙未明朗，作爲一名高級知識分子，運用所學知識去瞭解和預測未來局勢卻是可能和應該做的，因此，陳民耿試圖介紹和運用從德國興盛而來的地緣政治學學說來觀測這個風雲詭譎的世界。「國家政治生活，必受大地環境之影響」，「大地政治乃以國家政治生活問題爲研究對象，其與地理之關係何若尤欲加以深入探討。」〔註136〕在抗日戰爭的特殊時期，更應明瞭這個學說以有利於抗戰和建國。「孫子稱知己知彼，百戰百勝，地理的研究不但有助於外交和戰爭，且中國抗戰完成之後，國家的簽訂，對日關係的調整等問題，處處須有政治地理學的智識爲基礎，我們現在必先未雨綢繆，對這些基本地理事實先有詳確的研究，須不至臨渴飛井。」〔註137〕陳民耿、任美鍔等學者研究地緣政治採用的是一種客觀理性的立場，從中國的抗戰現實出發，摒棄了德國對「地緣政治」的消極利用，還原它本眞的面貌。換而言之，國人完全可以「以子之矛，攻子之盾」。既然「此次歐陸大局發生絕大變動，德國左右攻擊，著著勝利；納粹卐字旗幾有到處招展之勢。希特拉正欲決堤勝千里之外。戎幕中已延攬大地政治學者參預。日耳曼氏族對此新學津津樂道，而國民學校早已採爲必修之課本，柏林多年以前已有一種刊物轉載此類文字，風行各地。」〔註138〕那麼，我們可以忽略德國的侵略野心，拋棄它的納粹主義思想，擷取地緣政治的精華，爲中國的現實政治服務。這一點，陳民耿在創刊詞中說得很明白：

　　　　此門新學科討論範圍既涉及國家盛衰與興亡之問題，簡言之即一種經國大計之學。當此國際多事，大時代巨輪旋轉與吾人之前，煮食鯨吞之事不一而足；大地政治之研究更不容或緩；捨此學科之外吾人眞無從明瞭國際政治之趨勢。提克斯 A・Dix 曾謂大地政治學乃世界政治之南針，信不誣也。〔註139〕

「大地政治」作爲一種「經國大計之學」、「世界政治之南針」，處在抗戰中的中國，理應深得「大地政治」之精華與要領，在風雲變幻的國際局勢中看清國際和中國政治的眞實形勢，從而採取合適的國家策略。這就是《荊凡》刊物產生的深層原因。

〔註136〕陳民耿：《創刊詞》，《荊凡》1941年卷一。
〔註137〕任美鍔：《政治地理學與地理政治學》，《荊凡》1941年卷二。
〔註138〕陳民耿：《創刊詞》，《荊凡》1941年卷一。
〔註139〕陳民耿：《創刊詞》，《荊凡》1941年卷一。

二、《菏凡》刊登的主要內容

那麼，作為一份研討地緣政治學的刊物，它到底說了些什麼內容？具體而言，可參看如下表格：

表一：《菏凡》卷一發表文章

作者	題目	內容	欄目	備註
陳民耿	創刊詞	論述大地政治學的相關內容，表述創刊的由來。		本雜誌主編
登	政治統一為國家生存之本	抗戰四年，中國存在的最大敵人並非日本而在「蕭薔之內」，因此號召國民在一個領袖之下團結抗戰。	時評	
旭	德國和歐羅巴合眾國	從治安、經濟、政治方面分析，希特勒佔領的歐洲國家形成了事實上的歐洲新秩序即「歐羅巴合眾國」，但與北美合眾國相比，卻不如美國那樣和諧永久，前景堪憂。	時評	
椿	日蘇互不侵犯條約的評價	分析了日蘇互不侵犯條約產生的原因，一個為自衛計，一個為抵制計。這個條約並不能解決兩國的根本衝突，威脅依然存在。	時評	
殷祖英	日本南進在地理政治上的檢討	作者從國際勢力尖端的分佈，國際壓力商數的考證上，分析了遠東氣旋的內容，預言日本南進必敗。	論著	西北大學教授
張其昀	蘇俄在遠東之地位	作者陳述了對蘇日中立協定的幾點感想，剖析了蘇日關係，對中蘇關係進行了前瞻性的展望，並重申了國際正義的理想。	論著	浙江大學教授
沙學濬	海洋國家	世界已進入大洋時代，大洋時代的一大特色是只有海洋國家能夠做世界史的領導國家，中國有地理優勢成為海洋國家。	論著	復旦大學教授
陳民耿	邊塞之秋及其對於中原安危之影響	依據大地政治學的原理，研究邊塞的氣候問題，解決一個疑問：為何在一年中的秋季，邊塞國常侵犯中原？這是因為「秋」在邊塞會造成一種環境適宜於作戰的生活：人壯、馬肥、弓弩勁。由此得知，中國北方的外患和「秋」有著極密切的關係，「秋」對於中國政治起著特殊的影響，牽動著中原大局的力量。	論著	
石虞	地緣政治命名之起源	首先翻譯介紹了瑞典政治學家郤蘭的地緣政治學說，其次是德國歷史學家地理學家佛格爾的學說。	譯述	重慶大學教授

南浦	歐洲和中國	從地理的角度分析了歐洲和中國爲何各自獨立發展又相互隔絕。	譯述	譯自英國Gordon East 原著（1939）
張威廉	歐洲在東亞之地位回顧與展望	此次中日戰爭不同於以往的戰爭，將會結束歐洲在中國的殖民地時代。	譯述	陸軍大學教官
李耀先	德國之物價管理制度	概說德國的物價管理制度，介紹了德國的禁止提高物價條例。	雜纂	本雜誌特約通訊員
丁山	禹跡考	考證禹治水說，學術問題探討。	雜纂	東北大學教授
袁壽椿	答客問——關於蘇德戰爭	關於蘇德戰爭的幾個問題的回答。	雜纂	東北大學教授

表二：《荊凡》卷二發表文章

作　者	題　目	內　容	欄目	備　註
耿	援華爲美國當務之急	分析國際局勢，英國、蘇聯、德國、日本的情況，認爲美國應當立即援華，打倒已經疲憊的日本，世界民主國的抗戰力量才能保證勝利。	時評	
椿	德蘇戰爭	德國採用魯登道夫方案的部署作戰，三個月以來，傷亡慘重，前景堪憂。蘇德戰爭的結局是德蘇兩敗俱傷，英國可以得到休整。	時評	
元	英美對於越南應取之策略	日本佔領越南，方便了資源的獲取，對英美荷三國殖民地造成威脅，也妨礙了中國海外僑務。英美應當乘日本駐越尚未穩固之時，強迫日兵退出越南，歸屬法國，其他各國皆不得派兵入內。	時評	
常燕生	從地理形勢上論希特勒征服世界計劃之前途	德國開戰以來，不到兩年就完成了征服歐洲計劃的大部分，統一歐洲大陸的精神、物質條件已經具備，但囿於其地理條件，德國統一歐洲的夢想是不可能實現的。	論著	光華大學教授
孫宕越	我國糧食問題之地理觀	戰事以來，我國糧食問題越發嚴峻，根據自然地理原則，重新調整前後方作物的分佈，加強坡地利用，廣闢山田播種雜糧與旱作物，實行前後方兵屯制，如此才有可能解決我國糧食問題。	論著	中山大學教授

淩乃銳	英國與西班牙之關係	西班牙由於特殊的地理條件，容易保持獨立的位置，如果它沒有力量維護自己，英國的地理條件又決定了它必須忠實保衛西班牙的獨立自由。兩者的關係非常牢固，歷史上發生的許多戰事也已經證明了這一點。	論著	四川大學教授
任美鍔	政治地理學與地理政治學	政治地理學與地理政治學兩者常常混淆不分，在不同的國家有不同的叫法。作者講述了政治地理學與地理政治學的起源、內容與問題。一般認為，政治地理學的範疇包括對國土的分析、對國土的解釋以及估量目前國土的價值和能力。政治地理學的研究有助於解決國內政治問題，作者希望摒棄民族主義的狹隘立場，科學嚴謹地進行研究。	論著	浙江大學教授
陳民耿	東南亞洲國家的戰爭與象	參看中外史籍，發現「象」與政治有種種關聯。中國沒有象，也就免去了象戰的災禍。	論著	西北大學教授
吳繩海	國家之人為境界	譯自日人佐藤弘原著《政治經濟地理學》中的一節，講述了各大國家的人為境界問題。	迻譯	本雜誌特約編譯
南浦	歐洲和中國	早期，中國與歐洲保持著藕斷絲連的關係。中國的絲傳入歐洲，中歐的商業貿易開始建立。蒙古的強盛使得中國和歐洲的交通展開了新的一頁。中國的活字印刷傳入歐洲，印刷業得到發展。	迻譯	譯自英國 Gordon East 原著（1939）
張印堂	滇緬接壤的沿邊一帶	滇緬接壤的沿邊一帶，在我國的經濟建設上以及對外之國際交通上佔有重要位置。因此氣候、人工、居民徙移、民族、未定界地政治、貨幣、預言、國際政治、走私、地名等問題，都應得到重視和注意。	雜纂	西南聯大教授
莊以臨	食鹽問題	承主編陳民耿的提問，介紹了食鹽在古代中國各個時期的狀況。	雜纂	鹽政專家
何維凝	另一解答	作者對自己的著作鹽政史的有關問題的解答。	雜纂	鹽政學者
豪斯荷夫	靈識無境界	豪斯荷夫給主編陳民耿的回信。	雜纂	德國地政期刊主筆

　　從以上表格可以看出，《荊凡》的確算的上是「世界第三種研討地緣政治之雜誌」〔註140〕。首先是理論方面的闡述、探討。譬如，陳民耿的《創刊詞》，石虞的《地緣政治命名之起源》，任美鍔的《政治地理學與地理政治學》等，都是這方面的代表作。這三篇文章主要介紹了地緣政治學的發展狀況、代表

〔註140〕豪斯荷夫：《靈識無境界》，《荊凡》1941年卷二。

人物以及理論觀點，對於國內瞭解地緣政治學具有較好的理論指導。當然更多是從地緣政治的角度探討具體的問題。例如，旭的《德國和歐羅巴合眾國》，殷祖英的《日本南進在地理政治上的檢討》，張其昀的《蘇俄在遠東之地位》，陳民耿的《邊塞之秋及其對於中原安危之影響》、《援華爲美國當務之急》，袁壽椿的《德蘇戰爭》，王文元的《英美對於越南應取之策略》，常燕生的《從地理形勢上論希特勒征服世界計劃之前途》，孫宕越的《我國糧食問題之地理觀》……都是具體的實踐和應用性文章。從《荊凡》內容上可以看出，它僅僅是從學術和抗戰著眼提倡「地緣政治」（「大地政治」），並無政治背景和政治野心。不可否認的是，陳民耿等學者欣賞和贊同地緣政治，認爲在中國目前形勢下完全有必要學習和應用這門學科，連帶著對德國的思想學術也處於一種信仰和曖昧的狀態。卷二就發表了主編陳民耿與德國地政期刊主筆豪斯荷夫（卡爾·豪斯霍弗）的交往信件，題爲《靈識無境界》。豪斯荷夫將自己主編的雜誌寄給陳民耿，陳民耿也彙報自己主編的雜誌情況，豪斯荷夫稱讚「尊志乃世界第三種研討地緣政治之雜誌」，並極爲誠懇地寫道：

> 再者余極願與先生合作，因地緣政治乃以包括全世界之科學，誠如先生之眞言，不知有靈識方面之界限，唯謹有之界限即爲吾人之智識與地面之天形，與廣大之地區內及高古而有文化之民族間所劃分之界線耳。〔註141〕

兩人都願意將地緣政治作爲一種學科來談論，作爲一種學術來探討，作爲一種無國界的知識來論述。這一封信暗示了陳民耿和豪斯霍弗之間交往的密切以及思想旨趣上的相似。

三、《荊凡》和法西斯主義辨析

始料不及的是，地緣政治因被法西斯德國利用而遭受非議，被認爲是爲法西斯德國侵略擴張製造理論依據和提供宣傳的工具。隨著希特勒侵略擴張政策的實施，發動第二次世界大戰，地緣政治更是受到譴責和被玷污。德國地緣政治的主角豪斯霍弗就被認爲是納粹導師，希特勒背後的參謀長，正是他把地緣政治與希特勒的第三帝國聯在一起，致使地緣政治聲名狼藉。豪斯霍弗於 1924 年創辦《地緣政治學雜誌》，在雜誌上發表了大量關於地緣政治的文章，公開主張國家是一個必然擴大或死亡的有機體，可以不顧「無力開

〔註141〕豪斯荷夫：《靈識無境界》，《荊凡》1941 年卷二。

發自己領土的國家」的主權，由地緣政治規定其「生存空間」。他的生存空間理論指導了二戰的德國戰略選擇，其地緣政治思想成為納粹德國思想體系的組成部分，被推崇為「國家科學」。有了這兩大因素：一是地緣政治因與納粹德國的密切關係染上了不良色彩；二是主編陳民耿與德國地緣政治學專家豪斯霍弗的通信就更被認為不妥。因此《荊凡》一出場就被左翼文化界人士批判。章漢夫在中共機關刊物《群眾》發表了一篇聲色淩屬的文章：《抗議公開宣傳希特勒主義——斥法西斯主義的「大地政治學」謬論》，不點名地指責東北大學及其他一些學者，是在充當希特勒的奴僕，替法西斯德國張目，替納粹主義宣傳，替希特勒的侵略尋找根據和幫助，是一批希特勒主義的「參與戎幕」。

請看章漢夫的批評：

> 赤裸裸的稱讚法西斯主義，在今天已經是蠢才了。這套東西難博得人們喝彩，保險被人們捧打，喝倒彩，自然是一場沒趣，也難得討好主子。於是乎，花樣翻新，找一條容易贈運私貨，容易迷惑青年的路子。就是，提出學術研究的面孔，裝做博學的樣子，標新立異，到文化市場來兜售，到思想界來放毒氣。這種的把戲，應予以最大的警惕，重大的揭露和打擊。〔註142〕

章漢夫暗示《荊凡》的作者們背後有主子的指使，是用學術研究的方式迷惑青年，進行法西斯主義的宣傳。這顯然不符合事實。仔細研讀章漢夫的這篇文章，我們能感受到他並沒有認真閱讀《荊凡》的每一篇文章。相反，在多數時候，他在過度闡述、煽風點火。章漢夫根據魯賓斯坦對「大地政治」的揭露就認為，大地政治學就是「希特拉對外侵略其他國家，進攻蘇聯，奴隸其他民族，壓迫人民，剝削民主的法西斯主義」〔註143〕。《荊凡》的作者們還對此進行宣傳，就是「唱著德國參謀部和戈培爾的唱片」，「鼓吹和宣揚法西斯的民族侵略」。〔註144〕這是一種誤解或曲解。

任美鍔在《政治地理學與地理政治學》一文中說得很清楚：

〔註142〕漢夫：《抗議公開宣傳希特勒主義——斥法西斯主義的「大地政治學」謬論》，《群眾》週刊，六卷十期，1941 年 9 月 13 日。

〔註143〕漢夫：《抗議公開宣傳希特勒主義——斥法西斯主義的「大地政治學」謬論》，《群眾》週刊，六卷十期，1941 年 9 月 13 日。

〔註144〕漢夫：《抗議公開宣傳希特勒主義——斥法西斯主義的「大地政治學」謬論》，《群眾》週刊，六卷十期，1941 年 9 月 13 日。

德國地理政治雜誌論文常常以特殊的世界哲學 welt an chauung 爲其立論的基礎，以爲據自然和人文條件下，世界國家疆域應作某種分配，而目前之所以尚未達理想情況者，全是因爲人力故意阻撓的緣故。因此，地理政治雜誌論文常暢論某一國界應如何重訂，不免染有濃厚國家主義色彩，專以民族利益爲前提，而失去科學的嚴謹態度。流弊所至，後來地理政治雜誌的內容無所不包，如民族優秀論（即所謂種族政治 Biopolitik）、生存範圍論 Lebensraum 等，均在其討論範疇區，故地理政治學遂有民族政治學之稱 Geopolitik als Nationale staatswisse machaft。

政治地理學或地理政治學雖常參雜民族偏見，但其純粹研究對國家特質的瞭解，國際關係的認識，實極重要。地理爲政治的基礎，研究政治學如不腳踏實地，以地理事實爲根據，常不免空中樓閣，紙上談兵，而不切實際。豪斯荷夫以爲第一歐戰德國之所以失敗，一部實因爲當時德國政治家和學者不明了其本國和外國立國的地理基礎。孫子稱知己知彼，百戰百勝，地理的研究不但有助於外交和戰爭，且中國抗戰完成之後，國家的簽訂，對日關係的調整等問題，處處須有政治地理學的智識爲基礎，我們現在必先未雨綢繆，對這些基本地理事實先有詳確的研究，須不至臨渴飛井。我們的研究，應從政治地理學的立場，對現狀加以嚴密的分析，給政治家以□考的資料，至於如何改變現狀，則由政治家自己去決定。例如關於國界問題，我們只列述國界附件民族地理，經濟地理，交通地理等現狀，換言之，即分析事實，至於國界應該如何改訂，則不應表示意見。這樣，政治地理學的研究才能維持嚴格科學的立場，不致流入歧途，引起許多無謂的爭執。〔註145〕

任美鍔認爲政治和地理關係密切，研究大地政治對於國家特質的瞭解和國際關係的認識都是非常重要的，但應摒棄「國家主義色彩」、「民族偏見」，以科學嚴謹的態度進行「純粹研究」。政治地理學家所做的事情在於「嚴密的分析」，給政治家參考的資料，卻不去干涉政治，由政治家決定如何改變現狀。任美鍔一再重申：政治地理學的研究必須「維持嚴格科學的立場」，才能「不

〔註145〕任美鍔：《政治地理學與地理政治學》，《荊凡》1941年卷二，第19頁。

致流入歧途，引起許多無謂的爭執」。

　　章漢夫的批評說明他既不瞭解大地政治學的來龍去脈，也不知曉這門學說的豐富複雜的含義，更沒有「看見」或「忽略」了任美鍔的這篇文章。僅僅從魯賓斯坦「對於『大地政治』有簡短精練的揭露」出發，來批評《荊凡》的作者們，這有失學術規範和批評原則。或許，章漢夫並未想從學理的角度上去批判他們，他考慮更多的是從政治和現實的角度著眼進行批評和打擊。

　　仔細思量，章漢夫爲何對《荊凡》的學者們如此大肆聲討？爲何要曲解他們的文章，加上莫須有的罪名？我們看，在章漢夫的這篇文章中，作者除了批評地緣政治是納粹主義思想，國內學者不應去提倡和信仰之外，另一個批評的重心實質上是《荊凡》的作者們對蘇德戰爭的立場和態度：

　　　　我們的有名的「大地政治學者」×××先生、×××先生，不是都曾不斷的發表德強蘇弱，法西斯德國必勝的「大地政治」學的謬論嗎？東北大學教授×××先生在關於德蘇戰爭答客問（荊凡：《創刊詞》）裏不是也在那裏稱讚德國「毅然」（！）攻蘇，認爲德國攻蘇，可以「費力少而獲益多」嗎？不是在以德國的宣傳爲宣傳地說「蘇聯內部不安，其國軍素質低劣」嗎？不是在以戈培爾的口氣說：「只須」將蘇聯第一線軍隊六十個師殲滅，便「一切迎刃而解」嗎？〔註146〕

章漢夫嚴厲指責他們是在爲德國參謀部和戈培爾唱讚歌和做宣傳。

　　事實如何，我們來看東北大學的袁壽椿發表的唯一兩篇關於蘇德戰爭的文章，分別是卷一的雜纂《答客問 —— 關於蘇德戰爭》和卷二的時評《德蘇戰爭》。《答客問 —— 關於蘇德戰爭》回答了四個問題：「德國方面情形如何？」、「蘇聯方面如何」、「蘇德戰略之比較如何？」、「日本此時是否要乘機蠢助？」。談到德國方面情形，開戰之初，按照當時德國的實力，袁壽椿確實認爲德國戰勝的把握比較大，這是由各方面情況推算出來的結果，也是國際上普遍認同的觀點，而非爲德國唱讚歌。爲章漢夫詬病的那一句話，原文實際上是這樣：「從德國的立場看，對蘇作戰可以費力少而獲益多：一般軸心國家都認蘇聯內部不安，其國軍素質低劣，只須將斯大林信任的第一線國軍五六十個師殲滅，一切迎刃而解，然後再轉鋒西向對付英美，作長期的持久戰。」

〔註146〕漢夫：《抗議公開宣傳希特勒主義 —— 斥法西斯主義的「大地政治學」謬論》，《群眾》週刊，第 6 卷第 10 期，1941 年 9 月 13 日。

〔註147〕這是一段客觀敘述，並不帶有感情色彩和主觀判斷，袁壽椿特別提到是從「德國的立場看」，而不是他的立場。「蘇聯內部不安，其國軍素質低劣」等判斷來自於「一般軸心國家」「認為」的結果；「費力少而獲益多」，這是德國低估了蘇聯、輕敵的一種表現。袁壽椿雖然認為「德國在歐霸權已大致確立，蘇聯身當其衛，艱難應付之局可以想見」，但他並不認為德國就一定會戰勝蘇聯，「按現在情況說，德軍在素質上裝備上誠佔優勢，但能否將蘇軍主力殲滅，是一大問題，且莫斯科一日不佔領，戰事即一日不能結束。」袁壽椿甚至為蘇聯出謀策劃，希望「蘇軍最好第一步集結優秀兵力，予德方以嚴重打擊，挫其銳氣，萬不得已時亦應施行持久防禦，亦空間爭取時間……」。〔註148〕待到蘇德戰爭開戰三個月以來，局勢逐漸明朗，袁壽椿再一次分析德蘇戰爭。這時他認為德國的前景堪憂。「不幸得很，經了三個月的血戰，傷亡數百萬人，結果還是屯兵於史太林防線之前，無法將其突破，造成自開戰以來未有的不利局面。在冬季間，德國軍事必無法進展，這是可以斷言的，前途茫茫，長期消耗，殊非希特拉之福。」〔註149〕接著，袁壽椿分析了德國方面四個不利的因素，兵員難以補充，冬季限製作戰，屯軍蘇聯城下難以作為，英美的援助等等都會造成對德國非常不利的局勢。這個判斷，顯然是從兩國參戰的地理氣候和現實狀態中得出的結論，仍源自於學者的客觀理性。

從以上分析可以得知，袁壽椿對於德蘇戰爭的看法總體而言是客觀理性的，他的認識和判斷來自於對時局、地理、兩國實力的對比，而非個人的喜好或政治立場。相較而言，從第一篇文章來看，袁壽椿更看好德國而非蘇聯，不自覺間流露出對德國的好感和敬佩。正是袁壽椿對德國前景的看好，對蘇聯的消極態度，激怒了章漢夫，引發了他的不滿和抗議。章漢夫認為袁壽椿沒有對德國的侵略行徑加以譴責，反而加以美化宣傳，這實際上是在充當德國的盟友，幫助德國打擊蘇聯。這是視蘇聯的意識形態為信仰的章漢夫們不能容忍的事情。

這裡，我們可以從中共的機關刊物《群眾》週刊得到答案。當蘇德戰爭爆發八天後，《群眾》第六卷第七期專門出版了一期「蘇德戰爭特輯」。首先刊登了蘇聯最高領袖斯大林的演講和莫洛託夫的廣播宣言。緊接著刊登了蘇

〔註147〕袁壽椿：《答客問——關於蘇德戰爭》，《荊凡》1941年卷一。
〔註148〕袁壽椿：《答客問——關於蘇德戰爭》，《荊凡》1941年卷一。
〔註149〕袁壽椿：《德蘇戰爭》，《荊凡》1941年卷二。

聯的《眞理報》社論《吾人當予法西斯匪徒以一蹶不振之還擊》，《解放日報》的社論《德國法西斯侵犯蘇聯》，《新華日報》的社論《世界政治的新時期》，《群眾》週刊的社論《蘇必勝德必敗》。然後刊發了國內言論，周恩來的《論蘇德戰爭及反法西斯的鬥爭》，吳克堅的《爲建立反法西斯的國際統一戰線而鬥爭》，潘梓年的《蘇德戰爭與中國抗戰》，柯仲平的詩歌《人類宣言 —— 爲消滅野獸法西斯而戰》等等。僅從題目來看，「法西斯匪徒」、「德國法西斯」、「反法西斯」、「野獸法西斯」，就已經標識著意識形態的對立和報刊作者的態度，最終指向則是「蘇必勝德必敗」。看這一期的文章，既有蘇聯的領導人發言、社論，也有國內的各大社論、各種宣傳輿論，洋溢著熱血沸騰、充滿勝利希望的烏托邦狂歡，唯獨不見客觀理性地對蘇德戰爭進行分析。這說明，即便國內人士有懷疑蘇聯失敗的可能性，但爲鼓舞士氣所在，絕不允許出現自滅威風、自打嘴巴的消極言論，這就是章漢夫對袁壽椿的文章如此不滿的原因所在。

　　《荊凡》刊登的許多文章背後暗含著一種危險，那就是對德國學術文化的尊重與信仰，而這種尊重與信仰會威脅到蘇聯意識形態在國內的發展與流行，尤其是在蘇德戰爭爆發後的生死關頭，分清敵我，樹立蘇聯意識形態的權威、信仰，警惕德國學術思想資源，這是左翼文化界確定的宣傳口徑。如果不這樣，在美國尚未參戰、國際局勢不明朗、法西斯陣營和反法西斯陣營並未完全建立起來的情況下，國內學者宣傳德國的學術思想，對國民政府、國內青年學生都將產生不良的影響。以「地緣政治」爲例，章漢夫就發現，在文化界「竟有不察內容而喝彩捧場者」〔註150〕，可見德國的學術思想對國內知識分子的影響有多深。尤其值得警惕的是國民政府，過去的表現向來與德國政府關係密切。在三十年代，中德在軍事和經濟上親密合作，蔣介石聘請了德國的顧問團爲軍事參謀。在思想文化領域，藍衣社曾宣傳法西斯主義是救國的主義，蔣介石也曾公開表示：「在中國現階段的緊要形勢下，法西斯主義是最適合的一種奇妙的藥方，而且是能夠救中國的唯一思想。」〔註151〕抗戰初期，德國的軍事參謀仍在爲中國抗戰服務，中日戰爭的第一場重大戰

〔註150〕漢夫：《抗議公開宣傳希特勒主義 —— 斥法西斯主義的「大地政治學」謬論》，《群眾》週刊，第6卷第10期，1941年9月13日。

〔註151〕易勞逸：《流產的革命：1927～1937年國民黨統治下的中國》，陳紅民等譯，中國青年出版社，1992年版，第54頁。

役八・一三淞滬抗戰，大約有 70 名德國軍事顧問參與，以致一些西方人和日本人將這一仗直呼爲「德國戰爭」。爾後隨著兩國矛盾的加深，德國政府承認汪僞政權，中德才斷交。但是「法西斯主義在中國竟還有它的歌頌者！希特勒在中國，竟還有其膜拜者！」〔註152〕在左翼的邏輯中，中國政府既已與德國政府斷交，那麼在學術文化上也應該撇清：

> 我們的要求只有一個：在政治上既然是與德意軸心絕交，在文
> 化思想上，就應有與此政策符合的辦法，即打擊以各式各樣姿態出
> 現的法西斯主義謬論，禁絕宣揚法西斯侵略主義的刊物！〔註153〕

這段話一針見血地點出了左翼的思維和邏輯，凡是與法西斯主義有關的言論都是必須打擊禁止的。在左翼人士看來，《荊凡》提倡「地緣政治」就是一個宣揚法西斯主義的刊物。「《荊凡》→地緣政治→法西斯主義」，然後就被送上了宣揚法西斯主義的歷史審判臺。

四、親德學派在抗戰期間的盛行

說到「宣揚法西斯主義」，自然會想起在抗戰時期被左翼文化界嚴厲批判的文化派別：戰國策派。眾所周知，戰國策派也被章漢夫冠以「宣揚法西斯主義」稱號，這恰恰也是該派遭到打擊的原因所在。在批評了《荊凡》刊物之後，章漢夫在同一刊物《群眾》發表了一篇文章《「戰國派」的法西斯主義實質》。這篇文章毫不留情地斥責「戰國派」的本質是法西斯主義，是助長了希特勒的侵略擴張的一種反動思想，是「反民主爲虎作倀的謀皮的謬論」。對內的政治觀「是反民主的，是希特勒主義的」，對外的主張是「暴力的」、「侵略的」。總而言之，戰國派學人「完全是希特勒的法西斯侵略主義的應聲蟲」。〔註154〕這些話語，與批評《荊凡》刊物並無多大的不同，都認爲他們在宣傳法西斯主義。

值得注意的是，戰國策派實際上比《荊凡》更早運用「地緣政治」的觀點分析國際局勢和抗戰時勢。該派的洪思奇、何永佶、雷海宗、林同濟、沙

〔註152〕漢夫：《抗議公開宣傳希特勒主義——斥法西斯主義的「大地政治學」謬論》，《群眾》週刊，第 6 卷第 10 期，1941 年 9 月 13 日。

〔註153〕漢夫：《抗議公開宣傳希特勒主義——斥法西斯主義的「大地政治學」謬論》，《群眾》週刊，第 6 卷第 10 期，1941 年 9 月 13 日。

〔註154〕漢夫：《「戰國」派的法西斯主義實質》，《群眾》週刊，第 7 卷第 1 期，1942 年 1 月 25 日。

學潘等曾提倡和運用過。以洪思齊爲代表，他發表的文章幾乎都是關於地緣政治的具體應用，例如《挪威爭奪戰：地勢與戰略》、《地略與國策：意大利》、《如果希特勒戰勝》、《法蘭西何以有今日》、《蘇聯的巴爾干政策》等等。1940年5月15日《戰國策》第4期發表了洪思齊的《地略與國策：意大利》，就是用地緣政治學的觀點分析意大利的政策。正文前面有一段編者按：

> 　　自從去秋蘇德協定以後，用意識形態的方式來判定國際大政
> 治的學派逐漸衰微，而用地理政略學（geopolitik 我們想簡譯爲地
> 略學）的看法逐漸抬頭。地略學在歐陸學界近年來已取得顯著的地
> 位，是一種道地的大政治科學。我們一味英美化的大學科程，對此
> 道自來是莫若無睹。本刊特請洪先生把列強的國策與地略關係做簡
> 單的個別分析自本期起陸續發表。——編者。〔註155〕

《戰國策》的編輯認識到地緣政治的重要性，特在刊物上推出洪思齊的文章，這比《荊凡》早一年多用「地緣政治」的視角來觀照國際局勢和中國狀況。但奇怪地是，此時的《戰國策》並未受到左翼人士的批評，《荊凡》反而最早冠以宣揚「法西斯主義」的罪名。距離戰國策派提出要用地緣政治分析國內外局勢過去快兩年了，章漢夫才在自己主編的《群眾》刊物上指責戰國策派是在宣揚德國法西斯的思想文化，本質上是「法西斯主義」。這說明什麼？至少說明兩點：一、《荊凡》刊物上的撰稿人與《戰國策》的成員在思想上有相似之處，他們都對地緣政治學感興趣，並且意識到在抗戰時期用地緣政治分析國內外局勢的有效性和重要性。戰國策派向來的立場是從「大政治」的角度看問題，拋棄了意識形態的干擾，客觀理性地面對國際政治、外交策略。從這一點看，「荊凡派」〔註156〕與戰國策派有著驚人的一致，它們都可以歸之爲「大政治派」。只是前者專門出了一個刊物《荊凡》來介紹、應用、研究地緣政治，比戰國策派更重視這門學說，更專業更學術，也就更引人注目，因而首先引起了章漢夫對《荊凡》的批判。二、在抗戰時期，親德學派或學者遠比我們現在認爲的要多許多，當時中國僅把日本作爲敵對國，對並未侵犯中國的德國仍抱有好感，所謂知識無國界，學界依然對德國的思想文化崇敬

〔註155〕洪思齊：《地略與國策：意大利》，昆明《戰國策》1940年第4期。
〔註156〕「荊凡派」主要指圍繞著《荊凡》刊物，一群學者闡述「大地政治學」學說
　　　　集合起來的一個派別。不是專有學術名詞，筆者爲表述方便，姑且這樣稱呼。
　　　　下同。

有加，不因戰爭的影響而改變理性中立的態度。

那麼，《荊凡》和戰國策派之間到底有何關係以至於被同一個刊物同一位作者所批判？除了被認爲宣傳地緣政治、法西斯主義之外，《荊凡》和戰國策派都對德國的學術思想大加讚賞，對中共的態度不友好，這也是《荊凡》遭到批評的重要原因。署名爲登的時評《政治統一爲國家生存之本》中認爲日本是「抓不住中國人」，卻能「分化中國人」，爲此日本更傾向於鬼鬼崇崇的政治分化運動，「企圖把中國分裂，分裂爲政治組織的單位而後個別的予以致命的打擊。」爲打擊日本，取得戰爭的勝利，「唯一對策便是搏結國民，抱定共赴國難的決心，不容再被敵人的煽動，中其奸計。」作者認爲日本經過四年狼狽戰爭，再受國際道德的譴責，經濟的封鎖，總會有崩潰的時刻，並不足憂。「現在最可憂的不是在敵人方面還是在『蕭薔之內』的問題。例如最近十八軍的事件惹起舉國人士的非常不安」，說得正是國共內爭，這一事件只會對日本人有利，「東京方面得此消息確實興高采烈。因爲這是符合他們的願望的。親者所痛心的便是仇者所認爲快意的。」登認爲，政治統一才是國家生存的根本。「所以目前第一要件還是在鞏固政治統一的基礎，在一個領袖之下加強國民的團結。如果能夠不動搖信心，那麼，不但抗戰有絕對勝利希望，而國祚綿長更是不可移的事實了。」〔註157〕作者譴責了國內的分裂行動，希望國共團結合作，並且是在「一個領袖之下加強國民的團結」，也就是承認蔣中正的領導，以此鞏固政治的統一。這說明，《荊凡》刊物整體上更傾向於國民政府，對中共多有微辭，這就更容易引起左翼文化界的注意和反擊，章漢夫因而攻擊他們背後有人撐腰，有人指使，這是有他的邏輯依據的，又不便明言，只好抨擊《荊凡》是在宣揚法西斯主義，要求政府禁絕這種宣傳。同樣地，戰國策派也存在對中共態度不友好的印象。據侯外盧回憶：「雷海宗主編的刊物《戰國策》對我黨態度不友好，《群眾》主編章漢夫著文批判《戰國策》，點了雷海宗的名。」〔註158〕

這提醒我們，與戰國策派有親近或相似的學派遠比我們今日認爲得要多許多。親德派往往抨擊蘇聯和中共，不論是「戰國策派」還是「荊凡派」，我們都可以看到他們對中共的態度不友好，也瞧不起社會主義國家蘇聯。親德

〔註157〕登：《政治統一爲國家生存之本》，《荊凡》1941年卷一，第3～4頁。
〔註158〕侯外盧：《韌的追求》，北京生活・讀書・新知三聯書店1985年版，第123頁。

派的擴張、蔓延必將打擊、削弱親蘇派的聲望和影響，這將阻礙共產主義在國內的發展，也不利於共產主義確立權威和聲望。當林同濟指出社會主義的工人解放、階級革命的運動，在歷史的中心作用上，「恐怕將在於政治組織的極端加強化」，「社會主義的開始固然是一種階級運動，實際上的結果恐怕還是集權國家──由蘇聯以至德意──的誕生！」〔註 159〕也就是說，唯一的社會主義國家蘇聯最終是要指向集權式的國家。林同濟再次強調：「『上下別』的階級解放運動都終要有意無意變成爲『內外分』的國家極權運動。」〔註 160〕這些看法，遭到了左翼理論家章漢夫的嚴厲批評，他認爲這是將法西斯國家與非法法西斯國家故意混淆的惡意行爲，會給讀者造成德蘇都「一樣惡」的結論，他不得不花費許多篇幅來證明「蘇聯是眞正社會主義的，民主的，有發展的國家。」〔註 161〕

　　林同濟在五十年代的思想檢討中就曾說道：

> 以我那法西斯思想意識，我必然是反蘇，反共，反馬列的。我寫作的注意點，雖然在發揮自己的理論，沒有專文來反蘇反共反馬列，但字裏行間往往表露出極荒謬極毒害的論調的。……我混淆了國際侵略與反侵略戰線的區分，從而增加了國人對蘇聯的疑懼。更嚴重的危害作用是打破了國人對蘇聯革命的信仰，以爲整個十月革命產生的結果乃不過是獨裁與侵略，那麼，中國人也可以不必效法蘇聯，走上無產革命路線了。我這裡反蘇，實際上也就是反共反人民！〔註 162〕

林同濟的這段話精闢入裏，一針見血地點出了「法西斯思想意識」與「反蘇」、「反共」、「反馬列」之間的連帶關係。戰國策派之所以遭到批判，原因是所謂宣傳「法西斯主義」，其實質則是對德國思想文化的推崇，這種推崇會打破國人對蘇聯意識形態的信仰，帶來一些現實的負面因素，直接後果就是對蘇

〔註159〕林同濟：《民族主義與二十世紀（下）── 一個歷史形態的看法》，重慶《大公報·戰國》第 30 期，1942 年 6 月 24 日。

〔註160〕林同濟：《民族主義與二十世紀（下）── 一個歷史形態的看法》，重慶《大公報·戰國》第 30 期，1942 年 6 月 24 日。

〔註161〕漢夫：《「戰國」派對戰爭的看法幫助了誰？── 斥林同濟：「民族主義與廿世紀」一文》，《群眾》週刊，第 7 卷第 14 期，1942 年 7 月 31 日。

〔註162〕林同濟：《思想檢討報告（1952.7.20）》，許紀霖等編：《天地之間── 林同濟文集》，復旦大學出版社 2004 年版，第 312 頁。

聯意識形態的漠視和對社會主義、共產主義的不認同。

其實,戰國策派和「荊凡派」的產生具有強大的國際背景。在「珍珠港事件」尚未發生時,國際局勢非常不明朗,在這種形勢下,抗戰時期的一部分知識分子選擇了節節勝利的法西斯德國,對德國的軍事、思想、文化表示了一定的欽佩和信仰。1940年8月29日,陳源在四川樂山給老朋友胡適(時任駐美大使)的信中就非常清楚地佐證了這種情況:「這四個月來,國際局面變化多端,是半年前所沒有夢想到的。國內向有一部分人士傾向德國,現在更爲明顯。少年政治學者何永佶、林同濟之流,在昆明辦有一個刊物,名《戰國策》,提倡『力的政治』,崇拜德國式的思想。大部分人的信念,都很動搖。」〔註163〕陳源的這封信表明,由於國際局勢的影響,國內親德派,反對自由民主的知識分子突增,影響了大部分人的思想信念。面對國際局勢的風雲變換,知識分子表現出了政體選擇的猶豫、徘徊以及內心的彷徨焦灼。在民主堡壘的西南聯大出現的刊物《今日評論》一向標榜「中立」,「拉唱自由主義」。以錢端升的《我們需要的政治制度》、《一黨與多黨》爲標誌,原本「中論」的《今日評論》在國際局勢影響下開始「右傾」,發出了集權的聲音。在變化莫測的局勢中,德意的政治制度、思想文化對國內知識分子而言,的確有了一個重新思考中國何去何從的新維度、新視野。中德關係的歷史也已經證明,德國對於中國的崛起確實具有諸多借鑒和參考的資源。在國內知識分子看來,德國的軍事技術、民族精神、思想文化等都值得中國學習和傚仿。

但在珍珠港事件爆發之後,美國參戰,國際反法西斯戰線建立起來,國際局勢變得明朗,國內知識分子對待德國的態度又發生了大轉彎,公開場合對其噤若寒蟬,開始反思法西斯主義的罪惡,推崇自由民主的美國。在這種情況下,《荊凡》僅出了兩期就停刊了,戰國策派也開始了轉向,轉向了文化重建與文學運動。戰國策派初期提倡的戰國時代重演論、尚力、集權等在國際環境影響下變得有些不合時宜。林同濟後來反省:「羅斯福提倡的四大自由與聯合國的僞民主僞和平,引起我的幻想,影響了我對『力』與『戰』的看法,覺得力與戰或非必須,而在學理上也畢竟有毛病。」〔註164〕由於國內外局勢的變動等錯綜複雜的因素,親德學派在抗戰後期乃至四九年之後逐漸式微。

〔註163〕中國社會科學院近代史研究所編:《胡適來往書信選》,中華書局1979年版,第482頁。
〔註164〕林同濟:《思想檢討報告(1952.7.20)》,許紀霖等編:《天地之間——林同濟文集》,復旦大學出版社2004年版,第308頁。

　　總之，戰國策派與《荊凡》有諸多相同點，它們都受到了國際局勢的影響，是在德國文化資源影響下（地緣政治學）產生的派別或刊物，同被左翼文化界批判爲宣揚「法西斯主義」。從這個意義上來說，研究《荊凡》，有助於我們瞭解在抗戰前中期知識分子彌漫著濃厚的親德立場與尙德態度，另一種西學——德國的學術文化，在抗戰乃至中國的影響同樣深遠；也可以知曉到底是哪個環節出錯惹惱了左翼文化界，明瞭「荊凡派」、戰國策派等親德派與親蘇派之間的分歧與差異，從而進一步探究抗戰時期複雜的意識形態之爭。

第二章　繼承與超越：戰國策派和
五四新文化運動

　　戰國策派自出場以來，目光所及就在五四新文化運動中縈繞。一般認為，戰國策派對五四新文化運動是持批評與否定態度的，陳銓指認五四運動犯了三個嚴重的錯誤，更是將戰國策派學人對「五四」的否定擺在了一個更加尖銳的處境中。仔細研讀戰國策派的思想觀點，我們卻發現，戰國策派並沒有否定「五四」的價值和意義，也沒有取消和抹黑它，而是在另一個層面上，繼續探討五四新文化運動以來的文化重建與民族精神重造的命題，繼承了五四「重新估定一切價值」的懷疑、批判精神，力圖通過借鑒德國文化資源、春秋戰國時代傳統文化資源，重建一種新型的國民性格。戰國策派的終極目標是以文化重建的方式實現救亡圖存、富國強民，也就是雷海宗提出的「在望的第三周文化」。本章節將重點理清戰國策派與五四新文化運動的關係，並且指出戰國策派在哪些地方繼承了又在哪些地方超越了五四新文化運動。

第一節　「評判態度」：戰國策派論五四新文化運動

　　五四新文化運動作為公認的中國現代化的起點，自它誕生起，就一直成為眾說紛紜的焦點與場域。每一種思潮的興起，似乎都將「五四」作為靶子，重塑新思潮的合理與權威。左翼文學思潮就以「五四」及其代表作家作為打倒的對象，以「階級」作為關鍵字，吶喊著一個「革命文學」時代的到來。隨著抗日戰爭的全面爆發，救亡圖存、抗戰建國成為整個時代的主題和民族的中心任務。心懷救國強國的知識分子再一次將目光聚焦在 20 年代的五四新

文化運動，進行了一輪新的反思思潮。各大報刊雜誌紛紛刊登關於「五四」的紀念、反思、評價的文章。例如，《中蘇文化》在 1940 年第 6 卷第 3 期推出「五月特輯」；《世界學生》在 1942 年第 1 卷第 5、6 期連續推出「五四特輯」……曾積極參與五四新文化運動，創辦過《新潮》雜誌的傅斯年在四十年代談到「五四」時發出這樣一種感慨：「我自感覺『五四運動』之只有輪廓而內容空虛，在當年——去現在並不遠——社會上有力人士標榜『五四』的時代，我也不願附和。但，現在局面不同了，『五四』之『弱點』報上常有所指謫，而社會上似有一種心願，即如何忘了『五四』。所以我今年頗有意思寫寫當年的事實和情景，以為將來歷史家的資料，不意觀光陪都，幾乎忘了歲月。」〔註1〕面對「五四」的被指謫，傅斯年強調「五四」已經完成了它的使命並且為「文化的積累」留下了一個永久的崖層，「五四」時期提倡的「民主與科學」並不過時，在今日的中國仍然是需要的。在一個救亡與啟蒙並重的時代，不同政治傾向、文化立場的人在四十年代的抗戰背景下對「五四」進行了重新認識與評價。戰國策派對「五四」的反思不過是這種大思潮氛圍中比較突出的一個學派。戰國策派深信世界已進入一個戰國時代，中國的傳統文化和國民性必須有所變革，那麼首先就需要對五四新文化運動的價值進行總結和評估。總體而言，戰國策派對「五四」性質的判斷是比較一致的，即這是一場啟蒙運動，時代精神是理智主義和個人主義，「五四」對傳統文化破壞有餘，新文化建設卻不足。

一、讚揚與肯定：五四新文化運動的歷史價值

　　儘管五四新文化運動在戰國策派看來有許多缺陷，但他們無一例外地高度評價了五四新文化運動。戰國策派認為，「五四」領導人在引進西方文化思潮、改造國民性、促進個性解放等方面具有積極的歷史作用。

　　戰國策派的核心成員林同濟就非常肯定五四新文化運動的成績：

　　　　五四新文化運動，內容本甚豐滿，甚複雜。它一方面把西方文化內的各因素，各派別，鏗鏘雜沓地介紹過來，一方面又猛向整個中國的傳統文化，下個顯明的比照，劇烈的批評。實百花爭發的初春，盡眩目薰心之極致。然則當日的新文化運動不過是一場五花八

〔註1〕傅斯年：《「五四」偶談》，《中央日報》，1943 年 5 月 4 日。

門的「雜耍」嗎？曰，唯唯，否否！在那豐富，複雜，以至矛盾的
內容中，我們可以尋出一個顯明的主旨，中心的議題。這個主旨與
母題可說是個性的解放──把個人的尊嚴與活力，從那鱗甲千年的
「吃人的禮教」裏解放出來，伸張出來！五四新文化運動所以成爲
一個自具「體相」運動者在這裡。它在我們當代國史上所發生的主
要作用也在這裡。〔註2〕

林同濟認爲五四新文化運動一方面在介紹西洋的文化，另一方面在摧毀中國
的傳統文化，除此之外，最重要的作用則是個性解放。個性解放在當時「吃
人的禮教」的時代裏猶如一聲驚雷，驚醒了沉睡、禁錮了幾千年的人性，這
個歷史作用是必須肯定的。林同濟在另一篇文章《優生與民族──一個社會
科學家的觀察》中再次肯定了「個性解放」在五四新文化運動中的重要使命
和價值。他認爲：「中國傳統的文化太發展了群體的壓制力，太伸張了社會
制度的權威。五四運動揭起來個性解放的旗子，煞是一種極有價值的反動。」
〔註3〕

　　雷海宗在《五四獻言》一文中也表達了他對五四運動的看法。他認爲五
四運動就愛國的意義而言，已是不朽。他指出，以「五四」爲機緣，引起對
於舊思想舊傳統的重新估價，對於新思想新潮流的熱烈介紹，這就是所謂文
化運動。少數人雖然在言語上或行動上不免走極端，但「運動的主流是正當
的與健全的」，在蔡孑民、胡適和其他各位大師的領導之下，「智識青年用最
開明的態度研究一切，批評一切，考量一切，希望對一切都能得到合理的與
應合時代的新標準與新結論。當時對於一切學術文化問題都運用科學精神，
也就是不顧一切的求眞精神。」〔註4〕可知，雷海宗對五四新文化運動是極爲
肯定和讚賞的，作爲一個「正當」、「健全」的文化運動，它是用「評判的態
度」和「開明的態度」來研究一切，既有科學精神，又有自由探討的精神。
這正是戰國策派學人所期望的學術氛圍和正在實踐的學術理想。他們秉承五
四新文化運動的精神，對不適合於時代的舊思想舊傳統重新估價，然後引入
新思想新思潮，總體而言，更像是另一個初具「五四」模式的文化運動。

〔註2〕林同濟：《廿年來中國思想的轉變》，《戰國策》第 17 期，1941 年 7 月 20 日。
〔註3〕林同濟：《優生與民族──一個社會科學家的觀察》，《今日評論》第 1 卷第
　　　23 期，1939 年 6 月 4 日。
〔註4〕雷海宗：《五四獻言》，《周論》第 1 卷第 17 期，1948 年 5 月 7 日。

沈從文也在不同的文章中肯定新文化運動在女子教育、白話文運動、新文學等方面的積極作用。「五四運動在中國讀書人思想觀念上，解放了一些束縛」，「重新做人」的意識極強，「爭自由」、爭男女平等、自由戀愛成爲風氣。初期白話文學中的詩歌，小說，戲劇等「重新建設一個新觀念」，「人的文學」成爲主流價值觀。〔註5〕這自然是些進步的事情。不過面對士大夫階層的退化，知識界的精神墮落，民族活力的喪失，沈從文希望再來一次文化運動，進行新的啓蒙。

陳銓在不同場合、不同文章中都曾肯定新文化運動，雖對這場運動頗有微辭，但也意識到它在某些方面的積極作用。他認爲五四運動的先知先覺是有「敏銳感覺」的，有「勇氣」的，「他們曾有許多貢獻，如像對白話文的運動，新文學的提倡，都是很有價值的」〔註6〕，五四新文化運動在推翻數千年的封建傳統、提倡個人自由以及白話文運動方面「展開了中國的新局面」，具有「劃時代的意義」。〔註7〕

總之，戰國策派學人敏銳地抓住了新文化運動在批判傳統文化、宣揚個性解放、建設新文學運動的實質作用，充分肯定了該運動在新文化思潮形成中的承前啓後的作用。但是，舊的秩序被打破以後，五四新文化運動並未創建一個理想中的新秩序。戰國策派學人在認識到五四新文化運動的優勢和積極的歷史作用時，也對它的不足或者說有待改進的地方進行了反思和批判。這是戰國策派學人反思「五四」的重點，融入了他們對新一輪文化運動的思考和探索。

二、批判與反思：戰國策派論五四新文化運動

首先，戰國策派認爲，必須改變五四時期只注重英美文化的傳統而不重視德國文化的弊病。要更加全面開放地認識歐洲思想和西洋文化，才有可能更好地建設中國文化。

著名記者范長江在問到爲何要推崇德國，林同濟發言：「我們認爲歐洲文化，日耳曼文化才是主流。過去我們介紹西方文化，多偏於英、美文化，所以我們用介紹德國文化來補救這缺點。」〔註8〕戰國策派學人多意識到了這個問題，何永佶就指出：「二十年來中國的思想先進，以英美的留學生爲多（我

〔註5〕沈從文：《燭虛（一）》，昆明《戰國策》第1期，1940年4月1日。
〔註6〕陳銓：《五四運動與狂飆運動》，《民族文學》第3期，1943年9月7日。
〔註7〕陳銓：《五四運動與狂飆運動》，《民族文學》第3期，1943年9月7日。
〔註8〕長江：《昆明教授群中的一支「戰國策派」之思想》，湖南《開明日報》，1941年1月9日。

自己也在內），他們心目中的西洋思想，只是英美思想，他們介紹的也大半只是英美思想，而不知除英美思想外，尚有其他思想，其他事實，不容抹殺而使估計於錯誤。」〔註9〕回顧「五四」以來介紹到國內的西洋思想，流行的是杜威、赫胥黎、達爾文、馬克思等。嚴復引進了英國達爾文的「物競天擇，適者生存」的進化論思想；李石曾引入法國的「互助論」思想；王國維介紹德國的叔本華和尼采的思想；陳獨秀、李大釗和李達介紹俄國的馬克思、恩格斯和列寧的思想，唯物史觀和辯證唯物主義迅速在國內獲得發展。英國的羅素，美國的杜威，德國的杜里舒，印度的泰戈爾直接到中國講學，他們的思想也曾在中國獲得了發展。仔細辨認，在西洋思想中，除俄國思想外，多以英美思想居多，並且還多以實用主義、理智主義爲主，深奧難懂的柏拉圖、黑格爾、康德哲學引入就稀少，即便是易卜生、叔本華、尼采等重要人物，在戰國策派看來也是多有錯誤和誤解之處的。他們並不否定「五四」傳播的西洋思想，只是一個時代有一個時代的中心，除瞭解慣常的英美派思想之外，也應正確地瞭解和引進德國思想資源。

　　陳銓在留德時期就欽佩德國民族的精神和性格，景仰其學術文化，認爲德國的思想資源非常適合引進和借鑒到中國。他對叔本華、尼采、歌德、席勒等著名人物深有研究。專著《從叔本華到尼采》（1944 年在創出版社）、《文學批評的新動向》（1943 年正中書局）以及諸多單篇文章《叔本華的貢獻》、《尼采的思想》、《尼采的政治思想》、《尼采的道德觀念》、《尼采的無神論》、《德國民族的性格和思想》、《狂飆時代的德國文學》、《狂飆時代的席勒》、《狂飆時代的歌德》、《浮士德精神》、《五四運動與狂飆運動》等等都試圖在中國建立一個德國的思想資源和文學傳統。陳銓認爲，新一輪文學運動應將德國的「狂飆運動」作爲參照物，新的「民族文學運動」也就是新的「狂飆運動」。談到五四新文化運動，陳銓自覺地將它與「狂飆運動」相比較。他認爲「狂飆運動」奠定了德國文化的根基，擺脫了十七世紀以來的理智主義和法國的新古典主義，走上了德國文學的興盛時代。但是，五四運動曾風靡一時卻轉瞬衰弱。「五四運動之後，或者誤入歧途，或者一直消沉，或者彷徨歧路，全國上下，精力渙散，意志力量，不能集中。」〔註10〕他認爲最主要的原因在於五四運動「不合時代」，提倡五四運動的先知先覺沒有認清時代，錯將戰國時代誤

〔註 9〕何永佶：《歐戰與中國》，昆明《戰國策》第 6 期，1940 年 6 月 25 日。
〔註10〕陳銓：《五四運動與狂飆運動》，《民族文學》1943 年第 3 期。

認為春秋時代，錯將集體主義時代誤認為個人主義時代，錯將非理智主義時代誤認為理智主義時代。〔註11〕本來，五四運動應該像「狂飆運動」一樣提倡感情、民族、戰爭、集體、英雄、意志等關鍵詞，而不應提倡虛無縹緲的個人、自由、和平、國際等名詞。五四運動本身就是一個愛國主義運動，「一個未得自然發育的民族主義運動」〔註12〕，如趁著民族主義情緒高漲像德國那樣提倡民族主義，灌輸戰鬥式的人生觀，五四運動的局面也許大有不同。

因此，陳銓對專注英美派思想的學者頗有意見，在介紹德國民族的性格和思想時對此做出批評：

> 對於歐洲思想史，沒有研究，對於德國的民情文化，沒有瞭解，中國近幾十年對於英美派的思想，已經普遍介紹，稍為懂一點新思想的人，除了英美派思想以外，就無所謂思想，在這種情形之下，我們要來介紹德國思想，當然要引起一般人的驚駭反對。二十年前五四運動的時候，一般遺老，習於中國舊思想，激烈反對英美派新思想。現在一般人習於英美派思想，激烈反對德國思想，這是很自然的事情。〔註13〕

陳銓介紹德國思想遭到「驚駭反對」，正如五四時期陳獨秀、胡適介紹英美派思想遭到舊思想守衛者的批評一樣，其性質是相當的。陳銓以新一輪文化運動的主導者自居並頗為自信，認為遭遇的誤解或者說反對都是正常的，隨時間流逝，德國思想必將在中國生根發芽。

與戰國策派非常親近的朱光潛也認識到五四新文化運動存在的問題，他指出，五四新文化運動的先驅想從「文化思想與教育建設改造為基礎」，但卻沒能「醞釀一個健全的中心思想」，沒能「培養一種有朝氣而純正的學風」。五四運動頗類似德國的「狂飆突進」，但是沒有一個歌德和席勒的時代接著到來，也沒有一個像德國唯心派那樣雄厚的哲學潮流去灌輸生氣。它的來勢很兇猛，但是「飆風不終日，驟雨不終朝」，它多少是一種流產。〔註14〕朱光潛

〔註11〕陳銓：《五四運動與狂飆運動》，《民族文學》1943 年第 3 期。
〔註12〕李長之：《五四運動之文化的意義及其評價》，重慶《大公報·星期論文》，1942 年 5 月 3 日。
〔註13〕陳銓：《德國民族的性格和思想》，昆明《戰國策》第 6 期，1940 年 6 月 25 日。
〔註14〕朱光潛：《五四運動的意義和影響》，重慶《中國青年》第 6 卷第 5 期，1942 年 5 月。

同樣意識到五四新文化運動與德國的「狂飆運動」有相似的地方，但卻不能取得像「狂飆運動」那樣的成就，這與陳銓的觀點相似。「在民族主義高漲之下，他們不提倡戰爭意識，集體主義，感情和意志，反而提倡一些相反的理論，使中華民族，在千鈞一髮之際，沒有急起直追，埋頭骨幹，驚濤忽至，舉國倉皇，這是非常可惜的。」〔註15〕面對這樣糟糕的事實，陳銓沉痛不已，但他並不願意對五四運動的先知先覺「加以嚴重的批評」，目前最重要的是給予五四運動一個「客觀的批評」，指出它的不足，並且告訴國人：「今後局面愈來愈艱苦，五四運動的一套思想，並不能幫助我們救亡圖存」〔註16〕。五四時期的一套思想在新戰國時代並不合適，按照林同濟的設想，第三期的學術思潮已經來臨，國人應該有新的感情、新的人生觀和新的方法。「德國的狂飆運動，孫中山先生一貫的民族主義」，才是「不可忽視的指南針」。〔註17〕

相對於五四時期主要介紹英美派的思想，戰國策派的確更多地關注德國的思想資源。叔本華哲學、尼采學說、浮士德精神、地緣政治學、斯賓格勒的文化形態學、「狂飆運動」等等都是典型的德國學術思想文化。在他們看來，處於戰國時代的中國，對外需要引入德國的思想資源，建立一個具有柯伯尼的宇宙觀，戰鬥式的人生觀，民族意識濃厚的國家；對內則需要繼承戰國時代以來的尚力傳統，進行軍國民教育和民族主義教育；如此內外結合、雙向進行，抗戰建國的目標則更容易實現。因此，他們從中借鑒了斯賓格勒的文化形態學、德國的地緣政治學、尼采的「權力意志」、「超人」崇拜、叔本華的悲劇意識等觀念，以「戰國時代的重演」重新闡述世界與中國的大勢，改造國民性、重建民族精神，致力於第三期的文化重建工作。可以這樣說，戰國策派學人在認識到五四新文化運動介紹英美派思想的不足之後，針對自身的學識修養與中國的抗戰現實，引薦了另一個西洋思想的系統即德國思想，希望通過政治、歷史、哲學、文化、文學等方面的改革，進行新的一輪思想運動。

需要注意的是，在反法西斯主義的特殊時期，戰國策派崇尚德國文化與學術，並不是對法西斯抱有好感，而是希望通過對德國文化和民族精神的借鑒，學到民族自強之道，喚醒民族意識，促進民族復興。陳銓指出，談現代德國史，必須維持一種客觀的態度，德國思想不等於法西斯主義，希特勒的

〔註15〕陳銓：《五四運動與狂飆運動》，《民族文學》1943年第3期。
〔註16〕陳銓：《五四運動與狂飆運動》，《民族文學》1943年第3期。
〔註17〕陳銓：《五四運動與狂飆運動》，《民族文學》1943年第3期。

納粹主義，德國人也有反對的，要避免法西斯主義的負面效應導致對德國思想文化的抵制與漠視。「德國民族精神和思想的獨到處，連堯舜禹湯也要認爲有效法的價值」〔註18〕，這種清醒的、理性的態度是難能可貴的。

其次，針對五四時期多談個人主義的毛病，戰國策派進行新的思想建設中心——集體主義、民族主義思潮。

戰國策派認爲，40 年代的抗戰中國，民族主義應該成爲這一時期的新思潮、新中心，個人主義必須靠邊站，唯有確立起「國家至上、民族至上」的民族主義思潮，國家的抗戰力量才能夠增強，抗戰建國的任務才有可能完成。世界局勢的大變化也是由個性主義思潮到集體主義思潮，民族主義成爲全世界的中心潮流。誠如陳銓所言：「二十世紀的政治潮流，無疑的是集體主義。大家第一的要求是民族自由，不是個人自由，是全體解放，不是個人解放。在必要的時候，個人必須犧牲小我，顧全大我，不然就同歸於盡。」〔註19〕在這種大趨勢下，「個性的喚醒」都要讓位於「國力的加強」。中國的思想界經歷了個人主義、社會主義的變化，現在進入到民族主義的時代中心。陳銓在《民族文學運動》一文中對這三個階段進行了一番評價。他認爲，五四新文化運動期間產生的中心思想是個人主義。社會上的任何問題都站在個人主義的立場上去衡量和關照，敢於對傳統的道德風俗以及社會上的標準進行懷疑與反抗，強烈要求個人的自由。與這時代精神相適應產生的文學，大部分都模仿西洋。「詩歌學美國的自由詩，戲劇尊崇易卜生的問題劇，一部分浪漫主義中間包含的感傷主義，彌漫於各種文體之間。」〔註20〕於是產生了一種個人主義的文學，「這一種思想文學，對於打破舊傳統，貢獻是很偉大的」，但是對於建設新傳統卻有妨礙。陳銓認爲：「眞正的自由，應當求之內心，盡責任就是得自由，自由在我自己，而不在他人。只有這樣講自由，才沒有極端個人主義的流弊。」〔註21〕的確，五四個人主義在中後期開始泛濫成災，眾多學者開始反思個人主義帶來的弊端。常燕生、茅盾在三十年代就已經意識到了五四個人主義的流弊。青年黨重要成員常燕生認爲：「五四新文化運動就是要打倒家族主義，這個功績是我們應該承認的，但不幸家族主義打倒以後，沒有新的更偉大的集團精神起而代之，結果

〔註18〕陳銓：《狂飆時代的德國文學》，昆明《戰國策》第 13 期，1940 年 10 月 1 日。
〔註19〕陳銓：《五四運動與狂飆運動》，《民族文學》1943 年第 3 期。
〔註20〕陳銓：《民族文學運動》，重慶《大公報‧戰國》第 24 期，1942 年 5 月 13 日。
〔註21〕陳銓：《民族文學運動》，重慶《大公報‧戰國》第 24 期，1942 年 5 月 13 日。

反形成了個人主義的反動時代……現在個人主義的反動潮流又大猖獗起來了，居然形成了思想家的主潮，這種思想我認爲比馬克思派的階級主義危害更過千百倍。」〔註22〕常燕生認爲五四新文化運動打倒了家族主義而沒有用更偉大的集團精神代替，造成了個人主義的流弊，這與陳銓的觀點較爲相似。茅盾，作爲左翼文學運動的代表性人物，他在《關於「創作」》一文中指認五四文學運動最主要的目標是「人的發現，即發展個性，即個人主義」，因爲中心點是「個人主義」，所以新文學作家普遍推崇「靈感主義」、「天才主義」以及「身邊瑣事描寫」〔註23〕，導致作品中浸透著小資產階級意識和個人主義的思想。瞿秋白說得更明白，他認爲五四時期的個人主義、人道主義和自由主義都是必須否定的遺產，要重新建立一個普羅文學運動。茅盾、瞿秋白希翼創建的普羅文學運動，在陳銓這裡遭到了更大的批評。作爲一個半殖民地的中國，面臨著外來政治軍事經濟三方面的侵略和壓迫，整個民族都失去了自由。「中國最迫切的問題，是怎樣內部團結一致，對外求解放，而不是互相爭鬥，使全國四分五裂，給敵人長期侵略的機會。」〔註24〕陳銓認爲講階級的社會主義導致「全國的民族意識最薄弱」，這樣的思想和意識在國內無論如何都是不切實際的，比五四時期的思想更值得清算。在理清了五四時期的個人主義思想，三十年代的社會主義思想，陳銓認爲在四十年代的抗戰中國，應當以「全民族爲中心」，民族主義才是最可取的指南針。

戰國策派的另一核心成員林同濟對於個人主義與集體主義的關係有他獨到辯證的看法。「五四新文化運動的毛病並不在其談個性解放，乃在其不能把這個性解放放到一個適當的比例來談，放在民族生存的前提下來鼓勵提倡。」〔註25〕林同濟並不反對個性解放，他認爲社會上的個性伸張還非常不夠，個性解放仍是需要的，但在目前的國家局勢中，「集體生命」和「民族安全」才是思想界的最高主題，個性解放的方向和目標必須改變，必須在「民族生存」的大前提下去提倡和鼓勵。林同濟愼重地思考了在抗日救亡的大局勢下如何

〔註22〕常燕生：《我對於中國本位文化建設問題的簡單意見》，見羅容渠主編的《從「西化」到現代化——五四以來有關中國的文化趨向和發展道路論爭文選》（中冊），黃山書社出版社 2008 年，第 531 頁。

〔註23〕茅盾：《關於「創作」》，《北斗》第 1 卷第 1 期，1931 年 9 月 20 日。

〔註24〕陳銓：《民族文學運動》，重慶《大公報·戰國》第 24 期，1942 年 5 月 13 日。

〔註25〕林同濟：《廿年來中國思想的轉變》，昆明《戰國策》第 17 期，1941 年 7 月 20 日。

建設今後的思想文化。他意識到，五四新文化運動的優良傳統是必須繼承的，可在它的基礎上進行一輪新的文化運動，這個運動的中心主題是民族主義而非個人主義。爲何？「九一八至七七，我們國家所遭遇的孽運乃緊迫著我們思想界及時作適應。五四的作風必須向另一路線轉換；也只可向一個路線轉換：就是，個性解放的要求一變而爲集體的保障。八一三抗戰展開出來，集體生命，民族安全──感覺，更無疑地成爲我們思想界的最高主題。」〔註 26〕因此，「由個性的解放到民族的集體認識──這是五四到今天中國一般社會上思潮所經的康莊大道。」〔註 27〕這是戰國策派學人貫穿始終的思路，即將整個的文化思潮由「個人主義」的母旨提升到「民族主義」的主旨，「民族至上、國家至上」也正是戰國策派的核心主旨。

戰國策派提倡民族主義並不是說就不要個性解放了。實際上，它並沒有否定「五四」的個性解放，而是在它的基礎之上進行改善和調整，調整到以民族主義爲中心。「這並不是說五四新文化運動裏不曾含有民族集體的意識，也不是說目前民族生存運動的高潮中再也沒有保留個性解放的種子。正相反！文化以及思想潮流的連續性，互動性，誰都認得。我們此處所指明由個體到集體的來線，不過是指明不同的時期有不同的注意點，有不同的重心。」〔註 28〕並且認識到，個性解放與集體主義、民族主義並不衝突，兩者是相輔相成的。誠如林同濟所言：

> 須知眞正的個性解放並不與集體團結衝突。兩者本來是相得益彰，相輔而行的。抗戰期間的文化動向，一方面必須闢出新途徑，把集體組織化；一方面卻也必須繼續「五四」的作風向個體上作進一步的合理的解放。如果個體解放必須在集體組織的範圍內推行，集體組織也必須在解放了的個體上建立。在這點上著想，「五四」運動與抗戰期間的精神總動員，乃在一條直線上，並不是對壘而立的。
> 〔註 29〕

〔註 26〕 林同濟：《廿年來中國思想的轉變》，昆明《戰國策》第 17 期，1941 年 7 月 20 日。

〔註 27〕 林同濟：《廿年來中國思想的轉變》，昆明《戰國策》第 17 期，1941 年 7 月 20 日。

〔註 28〕 林同濟：《廿年來中國思想的轉變》，昆明《戰國策》第 17 期，1941 年 7 月 20 日。

〔註 29〕 林同濟：《優生與民族──一個社會科學家的觀察》，昆明《今日評論》第 1 卷第 23 期，1939 年 6 月 24 日。

一方面，現實需要加強國力，集體組織化；另一方面，「五四」時期倡導的個性解放仍需進一步合理的解放。也就是說「個性煥發與國命整合兩大潮流所表現的種種價值與制度必當儘量吸收。」〔註30〕「個性煥發」與「國命整合」在林同濟這裡是並行不悖、互相依存的，五四運動與戰國策派也是在一條直線上繼續延伸。事實而言，戰國策派進行的文化重建和民族振興的工作與五四新文化運動並無衝突，本質上是延續與繼承。

　　最後，針對五四時期盛行科學主義、理智主義造成弊端，戰國策派重視情感、意志、浪漫、理想、直覺等非理性主義因素，倡導一種反理性的人本主義。

　　五四新文化運動是以理性、啓蒙為價值旨歸的一場運動。它類似於十八世紀的啓蒙運動，重視理智、實用、科學、現實這些因素。加之，儒家文化中的實用理性精神，經世致用的人生態度，輕思辨，重現實的生活哲學已成為中華民族的集體性格。「這種啓蒙型的理性精神，既是中國數千年來適應環境而生存發展的基本精神的延續，又是西方科學實證精神與中國實用理性整合的結晶。」〔註31〕西方科學實證精神是歐洲文化之魂，伴隨西風東漸的思潮，科學實證精神也彌漫在中華大地。新文化運動的主將陳獨秀就認為，近代歐洲之所以優越，在於「科學與人權」，他將科學的地位提到與「人權」並列的程度，並且在《敬告青年》中將「科學」（「科學的而非想像的」）作為構建新青年的六項要素之一。胡適引入實驗主義或實證主義，就是要採用一種科學的觀點來看待真理與事實，實驗主義或實證主義本身就是科學的產物。李大釗、吳稚暉、王星拱、任鴻雋等都在《新青年》上發表文章，探討科學的內涵定性，提倡、強調科學的重大意義。一些雜誌如《科學》、《學藝》、《新潮》、《東方》也競相標舉科學主義，科學精神蔚然成風。眾所周知，《新青年》提倡的「德先生」（民主）、「賽先生」（科學），正是五四新文化運動的主潮。五四新文化運動的主將認為中國一系列文化問題、社會問題，比如反對舊倫理、舊政治、舊藝術、舊宗教、舊文學等具體主張，都離不開這兩個原則。自晚清以來，經過國人的反覆倡導，「科學」與「民主」已經成為知識界的主

〔註30〕林同濟：《〈文化形態史觀〉卷頭語》，林同濟、雷海宗：《文化形態史觀》，大東書局1946年版。

〔註31〕鮑頸翔：《試論戰國策派的文化救亡》，《安徽大學學報（哲學社會科學版）》1996年第2期。

流話語，乃至有一種科學主義思潮泛化的勢頭。著名的「科玄論戰」就是以科學派戰勝了「玄學鬼」。之後，馬克思主義在中國傳播開來，引發了唯物主義思潮，這種唯物主義在科學範疇內仍然是一種理智主義。五四新文化運動面對這樣一個實用理性的文化傳統，科學主義泛化的現實語境，自然視科學、理性為推崇的對象，理智主義盛行，「非理性」、「反理性」反而被貶斥。半個世紀以來，戰國策派被認為是在宣傳非理性的「法西斯主義」，自然也被視為「反理性主義的逆流」。〔註32〕事實上，戰國策派意識到了五四新文化運動提倡理智與科學的弊病，科學主義、理智主義並不能完全擔當新時代的使命，「它忽略了形而上的問題，它看輕了人類超現實的衝動和靈魂中不依理性的成分。」〔註33〕因此，戰國策派提倡一種非理性主義的人本觀，民族意識、情感生命、浪漫精神、英雄天才等非理性因素受到了格外的關注和重視。

陳銓認為，五四新文化運動犯的第三個錯誤就是將非理智主義時代當作理智主義時代。在他看來，五四時期是一個非理智主義的時代，應該認清這是一個戰國時代，要提倡戰爭意識、集體主義、情感和意志等這些非理性主義因素。陳銓指出，十七世紀以來，歐洲有一種「光明運動」的思潮，人類的一切活動都要以理智為依據，道德、宗教、美術都要建築在理智的基礎之上。但到了十八世紀的末葉，歐洲思想界已經開始對理智萬能的學說進行了反思和批判，認識到理智並不能解決社會、人生中的許多問題，理性不是萬能的，只有在有限的事物內才具有效力。因此產生了一大批非理性主義思潮的學說，叔本華尼采的意志哲學，黑格爾的精神哲學，柏格森的生命哲學，心理學上的潛意識，文學上的表現主義、象徵主義、未來主義等等，都以非理智為目的。這並不是反科學，科學本身也是由限度的。五四新文化運動高揚理性的大旗，崇尚科學，這並沒有錯，這在當時的歷史境遇下也是適宜的一種選擇，但問題是他們對理性和科學的崇尚走上了極端，「高唱膚淺的科學口號」，「憑藉理智」，就以為能「解決人生一切的問題」〔註34〕，這和十七世紀的理智主義非常相似。

五四新文化運動提倡的科學主義、理智主義已經成為籠罩學界的思維方

〔註32〕 胡繩：《論反理性主義的逆流》，《讀書月報》第 2 卷第 10 期，1941 年 1 月 1 日。

〔註33〕 陳銓：《中德文學研究》，遼寧教育出版社 1997 年版，第 15 頁。

〔註34〕 陳銓：《五四運動與狂飆運動》，《民族文學》1943 年第 3 期。

式和行動指南，產生了它的負面效應，引起了學界的反思。梁啓超在目睹第一次世界大戰帶給人們的巨大災難，開始對「科學」提出了質疑，引發了「科學與人生觀」的論戰。張君勱認爲科學並不能解決人生觀的問題，只能依賴於人類自身，要側重內心生活的修養，確立起精神的價值。〔註35〕還有的學者直指五四新文化運動，對它提出了批評，譬如批評家李長之。他指出五四新文化運動是「理智的，實用的，破壞的，清淺的」，「所謂德先生，賽先生，所謂『有什麼話，說什麼話』，所謂『大膽的假設，小心的求證』，……這些清淺而理智的色彩，無不代表『五四』運動之爲啓蒙運動。」〔註36〕和理智主義結下不解之緣的，還有「唯物思想和功利主義」。總之，五四新文化運動「有破壞而無建設，有現實而無理想，有清淺的理智而無深厚的情感，唯物，功利，甚而勢利，是這一個時代的精神。」〔註37〕反映在文學上，就是寫實主義的盛行，「寫實就是理智主義的另一表現」。李長之認爲新文藝中新詩的成就最差，原因是「太理智了，那裏會有詩！」〔註38〕陳銓也以爲：「中國五四運動的初期，也充滿了感情，但是領袖的人都是徹頭徹尾的理智主義者，所以詩的創作還未成功，小說和散文，立刻就取而代之。」〔註39〕李長之和陳銓都以爲詩歌成就欠缺在於「理智」，雖有偏激和誤解之處，但浪漫主義在這個時代的生存環境並不見好，標榜浪漫主義的創造社很快就曇花一現。在強大的現實語境面前，浪漫主義被迅速消解，文學的路徑朝著文學革命到革命文學的大方向踏步，現實主義、理智主義仍然是社會的主流和動力。

陳銓清醒地認識到了五四的弊端，抗戰時期需要倡導民族主義思潮，發揚民族主義精神，理智主義就成了阻礙和遏制的作用，不能擔當這個時代的使命和責任。陳銓認爲，民族主義是二十世紀的天經地義，民族意識的發展，「不是膚淺的理智所能分析的，它是一種感情，一種意志，不是邏輯，不是科學，乃是有目共見，有心同感的。」〔註40〕目前的時代正是一個民族主義

〔註35〕張君勱：《人生觀》，1923 年 2 月在清華大學做的演講。

〔註36〕李長之：《五四運動之文化的意義及其評價》，重慶《大公報·星期論文》，1942 年 5 月 3 日。

〔註37〕李長之：《五四運動之文化的意義及其評價》，重慶《大公報·星期論文》，1942 年 5 月 3 日。

〔註38〕李長之：《五四運動之文化的意義及其評價》，重慶《大公報·星期論文》，1942 年 5 月 3 日。

〔註39〕陳銓：《詩的時代》，《民族文學》1944 年第 5 期。

〔註40〕陳銓：《五四運動與狂飆運動》，《民族文學》1943 年第 3 期。

高漲的時代，也應當是感情主義高漲的時代。「民族主義最需要的，不是愛國的『道理』，而是愛國的『感情』。」〔註41〕這裡，陳銓積極倡導與理智、科學相反的因素，那就是「情感」、「意志」等非理智因素。他借浮士德之口說出「感情就是一切」，倡導以感情、天才、自然、民族為關鍵字的德國狂飆運動。陳銓還創作了一首《感情頌》：「感情就是一切，真理不容障厄。感情一日不停，真理一日不滅。」「真理為的人生」、「理智是感情的奴隸」〔註42〕等等。從這些詩句中，我們能感受到陳銓非常重視情感。在短論《感情就是一切》中他再一次強調「感情是推動人生最偉大的力量」，「沒有感情的文學，就是沒有生命的文學」〔註43〕。陳銓如此重視感情的因素，是對五四新文化運動中過於強調理智的反撥。在提倡民族意識、情感的同時，陳銓也非常重視浪漫主義，他的戲劇創作就清晰地灌注了這一精神。《金指環》劇題為「三幕浪漫悲劇」，《藍蝴蝶》劇題為「四幕浪漫悲劇」，《野玫瑰》也充滿了浪漫主義精神。這些劇作中的人物都能夠為國家、為民族勇於擔當和犧牲，具有崇高的理想和真善美的心靈。陳銓在劇作中突出、強調浪漫精神，是因為「這一種浪漫精神和對人生的態度，也許是中國新時代所最需的」〔註44〕，「我們目前政治社會教育上種種不良的現象，都要這一種精神來拯救。」〔註45〕陳銓認為，浪漫是人生理想的無限追求，浪漫主義在某種意義下就是理想主義，浪漫主義和理想主義都是這個時代需要的一種精神氣質。

另外，戰國策派學人推崇以叔本華、尼采為代表的西方現代非理性哲學。叔本華哲學最基本的觀念就是「意志」，意志占人生最重要的位置，理智只是意志的工具，理智的力量是薄弱的。尼采繼承了叔本華的意志學說，提出了強力意志說，認為應該建立起以人的意志為中心的價值觀。強力意志的特徵是：激情、欲望、狂放、活躍、鬥爭，恰恰與冷靜、精確、邏輯、生硬、節欲的理性特徵相對立。作為一個極端的反理性主義者，尼采將生命意志置於理性之上，提出了超人哲學。超人是人的自我超越，具有大地、海洋、閃電那樣的氣勢和風格，本身帶有強烈的感情色彩和理想特徵。戰國策派學人積

〔註41〕論壇：《感情就是一切》，《民族文學》1943 年第 4 期。
〔註42〕陳銓：《哀夢影》，《民族文學》1944 年第 5 期。
〔註43〕論壇：《感情就是一切》，《民族文學》1943 年第 4 期。
〔註44〕陳銓：《〈金指環〉後記》，《軍事與政治》第 3 卷第 1 期，1942 年 6 月 30 日。
〔註45〕陳銓：《青花──理想主義與浪漫精神》，《國風》半月刊第 12 期，1943 年 4 月 16 日。

極引進尼采學說。陳銓專門出版了兩本專著《叔本華生平及其學說》、《從叔本華到尼采》，介紹了叔本華和尼采的學說思想，例如《叔本華與紅樓夢》、《叔本華的貢獻》、《尼采的政治思想》、《尼采的道德思想》、《尼采的思想》、《尼采與女性》、《尼采的無神論》等等。陳銓積極地介紹叔本華尤其是尼采的學說思想，目的在於在提倡一種主人哲學，發揮國民的戰鬥意識、民族意識、英雄崇拜意識，重視感情、意志等非理性主義因素。林同濟對尼采學說也多有研究，自稱平生最愛讀尼采，尼采的《薩拉特斯特如是說》是他百讀不厭的書之一。林同濟根據尼采的這本書模仿薩拉特斯特的口吻寄語中國青年要戰鬥，要人膽做英雄，要偉大，要不怕戰爭。〔註 46〕又託詞於薩拉圖斯特表達了他獨具一格的藝術觀，即「恐怖、狂歡、虔恪」〔註 47〕，這三道母題是對人生生命極限三個階段生命過程的巔峰體驗，是生命力飽滿的發洩。這種感受和體驗是理智無法觸及的，而只能用直覺去體驗。林同濟就稱讚尼采的思想有一種「極端尖銳的直覺」，「最富直覺能力」〔註 48〕，反映在藝術創作上最富有創造力，多為抒情與象徵，是生命力的體現。林同濟在播撒第二度新思潮的種子時就強調要從「理智到意志」，他指出，五四時代的偉大在於相信理智的可靠，「五四時代是實利邏輯，實驗邏輯飛躍之期」，但現在他們的偉大在於「瞭解意志是理智之王」。〔註 49〕戰國策派學人強調意志、情感、直覺、浪漫等非理性主義因素，建構了一個反理性的人本主義觀念，這是對實用理性的文化傳統、理智主義泛化的現實語境的極大反撥和突進。

　　以上三個方面說明了戰國策派的確是在有目的、有針對性地根據五四新文化運動中存在的不足或缺陷進行新的建設工作。戰國策派並沒有否定五四新文化運動，相反，它是在「五四」的基礎上根據時代的要求、運動本身存在的弊端進行一輪新的文化運動。不能冒然地說，戰國策派的這種反思或建設就是科學合理的，顯然它存在片面、偏激和誤解之處。但在某種程度上，它確實是在批判與反思這場運動的同時試圖修正和超越它，開啟「第二度新文化運動」。

〔註 46〕林同濟：《薩拉圖斯達如此說！──寄給中國青年》，昆明《戰國策》第 5 期，1940 年 6 月 1 日。

〔註 47〕林同濟：《寄語中國藝術人──恐怖‧狂歡‧虔恪》，重慶《大公報‧戰國》第 8 期，1942 年 1 月 21 日。

〔註 48〕林同濟：《我看尼采──〈從叔本華到尼采〉序言》，大東書局 1946 年，第 8 頁。

〔註 49〕林同濟：《廿年來中國思想的轉變》，昆明《戰國策》第 17 期，1941 年 7 月 20 日。

三、繼承與糾正：「第二度新文化運動」的提倡和實踐

　　五四新文化運動是一個眾說紛紜的場域，各方視野中的新文化運動涵義並不相同。五四新文化運動到底是什麼？新文化運動的主將陳獨秀對此做出了他的回答：「新文化運動，是覺得舊的文化還有不足的地方，更加上新的科學、宗教、道德、文學、美術、音樂等運動。」〔註50〕這個定義實在是過於寬泛，任何一種文化運動何嘗不是覺得舊文化有不足的地方，然後再創新的文化？為此，陳獨秀又強調了新文化運動應注意的三件事：

　　第一、新文化運動要注重團體的活動。中國人因為缺乏公共心，自私自利，所以沒有組織力。陳獨秀指出：

　　　　新文化運動倘然不能發揮公共心，不能組織團體的活動，不能造成新集合力，終久是一場失敗，或是做力極小。中國人所以缺乏公共心，全是因為家族主義太發達的緣故。有人說是個人主義妨礙了公共心，這卻不對……所以我以為戕賊中國人公共心的不是個人主義，中國人底個人權利和社會公益，都做了家庭底犧牲品。「各人自掃門前雪，不管他人瓦上霜。」這兩句話描寫中國人家庭主義強盛、沒有絲毫公共心，真算十足了。〔註51〕

陳獨秀在這裡批判家族主義強盛影響人們的公共心，沒有集體意識和團體意識，這正是戰國策派致力改造和重塑的地方。在雷海宗、林同濟等人看來，大家族和小家族制度都不利於國家意識、民族意識的培養。中國人過於重視家族觀念，把生命價值的體現與延續全部寄託在血緣宗法之上，缺乏集體意識，自私自利觀念極重，精神散漫尤如一盤散沙。國家意識淡薄，這在以國力為單位的殘酷競爭中是十分不利的。雷海宗的《中國的家族》、林同濟的《大政治時代的倫理——一個關於忠孝問題的討論》等文章著力探討的就是家族主義問題。陳獨秀要求新文化運動發揮公共心，抵制家族主義，這與四十年代的戰國策派的文化理念一脈相承。

　　第二、新文化運動要注重創造的精神。創造才能產生進化，對於新舊文化都要不滿足，對於東西方文化也要不滿足，要有超越前人的勇氣和魄力。

〔註50〕陳獨秀：《新文化運動是什麼？》，《新青年》第 7 卷第 5 號，1920 年 4 月 1 日。

〔註51〕陳獨秀：《新文化運動是什麼？》，《新青年》第 7 卷第 5 號，1920 年 4 月 1 日。

戰國策派學人在主編《在創叢書》，就是表達「創造」之意，選錄的書籍都是「有新的見解，新的貢獻」，「發表於新文化創造的結論」〔註 52〕。戰國策派提倡文化形態史觀、「第三期的學術思潮」和「第二度新文化運動」，本身就已經蘊含了創造的精神。

第三、新文化運動要影響到別的運動上面。這一點是說新文化運動不僅要在文化領域起作用，還要適當地影響到政治領域，創造一種新的政治理想。戰國策派首先是一個文化思潮，努力做一些文化重建的工作，但同時，它也在創造新的政治倫理，也就是戰國策派的主旨「大政治」觀。

其實，陳獨秀的這三個注意的事項仍然是抽象、寬泛的，並不能說明新文化運動的特殊性與獨特性。按照這個界定，我們可以說戰國策派進行的戰時文化重建與民族精神重造完全是另一場新文化運動。

目前學界一般認為最能確切說明新文化運動的典型特徵的是胡適的文章《新思潮的意義》。胡適是五四新文化運動的靈魂。胡適既不滿意各大報紙對「新思潮」做出的種種解釋，也不滿意陳獨秀以「科學」和「民主」這樣簡單籠統的方式概括新文化運動的意義和性質。他在綜攬各種解釋之後，專門做了一篇文章來闡述什麼是新文化運動，這就是《新思潮的意義》。胡適認為：「據我個人的觀察，新思潮的根本意義只是一種新態度。這種態度可叫做『評判的態度』。」〔註 53〕而「『重新估定一切價值』八個字便是評判的態度的最好解釋。」〔註 54〕對五四新文化思潮的爭議很多，胡適以為「無論怎樣不一致，根本上同有這公共的一點：——評判的態度。」〔註 55〕這裡，胡適用「重新估定一切價值」來概括「新文化運動」，的確要比陳獨秀等人的解釋精當切要一些。胡適還認為「這種評判的態度，在實際上表現時，有兩種趨勢。一方面是討論社會上、政治上、宗教上、文學上種種問題。一方面是介紹西洋的新思想、新學術、新文學、新信仰。前者是『研究問題』，後者是『輸入學理』。這兩項是新思潮的手段。」〔註 56〕胡適還強調：「新思潮的將來趨勢，依我個人的私見看來，應該是注重研究人生社會的切要問題，應該於研究問

〔註 52〕在創叢書編輯委員會：《在創叢書緣起》，陳銓：《從叔本華到尼采》，上海大東書局 1946 年，扉頁。
〔註 53〕胡適：《新思潮的意義》，《新青年》第 7 卷第 1 號，1919 年 12 月 1 日。
〔註 54〕胡適：《新思潮的意義》，《新青年》第 7 卷第 1 號，1919 年 12 月 1 日。
〔註 55〕胡適：《新思潮的意義》，《新青年》第 7 卷第 1 號，1919 年 12 月 1 日。
〔註 56〕胡適：《新思潮的意義》，《新青年》第 7 卷第 1 號，1919 年 12 月 1 日。

題之中做介紹學理的事業。」〔註57〕一方面是研究社會上的切要問題，另一方面是做介紹學理的工作，那麼做這兩者工作的目的是什麼呢？胡適以爲「新思潮的唯一目的是『再造文明』。」〔註58〕總結而言，胡適認爲：「新思潮的精神是一種評判的態度」，「新思潮的手段是研究問題與輸入學理」，「新思潮的唯一目的是再造文明」。胡適用「一個精神、兩個手段、一個目的」來解釋新思潮運動，這不僅是五四新文化運動的價值和意義所在，也是他「對於新思潮將來的趨向的希望」。〔註59〕

　　筆者以胡適對新文化運動的解釋來觀照戰國策派，從中發現，戰國策派對五四新文化運動的認識和反思是出於一種「評判的態度」，同時，戰國策派整個的戰時文化重建構想與民族精神重構都是在「評判的態度」下進行的。從某種意義上說，戰國策派是對五四新文化運動進行「價值重估」。它並不是要否定五四新文化運動的歷史作用，而是要繼承它「重新估定一切價值」的懷疑、批判的精神，在新的時代條件下進行一輪新的文化運動。其手段是通過研究戰國時代重演下民族如何生存發展這一核心問題，以及在這核心問題之下輻射開來的政治與外交、文化與人生觀、女子教育與家庭、文學等各種切實的問題。同時，輸入文化形態史觀、意志哲學、地緣政治等德國思想文化資源，達到再造中國文明的目的。

　　尼采「重新估定一切價值」的評判態度，對於五四新文化運動以來的文化思潮影響是深遠的。胡適晚年曾談到他的「重新估定一切價值」在學術思想界造成的變動。他說：「（在現代的中國學術裏），這一個轉變簡直與西洋思想史，把地球中心說轉向太陽中心說的哥白尼的思想革命一樣。在中國文化史上我們眞也是企圖搞出個具體而微的哥白尼革命來。」〔註60〕胡適的「重新估定一切價值」對於戰國策派學人的影響同樣深遠。陳銓的英雄崇拜觀念、政治理想與理想政治的提出、尼采學說、易卜生主義的重新界定，甚至在批評新文化運動的弊病之上倡導的「民族文學運動」，整個的思維和邏輯都充滿著「重新估定一切價值」的叛逆、批判和創新精神。林同濟否認「五四」以來第一期「經驗事實」和第二期「辯證革命」的學術思想，認爲除這兩派之

〔註57〕　胡適：《新思潮的意義》，《新青年》第7卷第1號，1919年12月1日。
〔註58〕　胡適：《新思潮的意義》，《新青年》第7卷第1號，1919年12月1日。
〔註59〕　胡適：《新思潮的意義》，《新青年》第7卷第1號，1919年12月1日。
〔註60〕　唐德剛譯注：《胡適口述自傳》，臺北傳記文學出版社1981年版，第255頁。

外，應「另謀開闢一條新途徑」，即倡導第三期的學術思潮，這就是他的「歷
史形態學」或「文化形態史觀」。林同濟根據文化形態史觀的相關理論和方法
建立中國的新史學觀，去除中國傳統敘述型史學、統治當今史壇的「新考據
學派」的弊端，建立了新的史學模式，開創新的學術思潮。用林同濟在五十
年代的「檢討」來說就是想做一個「思想家」，「想獨立一幟，做個在野的青
年思想權威，影響他們的思想」，因此以「發動一個文化學術思想運動的姿態
出現」。〔註61〕林同濟的確具有重新估定以往價值，確立自身學術思潮的勇
氣、魄力和學識。雷海宗運用文化形態史觀的相關理論，認為每一種獨立發
展的文化都要經歷封建時代、貴族國家時代、帝國主義時代、大一統時代、
政治破裂與文化滅亡的末世等五個階段。按照這個週期，中國文化最終是要
走向滅亡的，但是他創造性地提出中國文化獨具「兩周」的新認識，因而對
「在望的第三周文化」充滿希望和期待。何永佶、洪思齊公開宣傳「大政治」
的觀點，從「大政治」的視野觀照社會上的政治、外交等現象，抨擊社會上
不利於抗戰建國的「小政治」觀，辨析「向內政治」與「向外政治」的區別，
模糊了「左右」意識形態的干擾紛爭，直接倡導「唯實政治」、「尚力政治」
以及「地緣政治」。戰國策派學人在主編《在創叢書》時曾說過這樣一段話：

> 第二次世界大戰，引起人類文化歷史上一個空前的大變動。人
> 類必須要重新創造一個新的文化 —— 一個能夠使人類幸福生活的
> 文化 —— 這是今後刻不容緩的工作。在這一個工作開展的中間，全
> 世界的思想家，都要「重新估定一切的價值」，因為我們正處著世界
> 精神進展的轉變關頭。〔註62〕

戰國策派正是在「重新估定一切價值」的評判態度下重建中國的文化和民族
的精神。他們是一群富有創新精神和批判意識的高級知識分子，直接繼承了
五四新文化運動以來「重新估定一切價值」的思想傳統，對抗日救亡時期的
中國進行一輪新的文化重建，無疑這是對五四新思潮的另一種形式的繼承與
弘揚。

　　必須指出，戰國策派學人建設這樣一場文化運動是有自覺意識和行動

〔註61〕林同濟：《思想檢討報告（1952.7.20）》，許紀霖等編：《天地之間——林同濟
　　　　文集》，復旦大學出版社 2004 年版，第 307 頁。

〔註62〕在創叢書編輯委員會：《在創叢書緣起》，陳銓：《從叔本華到尼采》，上海大
　　　　東書局 1946 年，扉頁。

的。林同濟在《廿年來中國思想的轉變》一文中明確提出要將五四新文化運動時期宣傳的個人主義思潮轉換到民族集體的新思潮，要求今後從自由到皈依；從權利到義務；從平等到功用；從浪漫到實現；從理論到行動；從公理到自力；從理智到意志。林同濟提出這六個「新思潮的種子」，並且在文末正式發出號召，創造「第二度新文化運動」：

> 好了，這些是一把新思潮的種子，已經散步在頭上與空中。卻也有一批有眼光有氣力的人們著意把他們收拾，培養，而集成，創造出一個「第二度新文化運動」？〔註63〕

「第二度新文化運動」成為戰國策派的核心目標和價值旨歸。戰國策派本質上而言是一種文化思潮，繼承了十九、二十世紀之交的尚力主義思潮，吸收了西方近代尤其是德國的文化資源，關注人類的文化走向以及中國文化的發展規律，更關注戰時文化的重建以及民族精神的重構。林同濟等人不斷在文章中發出號召，希望創造一種新的文化思潮。一方面他們意識到隨著時代的變化、社會的變遷，五四新文化運動既有它積極向上的一面，這是應該繼承與發揚的。另一方面也存在被「誤用與濫用」的一面，「不知不覺培養成一種閹宦似的陰性人格」，「造成一種麻木風氣」〔註64〕等問題，這些是應該拋棄和修正的。

正如沈從文所言：

> 從「五四」到今年正好二十週年。一個人剛剛成熟的年齡。修正這個運動的弱點，發展這個運動長處，再來個二十年努力，是我們的責任也是我們的權利。兩年來的沉默，得到那麼一個結論。〔註65〕

沈從文的意見，代表著抗戰時期眾多學者的一種看法。五四新文化運動發展至今，面臨新的政治和現實，大家都有感於要有所變革和創新。就像顧頡剛所言：「我們現在急需一個新文化，尤其是這次日寇的侵略更逼迫我們從速走上新文化的道路。如果政府當局和社會中堅分子不認識這個時代的責任，沒有整個的組織和分配，只讓它自然地發展，只讓幾個苦心人去獨立支撐，固

〔註63〕林同濟：《廿年來中國思想的轉變》，昆明《戰國策》第 17 期，1941 年 7 月 20 日。
〔註64〕沈從文：《長庚》，選自《燭虛》1941 年 8 月初版本。
〔註65〕沈從文：《長庚》，選自《燭虛》1941 年 8 月初版本。

然也終有成功的一天，可是成功的日子是遙遠得很了。」〔註 66〕放眼四十年代的抗戰中國，政府當局忙於應付抗日救亡的局面而無新文化建設的精力，社會上中堅份子各有自己的理論建設而無法形成大的潮流趨勢。在這中間，反而有戰國策派這樣一個流派，盡力修正五四新文化運動的弱點、不足，繼承和發揚這個運動的優點、長處。「這個民族若不甘心滅亡，想要掙扎，得有勇氣先從『因循』習慣中掙扎出來，這個國家方可望有個轉機。這就是當時幾個朋友辦刊物的一點理想。」〔註 67〕沈從文說的辦刊物就是指《戰國策》以及後來的《大公報・戰國》。戰國策派學人都是有信仰和理想的，希望從「因循」的習慣中掙扎出來，只是在「理想與事實」面前，效果並不令人滿意。

余英時曾說：「如果新思潮或新文化運動的中心意義是在批判精神指引之下研究西學與中學，而研究的目的又是使二者互相闡明以求最後獲得一種創造性的綜合」〔註 68〕。那麼，「新文化」或「新思潮」的意義便可以擴大到戰國策派。一方面，戰國策派意識到新文化運動對傳統文化破壞有餘，新文化建設不足的問題，試圖進行「第二度新文化運動」，從政治、歷史、文化、文學等多個方面進行修正和重構。另一方面，他們又開始引進西方的文化形態史觀、地緣政治學、意志哲學、狂飆運動等德國思想文化資源，最終是想超越五四新文化運動的文化重建方式，創造一個類似德國的「狂飆運動」。陳銓認為，五四先驅者成績不少，但在「創造一種新的人生觀宇宙觀方面，他們的弱點就暴露出來了，他們沒有深刻認識西洋，他們也沒有深刻認識中國，介紹沒有正確介紹，推翻沒有根本推翻。」〔註 69〕戰國策派整個的工作實際上就是既要「深刻認識西洋」，又要「深刻認識中國」，既要「正確介紹」西洋的文化思想，防止五四時期存在的食洋不化，又要吸收傳統文化中的活力酵素，推翻阻礙中國發展的國民性和民族性缺陷，創造「第二度新文化運動」，完成抗戰建國的重任，引領中國文化的新生。戰國策派的所作所為非常像一個初具「五四」模式的文化運動。

〔註 66〕顧頡剛：《我對於五四運動的感想》，《世界學生》第 1 卷第 5 期，1942 年 5 月 25 日。

〔註 67〕沈從文：《對作家和文運的一點感想——新廢郵存底七》，《大公報・戰國》第 11 期，1942 年 2 月 11 日。

〔註 68〕余英時：《文藝復興乎？啟蒙運動乎？》，選自《現代危機與思想人物》，北京生活・讀書・新知三聯書店 2012 年版，第 91 頁。

〔註 69〕陳銓：《五四運動與狂飆運動》，《民族文學》1943 年第 3 期。

第二節　「研究問題」：列國階段的民族新生

　　五四新文化運動是建立在研究各種問題（孔教問題、禮教問題、文學改革問題、女子解放問題、教育改良問題，等等）的基礎上介紹西洋的新學說（《新青年》的「易卜生號」、「馬克思號」，《民鐸》的「現代思潮號」，《新教育》的「杜威號」，等等）的一種文化思潮運動。它具有極大的現實針對性和鮮明的時代意義。五四新文化運動之所以能夠取得如此巨大的成就多在於它是研究問題的結果。為什麼要研究問題？時代在變化，社會在動搖，從前的思想文化、風俗制度等遭到了「不能適應時勢的需要，不能使人滿意」，因此萌生尋找適應現時代要求的新方法、新辦法。孔教的問題、文學革命的問題都是在這種處境下萌生的改革之意。胡適以為，「研究問題的文章所以能發生效果，正為所研究的問題一定是社會人生最切要的問題，最能使人注意，也最能使人覺悟。」〔註70〕到了四十年代的抗戰時期，中國面臨最現實的核心問題則是：「新戰國時代」如何抗日救亡，如何挽救民族的危機？如何改造國民性、重建中國文化，取得民族的生存和獨立？戰國策派面對這樣一種峻急的現實問題，極有洞見地把握了時代的核心，發人深思地提出了「戰國時代的重演」。他們意識到中華民族已無可避免地捲入到「列國」階段即「大戰國時代」，但中國卻仍然停留在「大一統」的泥淖當中。如何從「大一統」的階段順利過渡到「列國」階段，重建「大戰國」的種種價值和文化體系，則是獲得民族文化新生的重要途徑。

一、最核心的問題 —— 戰國時代重演下的民族生存

　　戰國策派誕生於 1940 年 4 月，正是抗日戰爭進行到最艱苦、最迷茫的時刻，國際局勢上法西斯德國、意大利節節勝利，英法出現頹廢之勢，中國內部也出現了消極怠戰、妥協投降、尋求和平之路的氛圍和心態，汪偽政權的成立及其投和事件就是最典型的明證。戰國策派自誕生起，就對妥協投降和平的態度和傾向給予打擊，充分認識到了抗戰對於中華民族的重要意義。林同濟多次談到抗戰對於國人的思想、學術、文化、人格等多方面的衝擊與改造意義。「抗戰不只是把日本的侵略主義打倒，抗戰也不只是把祖宗的土地保存，抗戰也不只是救著民族的生存，甚至可以說抗戰也不只是伸張人類的正

〔註70〕胡適：《新思潮的意義》，《新青年》第 7 卷第 1 號，1919 年 12 月 1 日。

義，抗戰的最重大最深遠的意義，是在此戰的苦撐中，建個新的思想來，新的文化來，是在戰的鍛鍊下，立個新的人格來。」〔註71〕抗戰不僅是救國，還是建國，不僅是建國，更是整個民族文化的新生。正如雷海宗所言：「二千年來，中華民族所種的病根太深，非忍受一次徹底澄清的刀兵水火的洗禮，萬難洗淨過去的一切骯髒污濁，萬難創造民族的新生。」〔註72〕戰國策派學人認爲中國傳統文化已屆生死大關，抗戰是要結束第二周的傳統文化，建立第三周的嶄新文化。抗戰不只是政治、軍事行動，也是文化建設，「站在民族生命長久發揚的崗位看去，抗戰的最高意義必須是我們整個文化的革新！」〔註73〕。抗戰的意義如此之大，上至政府官員，下至平民百姓，都應該重視抗日救亡這一重大時代背景。戰國策派學人毫無疑問是非常重視這一時代背景的，將抗戰這一重大事件放置於一個新的歷史演變觀念中，即「戰國時代的重演」。他們認爲，目前的世界局勢就相當於古代中國的戰國時代的重演，所有的一切都必須圍繞著「戰國時代的重演」這一最深刻的現實做出選擇和改變。「時代意義的核心，必須先切實把握」，戰國策派認爲對於時代精神把握的程度，決定了對歷史瞭解的程度。「民族的命運，只有兩條路可走；不是不瞭解時代，猛力推進，做個時代的主人翁，便是茫無瞭解，即或瞭解而不徹底，結果乃徘徊、分歧、失機，而流爲時代的犧牲品。」〔註74〕戰國策派大聲疾呼要做時代的主人翁，發表在《戰國策》創刊上的第一篇文章就是林同濟的《戰國時代的重演》。林同濟開篇即指出：

　　　　現時代的意義是什麼呢？乾脆又乾脆，曰在「戰」的一個字。

　　如果我們運用比較歷史家的眼光來占斷這個赫赫當頭的時代，我們

　　不禁要拍案舉手而呼道：這乃是又一度「戰國時代」的來臨！〔註75〕

這就是林同濟提出的「戰國時代的重演」。林同濟將各自成系統的文化發展的過程分爲三個階段：封建階段、列國階段、大一統階段。在文化發展的每個

〔註71〕林同濟：《抗戰軍人與中國新文化》，《東方雜誌》第 35 卷第 17 期，1938 年 7
　　　月 16 日。

〔註72〕雷海宗：《建國——在望的第三週》，林同濟、雷海宗合著：《文化形態史觀·
　　　中國文化與中國的兵》，吉林出版集團有限責任公司 2010 年版，第 345～346
　　　頁。

〔註73〕林同濟：《嫉惡如仇——戰鬥式的人生觀》，重慶《大公報·戰國》第 19 期，
　　　1942 年 4 月 8 日。

〔註74〕林同濟：《戰國時代的重演》，昆明《戰國策》第 1 期，1940 年 4 月 1 日。

〔註75〕林同濟：《戰國時代的重演》，昆明《戰國策》第 1 期，1940 年 4 月 1 日。

階段中,各個體系的文化都具有獨一無二的特徵,在這方面看,歷史並不重演。但同時卻也多少表現出若干根本形態,彼此大致類同,在這方面看來,歷史卻是重演的。文化發展的第二階段,列國階段,就是所謂的「大戰國時代」。〔註76〕整個世界都已經進入了「大戰國時代」,中國也被迫捲入到殘酷無情的戰國時代中。這樣一個「大戰國時代」具有什麼樣的特點?「戰國時代的意義,是戰的一個字,加緊地,無情地,發泄其權威,擴大其作用。」〔註77〕具體而言,就是林同濟總結出的「戰」的三大特點。第一,戰為中心。戰國時代,以戰爭為中心,「戰」不僅要成為戰爭時代最顯著最重要的事實,而且要積極地成為一切主要的社會行動的標準。戰的威脅與需求迫切到戰乃成為一切行動的大前提,社會上的一切行動都要在戰的影子才能取得生存的根據。第二,戰成全體。戰國時代,戰乃顯著地向著「全體化」的路線前進。全體人員、全體物資、全體才智,都為戰而服務,力求「人人皆兵,物物成械」。戰國時代不必崇拜民主政體,全看它與全體戰的關係如何,如有妨礙,大可取消。第三,戰在殲滅。戰有兩種,一種是「取勝之戰」,另一種是「殲滅之戰」。前者最多不過是「賠款割城」,後者則是「非到敵國活力全部消滅不止」。目前國際局勢是殲滅戰已經開始,中國無可奈何地在火拼與殲滅的節骨眼上奮鬥,生死存亡全看中日戰爭的結果如何。「殲滅戰是無和可言的」,企圖投降談和,便是「妖言誤國」,正如汪僞政權那般文人政客,實在是「賤極無聊」。〔註78〕

面對這種你死我活的戰爭局面,我們該如何獲取勝利和發展?林同濟提出以下三點讓國民認識清楚:

第一,不能戰的國家不能生存。戰國時代的到來,沒有國家可以躲避這種殲滅戰,唯有直面戰爭才是理性的選擇。中國人千萬不能再抱著中庸情態,繼續那種不文不武的偷懶的國家狀態,而應該在這次中日戰爭中變得勇敢、變得偉大。〔註79〕

第二,左右傾各字樣,意義全消。左傾、右傾兩名詞,到今日的戰國時代已成為過時的花樣。整個世界的中心潮流已經朝著一個方向推進——「如

〔註76〕 林同濟:《從戰國重演到形態歷史觀》,重慶《大公報・戰國》第 1 期,1941 年 12 月 3 日。

〔註77〕 林同濟:《戰國時代的重演》,昆明《戰國策》第 1 期,1940 年 4 月 1 日。

〔註78〕 林同濟:《戰國時代的重演》,昆明《戰國策》第 1 期,1940 年 4 月 1 日。

〔註79〕 林同濟:《戰國時代的重演》,昆明《戰國策》第 1 期,1940 年 4 月 1 日。

何建設道地的『戰國式』的國家，如何把整個國家的力量，組織到最高度的效率以應付戰國時代勢必降臨，勢已降臨的殲滅戰，獨霸戰。」〔註80〕

　　第三，中國文化的發展應該由「大一統」時代的文化轉向戰國時代的文化。不能再用「大一統」時代的眼光和心理來評量審定「大戰國」的種種價值與現實，應該「倒走」二千年，再建「戰國七雄」時代的意識與立場，以此重建活潑健全的「戰國型」文化。〔註81〕

　　林同濟的觀點一經拋出，重慶《大公報》立馬給予轉載，一時在知識分子當中廣爲流傳，各種贊同、闡述、表態、批評的文章相繼發表。之後，林同濟繼續刊出《力！》、《學生運動的末路》、《中飽與中國社會》、《第三期學術思潮展望──新階段的展望》、《二十年來中國思想的轉變》、《從戰國重演到形態歷史觀》、《柯伯尼宇宙觀──歐洲人的精神》、《士的蛻變──文化再造中的核心問題》、《大夫士與士大夫──國史上的兩種人格型》、《民族主義與二十世紀（上、下）──一個歷史形態的看法》等文章，不厭其煩地對戰國時代的意義和特徵加以申說。

　　雷海宗在其專著《中國文化與中國的兵》中細數自春秋、戰國至東漢時代的兵制，讚賞武德盛行的春秋戰國時代的「兵」的精神，痛惜中國在秦漢大一統以後失去了戰國時代的「好戰」精神，變成了一種無兵的文化。雷海宗建議重新培養國民的「戰爭意識」，進行初級教育與軍事訓練，倡導「恢復戰國以上文武並重的文化」。〔註82〕在《張伯倫與楚懷王──東西一揆》一文中也強調「今日的世界，正處在一個極端無情的大時代」，因此他對政治上負有重任的人要求他們靈活運用外交政策，切忌「成見太深」，走錯了路線。陳銓在多篇文章中重視和呼應「大戰國時代」的觀點。陳銓在介紹尼采的道德觀念時曾提到「處在現在的戰國時代」，我們民族必須拋棄傳統的「奴隸道德」，接受尼采的「主人道德」。〔註83〕在《指環與正義》一文中則強調戰國時代背景下該如何看待「指環」與「正義」的關係，他說：「我看人類的歷史，永遠是一部戰爭史。無論什麼時代，都是戰國時代。」〔註84〕爲此，「國外政

〔註80〕林同濟：《戰國時代的重演》，昆明《戰國策》第 1 期，1940 年 4 月 1 日。

〔註81〕林同濟：《戰國時代的重演》，昆明《戰國策》第 1 期，1940 年 4 月 1 日。

〔註82〕雷海宗：《建國──在望的第三週》，林同濟、雷海宗合著：《文化形態史觀‧中國文化與中國的兵》，吉林出版集團有限責任公司 2010 年版，第 346 頁。

〔註83〕陳銓：《尼采的道德觀念》，昆明《戰國策》第 12 期，1940 年 9 月 15 日。

〔註84〕陳銓：《指環與正義》，重慶《大公報‧戰國》第 3 期，1941 年 12 月 17 日。

治」談不上正義、和平，要的是「指環」與力量。在《政治理想與理想政治》一文中，陳銓進一步闡述：「中國現在處的是一個戰國時代，這一個時代的特徵，就是民族生存競爭已經到了尖銳化的時代，國與國之間談不到什麼正義，什麼和平，要的是軍事力量的優越，勝利的獲得。」〔註85〕爲應付這種戰國時代的局面，必須使「全國上下充滿了戰爭意識」，拋棄「世界大同」、「正義和平」、「階級鬥爭」、「個人自由」等「空幻的理想名詞」。谷春帆在《大公報·戰國》第 18 期上發表《廣「戰國」義》，從「歷史的趨勢上」看戰國時代的意義。他認爲，世界上的武力衝突不可避免，影響現代戰爭的主要決定因素是生產能力。目前世界上再分割的戰爭，是強與強的戰爭，非殲滅對方爲止誓不罷休。中國已無可避免地捲入了全能戰爭當中，要用「戰國時代」的新標準去審視「過去的傳統文化與民族性」。〔註86〕

綜上所述，「戰國時代的重演」這一觀點佔據了戰國策派的主導理論，它代表著戰國策派學人最重要的一個論斷，即今日的中國是「戰國時代的重演」。何永佶形象地將當時中國比做一條金魚，它在魚缸中「優哉遊哉」，不料這個世界早已是「大海洋」時代了。別國對它垂涎三尺，日本更是張開血盆大口欲以吞噬，國家民族危在旦夕，國人仍昏栗如夢。〔註87〕面對這樣一個殘酷、無情、痛心的現實，戰國策派迫切想做的就是希望國人認清時代的眞面目，拋棄「大一統」或「大同」主導下的各種思想立場和內外政策，「重新策定我們內在外在的各種方針」，「仔細評量我們二千多年來的祖傳文化！」〔註88〕對中國而言，首先要改變近年來的兩種趨勢：第一是「死抱『大一統』的混同眼光，把一切之『異』都要解說得與我『將無同』」〔註89〕；第二是「硬擺起『大一統』的萬有派頭，認中外古今早在我們『固有』的囊中」，也就是要「拋棄『大一統型』的驕態與執見」。〔註90〕從「大一統」進入到「列國」，「『戰』與『國』兩字必

〔註85〕陳銓：《政治理想與理想政治》，重慶《大公報·戰國》第 9 期，1942 年 1 月 28 日。

〔註86〕谷春帆：《廣「戰國」義》，重慶《大公報·戰國》第 18 期，1942 年 4 月 1 日。

〔註87〕何永佶：《論大政治》，昆明《戰國策》第 2 期，1940 年 4 月 15 日。

〔註88〕林同濟：《戰國時代的重演》，昆明《戰國策》第 1 期，1940 年 4 月 1 日。

〔註89〕林同濟：《〈文化形態史觀〉卷頭語》，林同濟、雷海宗：《文化形態史觀》，大東書局 1946 年版。

〔註90〕林同濟：《〈文化形態史觀〉卷頭語》，林同濟、雷海宗：《文化形態史觀》，大東書局 1946 年版。

須是我們此後一切思維與行動的中心目標。」〔註91〕應該說，戰國策派關注的最重要、最現實的問題則是戰國時代重演下中華民族如何如何渡過危機，獲得民族新生的問題。戰國策派所有言論的出發點都在於尋找適應於「新戰國時代」的政治倫理、歷史文化觀、外交政策、文學思潮等等。戰國策派涉及的其他問題都是在這個現實問題的基礎上輻射開來的。

二、「新戰國時代」格局下的各種具體問題

戰國策派成立是為「討論這個偉大的戰國時代中各種問題為目的的」〔註92〕。戰國策派的三大刊物《戰國策》、《大公報·戰國》、《民族文學》等主要研究了「新戰國時代」下的政治與外交、文化與人生觀、女子教育與家庭、文學等問題。這些問題都隸屬於「戰國時代重演」下的民族生存這一最現實的問題。

（一）政治與外交問題

戰國策派在前期尤其是以《戰國策》為標誌，特別關注中國的政治與外交問題。簡而言之，戰國策派提倡「大政治」，「大政治」包括「唯實政治」、「尚力政治」。戰國策派的宗旨就已經聲明了他們要研究戰國時代重演下的「大政治」觀：「本社同人，鑒於國勢危殆，非提倡及研討戰國時代之『大政治』（HighPoliticS）無以自存自強。」〔註93〕「大政治」觀是針對國內一些主和、求和的輿論風氣，他們盲信「世界道義」，認定「公理」戰勝「強權」，相信國聯可以主持公道，聽見近衛「不割地不賠款」的宣言即以為可以講和。面對中日這一場你死我活的戰爭，求和、妥協、亡國的心態四處蔓延，甚至出現了大量漢奸，影響整個戰爭的力量和精神狀態。戰國策派學人「認清這二十世紀時代之精義，以為在一戰國時代，大政治的觀點，比較適合我們現在的需要。」〔註94〕因此注入一種外向的政治觀或曰「大政治」，試圖改變國人不適應於時代的這種風氣與輿論，改變二千年來遺傳下來的傳統政治意識。何永佶就說：「中華民族非要把他們傳統的政治意識徹底改換方向，拋棄小政治（low politics）而進展到『大政治』（high politics），然後才有出路。」

〔註91〕 林同濟：《戰國時代的重演》，重慶《大公報·星期論文》，1941 年 1 月 30 日。
〔註92〕 長江：《昆明教授群中的一支「戰國策派」之思想》，湖南《開明日報》，1941 年 1 月 9 日。
〔註93〕 本社：《發刊詞》，昆明《戰國策》第 2 期，1940 年 4 月 15 日。
〔註94〕 何永佶：《政治觀：外向與內向》，昆明《戰國策》第 1 期，1940 年 4 月 1 日。

〔註95〕因此，戰國策派在文章中極力提倡和宣揚「大政治」觀。這種政治觀重視戰爭和外交，區分外向政治與內向政治，用林同濟的話說，戰國時代強調「內外嚴分」〔註96〕。戰國策派認為國與國之間的政治，到底是馬奇維里派，非道德、非正義。千萬不要盲信國聯盟約、非戰公約、九國公約這些無用的條約，而中國過去就是因為太重視這些因素導致自己吃了虧。譬如，「九一八」事變之後，南京國民政府採取不抵抗政策，幻想國聯來主持公道，實施盟約第 11 條，採取有效辦法，制止日本侵略。而國聯不過是通過了幾個空洞的決議，要求雙方撤兵。1932 年底派遣了一個李頓調查團到中國調查東北問題。調查的結果是「九一八」事變並非日本武力侵略中國，而是由於中國「中央政府脆弱」，「共產主義在華的發展」，乃至中國人民「不重國家觀念」，經常發生「經濟抵制」、「排外宣傳」等「種種紊亂情形」，「不免使友邦失望，且產生足以危機和平的仇恨心理」而引起的。〔註97〕國聯主張東北從中國分割過去，交由「國際共管」，而且由日本代行管理權。這份調查報告無公道可言，偏袒有實力、有戰鬥力的強國日本，縱容它的侵略。這就深刻地闡釋了什麼叫「弱國無外交」，弱國無主權。洪思齊就說：「大政治是以事實做根據的：國際既不能避免戰爭，我們唯有以武力維護安全；國際既沒有公理、法律、道德，我們的算盤只有國家的利害。國際政治是『非道德的』（a-moral）（不是『不道德』的）（immoral）一切幼稚的善惡觀念必須打破。」〔註98〕戰國策派就是要直面「戰國時代重演」這一事實，提倡「大政治」，打破幼稚的善惡觀念，倡導一種新型的政治倫理。

第一，重視戰爭和外交，提倡唯實政治與力的政治。唯實政治，強調事實的特殊性與獨特性，根據國際局勢的變化時刻改變策略，不為意識形態、彼此成見、對方的宣傳所蒙蔽，而以實際功效和國家的利益為重。力的政治，強調鐵血政策，以武力維護國家安全。「國與國對峙的局面，根本上即為『力』與『力』對峙的局面」，因此「『力』的哲學，『力』的謳歌，與乎國力政治（power politics）自必應運而興。」〔註99〕也就是說要注重國防，集全國的力量發展軍事和國力，培養國民的戰鬥意識，拋棄虛幻的無意義的國際理想

〔註95〕何永佶：《論大政治》，昆明《戰國策》第 2 期，1940 年 4 月 15 日。

〔註96〕林同濟：《從戰國重演到形態歷史觀》，重慶《大公報·戰國》第 1 期，1941 年 12 月 3 日。

〔註97〕轉引自鄭大華：《張君勱傳》，商務印書館出版社 2012 年版，第 192 頁。

〔註98〕洪思齊：《釋大政治》，昆明《戰國策》第 10 期，1940 年 8 月 15 日。

〔註99〕何永佶：《論國力政治》，昆明《戰國策》第 13 期，1940 年 10 月 1 日。

主義，摒棄依賴外人的心理，實行自立自強政策，「組織國力，搶救自己」。

第二，拋棄傳統的「小政治」或曰「內向的政治」。「大政治」觀主要對外，而非對內。國內必須有法律、道德、公理、正義，調和團結，才有力量一致對外。對內採用「大政治」實爲「小政治」，容易造成國家的分裂，引起黨派、階級、私人、小集團的鬥爭，這是戰國策派特別聲明的。他們反對的恰恰是這種注重內爭的「小政治」：「內向的政治觀，注重內爭，各霸一方，各不相能，各不相能，各不相下，各樹黨羽，各立機關，結果無非增厚離心的勢力。」〔註100〕戰國策派提倡國家至上、民族至上，特別關注國家的統一與團結，反對黨爭與內爭。他們認爲，階級鬥爭、世界大同、國際主義不適合這個時代，戰國時代需要集全國力量一致對外，政權要統一，吏治要有效率，軍隊要機械化。因此「比任何時代都要絕對地以『國』爲單位，不容局限於個人與階級，而也不容輕易擴大而多言天下一體。」〔註101〕

與「大政治」觀相對應的，對於中國的外交問題，戰國策派學人提倡唯實外交與力的外交。他們首先否定了過去的外交政策。何永佶認爲，過去的外交不明了現實的「外在」，仍沿用金魚缸式的外交陳式，如李鴻章用小政治「遠交近攻」法去玩大政治當然不容易成功。現在世界各國都有他們各自的外交政策，如德國的獨霸歐洲大陸，意大利的獨霸地中海，英國的維持帝國航線，法國的防止德國西侵，美國的門羅主義等等，都有很強的現實針對性和獨特性。唯獨中國的外交政策是八面玲瓏政策：「個個都好」、「誰都不得罪」、「多樹友，少樹敵」，空洞而無意義。國際局勢是千變萬化的，外交政策也應隨之改變，目前看來，應該採用從「金魚缸到大海洋」，「小政治到大政治」的外交模式。〔註102〕何永佶指出，外交爲戰爭之一部門，國家制定的外交任務必須做到（一）保護國家武力的製造（二）在國家遇戰時尋找作戰的盟友。反觀中國的外交，並沒有做到這一點，目睹希特勒的外交成功，斯大林的外交策略，倒是國人應該反省和思考的。何永佶再次重申：「在大政治裏，無所謂主義，無所謂恩怨，無所謂和平，只有那時的國家安全事實！只有這個才是最後決定的因素，其他都是煙幕！」〔註103〕一個國家的外交政策必須擔負起民族生存和發展的重任，絕不

〔註100〕何永佶：《政治觀：外向與內向》，昆明《戰國策》第 1 期，1940 年 4 月 1 日。
〔註101〕林同濟：《柯伯尼宇宙觀 —— 歐洲人的精神》，重慶《大公報・戰國》第 4 期，1942 年 1 月 14 日。
〔註102〕何永佶：《論大政治》，昆明《戰國策》第 2 期，1940 年 4 月 15 日。
〔註103〕何永佶：《希特勒的外交》，昆明《戰國策》第 12 期，1940 年 9 月 15 日。

能掉以輕心。對於中國而言，眼前的目標是要戰勝日本，再遠一些則是安定亞洲，這些目標的實現都離不開外交的靈活運用。

洪思齊也認定「外交是戰爭的部門」，對過去外交的中心觀念給予了批判。過去國人天真地以為「只要內行民主，外有國際公法和國聯保護，中國就可立國於世界了」〔註104〕。這種國際理想主義觀念，導致「一九三一至一九四零這十年間很不利的外交環境」，三年的民族抗戰逼迫國人承認：

> （一）國聯已經失敗，（二）國際無法律（所謂國際法是強者
> 逼弱者遵守的），（三）國際無公理，只有利害，（四）唯有鐵和血能
> 夠維護國家的安全，（五）要得到外國的援助唯有實行唯實外交，權
> 利害，玩均勢，合縱連橫。從這個觀點看來，外交是戰爭的部門，
> 而不是花瓶的點綴，典型的外交家，不是會說好話的白臉書生，而
> 是如里賓洛浦一流的鬥士。〔註105〕

這段話代表了戰國策派關於外交觀點的總結。外交是戰爭的部門，不是太平盛世下花瓶的點綴，也不是僅憑三寸不爛之舌就可以保衛國家的。這一觀點在洪思齊的《蘇聯之謎》得到了進一步的闡述和解釋。一般認為，蘇聯的外交就像謎一樣不容易瞭解，它是秘密的，獨斷的，加上意識形態和宣傳的干擾，反蘇或擁蘇的人都不容易以冷靜客觀的眼光來研究它的外交。洪思齊認為要瞭解蘇聯，必須先清除一切成見，以現實的眼光來找出它外交上的基本原則。只有知道了蘇聯一貫的原則，才能瞭解它變化無窮的策略。切忌不能用布爾什維克主義的理論來解釋和推測蘇聯的行動，將「主義」與「政策」混為一談。通過仔細的觀察和思考，洪思齊發現了蘇聯的三條外交原則：「第一，她的外交是基於現實的政治，並非以理想的環境為對象，換言之，她所行的是唯實的外交（real-politik）而不是要推行什麼主義，打到什麼主義。她和英國一樣，只有『永久的利益，沒有永久的與國』。……第二、蘇聯所推行的是力的外交（power politics），她確信『戰爭是政治的繼續』。外交談判失敗便要『請大炮來說話』。……第三，蘇聯的外交是以安全保障做中心思想的。」〔註106〕洪思齊非常肯定這三條外交原則。他認為剛簽訂不久的德蘇互不侵犯協定，是「近代外交世上的奇跡」，這也是「蘇聯安全策略最大最驚人的成功」

〔註104〕洪思齊：《釋大政治》，昆明《戰國策》第 10 期，1940 年 8 月 15 日。
〔註105〕洪思齊：《釋大政治》，昆明《戰國策》第 10 期，1940 年 8 月 15 日。
〔註106〕洪思齊：《蘇聯之謎》，昆明《戰國策》第 6 期，1940 年 6 月 25 日。

〔註107〕。蘇聯利用一切良好的機會，運用唯實的外交和力的外交，貫徹它的「安全策略」。這是值得國人學習和反省的。處於弱國的中國，更應以蘇聯為榜樣，運用唯實外交和力的外交，保證本國的安全和發展。

（二）文化與人生觀問題

戰國策派關注的核心問題是文化。戰國策派認為在戰國時代，中國舊的文化已經不能應付新的局面。中國的傳統文化屬於大一統的末程文化，活力缺失，萎靡不振，在儒家主義的教化薰陶之下，形成了一種柔弱型文化，缺乏陽剛之氣。但戰國時代需要一個力的文化，需要恢復到文武並重的局面。為此，戰國策派啟動了兩個資源：第一個是最豐富的淵源即文藝復興以來的西洋文化，具體來說主要是德國的文化資源，如文化形態史觀、尼采哲學、狂飆運動、地緣政治學等等；第二個資源是最親切的淵源即春秋戰國時代的傳統文化，建構一種文武並重的強力文化。

與文化問題相對應的人生觀問題也是戰國策派關注的重點。既需要新的文化運動，也需要創造新的人生觀。文化的革新與人生觀的更新是緊密相聯的。兩千年來中國習於大一統的局面下，歷來的文化傳統是重文輕武，形成了一種無力的、柔弱型的文化，反映在人生觀上就是和平苟安、柔弱虛偽，具有一種德感主義的宇宙觀。這種人生觀不適應於戰國時代，「從前舊式的人生觀，最近二十年前從西洋輸入比較新式的人生觀，無疑地已經不適於今日了。」〔註108〕新的時代需要培養國民的戰爭意識，需要柯伯尼的宇宙觀和戰鬥式的人生觀。

有關文化與人生觀問題的詳細論述可參看本章第三節「輸入學理」與第四節「再造文明」的內容，筆者不再贅述。

（三）女子教育與家庭問題

女性問題在特殊的抗日戰爭時期得到了特別的關注。無論是國共兩黨還是中間派、自由知識分子都對這一問題有過關注和討論。1940～1942 年就發生了著名的「婦女回家」的論爭，戰國策派是這一論爭的主角。1939 年圍繞潘光旦的《婦女與兒童》一文引發了一場長達七個月的論爭，戰國策派核心成員林同濟參與了這一論爭。根據這兩場論爭，我們發現，戰國

〔註107〕洪思齊：《蘇聯之謎》，昆明《戰國策》第 6 期，1940 年 6 月 25 日。
〔註108〕陳銓：《論新文學》，昆明《今日評論》第 4 卷第 12 期，1940 年 9 月 22 日。

策派一直都比較關注女性問題，尤其是在女子教育與家庭問題上有他們深刻獨特的看法。

首先談女子教育問題。在戰國策派成員中，沈從文是比較關注女性世界的一個作家。他的作品大都寫的是與女性相關的戀愛、婚姻和家庭問題，反襯出他對女性解放、女性命運的熱切關注和思考。在戰國派刊物中，沈從文發表了兩篇重要的文章：《燭虛（一）》和《談家庭》。《燭虛（一）》談的是女子的教育問題。沈從文指出，談起關於女子教育的書籍，一般讀書人會想到是三十年前上層婦女必讀的《列女傳》和普通女子應讀的《女兒經》。但是經過五四新文化運動，新女性已經不讀這些書了，但又沒有新的女性教育讀物，在大學教育設計中，女子教育方面也無計劃。光說「男女平等」而不注意「男女有別」，導致教育出來的女子容易成為庸俗平凡的類型：「生命無性格，生活無目的，生存無幻想」〔註109〕。在上層社會婦女中，退化現象更加顯著。沈從文列舉了上層社會的三種女性類型。第一位太太，曾經是歐美留學生，外出與人談婦女運動，在家就與客人玩麻雀牌，生存下來無任何高尚理想。第二位名媛，家世教育都很好，是國選代表，但她主要的興趣在於玩牌，對經濟問題尤為關注。第三位貴婦，丈夫是社會上的中堅份子、領導。她畢業於歐洲一個最著名的女子學校，嫁人了卻只做「貴婦」，關心個人的家庭生活。這三位有身份的婦女，在戰爭期間都有一個相同的人生態度，「即消磨生命的方式，唯一只是賭博。竟若命運已給她們注定，除玩牌外生命無可娛樂，亦無可作為。」〔註110〕沈從文認為這是「五四」以來國家當局對於女子教育無計劃的表現，學校只教她們讀書，卻不曾教過她們做人，脫離學校後自然就墮落到社會上常見的以玩牌消磨生命的婦女類型。沈從文特別憂慮的是，現在的大學教育依然如此。例如，他遇見的一個大學生，從家庭經濟和愛好性情來說，都是屬於中產階級的近代女子，樣子也長得好看。但是她做人無信心，無目的，無理想，需要的只是玩一玩，吃一吃，對社會、政治、國家等統統不關心。從「五四」到抗戰，「對於人的教育，尤其是和民族最有關係的女子教育，卻一直到如今還脫不了在因習的自然狀態下進行。」〔註111〕因此，沈從文希望來一個新的婦女運動，以「改造」與

〔註109〕沈從文：《燭虛（一）》，昆明《戰國策》第1期，1940年4月1日。

〔註110〕沈從文：《燭虛（一）》，昆明《戰國策》第1期，1940年4月1日。

〔註111〕沈從文：《燭虛（一）》，昆明《戰國策》第1期，1940年4月1日。

「做人」爲目的。沈從文認爲，現代教育要關注女子的特殊性獨特性，做一些更合理更有意義的安排。從舊社會的不良習慣觀念中解放出來，爲新社會建立個新的人格的標準。〔註112〕

其次，我們來看戰國策派引入注目的家庭問題。代表性的文章就是尹及（何永佶）的《談婦女》、沈從文的《談家庭》和陳銓的《尼采心目中的女性》。

陳銓的《尼采心目中的女性》一文中並未直接談到他對女性與家庭問題的看法，主要是在介紹尼采的女性觀時暗含出來的。陳銓研究了尼采在實際生活中同女人的關係，然後探討了尼采在理論上對女人的態度，目的是爲被他人誤解的尼采女性觀辯護。陳銓認爲尼采的主要觀點是：男女有別，男子代表力量，女子代表感情。作爲女人要安其位，要有女性的特點，女權運動在獲得名義上的女性解放的同時，也消滅女子的原有勢力。尼采贊成結婚，贊成生產，鼓勵多生孩子。陳銓以爲「尼采的主張，固然有許多偏激的地方，然而他分別男女的不同，規定雙方的責任，也不失爲一種有價值的意見。」〔註113〕借尼采的女性觀，陳銓對中國的女權運動提出質疑：「代表女權運動的『娜拉』，二十年前就介紹到中國來了。有好些娜拉已經離開了丈夫了，然而離開丈夫後怎麼辦呢？娜拉的自由，是否一走就可以得到呢？假如走出去仍然得不了自由，娜拉是否還願意回家庭去呢？是否男女之間，除了娜拉的方法，還有另外更好的方法呢？」〔註114〕陳銓直言西方已經有婦女回家庭的運動了，暗示中國的婦女也應該回到家庭，做眞正的女子。對於男性，不是當成敵人，而是朋友，不是相互仇視，而是互相幫助。

沈從文的《談家庭》和何永佶的《談婦女》就將陳銓的暗示層面直接明顯化和擴大化了。這兩篇文章都認爲女人的眞正位置是在家庭，提倡一種「新賢妻良母主義」。沈從文列舉了他身邊中眞實的一個例子。有一對男女，女的是抽象婦女解放論者，主張「獨身主義」，男的是反對婦女解放論者，認爲女子必需在家庭中，不宜參加社會工作。兩人在報紙上吵吵鬧鬧了幾年，後來在沈從文的介紹下認識了，再由於沈從文好意轉述彼此對對方的好感，出乎意料地結婚了，並且過得很幸福。通過這件事情沈從文反思了家庭與婚姻問

〔註112〕沈從文：《燭虛（一）》，昆明《戰國策》第 1 期，1940 年 4 月 1 日。
〔註113〕陳銓：《尼采心目中的女性》，昆明《戰國策》第 8 期，1940 年 7 月 25 日。
〔註114〕陳銓：《尼采心目中的女性》，昆明《戰國策》第 8 期，1940 年 7 月 25 日。

題。他認為，正常的女子都希望有一個家庭，實際上她們的位置也是在家裏，家「適宜於發展母性本能，又不悖乎做主婦的尊嚴」〔註115〕。只有那些「男性十足」的、「生理上有點變態」，「身心不大健康，體貌上又有點缺點」的女子才不需要家，為了填補生命的空虛，這些人就需要到社會上去做各種活動發展。正常的女子應「服從自然」，「努力來安排一個家」，完成養兒育女的重要功能，不宜「違反生物習慣、社會的習慣」，「在不可能情形中，一切希望同男子一樣」。〔註116〕在此，沈從文提出了一個解決婦女問題的辦法，就是從「家」著手，改善兩性關係。他認為，如果一個男子對家庭多負一些責任，對女性多一些瞭解和體貼，那麼，男女之間的糾紛就不會那麼多了。同時，他對男子也提出了建議和希望：「我們不能徒說賢妻良母是男子的理想，應當說男子如何來學作一個模範丈夫，方可望女子樂其家室，達到女子的理想。據我想來，一般男子都還需要更多一點教育，學得對女子多有一分瞭解，（因為她們自己是永遠不能瞭解自己母性的偉大的！），多有一份體貼，（因為她們最需要的就是體貼！）。如此一來，婦女運動者會改變一個方向，從『對立』的形式一變而為『合作』的要求，也未可知。」〔註117〕沈從文以為，婦女問題的解決有賴於男女雙方在家庭中義務感與生命穩定安全感的提高。如今熱情的缺乏，享樂感自私成分的增多，導致男女問題越來越多，這是值得注意的一個現象。

和沈從文相反，何永佶對女性問題並不關注，但是他的《談婦女》卻集中代表了戰國策派的女性觀、家庭觀和婚姻觀。何永佶首先在《戰國策》第9期上發表了一篇《小狄的故事》，講訴了英國的猶太宰相狄思萊尼（Disraei）和大他15歲的寡婦如何戀愛、婚後如何幸福生活的故事。這個故事引發了某些人對於婦女問題的興趣，反饋到《戰國策》的「讀者信箱」中，何永佶才知道「外間期望《戰國策》發表對婦女問題態度，至殷且切。」〔註118〕於是他仔細地思考了這一問題，發表了著名的「婦女回家論」、「男子中心論」。

何永佶首先肯定了女性的重要意義和價值。他認為一個文化的試金石，不是飛機、大炮、電影、收音機，而是那文化產生出來的女性類型。文化的真諦在生活，生活的真諦在情感，情感的質與量，均隨那時那地那種的女性而不同。因此「女性是現在與將來的生活連鎖點（povot）這項責任只有她才能擔當，她

〔註115〕沈從文：《談家庭》，昆明《戰國策》第 13 期，1940 年 10 月 1 日。
〔註116〕沈從文：《談家庭》，昆明《戰國策》第 13 期，1940 年 10 月 1 日。
〔註117〕沈從文：《談家庭》，昆明《戰國策》第 13 期，1940 年 10 月 1 日。
〔註118〕何永佶：《談婦女》，昆明《戰國策》第 11 期，1940 年 9 月 1 日。

盡責與否，關係那整個文化的生活；所以她可以作審量文化高下美醜的尺度。」
〔註119〕中國女性在中國文化的浸潤下自有她本身的特點，自從中國與西歐文化
接觸之後，中國的女性就要求像西歐女性一樣，「各樣上都想與男性比賽而並駕
齊驅」，於是「男女平等」、「婦女解放」的呼聲日囂塵上。於是有婦女參政、婦
女從軍、婦女自由職業、婦女這樣那樣的欲求「男女平等」的事情。何永佶從
生物學的角度看，他認為生物界中雌雄絕對平等，對於男女，在性上也是平等
的，雙方都是生物界之一員，平等分擔延續生命的責任。相對於性的平等的自
然性、注定性與生物性，其他的平等都是人為的，不自然的，強做的。何永佶
以為，男女的平等應建築在生物的平等之上，因為只有這種平等才是相容、相
成、相輔的平等，其他的平等都是相拒、相爭、相消的平等；前者是快樂之源，
後者是痛苦之根。從這個層面上說，近代的女權運動，是一個捨本逐末徒勞無
功的運動，因為它所要求的是後一種而不是前一種的平等。〔註120〕

依據這個觀點，何永佶得出以下論斷：

> 女人的真正位置是在「家」（home）裏，因為只有在「家」裏
> 才能得到真的、生物的、長久的平等，在「家」外——譬如說，參
> 政會——得到的平等是假的，人做的，暫時的。……假如女人的真
> 正位置是在「家」裏，則從前中國「賢妻良母」的老套，未可厚非，
> 因為在家裏，女人的地位是為妻為母，為妻為母而做到「賢」與「良」，
> 則女人的真正平等得到了。〔註121〕

這確實是典型的「婦女回家」論調。和過去的婦女回家論不一樣的是，何永
佶的這個論調依然不離他「大政治」的眼光。「大政治」的意義，是國與國的
關係，是力的單位的明爭暗鬥，國內政治的安排決定了國外的政治情形與條
件。國力由三個資源組成：人力、兵力和經濟力。兵力和經濟力可以由男人
製造，但是這個「人力」的創造卻非女性莫屬：「人力之創造者，只有女人可
擔任，她是自然界 nature，派定做這個工作的人，男子不能與她競爭。這個工
作是她的光榮神聖之所在。」〔註122〕為應付「大政治」的需要，德國宣揚「三
K 主義」（kirch 禮拜堂，kurche 廚房，kinder 孩子）。在墨索里尼統治之下，
女性是產育嬰孩的工具。何永佶以為，時代變了，人們的女性觀也應該隨之

〔註119〕何永佶：《談婦女》，昆明《戰國策》第 11 期，1940 年 9 月 1 日。
〔註120〕何永佶：《談婦女》，昆明《戰國策》第 11 期，1940 年 9 月 1 日。
〔註121〕何永佶：《談婦女》，昆明《戰國策》第 11 期，1940 年 9 月 1 日。
〔註122〕何永佶：《談婦女》，昆明《戰國策》第 11 期，1940 年 9 月 1 日。

改變。「從大政治觀點來看，女人的眞正地位也是在『家』裏。」〔註 123〕何永佶指出，唯有像霍桑（Hawthorne，美國作家）太太的女人才配在家內得到眞正的平等和幸福。因爲她對男人的態度，不是消極相爭相拒，而是相容相成相輔。這裡，何永佶比較重視兩性之間的和諧而不是鬥爭，他做了一個譬喻，道家把陰陽畫成一個圓圈裏的兩條大眼魚，這兩條魚是相成相輔，不分上下高低，睜大眼睛，同居在一個圈子裏，何永佶以爲這才是「眞正的自由，眞正平等，眞正生命」。〔註 124〕從這一角度看，何永佶的看法並沒有錯，重視兩性關係的和諧、平等、自由。但是他的和諧、平等、自由是建立在他的男子中心主義基礎之上的，所以他才會對近年來要「自由」/要「獨立」/要「個人職業」的女子提出他的觀點：女性的「眞正自由是在丈夫的自由裏，眞正的個人職業是在婚姻裏。女人眞正的幸福是看與她同居的男人怎樣。」〔註 125〕這個論調實際上是將五四時期好不容易解放起來的女性重新置放到家庭婚姻的桎梏中，難免會引起全國各地婦女界的反對。何永佶解釋道：「我只主張女人主要地對內，並不全部都要回到家裏。」〔註 126〕何永佶的家庭婚姻觀其目的是將中國兩性的力量置於國家民族的利益之下。他在文中清楚地表明了：「中國現在從大一統局面，痛苦的、呻吟地、爭紮地進變至戰國局面，則將來一切的道德，一切的信條，一切的思想，都將以它是否增進國家民族在大政治裏鬥爭的力量爲試金石。兩性的關係，亦逃不了這個歷史的使命。」〔註 127〕因此他才會贊成法西斯德國、意大利的家庭婚姻政策，其目的還是爲了增進國家的戰鬥力。

但是，何永佶的家庭婚姻觀一方面容易聯繫起法西斯德國、意大利的家庭婚姻觀，引發左翼文化界對戰國策派宣揚法西斯主義理論思想的抗議；另一方面又與保守的國民黨掛上了勾。1939 年 10 月，福建省主席陳儀在《改進》半月刊上發表了《我的理想國》，鼓吹婦女回到家庭中服務，承擔起教養子女的責任。他還下令福建省各機關裁減、禁用、限用女職員，引發了大規模的抗議活動。之後國民黨推廣「母教運動案」，鼓勵生育政策，制定了婦女多生

〔註 123〕何永佶：《談婦女》，昆明《戰國策》第 11 期，1940 年 9 月 1 日。
〔註 124〕何永佶：《談婦女》，昆明《戰國策》第 11 期，1940 年 9 月 1 日。
〔註 125〕何永佶：《談婦女》，昆明《戰國策》第 11 期，1940 年 9 月 1 日。
〔註 126〕長江：《昆明教授群中的一支「戰國策派」之思想》，湖南《開明日報》，1941 年 1 月 9 日。
〔註 127〕何永佶：《談婦女》，昆明《戰國策》第 11 期，1940 年 9 月 1 日。

孩子、少參加政治活動的婦運方針，實際上是支持、肯定了「婦女回家論」。
國民黨高級官員組織部部長朱家驊在闡述國民黨的婦女政策時，曾公開表示
反對婦女參加政治活動，主張婦女回家，認為婦女的職業就是在家庭中從事
育兒、縫紉、烹飪等家政事業。〔註128〕沈從文、何永佶的觀點自然容易被誤
解為是站在了國民黨這邊，成為國民黨統治的幫兇。後來左翼文化界將戰國
策派與法西斯主義、國民黨聯繫起來看，還是有一定原因的。從當時情形看，
何永佶和沈從文的「婦女回家」論引起了桂林《力報》副刊《新墾地》對戰
國策派的批評。桂林《力報》副刊編輯聶紺弩、邵荃麟、葛琴針對何永佶、
沈從文的觀點，展開了長達幾個月的論戰，1942 年出版的《女權論辯》這本
書就是論戰文章的集合。代表性的文章有聶紺弩的《婦女、家庭、政治》、《賢
妻良母論》、《母性與女奴》，女作家葛琴的《男女平等論》，駁斥了戰國策派
的「婦女回家」論。

（四）文學問題

戰國策派早期並不太關注文學問題，關注更多的是政治、外交、歷史、
文化等問題。唯有朱光潛和沈從文對此給予了特別的注意，還有何永佶持續
不斷地在《戰國策》刊物上發表十幾篇仿希臘神話。作家沈從文尤其對文學
問題特別重視，在《戰國策》第 2 期就發表了一篇《白話文問題 —— 過去當
前和未來檢視》。沈從文認為，五四文學革命成功地將「語體文」改造為民族
解放的工具，使中國文學從因襲、空洞、虛偽、陳腐、俗套中解救出來，煥
發出新的生命力。但遺憾的是，現在卻遇到三個問題。一是文學作品與商品
結合，具有了商業的意義，被當作商品的方式向國內推銷。這樣文學刊物書
籍「多而濫」，語體文被誤用與濫用，影響到了國民思想的改造。二是作家方
面，有的作家與商品、政策工具結合，既要娛樂還要領導又要當政客，目的
不存，寫作缺乏嚴肅性與莊嚴性，在「商品與政策推挽中，偉大作品不易產
生」〔註129〕。第三個問題是中學教育中有國文教本，語體文佔據了一定的比
重，但是到了大學或師範學院語體文卻沒有了，導致學生的國文程度不高，
語體文寫作能力差。針對這三個問題，沈從文提出他的建議或方針，比如從

〔註128〕轉引自丁衛平：《中國婦女抗戰史研究》，吉林人民出版社 2005 年版，第 125
　　　　頁。
〔註129〕沈從文：《白話文問題 —— 過去當前和未來檢視》，昆明《戰國策》第 2 期，
　　　　1940 年 4 月 15 日。

師資上做準備；從學生看書作文上加以限制；由國立編譯館或組織專家編撰語體文作品和作家的特種參考書；修正作家的寫作觀念，戰勝「易老善忘」的特點，避免與商品、政策結合，創造出優秀的文學作品等等。〔註130〕沈從文指出：「文學運動也就在商人、作家、票友、販子、革命者、投機者、以及打哈哈者，共同支撐下，發展成像如今情形。」〔註131〕通過對白話文問題的檢討，沈從文期盼國家和作家共同作用，將語體文這個工具運用好。

沈從文《新的文學運動與新的文學觀》同樣意識到文學運動與上海商業和國內政治結緣，導致了文學的墮落。面對這種文壇現狀，沈從文提出新的文學運動，輸入新的文學觀。首先是要把這個文學運動從「商場」與「官場」中解放出來，然後與「學術」、「教育」攜手。既要防止作品過度商品化，作家純粹清客家奴化，又要防止學校中保守退化腐敗現象的擴大。作家要得到應有的自由，「要在作品中輸入一個健康雄強的人生觀」，「浸透著人生的崇高理想，與求真的勇敢批評態度」〔註132〕，人物性格的塑造必須有中國人的基本態度與信念，表現一個新國民。沈從文提倡新文學運動和新的文學觀預示了林同濟、陳銓之後將關注文學問題。

在沈從文發表此文一個月後，陳銓在《今日評論》發表了一篇文章專門談新文學的問題。他開篇即指出，新文學家不是「文匠」、「文騙」、「文丐」，新文學家是要看清時代精神的進展，揭露時代的弊病，建設新的標準，使人類的文化走進新的階段。文學家的工作是要「破壞」、「提倡」、「促進」。「新文學一方面是時代的，一方面也是超時代的。」〔註133〕因此，文學家一方面要描寫時代的變遷，提出解決的方法，另一方面又要表現人類的本質、基本情感，人生的真實狀況，這樣的文學作品才是新文學。在一個戰國時代，中國進入了生死存亡的關頭，有志於新文學的人，應該在文學作品中提出一種新的人生觀，也就是陳銓指出的「十一個新理想」。這「十一個理想」指示戰鬥、戰士、征服、勝利、民族、同意、軍隊、國富、服從、民族主義等等，

〔註130〕沈從文：《白話文問題——過去當前和未來檢視》，昆明《戰國策》第 2 期，1940 年 4 月 15 日。

〔註131〕沈從文：《白話文問題——過去當前和未來檢視》，昆明《戰國策》第 2 期，1940 年 4 月 15 日。

〔註132〕沈從文：《新的文學運動與新的文學觀》，昆明《戰國策》第 9 期，1940 年 8 月 5 日。

〔註133〕陳銓：《論新文學》，昆明《今日評論》第 4 卷第 12 期，1940 年 9 月 22 日。

具有強烈的德國色彩。陳銓認為，要作鐵錘、「不作鐵砧」是目前中國最迫切的問題，也是中國新文學創造中最迫切的問題，因此，新文學要表現新的時代精神，新的人生觀，新的文學理念。這實際上是將文學作為文化重建和人生觀改造的一種方式。確實，戰國策派在後期意識到了文學在改造國民性和重塑民族性格方面的重要作用。林同濟提出文藝創作的「三母題」：「恐怖、狂歡、虔恪」，強調創作具有生命力，具有悲劇情懷的文學。陳銓提出了文學批評的新動向，一個時代有一個時代的文學，文學變化了，文學批評的標準也應該有所變化。康德以後，文學批評具有「文學解釋」、「文學欣賞」、「文學創造」三種批評方式，陳銓贊同最後一種，即「文學創造」，提出了「心靈創造說」的文學本體觀。1942 年左右，陳銓以德國的狂飆運動為參照，倡導一場「民族文學運動」，呼喚以民族意識為中心的民族文學，並且將這種意識和理念貫注到他的諸多小說、詩歌、戲劇作品中，創辦了一個文學刊物《民族文學》。具體詳情，可參看本書第三章「《民族文學》：民族文學運動的園地」。在此，文學成為戰國策派總體文化重建構想的重要部分。

第三節　「輸入學理」：文化形態史觀與尼采哲學

戰國策派學人面對舊有的學術思想不滿意，又對西方的精神文明有新的覺悟。當他們將目光投射到戰國時代重演下的生存發展問題時，特別注意輸入學理以更新國人的歷史觀、人生觀與文化觀。他們一方面質疑舊有的學術文化，另一方面積極地「輸入學理」，力圖在中國引進和建立「文化形態史學」。同時，通過介紹、引入德國的意志哲學以達到民族性格自省和文化重建的目的。在新的歷史觀、哲學觀的視野下，戰國策派學人重新觀照中國的現實、文化問題等等，期望建成「第三周文化」。

一、文化形態史觀

戰國策派的「戰國時代的重演」論背後有它的歷史觀和方法論支撐。林同濟說：「戰國重演不過是我的歷史觀的一部分，而我的整個歷史觀又是根據某一種方法論產生出來的。」〔註134〕這種歷史觀和方法論即「文化形態史觀」。

〔註134〕林同濟：《從戰國重演到形態歷史觀》，重慶《大公報・戰國》第 1 期，1941
　　　　年 12 月 3 日。

文化形態史觀又稱爲「歷史形態學」。它是從宏觀的角度來研究人類的歷史，比較各個文化體系的異同，從中歸納出相通的模式和形態。

1918 年德國歷史學家斯賓格勒出版了他的標誌性著作《西方的沒落》，他以一種全新的體系來重新評價世界歷史，否定了過去歷時態的各種「社會發展階段」的縱向演進，採用了文化形態的比較研究方法來觀照世界歷史。斯賓格勒以生物生長過程的觀念進行歷史研究，把世界歷史分成八個自成體系的文化，即埃及文化、巴比倫文化、印度文化、中國文化、古典文化、阿拉伯文化、墨西哥文化和西方文化。斯賓格勒細緻考察了這八種文化各個時期的不同現象，揭示其共同具有的產生、發展、衰亡及其毀滅的過程。每一種文化猶如生命的有機體，必然要經歷興衰盛亡的生命週期。在斯賓格勒看來，前七種文化已經僵化或死亡，西方文化同樣在劫難逃。

湯因比的《歷史研究》繼承並發展了斯賓格勒的觀點，他把文化作爲歷史研究的基本單位，列舉了世界歷史上二十餘種存活或已經死亡的文明形態，並對它們的各自發展做了綜合比較。他指出人類歷史表現爲若干種不相同的文明，各大文明都要經歷起源、成長、衰落、解體等不同階段。湯因比還對大一統國家和大一統教會進行了研究，在此基礎上進一步考察了歷史長河中各個文明在時間和空間中的碰撞、接觸和融合，提出了著名的文明演進的「挑戰 —— 應戰」模式。

雷海宗、林同濟等人深受斯賓格勒、湯因比的學說影響，基於他們的文學形態學理論，引入和更新了斯賓格勒、湯因比的「文化形態史學」。戰國策派引入文化形態學試圖建立一個對世界和中國文化基本特徵及發展規律的獨立認知體系，提出一種不同於進化史觀的歷史分期方法。雷海宗、林同濟是闡釋、宣揚並運用、發揮文化形態史學的主要人物。雷海宗在抗戰前就已發表了《中國的元首》、《皇帝制度之成立》、《中國的兵》、《無兵的文化》、《中國的家族制度》、《斷代問題與中國歷史的分期》、《中國文化的兩週》等論文。這些論文以文化形態史觀爲理論方法，對世界文明、中國社會發展規律及重要特徵做出了深刻獨到的分析。抗戰初期基於抗戰現實繼續研究這一問題，再次寫作了《此次抗戰在歷史上的地位》、《建國 —— 在望的第三週文化》等論文。這些論文在 1940 年由商務印書館結集出版，名爲《中國文化與中國的兵》。抗戰時期雷海宗、林同濟繼續埋頭鑽研這一學說，發表了關於文化形態史學的諸多文章，例如《形態歷史觀》、《歷史的形態與例證》、《民族主義與

二十世紀──列國階段的形態觀》、《中外的春秋時代》、《戰國時代的重演》、《歷史警覺性的時限》等。1946 年大東書局出版了他們的論文集《文化形態史觀》，此書集中表達了他們在這一理論指引下對抗戰時期中國歷史與文化所進行的思考。文化形態史學最終在中國落地生根。概括說來，雷海宗的文化五階段說、中國文化獨具兩週、在望的第三週，林同濟的三階段說、第三期學術思潮都是文化形態史觀的具體表現。

借用斯賓格勒、湯因比的文化形態學理論，雷海宗認為，每一種獨立發展的文化，都有一個發展、興盛、衰敗乃至滅亡的生命週期，並且都要經歷封建時代、貴族國家時代、帝國主義時代、大一統時代、政治破裂與文化滅亡的末世五個階段。這就是雷海宗的五階段說。幾千年來世界上七種主要的文化巴比倫、印度、中國、埃及、希臘羅馬、回教、歐西也要經歷這五個階段。

具體說來，文化發展的第一個階段是封建時代，時間約為六百年。政治上主權分化，每個文化空間內有一個最高的政治元首，但這個元首並不能統治天下的土地與人民；社會上階級地位世襲，貴族的子孫，世代為貴族，平民的子孫，世代為平民；經濟上所有的土地都是坏地，而非私產，不能自由買賣；精神上宗教佔有主導地位，宗教事務覆蓋了人類所有的生活。〔註 135〕

文化發展的第二階段是貴族國家時代，前後約三百年，是一個以貴族為中心的列國並立時代。在這個時代，政治上主權分化的現象不復存在，列國內部主權集中；社會上的土庶之分，實際生活中已維持不了；經濟上自由買賣土地的風氣相當流行；貴族階級在封建時代開始修養的俠義精神與斯文儀式發展到最高的程度；軍事上，國際戰爭雖然難免，但戰爭的目的只求維持國際的均勢，天下大局大致穩定；精神上，原來占統治地位的宗教和唯理思潮並行發展。〔註 136〕

文化發展的第三階段是帝國主義時代，前後約二百五十年。貴族階級被推翻，平民階級奪權。進入帝國主義時代，全民皆兵的徵兵製成立，大規模的戰爭，殘酷無情的殲滅戰，成了國際野心家所專研的戰爭方法。列國都以殲滅他國為目的，列國（尤其是強國）的數目日漸減少，最後只剩兩三個大

〔註 135〕雷海宗：《歷史的形態──文化歷程的討論》，重慶《大公報·戰國》第 10
　　　　期，1942 年 2 月 4 日。
〔註 136〕雷海宗：《歷史的形態──文化歷程的討論》，重慶《大公報·戰國》第 10
　　　　期，1942 年 2 月 4 日。

國互相爭霸。在不斷戰亂中，文物遭受浩劫，文化也遭受摧殘，經過短期思想自由的階段之後，焚書坑儒一類的辦法漸漸成爲常事。思想趨於派別化，偉大的創造思想家並不多見。〔註137〕

文化發展的第四階段是大一統時代，前後約三百年。長期的酷戰與大亂之後，一國獨強，併吞天下。政治上是專制獨裁的，天下也是大體太平，一般人的物質生活大致安逸。徵兵制不能維持，只能靠募兵，尚武的精神急速衰退，文弱的習氣風靡一時。思想學術與文藝，都急劇退步，趨於單調，思想學術定於一尊。〔註138〕

文化發展的第五階段是政治破裂與文化滅亡的末世，時間不定、可長可短。其時政治日愈專制、腐敗、野蠻。體制衰退，社會機構一代不如一代。個人主義、自私自利主義嚴重，變成了社會生活的主要原動力。內亂外侮交興迭至，面臨著被外族同化、征服的命運。一種文化系統至此走完了它的全部生命歷程。〔註139〕

雷海宗把歷史上自成體系的文化分爲五個階段，與之相類，林同濟把文化發展的一般形態分爲三個階段：

（一）封建階段。封建階段是「原始人群」與「文化人群」的分界。「上下謹別」是封建階段的時代標誌，一切行動，一切價值，都以這「上下」爲根本標準。貴族是社會的中心，產生了對社會具有「引升向上」功用的「貴士傳統」。政治上是「封君分權」；軍事上是「貴士包辦」；經濟上是「農奴采邑」；宗教上是「祭祖先，拜英雄」。這一階段類似於中國歷史上的春秋時代。〔註140〕

（二）列國階段。列國階段的基本形態與價值是「內外嚴分」。列國時代具有「個性的煥發」與「國力的加強」兩大潮流，個性潮流是針對封建階段的束縛而發的，主張自由平等，是一種離心運動；國力潮流注重統一與集權，是一種向心運動。兩者相剋相成，最終的結果是國力潮流壓倒了個性潮流。

〔註137〕雷海宗：《歷史的形態 —— 文化歷程的討論》，重慶《大公報・戰國》第 10 期，1942 年 2 月 4 日。

〔註138〕雷海宗：《歷史的形態 —— 文化歷程的討論》，重慶《大公報・戰國》第 10 期，1942 年 2 月 4 日。

〔註139〕雷海宗：《歷史的形態 —— 文化歷程的討論》，重慶《大公報・戰國》第 10 期，1942 年 2 月 4 日。

〔註140〕林同濟：《從戰國重演到形態歷史觀》，重慶《大公報・戰國》第 1 期，1941 年 12 月 3 日。

這一時期政權集中、軍權統一、經濟干涉、國教創立等。這一階段類似於中國歷史上的戰國時代。〔註141〕

　　（三）大一統階段。列國之間的戰爭，最終雕鑄出一個「大同」模型。大一統階段最迫切的欲望是「太平」，只求「天下無事」。敵愾意識消失，一切作用「內向化」；貴士遺風式微，一切品質「惡劣化」。整個文化的「人」和「物」都走向了頹萎。〔註142〕

　　總結而言，這三個階段，封建階段是「持於尊」，相當於雷海宗五階段說的第一個階段即封建時代；列國階段是「爭於力」，相當於雷海宗五階段說的第二、三階段即貴族國家時代和帝國主義時代；大一統階段是「止於安」，相當於雷海宗五階段說的第四、五階段即大一統時代和政治破裂與文化滅亡的末世。

　　雷海宗、林同濟借用文化形態學的理論分析世界歷史的脈絡、趨勢，各個文化體系的發展形態特點，最終指向還是在於研究中國的文化與歷史。正值第二次世界大戰背景之下，中國面臨著生死存亡的關鍵時刻，雷海宗、林同濟將文化形態史學輸入到國內具有深刻的動機。

　　林同濟曾明確指出：「研究文化——歷史上發生作用的文化——第一步關鍵工夫就是要斷定文化的體系。抓著文化內的零星對象（如馬鞍、繡品、印刷等等）或個別制度（如婚姻、承繼、祭祀等等），分途尋覓他們的起源、傳播、發展等等；這叫做『文物』研究，不是『文化』研究。……歷史上真實存在的文化是分有若干體系，分佈在各個空間時間的。……以古今來所有真實的文化體系為單位，而有系統有步驟地對他們各方面『形態』作一番詳盡精密的比較工夫、認識工夫，這不但是最自然應有的辦法，而且可以使我們發現無數大大小小的事實，都充滿了無窮的實際意義的。」〔註143〕這是對「文化形態史觀」的典型表述，代表了戰國策派學人在歷史思想與方法上的基本主張。

　　首先，雷海宗、林同濟試圖利用文學形態史學來解決百年來中國一直存在的基本問題即難產問題。

〔註141〕林同濟：《從戰國重演到形態歷史觀》，重慶《大公報‧戰國》第1期，1941年12月3日。

〔註142〕林同濟：《從戰國重演到形態歷史觀》，重慶《大公報‧戰國》第1期，1941年12月3日。

〔註143〕林同濟：《從戰國重演到形態歷史觀》，重慶《大公報‧戰國》第1期，1941年12月3日。

「一種爲了圖求適應西洋文化以取得新生的難產問題。難產的根本原因，可以簡括界說：二千年大一統皇權積弊的底質，與西洋那些列國高峰的色色般般，距離太遠，瞭解難，而吸收活用尤其難。」〔註144〕西洋文化屬於列國的高峰，蓬勃發展，中國文化卻處於大一統的末程文化之中，如何面對這個蓬勃全球的力量，而又保持自身的存在不求毀滅，勢必要中國做出一個及時自動的適應。這就是湯因比所說的「挑戰——應戰」說。中國整體而言是積極面對這個挑戰的，但是卻遇到了一個難產問題：無法適應與新生。有的要求「全盤西化」，有的苦念著「中國本位」，到底是「全盤西化」還是「中國本位」？戰國策派自有他們的理論和觀點。林同濟以爲，爲解決這個難產問題，「形態歷史學似乎有它的應時而生的功用」。形態歷史學「從客觀上說明了中西文化彼此現有階段的色色般般，以便揭開了彼此基本形態的基本異處與其所以異處之後，大家可以得到一個較分明較扼要的鳥瞰形勢，來探索出一個文化適應與新生的程序。」〔註145〕在戰國策派看來，西洋文化「正在熱鬧經歷著它的列國階段的高峰」，「它向外膨脹力的強盛，此後只怕有加無減」。〔註146〕但中國文化在二千年來大一統皇權統治下積成了種種痼疾與矛盾，活力頹喪，正處於末世文化當中。當今世界正處於一個歐美文化四面出擊的「戰國時代」，第二次世界大戰的興起正表明了世界已進入帝國主義時代即「戰國時代」，並且這個階段仍在延續當中。林同濟指出：「看十數年來全能國家一個跟著一個呱呱墜地，我們可以無疑地判斷天下大勢是不可遏止地走入『戰國作風』了。」〔註147〕雷海宗也認爲，在歐美文明主宰的時代，大戰國的景象已經相當明顯，世界進入一個極端無情的戰國時代。但是中國仍處於大一統的狀態當中，這種大一統的局面是無法適應這個大戰國時代的。

面對這個殘酷無情的帝國主義時代，就必須拋棄大一統的種種價值和觀念，吸收有利於增進國力和活力的「列國酵素」，既要繼承本國的優秀文化傳統，也要引入優秀的西洋文化。根據中國傳統文化的特點，中國最缺乏的就是「列

〔註144〕林同濟：《〈文化形態史觀〉卷頭語》，林同濟、雷海宗：《文化形態史觀》，大東書局 1946 年版。

〔註145〕林同濟：《〈文化形態史觀〉卷頭語》，林同濟、雷海宗：《文化形態史觀》，大東書局 1946 年版。

〔註146〕林同濟：《〈文化形態史觀〉卷頭語》，林同濟、雷海宗：《文化形態史觀》，大東書局 1946 年版。

〔註147〕林同濟：《戰國時代的重演》，昆明《戰國策》第 1 期，1940 年 4 月 1 日。

國酵素」，「中國文化在官僚傳統僵化一切下支持綿長，其毛病在『活力頹喪』——內在外在，都嫌活力頹萎！」〔註148〕西洋文化恰恰有許多的「列國酵素」，屬於活潑健全的「列國型」文化，那麼我們就可以放棄西洋文化太過於活力亂奔的一面，適時地吸收個性煥發與國命整合兩大潮流所表現的種種價值與制度。

具體而言，以下兩種「列國酵素」最值得目前的中國借鑒、吸收、活用。

第一是文藝復興以來的西洋。文藝復興至法國革命是西洋文化的春秋時期，法國革命以至現在，是西洋文化的戰國時期。西洋的春秋和戰國都屬於列國階段，而西洋文化恰恰走入了它的列國階段的高峰，這是值得我們吸收的。

第二是春秋戰國時代的中國。春秋和戰國同屬於中國文化的列國階段。這兩個時期都是有活力、有生機的文化，剔除了大一統階段的種種弊端。應該說，戰國策派輸入文化形態史觀，一個重要的目的是考察世界文化與中國文化的發展走向，探索出適合中國文化的新生的方式。

雷海宗進一步指出，中國文化已經歷兩週。第一週自殷商西周至公元383年的淝水之戰，這是華夏民族獨立創造文化的時期，可稱為古典的中國。公元 383 年由於胡人血統的滲入以及印度佛教的傳入，從而為中國文化帶來了新的生機，避免了衰亡的命運，走向了梵華同化的第二週文化。第二週文化從公元 383 年至二十世紀三四十年代的抗日戰勝時期，歷經 1500 年左右，這一時期北方各個民族屢次入侵中原，印度佛教深刻的影響了中國的文化。這一時期屬於胡漢混合、梵華同化的綜合的中國。鴉片戰爭以來，中國民族與文化再次走向衰退，傳統政治文化崩潰，尤其是這次中日戰爭，中華民族遭遇了前所未有的生存危機。抗戰時期的中國已經進入了第二週的末期。現在問題的關鍵是如何將第二週文化的末期轉入第三週的文化，這正是林同濟、雷海宗等人積極探索的問題所在。

文化形態史觀認為，一種文化形態的衰敗，常常發生在與相應時代的高級文化的衝突中；而任何一種文化形態的再生，同樣需要外來高級文化因子的融入。文化融合是一種文化形態衰而復興的重要方式。佛教文化的傳入成就了中國文化「第二週」的奇蹟。要實現「第三週的中國文化」，同樣也需要外來高級文化的刺激與影響，則中國必須迎接西方文化的挑戰。西方文化就是中國不得不面對、又不得不汲取的營養。必須承認，今日的世界仍是一個

〔註148〕林同濟：《〈文化形態史觀〉卷頭語》，林同濟、雷海宗：《文化形態史觀》，大東書局 1946 年版。

歐美並重的世界，西洋文化仍是世界的主流，我們不能完全擺脫歐美的影響和勢力獨創自己滿意的新世界與文化，但不必像過去一樣盲目崇拜，應該「自動自主地選擇學習」〔註149〕，努力創造一個新的文化，成爲世界的主流和動力。正值中日戰爭這一偉大的現實，整個民族遭遇了生死存亡的危局，但同時也提供了與外來文化融合的歷史時機，在危機中蘊含著中國文化的新生希望，所謂「第二週的結束與第三週的開幕，全都在此一戰」〔註150〕。抗戰建國成爲目前最緊要的事情。從眼前看，是要在抗戰中建國，從長遠來看，是要「結束第二週的傳統文化，建設第三週的嶄新文化」〔註151〕。雷海宗認爲：「從任何方面看，舊的文化已沒有繼續維持的可能，新的文化有必須建設的趨勢，此次抗戰不過加速這種遲早必定實現的過程而已。」〔註152〕抗戰，加速「第二週文化」的滅亡，建國，卻是在望的第三週文化。如何在這新舊交替的混亂時期重建中國的文化，這是戰國策派學人孜孜不倦探索的時代命題。

其次，戰國策派根據文化形態史觀的相關理論和方法建立中國的新史學觀，並且倡導第三期的學術思潮。

戰國策派對中國傳統的敘述型史學以及唯科學主義的考據史學進行了否定與批判。中國史學具有悠久的歷史，以太史公司馬遷爲代表，一直走著傳統的敘述型史學的道路。一般來說，人們對史學的描述要麼採用司馬遷開創的紀傳體史書，或者是以《春秋》、《左傳》、《資治通鑒》爲代表的編年體、紀事本末體史書。這種書寫方式借用美國科學哲學家庫恩的術語「範型」來說就是一種敘述範型，也就是敘述型歷史。「這種歷史以敘述王朝更迭、帝王更替爲中心，描繪各種瑣碎的政治事件對歷史進程的影響，實際上是由人物加事件堆砌而成的簡單歷史，很難反映歷史發展的全貌。」〔註153〕另外，這種歷史「事備而義

〔註149〕雷海宗：《歷史的形態與例證》，雷海宗、林同濟：《文化形態史觀·中國文化與中國文化的兵》，吉林出版集團有限責任公司 2010 年版，第 30 頁。

〔註150〕雷海宗：《此次抗戰在歷史上的地位》，雷海宗、林同濟：《文化形態史觀·中國文化與中國文化的兵》，吉林出版集團有限責任公司 2010 年版，第 343 頁。

〔註151〕雷海宗：《建國——在望的第三週文化》，雷海宗、林同濟：《文化形態史觀·中國文化與中國文化的兵》，吉林出版集團有限責任公司 2010 年版，第 344 頁。

〔註152〕雷海宗：《建國——在望的第三週文化》，雷海宗、林同濟：《文化形態史觀·中國文化與中國文化的兵》，吉林出版集團有限責任公司 2010 年版，第 344 頁。

〔註153〕李帆：《「文化形態史觀」的東漸——戰國策派與湯因比》，《近代史研究》1993 年第 6 期。

少」、「記繁而志寡」，很少有自己的思想和理論分析。敘事史學的發展方向是實證史學，因此在明清之際，考據史學得到了極大的發展，最終產生了以乾嘉學派爲代表的另一種史學範型——考據史學。乾嘉史學以繁瑣考證爲鵠，堆砌歷史材料，無理論無分析，爲考據而考據，無法建構更高形態的體系。

　　雷海宗對以上史學範式和風氣都不滿意，他說：「二千年來學術界對於司馬遷的崇拜，正是二千年間中國沒有史學的鐵證。《史記》一書，根本談不到哲學的眼光，更無所謂深刻的瞭解，只是一堆未消化的史料比較整齊的排列而已。後此的所謂史著，都逃不出此種格式，甚至連太史公比較清楚的條理也學不來。文化精神衰退的一瀉千里，真可驚人！」〔註154〕顯然，雷海宗對於這種敘述史學是持批評意見的，他認爲史學必須與哲學結合，歷史研究必須有哲學的眼光和意涵，並且離不來人的主觀意識，歷史的絕對眞實永難求得，即或求得也無多大意義。「歷史學是活的，是人生的一部，我們對於過去的瞭解，也是我們今日生活不可分的一部。」〔註155〕因此，雷海宗不贊同這種注重考據、學究式的歷史研究。問題是，這種史學發展至今仍有後人在延續，近代以來，歐風東漸，實驗主義的考據之學依然彌漫在史學界。這種缺乏理論系統和思想見解的研究範式對於史學界來說並非益事，反而將史學的道路越走越狹隘，也將游離於西方史壇的潮流之外。雷海宗在《歷史警覺性的時限》一文中說到：

　　　　多年來中國學術界有意無意間受了實驗主義的影響，把許多問題看得太機械，太簡單。以史學爲例：一般認繁瑣的考證或事實的堆砌爲歷史的人，根本可以不論；即或是知道於事實之外須求道理的學者，也往往以爲事實搜集得相當的多之後，道理自然就能看出。實際恐怕絕不如此。歷史的瞭解，雖憑藉傳統記載的事實，但瞭解程序的本身是一種人心內在的活動，一種時代精神的哲學表現，一種整個宇宙人生觀應用於過去事實的思維反應。生於某一時代，若對那個時代一切的知識、欲望、思想與信仰而全不瞭解，則絕無明瞭歷史的能力。對自己時代的情形與精神愈能體會，對過去歷史的瞭解也愈發增高。〔註156〕

〔註154〕雷海宗：《歷史警覺性的時限》，昆明《戰國策》第11期，1940年9月1日。
〔註155〕雷海宗：《歷史過去的釋義》，雷海宗著，王敦書選編：《歷史·時勢·人心》，天津人民出版社2012年6月版，第175頁。
〔註156〕雷海宗：《歷史警覺性的時限》，昆明《戰國策》第11期，1940年9月1日。

歷史學不是史料學，歷史的研究離不開人的主觀性與內心體驗，「歷史的瞭解是瞭解者整個的人格與時代精神的一種表現，並非專由亂紙堆中所能找出的一種知識。」〔註 157〕所以他對於當今的考據史學能否瞭解歷史的意義是深感懷疑的。他強調，在一個特殊的時期才有可能真正瞭解歷史，比如現在的戰國時代。只有複雜緊張的戰國才有可能產生少數複雜緊張的人格，而這種人格在時代精神的促發下是有可能瞭解歷史或明瞭歷史的警覺性。他希望史學家看清當今的時代情形，把埋沒兩千年的歷史尋找出一個邏輯和條理出來，而不要終年累月的在訓詁考據中浪費時間和生命。具有歷史警覺性的時期是非常短暫的，有可能一縱即逝，應該抓住這個特殊的時機，做一些綜合瞭解的工作。

《戰國策》編輯對雷海宗的看法深以為然，編者在這篇文章前寫下了如下導語：「雷先生本篇對於史學的解釋是根據他整個的歷史觀出發的。考證訓詁並不就是歷史學，真正的史書只能在戰國時代產生──他這兩點主張一方面是對當代『學究式』的史家當頭一棒，一方面也可以勉激國人此後新史學的努力。」〔註 158〕的確如此，戰國策派學人引進斯賓格勒、湯因比的「文化形態史觀」，其目的在於建構一種新史學。這種新史學不同於傳統的敘述史學模式，而在於整體的分析與綜合的比較，這就是林同濟所說的「歷史形態學」或「文化統相法」。對此方法，林同濟有簡單的介紹：「歷史形態學或統相法是應用一種綜合比較方法，來認識各個文化體系的『模式』或『形態』的學問。各個文化體系的模式，有其異，亦有其同。我們研究，應於異中求同，同中求異。」〔註 159〕用這種方法寫成的有斯賓格勒的《西方的沒落》，有湯因比的《歷史研究》中的《二十一個文化體系的研究》，在國內就是雷海宗的《中國的兵與中國文化》，林同濟稱他為「中國學界中第一位形態歷史家」，並且認為他在應用這一方法方面卓有成效。

具體而言，對這一學說、方法闡述得最為系統和清晰的就是林同濟的《第三期中國學術思潮──新階段的展望》。林同濟指出五四以降，中國學術已經歷兩階段思潮的洗禮。第一個階段是「經驗實事」時代（empirical-date），時間約為 1919 年至 1929 年，以胡適的《中國哲學大綱》為代表作。這一時期的中心目標為事實搜求，方法為經驗主義。國內一般學者運用一種機械式的實驗派

〔註157〕雷海宗：《歷史警覺性的時限》，昆明《戰國策》第 11 期，1940 年 9 月 1 日。
〔註158〕雷海宗：《歷史警覺性的時限》，昆明《戰國策》第 11 期，1940 年 9 月 1 日。
〔註159〕林同濟：《民族主義與二十世紀（上）──一個歷史形態的看法》，重慶《大公報・戰國》第 29 期，1942 年 6 月 17 日。

方法來研究「材料」或「事實」，在一堆雜亂的材料中分析、考據、診斷。這就
再次陷入了清代的考證傳統的圈套中，另一方面也是受了美國實驗主義學派的
影響。這種純理智的科學態度對於理清中國傳統文化是有優勢的，掃蕩了千餘
年來載道傳統的「淫威」，打碎了那鱗甲千秋的「載道」、「設教」的老偶像，直
逼歐洲十八世紀的啓蒙運動。但這一期存在的問題是「見其樹不見其林，見其
一不見其二」〔註160〕，也就是郭沫若所說的「知其然不知其所以然」。第二個
階段是「辯證革命」（dialectic-revolutionary）時代，時間爲1929年至抗戰時期，
代表作爲郭沫若的《中國古代社會研究》，其後引發了中國社會史論戰。特點是
唯物、經濟立場，方法是正、反、合的辯證法，最終指向階級革命。這一期意
識到了認識背景、認識全體的必要性，局部必須與整體聯繫起來看，但囿於政
治成見，把「全體」兩字縮化爲「唯物」一局部，把「社會」輪廓縮化爲「經
濟」結構，並不能全然瞭解全體的眞實面目。林氏將第一期重經驗事實喻爲
「點」，只見其「線」，第二期強調立場或觀點喻爲「面」，不過是「平面」和「偏
面」。在這個層面上，林同濟倡導第三期的學術思潮，這個學術思潮的方法是「文
化統相」或者是「文化攝相」，期望學術界從一個點的、線的階段，偏面、平面
的階段，踏進一個「全面」、「全體」的階段，這就是「文化綜合」（Cultural-synthetic）
或「文化統相」（Cultural- configurative）的時代。這一期的特點是要立體的、
動態的、綜合的瞭解、抓住每個時代、每個民族的「體相」，攝取民族文化的標
準「體相」，整體的認識與推進民族文化，方法是綜合或統相。「體相」必須成
爲第三期學術思潮中籠罩一切、貫注一切的基本概念。放到抗戰這個現實面前，
這一時期的中心母題則是「民族生存，民族榮譽」，所以自由主義、共產主義、
社會主義都不是這一時期的中心。「國家至上、民族至上」的民族主義才是新的
時代精神。伴隨這股新的時代精神提出的新的學術思潮，乃是能夠符合這股大
的時代潮流。總而言之，第一期的思潮是個人意識的表現，歐美有二百年的歷
史。第二期的思潮是階級意識的表現，有著馬克思以來一百年的背景。第三期
的思潮則是「抗戰時代大戰國時代空前活躍的民族意識所必需而必生的結果」
〔註161〕，世界的趨勢也正是如此。所以林同濟熱烈期望學界一起摸索、創造這
一思潮的到來。林同濟將文化形態史觀演繹到民族主義，提取民族主義作爲這

〔註160〕林同濟：《第三期中國學術思潮 —— 新階段的展望》，昆明《戰國策》第14
　　　　期，1940年12月1日。
〔註161〕林同濟：《第三期中國學術思潮 —— 新階段的展望》，昆明《戰國策》第14
　　　　期，1940年12月1日。

一時代的母題，既有他的文化獨創性，又有深刻的現實意義。

整體而言，戰國策派輸入文化形態史觀，對於史學領域是有它的重要意義的。它拋棄了歷史的單線論，不把歷史當作單純的、線性的歷史，而要求多角度多層次地探索歷史問題。這就是爲何會在林同濟、雷海宗這裡出現「戰國時代的重演」、「中國文化獨具兩周」這樣的歷史判斷。林同濟就說：「本來一切歷史上的大事情，不是所謂單向路線的因果律（one-way causality）所能解釋的。一個大事情、大史實的產生，都是種種色色大大小小的現象，在不斷的互相影響互相推蕩中，擁將出來的統相我們只能看到其如此，不知其所以然。」〔註162〕這就要求歷史的研究轉向整體型、綜合型與分析型，從比較研究的視野觀照歷史問題，去除中國傳統敘述型史學、目前統治史壇的「新考據學派」的弊端，建立新的史學模式，開創新的學術思潮。

二、尼采哲學

在以康德爲代表的理性哲學，黑格爾爲代表的精神哲學，叔本華、尼采爲代表的意志哲學這三大哲學體系中，戰國策派對意志哲學尤爲鍾愛，稱之爲「偉大的將來」〔註163〕。爲在國內輸入意志哲學，戰國策派的核心成員陳銓寫了三本書《叔本華生平及其學說》（1942年，獨立出版社）、《從叔本華到尼采》，（1944年，在創出版社）、《文學批評的新動向》（主要在第四章，1943年，正中書局）。單篇散論文章按發表時間有：《從叔本華到尼采》（1936年）、《尼采與近代歷史教育》（1937年）、《叔本華的貢獻》（1940年）、《論英雄崇拜》、《尼采的思想》、《叔本華與紅樓夢》、《尼采心目中的女性》、《尼采的政治思想》、《尼采的道德思想》、《尼采的無神論》（1941年）、《尼采與紅樓夢》（1941年）、《再論英雄崇拜》（1942年）等約12篇文章。陳銓是戰國策派成員中介紹、研究意志哲學最爲用力、成果最豐的。在1949年前，學界出現了四本研究尼采的專著〔註164〕，陳銓的《從叔本華到尼采》就是研究尼采學說的力著。陳銓對於意志哲學的兩位代表人物叔本華和尼采都非常熟悉，不過

〔註162〕林同濟：《民族主義與二十世紀（上）——一個歷史形態的看法》，重慶《大公報·戰國》第29期，1942年6月17日。

〔註163〕陳銓：《文學批評的新動向》，正中書局1943年版，第122頁。

〔註164〕分別是茅盾的《尼采的學說》（1920年），李石岑的《超人哲學淺說》（1931年），陳銓的《從叔本華到尼采》（1944年），劉恩久的《尼采思想之主幹》（1946年）。

他介紹最多的是尼采，最早翻譯了尼采《不合時宜的思想》四篇論文中的第二部《歷史的功能與濫用》（另譯爲《歷史對於人生的利與弊》），陳銓譯爲《尼采與近代歷史教育》，詳細介紹了尼采的歷史教育的思想。陳銓是中國現代階段研究尼采學說與李石岑並列的最深入的學者之一。尼采作爲一個矛盾的混合體，陳銓對尼采哲學的研究不乏有偏激、誤解之處，但尼采思想的總體面貌他把握得很清楚。尼采哲學的思想來源、演變過程以及精神內涵，他都有精準的描述。不得不說，很多時候，不是陳銓誤解了尼采，而是世人誤解了陳銓。

　　戰國策派另一位重要成員林同濟也是研究尼采學說的專家，他公開發表與尼采有關聯的文章有：《尼采薩拉圖斯達的兩種譯本》（1939 年）、《薩拉圖斯達如此說！── 寄給中國青年》）（1940 年）、《寄語中國藝術人 ── 恐怖‧狂歡‧虔恪》（1942 年）、《我看尼采 ──〈從叔本華到尼采〉序言》（1944 年）等約 4 篇文章。林同濟生平最愛讀尼采，尼采的《薩拉特斯特如是說》是他百讀不厭的書之一。他在觀看了徐梵澄譯的《蘇魯支語錄》和蕭贛譯的《笛拉圖土特如是說》認爲這兩位譯者中文不通，對原文並不懂，指出他們的翻譯錯誤，顯然是一位內行家。林同濟對尼采的查拉圖斯特拉體非常嫻熟，經常採用尼采的文體，模仿尼采的風格行文著作。無怪乎，許紀霖認爲：「在現代中國思想史上，眞正在學理上全面理解尼采的，除林同濟、陳銓外，可能無他人。」〔註165〕放回到近現代的語境當中，我們不得不承認戰國策派學人是中國最早眞正全面瞭解尼采的專家。我們不禁要問，在尼采學說逐漸被法西斯主義借用作爲宣傳工具的時候，戰國策派學人在國內如此認眞地輸入意志哲學，爲的是什麼？

　　一言以蔽之，爲的是衰老頹廢的中國文化以及麻木柔弱的民族性格。戰國策派學人認爲尼采哲學正是救治中國的對症良藥。他們認爲尼采哲學可以建構積極進取的人生觀，增強主人道德的意識；尼采的「超人」呼喚天才，提倡貴族主義，有利於引發英雄崇拜，增強凝聚力；從藝術的角度而言，即是倡導藝術要有生命力和創造精神。

　　陳銓的《從叔本華到尼采》、《尼采的道德觀念》、《尼采與近代歷史教育》、《叔本華與紅樓夢》、《尼采與紅樓夢》，林同濟的《薩拉圖斯達如此說！──寄給中國青年》等文章都在傳達尼采式的積極進取的人生觀以及直面人生的

〔註165〕許紀霖：《林同濟的三種境界》，《歷史研究》2003 年第 4 期。

勇氣和魄力。中國人在長期的儒道釋傳統文化浸潤下，形成了安逸、妥協、中庸、鄉愿和奴隸性的民族性格，反映在人生觀上就是和平苟安、不思進取、知足為樂。這種性格和觀念造成了整個民族「萎靡，太廉價，太尚空想，太貪安逸。……國民氣質之頹喪如故，個人之自私自利如故。」〔註166〕中華民族需要一番徹底的改造，尤其是面對這個抗日救亡的戰國時代，苟且偷安、膽小怕事、畏懼戰爭的觀念和性格更是不能存留。陳銓認為尼采的強力意志說，尼采一貫的積極進取的人生態度就是中華民族的一針強心劑；只有給予國民強大的刺激和徹底的覺悟，中華民族才會徹底蘇醒過來。尼采的意志哲學恰恰與中華民族的文化體系、人生觀念針鋒相對，無疑是救治和改造中國的良方。

五四時期國內也曾宣揚過尼采哲學，陳獨秀、胡適、魯迅、郭沫若、蔡元培、傅斯年等人都深受尼采的影響。在《新青年》創刊號上，陳獨秀率先用「奴隸道德」來指稱中國的傳統倫理，提倡一種「自主的而非奴隸的」道德觀念。他提倡「超人」也是為了張揚個性。胡適則直接用「重新估定一切價值」這八個字作為五四新思潮的根本態度。魯迅和郭沫若等人則專門翻譯介紹了尼采的學說。尼采哲學強烈的批判精神、叛逆的氣質以及個人主義的色彩非常契合五四新文化運動的需求。五四新文化運動的先驅正是從尼采的「重新估定一切價值」、「主人道德」和「超人」學說中獲得了精神的力量和理論的武器，利用它來破壞偶像，反封建反傳統，獲得個性精神的解放和個人意識的覺醒。戰國策派學人也在談尼采的「重新估定一切價值」、「主人道德」和「超人」學說，但角度和重心卻不同。戰國策派學人在「重新估定一切價值」的精神指引下，吸取更多的是尼采的「強力意志」和「超人」學說，強調尼采積極進取的人生觀、崇尚超人和英雄的天才觀以及具有生命力和創造精神的藝術觀。

五四時期曾掀起過尼采熱，這一波的尼采熱主要針對的是個性解放和儒家傳統文化，但戰國策派認為這對國民的人生觀、精神氣質並未有任何改觀。林同濟就指出：

　　　　尼采學說在「五四」時代曾遇魯迅、郭沫若等一度零星的介紹。可惜那些初步又初步的工作，從來就未經繼續努力下去，遂使這位

〔註166〕李石岑：《〈超人哲學淺說〉緒言》，《超人哲學淺說》，商務印書館 1931 年 5 月初版，第 1 頁。

「鐵椎講道」的哲人，以及他那種健康、堅強、勇邁、高大的人生
觀，對我們二十年來的思潮，不論正面、反面，都不有絲毫的影響。
〔註167〕

這實際上是戰國策派學人介紹尼采學說的原因和動力。他們發現，尼采學說
在五四時期發揮了它的工具性的短暫功能之後，五四主將就逐漸地拋棄了尼
采學說（比如陳獨秀、郭沫若）轉向唯物主義和社會主義。事實上，尼采哲
學在抗戰時期的中國依然具有強大的精神武器功能和犀利的現實意義，這就
是尚力精神與積極進取的人生觀。

　　叔本華和尼采同為意志哲學的代表，但在戰國策派看來，尼采的學說是
可取的，叔本華的學說是不適宜的。陳銓專著《從叔本華到尼采》廣泛而深
入地分析了這兩位哲學家的思想，但主旨卻是尼采如何從接受叔本華的意志
哲學最後又拋棄了叔本華哲學，從而生發了尼采獨特的哲學理念和思想系
統。尼采拋棄叔本華哲學的過程，也是戰國策派學人否定叔本華哲學轉學尼
采哲學的思想痕跡。

　　叔本華是意志哲學的開創者，他認為世界無處不有意志，意志是宇宙人
生的泉源，是推動一切的力量。理智的力量是薄弱的，意志的力量是強大的，
而且意志的活動是盲目的，無意義的，沒有目標，沒有希望，只有生存的欲
望和痛苦，自殺都不能解決這種痛苦，由此產生了叔本華式的悲觀主義。作
為意志哲學的集大成者，尼采繼承了叔本華的意志哲學，在尼采的藝術時期，
尼采對叔本華的意志論以及悲觀主義都很贊同，他對以大衛·斯特勞斯（David
Strauß）為代表的費希特式的樂觀主義深為不滿，主張要有清楚觀察人生的勇
氣，懷抱希臘悲劇的精神，認識人生本來的面目。叔本華的悲觀主義正好契
合尼采這一時期的思想和精神。但是後來，尼采意識到，叔本華哲學的中心
是對人生求解脫，叔本華想要消除意志的遁世主義只會導致對人生的否定，
叔本華解脫生活意志的藝術和形而上學，並不是促進人類文化的根本辦法。
叔本華同中國的曹雪芹一樣，都具有佛家解脫的思想。尼采鄙視這種敏感的
悲觀主義，「它本身就是生命深度貧乏的一個標誌。」〔註168〕叔本華的悲觀主
義會造成人生的否定和消沉隱逸的人生態度。於是，尼采由叔本華的悲觀主

〔註167〕林同濟：《尼采薩拉圖斯達的兩種譯本（書評）》，《今日評論》第 1 卷第 16
　　　　期，1939 年 4 月 16 日。
〔註168〕尼采：《權力意志》，孫周興譯，商務印書館 2011 年版，第 701 頁。

義轉變爲自己的樂觀主義，旗幟鮮明地提出了「強力意志」（或「權力意志」）和「超人」的概念。尼采將叔本華的「生存意志」轉變爲「強力意志」，「強力意志」就是人的生命本質，是生命本能的衝動，釋放能量、超越自身、掌握一切、支配一切的意志。「超人」在尼采心目中是一個具有強力意志的理想人格。「人類是一種應該被超越的東西」、「超人是大地的意義」。〔註169〕尼采宣佈「上帝死了」，「超人」誕生了，試圖在虛無的世界中尋找一種意義，「超人」就是上帝死了之後人類的自我肯定。

陳銓在解釋「超人」的涵義時更是賦予了它積極進取、勇敢抗爭的人生觀：「他的超人，要肯定地接受人生；抱樂觀主義；有積極的精神，充分發展他生命的力量；伸張他權力的意志；不受傳統觀念的束縛；他聰明，他知道怎樣支配人類世界，打開嶄新的局面；他喜歡戰爭，時時刻刻他都是一員勇敢的戰士；他沒有死亡的恐懼，因爲他能夠戰勝死亡；他是整個人類生命的象徵，他是世界文化進步的標幟。」〔註170〕這是陳銓看好尼采哲學，不斷去研究和宣揚它的重要原因。

陳銓多次說明尼采是一個積極的哲學家，對人生抱有肯定的態度。尼采要求的是鮮活飽滿的人生，一切真理、科學、宗教乃至歷史爲的都是人生，爲了人生，真理可以犧牲。尼采之所以抨擊基督教、否定上帝是因爲它「壓迫人生，反對人生」〔註171〕。反對傳統的道德觀念，也是因爲它「違反自然，壓迫生命的活力」〔註172〕，是一種奴隸性的道德，而尼采需要的是一種新的道德倫理即「主人道德」。對於近代的歷史教育，尼采也深爲不滿。在尼采看來，近代的歷史教育與人生是脫節的，變成了一種科學，這實際上對人生是有害的，有了豐富的歷史知識，人生卻已經失去了鮮活。沒有內心的生活，歷史的教育毫無價值，陳銓指出：「歷史必須要受人生的支配，要受一種不歷史的勢力的支配，所以歷史絕不能像數學一樣，成爲一種純粹的科學。」〔註173〕陳銓既不贊成學黑格爾，也不贊成學哈德曼，而是要學尼采「創造力的歷史」，要偉大，要人生。

〔註169〕尼采：《扎拉圖士特拉如是說》，黃明嘉等譯，華東師範大學出版社 2009 年版，第 41、47 頁。

〔註170〕陳銓：《文學批評的新動向》，正中書局 1943 年版，第 179 頁。

〔註171〕陳銓：《尼采的無神論》，昆明《戰國策》第 15、16 期，1941 年 1 月 1 日。

〔註172〕陳銓：《尼采的道德觀念》，昆明《戰國策》第 12 期，1940 年 9 月 15 日。

〔註173〕陳銓：《尼采與近代歷史教育》，《中山文化教育館季刊》第 4 卷第 3 期，1939 年 10 月 1 日。

　　陳銓借用尼采的「強力意志」、「超人」學說主要還是爲了在國內灌輸一種積極進取的人生態度和勇敢自強的民族品格。「人類之所以偉大，生命之所以有意義，也就在人類有擺脫生存意志的勇氣，簡單來說，就是要有不怕死的精神。一個民族，完全受生存意志的支配，甚至奴顏婢膝，忍恥偷生，不能擺脫死亡的恐懼、犧牲一切，以求光榮的生存，這樣的民族，根本沒有生存在世界上的資格。」〔註174〕面對你死我活、殘酷拼殺的戰國時代，面對強大的日本帝國的侵略，國人中就出現了一大批消極隱逸的世人，苟且偷生的庸眾，求和妥協的漢奸，這恰恰是缺乏權力意志的表現。陳銓認爲中華民族受佛教的影響，具有一種悲觀厭世的思想，《紅樓夢》是佛家道家精神的結晶，賈寶玉面對家族衰敗，時代沉淪，不是勇於面對，而是消極隱逸，採取了出家的方式解脫人生。陳銓指出：「在太平盛世，一個國家，多有幾位悲觀遁世的賈寶玉，本來也無足輕重，在民族危急存亡的時候，大多數的賢人哲士，一個個拋棄人生，逃卸責任，奴隸牛馬的生活，轉瞬就要降臨，假如全民族不即刻消亡，生命沉重的膽子，行將如何擔負？」〔註175〕也就說，這種消極隱逸的思想，這種苟且偷生的態度，這種拋棄人生、不負責任的行爲，在抗日救亡時期是不可取的，中華民族到了千鈞一髮時刻，沒有積極進取的人生觀，沒有勇敢善戰的戰鬥精神，沒有團結奮進的民族意識，抗戰建國將成爲一種奢望。所以林同濟才會以薩拉圖斯達的口吻對中國青年說要戰鬥，要偉大，要大膽做英雄，不怕戰爭，「戰即人生」，「能戰便佳」。〔註176〕

　　從以上的論述出發，我們就更能理解陳銓的「英雄崇拜」觀念。尼采特別肯定人的作用，肯定生命，肯定人生。在「人」的基礎上建構了一個「超人」，一個具有強力意志、健全、豐富、偉大的人，超人的氣質特別表現在天才、英雄等身上。他指出，歷史必須與人生發生關係才有作用，天才是推動歷史演變的動力。陳銓接著認爲，歷史的演變是「人」而不是「物」，人是有意志的，所以人類的意志才是歷史演進的中心。既然人類的意志是歷史演進的中心，那麼到底是少數人的意志還是多數人的意志在起推動作用？陳銓認爲，天才或英雄才是歷史演進的中心。其實，陳銓的「英雄崇拜」是一種歷

〔註174〕陳銓：《尼采的政治思想》，昆明《戰國策》第9期，1940年8月5日。

〔註175〕陳銓：《文學批評的新動向》，正中書局1943年版，第180頁。

〔註176〕林同濟：《薩拉圖斯達如此說！——寄給中國青年》，昆明《戰國策》第5期，1940年6月1日。

史觀，並不直指現實層面上的掌權者，而更多指涉的是一種哲學意味。陳銓解釋：「天才就是英雄。英雄不僅是武力方面、政治宗教文學美術哲學科學各方面，創造領導的人，都是英雄。」〔註177〕接著指出：「英雄就是群眾的領袖，就是社會上的先知先覺，出類拔萃的天才。」〔註178〕從他對「英雄」的定義可以得知，「英雄崇拜」就是尼采的呼喚「超人」；「英雄崇拜」可以激發國民積極向上、自我超越，成爲一個有力量、有人格的偉大人物。從現實層面而言，他希望有這樣的英雄人物，可以認清時代的要求，啓發群眾的意志，努力奮鬥，展開歷史的新局面。中華民族歷來就被認爲是一個缺乏健全的向心力，沒有組織、一團散沙的民族，陳銓以爲英雄崇拜可以「使中國成爲一個有組織有進步有冷有熱的國家」〔註179〕。陳銓的英雄崇拜觀念受到了尼采的超人學說的影響，兩者都具有抬高少數天才、貶低群眾的濃厚的貴族氣息和英雄史觀。我們不得不指出，英雄崇拜觀念雖有這樣那樣的錯誤或不合理之處，卻是陳銓在更新一種歷史觀以有利於現實中的「救亡」或者說「光榮的生存」。

最後，在文學藝術領域，尼采哲學同樣具有重要意義。林同濟提出對於尼采哲學要當作藝術來看，「把尼采的寫作當作純藝術來欣賞，審它的美。」〔註180〕從藝術的眼光來看，更能準確把握尼采的精神。尼采的文字具有象徵性和抒情性兩大特徵，我們可以透過尼采營造的藝術氛圍「猜射」他的思想。林同濟深受尼采藝術風格的影響，託詞於薩拉圖斯特表達了他獨具一格的藝術觀，即「恐怖、狂歡、虔恪」〔註181〕。陳銓也以尼采的思想來面對文藝問題，認爲文學批評已經發生了新動向，將德國的「狂飆運動」作爲「異邦的借鏡」，提倡一種崇尚生命和創造的藝術觀，試圖掀起一個以天才、意志、力量、民族爲中心的「盛世」的、「偉大」的新文學運動。

總而言之，戰國策派的尼采論具有學術闡釋、現實批判和文化反思的三重特徵。他們引入尼采哲學，是爲了促進國人思想和精神的覺醒，形成積極進取

〔註177〕陳銓：《論英雄崇拜》，昆明《戰國策》第4期，1940年5月15日。

〔註178〕陳銓：《再論英雄崇拜》，重慶《大公報·戰國》第21期，1942年4月22日。

〔註179〕陳銓：《再論英雄崇拜》，重慶《大公報·戰國》第21期，1942年4月22日。

〔註180〕林同濟：《我看尼采——〈從叔本華到尼采〉序言》，大東書局1946年版，第2頁。

〔註181〕林同濟：《寄語中國藝術人——恐怖·狂歡·虔恪》，重慶《大公報·戰國》第8期，1942年1月21日。

的人生觀，具備「英雄崇拜」的觀念，建構「強力意志」的氣場。處在殘酷的戰國時代，尼采的哲學，是一種反抗的哲學，反價值的學說，對於不願意做奴隸、不願意做「猴子」的中華民族是「當頭棒喝」。「尼采的思想，固然有許多偏激的地方，他積極的精神，卻是我們對症的良藥。」〔註 182〕並且，尼采「文化必須要進步，人類必須要超過」的呼聲對中華民族而言也具有警醒意義。

第四節　「再造文明」：國民性批判與文化重建

　　五四新文化運動的主將胡適在談及新思潮的唯一目的時認為是「再造文明」。〔註 183〕事實的確如此，胡適、陳獨秀在批判封建傳統文化，解放思想的同時，也在積極地創建新的文明。誠如胡適所言：「新文化運動的根本意義是承認中國舊文化不適宜於現代的環境，而提倡充分接受世界的新文明。」〔註 184〕戰國策派也是如此。他們認為，第二次世界大戰的爆發，引發了人類文化歷史上的空前大變動，世界和中國正無可避免地進入到戰國時代。大一統形態下的中國文化完全不適合戰國時代的生存環境，第二周的中國文化也已經走到了它的盡頭，極需要接受處於列國最高峰的西洋文化和中國的春秋戰國文化來再創第三周的文化。痛感於中國傳統文化積弊積弱的萎靡之氣，整個民族和個人都缺乏活力，為達到再造文明的目的，戰國策派舉起了自近代以來一直存在的國民性批判與文化重建的武器，再一次對準中國的舊文化、舊文明進行「重新估價」，展開一輪新的文化運動。

　　為達到國民性改造和文化重建的雙重目的，戰國策派學人力圖從三個方面重點著手。第一個方面是個人的改造。從柔弱文化、無兵文化、奴隸性格造成的「柔道型人格」轉變為具有柯伯尼宇宙觀、戰士式人生觀的「剛道型人格」；第二個方面是對家族制度進行批判。大家族或小家族制度都不利於國家意識/民族意識的培養，必須由「個人」、「家庭」到「集體」、「民族」。第三個方面是檢討大一統形態下的中國傳統政治文化、官僚傳統。專制政治產生了官僚傳統的四種毒質，士由技術化蛻變為宦術化，整個的社會存在以貪污為主要特徵的「中飽」、「富與貴」官商結合的現象。在反省與批判的同時，

〔註 182〕陳銓：《文學批評的新動向》，正中書局 1943 年版，第 180 頁。
〔註 183〕胡適：《新思潮的意義》，《新青年》第 7 卷第 1 號，1919 年 12 月 1 日。
〔註 184〕胡適：《新文化運動與國民黨》，《新月》第 2 卷第 6、7 號合刊，1929 年 9 月 10 日。

戰國策派倡導一種新型政治，進行官僚傳統的基本精神革命。第一個方面主要針對的是個體的精神氣質，第二個方面針對的是家庭問題，第三個方面針對的是政治文化傳統（社會）。「個人、家庭、社會」組成了「國民性批判與文化重建」的「三位一體」。

一、從「柔道人格型」到「剛道人格型」

抗戰爆發，民族危機日益加重，戰爭需要的是力人、戰士。放眼中國大地，卻是烏壓壓一片奴隸型、柔弱型的體質、人格。清末明初，外國人就曾譏諷中國人為東亞病夫：「夫中國 —— 東方病夫也，其麻木不仁久矣。」（梁啓超譯）中國人在二千多年的大一統皇權下生活，受到大一統文化尤其是儒教文化的薰染，產生了一種柔弱的文化，德感主義盛行，奴隸的性格、文人的性情普遍存在，表現在人格上就是屬於「柔道型人格」。「柔道型人格」並非中國古已有之，中國文化本身存在兩種特質，第一種是陽剛之氣，另一種是柔弱之氣。陽剛之氣崇尚力、勇、強，先秦、春秋、戰國時代都崇尚武力，中國自古以來也是一種有兵的文化。但隨著秦漢之後形成大一統的統治，隋代又建立了科舉制度，尤其是在儒家文化的教化影響之下，中國文化越來越走向了另外一種特質，即柔弱一派的儒雅，提倡德、柔、弱、智，這就產生了長期浸潤在國人面前的尚智輕勇、尚柔輕力的古典文化。這種古典文化導致了重文輕武的風氣，反映在「力」上，就是多為歧視或輕視。本來，中國的「力」是力而美的，中國的祖先對於「力」並未有任何主觀的審斷見解的話，而是一種靜肅無聲的讚歎，深沉的欣賞。到了今日，反而變成了歧視與詛咒。「膽敢提出『力』字者，前後左右，登時就要擁出一群大人先生，君子義士，蜂起而哮之。鴉片可抽，『花瓶』可搜，公款可侵，國難財可發，而『力』的一個字，期期不可提！」〔註185〕「力」竟然成為了殘暴貪婪的總稱。「力」竟與「暴」捆綁在一起，成為一個人間萬惡的別名。原本一個「天機純淨的神品」為何會受到歧視和排擠？戰國策派認為，儒家文化要負大部分的責任。孔子就因忌諱而不語「怪、力、亂、神」。孟子提出「仁政」「王道」，主張德治，對齊宣王要求「以德服人」而非「以力服人」。在個人方面，要求人們具備仁、義、禮、智四種品德。孟子的這種認識導致了中華民族對「力」具有兩種偏見：一是「看不起：說力總不如德之有效」；二是「認為惡：說力是『不

〔註185〕林同濟：《力！》，昆明《戰國策》第 3 期，1940 年 5 月 1 日。

德』的，『反德』的」。〔註186〕歸根結底，中國思想系統上存在統治中國兩千
多年的德感主義。儒家是德感主義的正統宣傳者，儒家在社會上逐漸占上風，
德感主義在社會裏也逐漸佔優勢。德感主義在中國保持這麼長久的生命力，
儒家文化在其中起了巨大的作用。「力的精義的汩沒，與德感主義的流行，在
我們文化史上是恰成正比例的。」〔註187〕德感主義的流行產生了唯德的政治
觀、歷史觀乃至宇宙觀，在德的秩序中「力」反而失去了它的地位和作用。
因此，「德感主義，按其內在邏輯，必定要自然而然地向輕力主義、反力主義
的路線走的。」〔註188〕輕力主義、反力主義的德感主義產生了柔道型的人格，
剛道型的人格被消解，也造成了文化頹萎無力的困局。

　　德感主義在任何文化發展中都會存在，但囿於儒家的歷史作用，德感主
義在中國的壽命長達二千年之久，使我們的文化留滯在某一個階段得不到突
破，長期處於大一統專制之下，活力頹萎，思想僵化，培養了一大批的順民，
儒弱、貪圖名利的柔道型人格以及毫無主見和戰鬥意識的奴隸型人格。雷海
宗痛心地指出：「舊中國傳統的污濁，因循，苟且，僥倖，欺詐，陰險，小器、
不徹底以及一切類似的特徵，都是純粹文德的劣根性。一個民族或個人，既
是軟弱無能以致無力自衛，當然不會有直爽痛快的性格。」〔註189〕文德的養
成是因為重文輕武的習氣，人生觀是和平苟安的，缺乏戰國時代的陽剛之氣
和戰鬥意識。柔弱的文化氣質，無力文化的崇尚，當然不容易出現「剛道型」、
「主人型」的人格。與之相反，奴隸型的毒菌蔓延到中華民族的每個角落。
誠如陶雲逵所言：「中華民族圈兒裏現在有若干千萬渾渾噩噩的奴隸型的人在
那繁殖著」，表現出「公認的中國病：不負責；怕事；無創造；專事模仿；因
循；隨便；怕得罪人；不敢得罪人；不敢當面說亮話，卻鬼鬼祟祟，背地做
工夫；無絕對的是，也無絕對的非。」〔註190〕這些都是道地的「奴隸型人格」，
也是無力的表現。抗戰以來的局面徹底暴露了這種人格的弊端，也暴露了傳
統文化的積弊。

〔註186〕林同濟：《力！》，昆明《戰國策》第 3 期，1940 年 5 月 1 日。
〔註187〕林同濟：《力！》，昆明《戰國策》第 3 期，1940 年 5 月 1 日。
〔註188〕林同濟：《力！》，昆明《戰國策》第 3 期，1940 年 5 月 1 日。
〔註189〕雷海宗：《建國——在望的第三週文化》，林同濟、雷海宗合著：《文化形態
　　　　史觀·中國文化與中國的兵》，吉林出版集團有限責任公司 2010 年版，第 346
　　　　頁。
〔註190〕陶雲逵：《力人——一個人格型的討論》，昆明《戰國策》第 13 期，1940 年
　　　　10 月 1 日。

　　實際上，大戰國時代必須提倡「力」，必須重視「力」。 戰國時代要求戰國型的文化與精神，才能與此相適應。「戰國時代的意義，是戰的一個字，加緊地、無情地、發洩其威力，擴大其作用。」〔註191〕戰國時代要求運用全體戰、殲滅戰，無情殺戮。道地的戰國靈魂是有「純政治」、「純武力」的傾向。當今的世界是爭於「力」，而非道德。國與國之間的較量說到底還是「力」的較量，是力的單位與力的單位的競爭。因此，林同濟非常重視「力」的作用，將它作爲改造國民性的法寶。林同濟認爲，如果一個民族不瞭解「力」，曲解誤解「力」，這是要走入「墮萎自戕」的道路，如果一個文化不重視「力」，把它看作罪惡和仇物，這是要「凌遲喪亡」。他指出：「力者非他，乃一切生命的表徵，一切生命的本體。力即是生，生即是力。天地間沒有「無力」之生；無力便是死。……詛力咒力即是詛咒生命，詛咒人生。」〔註192〕因此，要重新對「力」有新的認識與瞭解，並且在實際生活中倡導「力」的精神文化。「力」應該成爲大戰國時代中國文化具備的基本倫理與精神，「力」也是民族復興的重要武器。「如何趁這個苦戰求生的時刻，把力的眞正意義認清，建立一個『力』的宇宙觀，『自力』的人生觀。這恐怕是民族復興中一椿必須的工作。」〔註193〕

　　基於以上原因，戰國策派學人主張柯伯尼的宇宙觀和戰鬥式的人生觀，將「柔弱型人格」轉化爲「剛道型人格」。中國人的宇宙觀是「德感主義」，歐洲人的宇宙觀是「柯伯尼宇宙觀」，兩者恰好針鋒相對，這是中西兩國的顯著差別，造成了兩種不同的文化、人格。具體而言，柯伯尼的宇宙觀是力的宇宙觀，「柯伯尼卡斯的宇宙是力的一字構成的，是一個無窮的空間，充滿了無數『力』的單位，在『力』的相對的關係下不斷地動，不斷地變！『德』的一個字並不在這個方程序之中。」〔註194〕柯伯尼宇宙觀作爲歐洲人的精神，對於歐洲人的文化、精神、氣質的培植具有重要的意義。柯伯尼宇宙觀強調「力」，力無處不在，你是力，我是力，相信自己的力量可以改變自我，可以改變世界，因此可以用無窮的努力來換取無窮的可能。世界不斷在變化，作

〔註191〕林同濟：《戰國時代的重演》，昆明《戰國策》第 1 期，1940 年 4 月 1 日。

〔註192〕林同濟：《力！》，昆明《戰國策》第 3 期，1940 年 5 月 1 日。

〔註193〕林同濟：《廿年來中國思想的轉變》，昆明《戰國策》第 17 期，1941 年 7 月 20 日。

〔註194〕林同濟：《柯伯尼宇宙觀——歐洲人的精神》，重慶《大公報·戰國》第 4 期，1942 年 1 月 14 日。

為個體，必須警醒，必須拼命，必須喚出全副的精神來成就事業，這就是陳銓所稱讚的「浮士德精神」。歌德的浮士德是一個不斷努力奮鬥的人，中國恰恰缺乏這種努力奮鬥、不顧一切的理想精神，安於現狀，知足不辱。用林同濟的話來說，就是「我們整個文化的精神，整個流行的人生觀的骨質，乃逐漸地官僚化、文人化、鄉愿化、阿 Q 化。」〔註 195〕這種官僚化、文人化、鄉愿化、阿 Q 化恰恰是柔道型人格的表現。中國的國民沾染了官僚的、文人的習氣，文弱、虛偽、敷衍，如鄉愿般老滑苟安、忍辱容奸，似阿 Q 般妄自尊大、自欺欺人。這種國民性已經影響到了國家的競爭力，也影響到了中國文化的活力與生命力。因此，必須更新整個的人生觀，使一切營營的官僚文人，靡靡的鄉愿、阿 Q 洗心革面，「鑄出一副新的民族人格型」。〔註 196〕同時，在革新人生觀的基礎上革新中國的傳統文化。在此，林同濟提出要建立戰士式的人生觀，戰士式的人生觀，就是要「嫉惡如仇」，具備「嫉」的精神。「它的整個精神，它的中心體相，是少壯的，活潑的，充滿創造的可能的。最重要的一點 —— 而這點終究是任何時代文化價值的最後試驗 —— 那時代所陶鑄出的領導人物，其本質皆是光明的、磊落的、剛強的。」〔註 197〕這種嫉惡如仇的戰士式的人生觀也就是林同濟所一貫提倡的「大夫士」人生觀。「大夫士」人格崇尚「忠、敬、勇、死」的四位一體的中心人生觀，這種人生觀造成的人格也就是「剛道的人格型」。

中國過去太過於注重寬大容忍，乃至寬大變為老滑苟安、忍辱容奸的縮寫，透過官僚、文人、鄉愿、阿 Q 的手掌，寬大流為一種縱惡藏奸的民族習慣，侵吞公款的，仍以弟呼哥稱，賣身於偽組織的，也以親戚論，廢職抽鴉片的，仍去捧場，棄妻重婚的，也登門致賀。整個民族變得是非不分，明哲保身，唯唯諾諾，面對骯髒、污垢、不公、侵犯仍是「無仇無怨」。抗戰給予我們的啟示是必須「猛向惡勢力，無情地作戰」，不妥協，不讓步，視死如歸，發揮戰士的人格與精神。林同濟認為，大戰國時代需要的是「剛道型人格」而不是「柔道型人格」，因此他非常重視「大夫士」時代的傳統文化，並不是

〔註 195〕林同濟：《嫉惡如仇 —— 戰鬥式的人生觀》，重慶《大公報·戰國》第 19 期，1942 年 4 月 8 日。

〔註 196〕林同濟：《嫉惡如仇 —— 戰鬥式的人生觀》，重慶《大公報·戰國》第 19 期，1942 年 4 月 8 日。

〔註 197〕林同濟：《嫉惡如仇 —— 戰鬥式的人生觀》，重慶《大公報·戰國》第 19 期，1942 年 4 月 8 日。

說要復活大夫士的制度，而是要重新培養「大夫士」的精神。其實，在戰國策派學人看來，理想中的國民性應文武並重，恢復春秋以上文武兼備的理想。春秋戰國以前，文武是合一的。作爲士族階級尊稱的君子都是文武兼顧，行政與戰爭並行不悖，既能在行政上有所建樹，又能賦詩明禮。陳銓也指出：「三代以上，文武合一，任何人都可以『執干戈以衛社稷』，放下武器又可以登高而賦。」〔註198〕整個的社會都處在文武並重的狀態中，因此薰陶出來的國人「都鍛鍊出一種剛毅不屈、慷慨悲壯、光明磊落的人格」〔註199〕。爲應付現實的危機，培養國民戰爭的意識，改造國民性，就必須倡導「力人」，培養「剛道型人格」，這成爲改造中國文化的一個重要選擇，也就是說，「尙力」成爲中國文化重建的基本出發點。

二、由「個人」、「家族」到「集體」、「民族」

連續兩次世界大戰的爆發，民族主義逐漸成爲世界的中心潮流。德國、意大利的法西斯主義，日本的軍國主義，從本質上來說就是一種極端的民族主義。40 年代的抗戰中國，民族主義也成爲了這一時期的中心潮流。抗戰時期盛行「軍事第一、勝利第一」、「國家至上、民族至上」、「意志集中、力量集中」的口號本身就已經說明了民族主義在整個社會文化中的核心地位。戰國策派就是在民族危亡時刻誕生的一個極具民族主義色彩的學派。民族主義強調國家和民族，淡化個人和家庭。在國家與民族面前，個人與家庭必須犧牲。重視民族主義的戰國策派自然就對個人主義、家族制度進行了無情的批判和指謫。陳銓對五四新文化運動提倡個人主義的指責和批評，林同濟認爲中國的思想潮流應該由個人主義轉換到集體主義、民族主義，這都是爲了增強國力，凝聚力量，一致對外，取得抗戰勝利。在一個弱肉強食的大戰國時代，「競爭力的單位，最主要的、最不可缺的、最有效的，是國家，而不是個人、家庭，也不是教會或階級……換言之，最主要的競爭是國力與國力的競爭。」〔註200〕但是中國人的傳統觀念恰恰不是國家、民族，而是個人和家庭，尤其是家庭觀念，佔據了國民的整個中心。中國自古以來就存在著根深蒂固

〔註198〕陳銓：《民族文學運動試論》，重慶《文化先鋒》1942 年第 1 卷第 9 期。

〔註199〕雷海宗：《君子與僞君子》，雷海宗著，王敦書選編：《歷史・時勢・人心》，天津人民出版社 2012 年版，第 98 頁。

〔註200〕林同濟：《大政治時代的倫理——一個關於忠孝問題的討論》，《今論衡》第 1 卷第 5 期，1938 年 6 月 15 日。

的家族制度，無論是大家族制度，還是小家族制度，都不利於國家、民族意識的培養。幾千年來，中國人過於重視家族觀念，把生命價值的體現與延續寄託在血緣宗法之上，缺乏集體意識、民族意識，個人主義思想嚴重，自私自利觀念極重，整個國民缺乏凝聚力，精神散漫尤如一盤散沙。家族觀念的濃厚、國家意識的淡薄，這在以國力為單位的殘酷競爭中十分不利。因此，戰國策派學人將批判的目光投射到了幾千年來的家族制度，對家族制度及其衍生的文化進行了反省和思考。中國歷來有「家國一體」的文化思維，從家族形態切入探討中國文化，自有其本質意義。

　　雷海宗作為一位歷史學家，首先對中國的家族制度進行了史的考察與分析。他指出，中國的大家族制度經歷了一個極盛、轉衰與復興的變化。春秋以上是大家族最盛的時期，戰國時代逐漸衰微，漢代又把已衰的家族制度恢復，延續了二千年。在大家族制度下，家族觀念太重，國家觀念太輕，每族本身就是一個小國家，這樣就阻礙了大國家的發展。集權一身的國君要使每個人都直接與國家發生關係，所以在戰國時代就有打破大家族，提倡小家庭生活的舉措。在各國變法之後，大家族制度沒落了，沒有料到的是，作為舊家族制度的兩個臺柱：喪服制與子孫繁衍的觀念也隨著大家族的破滅而倒塌。喪服制沒落倒不要緊，但問題是子孫繁衍的觀念也微弱了。由於多方面的因素，其中一種原因是小家庭生活，沒有大家庭的促發與幫助，兒女太多就是累贅，造成了生育人口的大量下降，各國都有人口太少的恐慌，且採用多種辦法鼓勵生育皆不見成效。雷海宗認為：「戰國時代家族破裂，國家不似家族那樣親切，號召人心的力量也不似家族那樣強大，於是個人主義橫流，種種不健全的現象都自由發展。」〔註201〕小家族制度也出現了問題，到了漢代，諸帝都設法恢復幾近消滅的大家族制度。小家庭制度下人口流動大，社會容易不安定。另外「小家庭制與人口減少幾乎可說有互相因果的關係」，大家族制度再次得到恢復。東漢以下二千年間，大家族再次成為社會國家的基礎，並且是社會的牢固的安定勢力。通過對家族制度的梳理，雷海宗指出：「大家族與國家似乎是根本不能並立的。封建時代，宗法的家族太盛，國家因而非常散漫。春秋時代宗法漸衰列國才開始具備統一國家的雛形。戰國時代大家族沒落，所以七雄才組成了真正統一完備的國家。漢代大家族衰而復盛，

〔註201〕雷海宗：《中國的家庭》，林同濟、雷海宗合著：《文化形態史觀·中國文化與中國的兵》，吉林出版集團有限責任公司 2010 年版，第 249 頁。

帝國因而又不成一個國家。」〔註 202〕在他看來，有大家族就沒有國家，大家族內部本身就是一個小國家，人們忠誠於小國家而忽視了大國家。照這樣看來，二千年的中國只是一個龐大的社會，「一個具有鬆散政治形態的大文化區」〔註 203〕，而不具備一個完整的國家。中國目前需要的恰恰是一個完整的國家，以國家爲單位對外競爭。二千年的大家族制度非常不利於國家意識、民族意識的培養，缺乏凝聚力和戰鬥力。大家族或小家族制度，中國歷史上都曾採用過，都有利有弊，如何調和這大小兩制，朝著國家、民族觀念的發展，這是值得深思的。不管怎樣，漢以下的家族制度及其文化的各方面在強烈的西洋文化面前已經開始動搖，越來越多的學者已經意識到了這種制度及其文化的弊端。

大家族制度下非常重視「孝」。「夫孝，百行之冠，眾善之始也。」漢代選舉中有孝廉與孝科，三年喪也成爲必須遵守的道德倫理。「孝爲第一」、孝爲百行先。「孝」已經神話爲「宗教」，具有宗教般的力量與色彩。林同濟指出：「中國不但以孝爲中心而組成一套思想系統，還憑此思想系統而組成一批『吃人』的禮法，構出一個龐大的宗法社會，複雜的家庭制度。」〔註 204〕也就是說，「孝」的背後不僅有一整套思想系統，還有人生價值觀，比如明哲保身，怕死的人生觀。孝，作爲倫理道德，應該是一種私德，是子女私人對父母行駛的精神與物質上的責任，但在中國卻成了公德、公事。長期以來，中國人總喜歡把私事當公事看，把家事當國事辦，這種公私不分、公私胡混的態度與行爲，在大政治時代行不通，以孝爲百行先的倫理觀必須打破。孝與家族本位有關，孝倫理本身就是家庭倫理的核心部分。要打破孝的倫理，也就是要打破家庭倫理，倡導國家意識、民族意識。林同濟指出，大政治時代，倫理已經日趨「政治化」，日趨「國家立場化」。每個公民都是國家的有機體的一分子，個個「人民」都要練成得力的「公民」。因此，必須政治德行爲先，公德爲先，「最重要最根本的，忠爲一切先。」〔註 205〕大政治時代

〔註 202〕雷海宗：《中國的家庭》，林同濟、雷海宗合著：《文化形態史觀·中國文化與中國的兵》，吉林出版集團有限責任公司 2010 年版，第 256 頁。

〔註 203〕雷海宗：《中國的家庭》，林同濟、雷海宗合著：《文化形態史觀·中國文化與中國的兵》，吉林出版集團有限責任公司 2010 年版，第 256 頁。

〔註 204〕林同濟：《大政治時代的倫理──一個關於忠孝問題的討論》，《今論衡》第 1 卷第 5 期，1938 年 6 月 15 日。

〔註 205〕林同濟：《大政治時代的倫理──一個關於忠孝問題的討論》，《今論衡》第 1 卷第 5 期，1938 年 6 月 15 日。

的忠，不是指忠於君或朋友，而是忠於國。「唯其人人能絕對忠於國，然後可化個個國民之力而成爲全體化的國力」，「國家的利害，變成倫理是非的標準」〔註206〕。以國家的利害來衡量孝，孝就不能承擔國家的責任，尤其是以孝爲百行先的家族主義和宗法制度，就必須革新。林同濟並不是反對孝，而是反對以孝爲百行先的家族主義和宗法制度。他主張把「孝」簡單化、平民化、天眞化，去除那些虛僞、血統、迷信的儒教倫理，只留下「敬愛父母」的乾淨四字。現代各國的趨勢是國家利益第一，時代要求的是公德和國家，因此，必須樹立起以「忠爲第一」的大政治倫理，以「忠」來重新建構我們的思想系統和社會制度。和五四時期不同的是，「五四」時代的「非孝」大抵以個人解放、個性解放爲據本、爲目的。林同濟提出「非孝」，目的是「以國力組合與政治集團爲立場」，求得國家力量的發展與集中，也就是「國家至上、民族至上」。

在大家族制度影響下，中國的國民性、民族性都是它顯著的特色，那就是「中國人死要兒子」〔註207〕的延嗣觀念。人類本來有兩種本能：一是性愛的要求，二是有後的要求。西方人發揮前者，中國人發揮後者，久而久之形成了兩種互異的風格或類型：「西方人是情哥，中國人是爸爸」。〔註208〕西方人偏重「愛情」，中國人偏重「生子」。情人是西方人一生心魂上的渴望，兒子則是中國人夢寐祈求的福星，這就形成了中西兩種不同的風格。「有子萬事足」，成爲中國人畢生的目的和無上的價值。「不孝有三，無後爲大」，爲了延嗣可以犧牲一切，娶延嗣的小老婆，實在不行也要「過」一個人家的種。乃至到了今天，強大的家庭倫理觀念還強迫著國人做「姑爺」、做「爸爸」。何永佶認爲，這種根深蒂固的延嗣觀念和家族觀念，表現在人生哲學上就是中國人只求「活著」，人的一生都在「活著」、「生子」、「死亡」的圈子裏平淡地混日子。所謂「大志」絕不是「天召」而是「人召」，求功名、求地位、求做官，卻不做實事。西方人在活著之餘還具有「使命」和「天召」的思想，他們有理想，有「做事欲」，具有外向型的文化使命，形成了動的

〔註206〕林同濟：《大政治時代的倫理——一個關於忠孝問題的討論》，《今論衡》第1卷第5期，1938年6月15日。

〔註207〕林同濟：《中西人風格的比較——爸爸與情哥》，昆明《戰國策》第5期，1940年6月1日。

〔註208〕林同濟：《中西人風格的比較——爸爸與情哥》，昆明《戰國策》第5期，1940年6月1日。

社會和文化。〔註 209〕因此，林同濟指出：「我們整個的文物制度，整個的人生觀，太『姑爺』了，太『爸爸』了。也許民族目前所需要的，正是一大批無妻無子（或是無夫無子）的人，胸中一慮不掛，憑著一己的直覺，赤腳雙拳，躍步踏來為大社會創造，為大社會努力！」〔註 210〕

　　在民族危亡時刻，戰國策派學人針對這種根深蒂固的延嗣觀念和家族觀念進行了批判和反思。中國歷來就有一盤散沙的民族性弱點，家族制度的存在進一步增強了國家意識的淡薄和個人主義的發達。缺乏集體觀念、民族意識的國家在國與國為單位的殘酷競爭中十分危險，無助於抗戰建國，更無助於文化重建和民族精神的改造。因此，戰國策派學人在抗戰時期用力倡導集體主義和民族主義思潮，要求由「個人」、「家族」到「集體」、「民族」。

三、官僚傳統的精神革命

　　中國在二千多年封建王朝的專制統治下，形成了獨具中國特色的傳統政治文化。這種政治文化存在嚴重問題，在遇到強大的西洋政治經濟文化勢力面前，皇帝制度消失了，但大一統皇權下的流弊卻依然存在，在民族危亡時刻逐漸暴露出嚴重的弊端。戰國策派學人認為應該從政治的角度探索文化重建的方式，而涉及到政治方面，官僚傳統卻是關鍵，是影響中國政治文化發展的核心所在。林同濟就說道：「進來愈觀察中國政治，愈覺得關鍵的關鍵，究都在『官僚傳統』四個字。關鍵不徹底改良，其他枝枝節節的改良都無關宏旨的。」〔註 211〕目前中國文化活力頹萎，恰恰根源於兩千多年的專制政治傳統（「官僚傳統」），因此戰國策派學人直擊二千多年的官僚制度、官僚傳統，進行檢討和抨擊。具體而言，戰國策派學人從以下三個方面進行了反思和批判。

（一）皇權之花 —— 官僚傳統的四種毒質是中國傳統政治的根本問題

　　雷海宗《中國的元首》和林同濟《官僚傳統 —— 皇權之花》這兩篇文章專門討論皇權制度下的官僚傳統問題。他們都認為，兩千多年的專制政治傳

〔註 209〕何永佶：《中西人風格之又一比較 ——「活著」和「天召」》，昆明《戰國策》第 8 期，1940 年 7 月 25 日。

〔註 210〕林同濟：《優生與民族 —— 一個社會科學家的觀察》，昆明《今日評論》第 1 卷第 23 期，1939 年 6 月 24 日。

〔註 211〕林同濟：《官僚傳統 —— 皇權之花》，重慶《大公報》第 4 期，1943 年 1 月 17 日。

統是導致中國文化及其社會發展存在痼疾的罪魁禍首。

　　雷海宗以事實爲主，描述了皇帝成立的事實經過以及整個皇帝制度的演化過程。雷海宗指出，戰國以前，列國尊周室爲共主，保持一種均衡狀態。戰國時代，列國稱王，各自宣佈獨立，都想併吞天下。秦國採用合縱連橫的統一政策，結束了混戰的局面，完成了形式上的全國統一。秦始皇統一中國後，「一切制度文物都歸一律」，「政權完全統一，並且操於皇帝一人之手。從此以後，皇帝就是國家，國家就是皇帝」〔註212〕開始了中國歷史上的獨裁統治。秦亡之後，汗高祖再次統一中國。經歷了頻繁的戰亂，此時國民普遍覺得統一才是解決天下問題的唯一方法，因此對於統一是充滿渴望和期待的，這實際上消極導致了皇帝的獨裁。到了漢朝，皇帝的地位日愈崇高和神秘，「漢代皇帝不只是政治的獨裁元首，並且天下公然變成他個人的私產。」〔註213〕也就說，皇帝對天下的子民有支配的權力，人民都是他的奴婢臣妾。皇帝的權力至高無上，人民的地位卑微如螞蟻。生時立廟、遍地立廟的造神運動，將皇帝推上了神壇的位置。「經過西漢二百年的訓練，一般人民對於皇帝的態度眞與敬鬼神的心理相同。皇帝的崇拜根深蒂固，經過長期的鍛鍊，單一的連鎖已成純鋼，內在的勢力絕無把它折斷的可能。若無外力的強烈壓迫，這種皇帝政治是永久不變的。」〔註214〕西漢末年，繁瑣的立廟制度由於巨大的經濟負擔逐漸廢除，但是，人民的王權崇拜觀念卻已經形成。皇帝的制度可以說是皇帝的「積極建設」與人民的「消極擁護」共同造成的。王權崇拜觀念的形成，導致「王權主義成爲中國傳統政治文化價值系統的核心」〔註215〕，秦以前的古代政治社會傳統完全崩潰，皇帝成爲新局面下維繫天下的唯一紐帶，皇帝也成爲民衆間的唯一連鎖。「沒有眞正階級分別的民衆必定是一盤散沙，團結力日漸減少以至於消滅。」〔註216〕沒有等級區別的民衆缺乏主人意識，不關心國家命運，也沒有積極的人生觀，向心力極差，成爲一盤散沙。

〔註212〕雷海宗：《中國的元首》，林同濟、雷海宗合著：《文化形態史觀・中國文化與中國的兵》，吉林出版集團有限責任公司 2010 年版，第 266 頁。

〔註213〕雷海宗：《中國的元首》，林同濟、雷海宗合著：《文化形態史觀・中國文化與中國的兵》，吉林出版集團有限責任公司 2010 年版，第 269 頁。

〔註214〕雷海宗：《中國的元首》，林同濟、雷海宗合著：《文化形態史觀・中國文化與中國的兵》，吉林出版集團有限責任公司 2010 年版，第 274 頁。

〔註215〕江沛：《戰國策派思潮研究》，天津人民出版社 2001 年版，第 118 頁。

〔註216〕雷海宗：《中國的元首》，林同濟、雷海宗合著：《文化形態史觀・中國文化與中國的兵》，吉林出版集團有限責任公司 2010 年版，第 273 頁。

與之相反,「命定論變成人心普遍的信仰,富貴貧賤都聽天命,算命看相升到哲學的地位。」〔註217〕這樣的民眾是不會顧及到團體的利益,也不會關心別人的痛苦,一切都由命去擺佈。因此,這樣的民族是最自私自利、最不思進取的。專制的皇帝制度與人民的散漫是成正比例的,這裡雷海宗把國民性的變異以及社會長期停滯不前的原因,歸結於專制的政治體制,觸及到了中國政治文化的核心。雷海宗意識到要打破以「王權崇拜」為中心的傳統政治意識,建立新的元首制度。

林同濟進一步指出,在大一統的專制政治統治下,中國歷史上的官僚傳統具有以下四種毒質:

(1)皇權毒。這裡是指官僚制度與專制皇權配合,養成了「妾婦」派頭。皇權的強大,導致民眾的卑賤,處在中間階層的官僚也是卑賤的,逐漸養成了官僚兩種人格——對下必作威作福,對上必阿諛奉承。大一統階段,官僚被皇帝統治,是替人「辦差」,是「得帝心」,「諂」若不足則「蒙」,在這「諂」與「蒙」的相互進行中便養成了「妾婦之道」。

(2)文人毒。科舉制度、八股制度都造成了文人來當官的態勢,文人當官也是皇權的理想御用工具。文人當官,磨練出一套「辦公文字」,不做事,沒有技術含量,形成敷衍了事的風格。

(3)宗法毒。官僚制度原本重視才能,但為鞏固皇權,「用私人」、「拔親友」成為習慣,導致了大家族制度的復興,形成了宗法的毒素。

(4)錢神毒。一方面是官對商進行壓迫,導致不能健康成長,另一方面卻是官僚與商賈結合,形成了「貪財舞弊」的風氣。官僚愛錢、錢神毒浸注到官僚階層以及社會經濟生命中,導致了嚴重的官僚腐敗。

這四種毒素作為舊社會留下來的政治遺產,導致了社會各方面的流弊。為抵制這種官僚傳統,就必須進行根除和改良。林同濟首先從形態歷史學的角度看官僚制度的產生和發展歷程。他指出,任何高級文化,從封建階段走到列國階段,都要產生官僚制度。封建階段是世族政治,列國階段無可避免地要產生官僚政治。官僚制度本身並不存在好壞之分,看近年來世界各國的發展,官僚制度不但是社會的必需,而且它的作用逐漸在加強。因此,他並不是要取消官僚制度,而是要將中國的官僚制度改良。林同濟認為,「官僚傳

〔註217〕雷海宗:《中國的元首》,林同濟、雷海宗合著:《文化形態史觀·中國文化與中國的兵》,吉林出版集團有限責任公司2010年版,第273頁。

統」「不僅指一般官吏任免黜陟的法規與夫分權列職的結構，乃尤指整個結構之運作的精神，表現的作風，以及無形中崇尚的價值，追求的目的。」〔註218〕也就說，他的「官僚傳統」不僅包含狹義的行政制度，也包含活的社會形勢。因此他所說的「改良」不僅包含機構的改良，也包括傳統的改良，並且傳統的改良更爲關鍵。機構只是形式，而傳統乃是活用機構的精神與作風，駕馭機構的價值與目的。傳統具有同化機構的魔力！要達到政治清明、民族復興的目的，就必須將機構與傳統的改良同時進行。如何改良？也就是要將中國「內向型」官僚傳統轉變爲徹底的「外向型」官僚傳統。「內向型」的官僚是大一統階段的官僚體制，只求宇內保太平，「治安策」是它的標準精神。「外向型」的官僚是列國階段的官僚，是對外的，求富國強兵。四面洪流的戰國局面，恰恰需要的是「外向型」的官僚制度。

（二）士的蛻變——「弄權的宦術化」是中國傳統政治的重要弊端

戰國策派學人在考察了官僚制度之後，又將目光投射到了官吏，也就是「士」。文化的再造，士很關鍵，士的實質也就是官吏的問題。官吏的優良與否直接影響到整個的社會文化。中國需要改造，則士首當其衝。古代的士作爲四面之首，在各種勢力中佔據首席。封建時代的士包含有三個特點：（1）爵祿世襲；（2）戰鬥訓練；（3）專司的職業。也就是說，封建的士是貴族的、武德的、技術的。貴族的、武德的士也就是「大夫士」，具有貴士風尚或「貴士傳統」，具有「世業」的抱負與「守職」的恒心，講究榮譽。此外，封建的士還充滿技術意義，是技術社層——「專門做事」或「做專門事」的社層。講究做事，從事生產創造，這與今日的士有極大的不同。士在兩千多年間發生了多次變質，由「技術」蛻變爲「宦術」，弄權的宦術化成爲中國傳統政治的重要弊端。宦術，做官之術。宦術的眞髓在「手腕」。「投桃、報李、拍馬、捧場，此手腕也。標榜、拉攏、結拜、聯襟，亦乎腕也；排擠、造謠、掠功、嫁禍，又手腕也。如何模棱，如何對付，如何吹牛，如何裝病，形形色色，無往而非手腕也。一切皆手腕，也就是一切皆作態，一切皆做假。一切皆做假，便做官矣！打官話，說假也；做官樣文章，寫假也。官場的道德，假道

〔註218〕林同濟：《官僚傳統——皇權之花》，重慶《大公報》第4期，1943年1月17日。

德也。官場的事務，假公濟私的勾當也——一切皆做假，只有做官是眞。」
〔註219〕這種作態做假的官僚宦術是大一統皇權之下的產物。在皇權與官僚之外再加上「文」，「文」乃成爲一種「欽定的宦術」，導致士的「文人化」，形成文人官僚，文人官僚也就是我們慣稱的「士大夫」。「士大夫」與「大夫士」不同，具有柔道人格型特徵，講究面子和應酬，只求在皇權下獵取功名和企圖聞達。三千多年的中國社會政治史，一言以蔽之，就是「大夫士到士大夫」，即「由貴族武士型轉到文人官僚型」。〔註220〕「文人化」進一步加劇了士的蛻變，士變得更加沒有技術含量。士失去了技術的意義，蛻變成宦術，這樣的後果是嚴峻的。

林同濟指出：

> 中國之整個政治之所以糟糕，整個文化之所以僵化，關鍵就在這裡，始則政府人員，繼則社會人士，上上下下，都不想做事，只想做官，不曉得做事，只曉得做官，中國歷史乃不可挽救地永離了眞正「創造」「活動」時期而陷入「停滯」「苟延」狀態了！〔註221〕

尤其讓國人慚愧和汗顏的是，西方文化是一個空前發達的技術文明，他們日夜在製器創物，認眞做事，我們卻在作態做假，一味做官。做事是生產，是「創造」。做官是消費、虛耗，是「反創造」。這就是中國與西方國家的根本區別。戰國策派認爲，要改造社會，就必須改造「士」，給現有的官僚階層栽培一種「技術傲氣」和「職業道德感」，提高官僚的素養。同時，要將「做事」的精神貫注到官場上去，培養一種要技術、不要宦術，要做事、不要做官的大夫士精神，即「貴士風尚」。

（三）「中飽」、「富貴」聯結的貪污行爲，是中國傳統政治的一大弊端

林同濟和何永佶以學者特有的敏銳和警覺，發現以貪污爲主要特徵的「中飽」、「富貴」結合的現象，是中國傳統政治的一大弊端。首先我們來看「中飽」。「中飽」這個名詞起源於韓非子，用他的話來說「中飽」就是「府庫空

〔註219〕林同濟：《士的蛻變——文化再造中的核心問題》，重慶《大公報·戰國》第4期，1941年12月24日。
〔註220〕林同濟：《大夫士到士大夫——國史上的兩種人格型》，重慶《大公報·戰國》第17期，1942年3月25日。
〔註221〕林同濟：《士的蛻變——文化再造中的核心問題》，重慶《大公報·戰國》第4期，1941年12月24日。

虛於上，百姓窮餓於下，然而奸吏富矣」。中者，中間地位也。上有君王，下有百姓，中間有官吏。用現代術語說，就是一邊有政府，一邊是人民，中間是官僚。「中飽」，就是憑藉或利用政治上的中間地位，對經手的人、事獲取法外收入的貪污行為。林同濟認為，「中飽」是中國社會、政治最關緊要的現象，二千多年來中國製造的最靈驗的自亡單方就是「中飽」。「中飽」已經成為中國社會生活的常態，政治上默認的制度，竟成「民族第二性」。社會的發展需要機關，機關越多，中間人越多，這樣就產生了一個龐大的中間人階層，這個中間人階層包括商人與官吏。官吏是社會文化中「最樞紐的中間人」。官吏中飽，不僅使中國政治腐敗，而且阻礙中國資本主義的發展，導致傳統中國社會停滯不前，缺乏生命力。

更值得抨擊的是，作為一個中間人得勢的官商社會，中國的民族性大大沾染了「中間人的色彩」：「妥協、折中、好講價、喜取巧、惡極端、反徹底、善敷衍、厭動武……處處都呈顯一種道地的『中間人精神』，『官商者的模樣』。」〔註222〕對於官僚而言，由於官僚發財的方式不具備危險性，這樣就養成了坐享心理、萬全心理，形成了投機、取巧的性格。這種民族心理和性格，對整個的社會文化造成了極其惡劣的影響。林同濟指出：「中國的官僚傳統，整個地說法，終不免是一個中飽集團。」〔註223〕這個中飽集團向社會各種團體搜刮剝削導致國家的貧弱。林同濟提出要把整個的官僚傳統按照新戰國的需求進行改革，也就是要由「龐大的『中飽』集團改革為民族的『中堅』工作者」。〔註224〕

針對官僚的貪污腐敗問題，何永佶提出了另外一個觀點，就是要將「富」與「貴」分開。「富」是指「有錢」，「有財產」。「貴」就是「地位高」，「有統治權」，「有領導力」。何永佶指出，政治的弊端就在於「富」、「貴」二字不分開。「『富』與『貴』結婚，是一切政治的病源，它們倆所生的子子孫孫，就是『貪污』『卑鄙』『無恥』『混亂』『傾軋』『譭謗』，以及其他一切一切的病徵。」〔註225〕統治階級要一致才能有指揮靈活之效。統治權最忌分裂，分裂則使國內紛亂，而財富是使統治權分裂的重要武器，財富也將使統治階級「軟化」，變為物質的高度享受者。「富」與「貴」是一個不祥的結合，「富」「貴」

〔註222〕林同濟：《中飽與中國社會》，昆明《戰國策》第12期，1940年9月15日。
〔註223〕林同濟：《中飽與中國社會》，昆明《戰國策》第12期，1940年9月15日。
〔註224〕林同濟：《中飽與中國社會》，昆明《戰國策》第12期，1940年9月15日。
〔註225〕何永佶：《富與貴》，昆明《戰國策》第4期，1940年5月15日。

結婚，「貴」必失其所以爲「貴」，「富」也必失其所以爲「富」，兩邊都得不到好處。「『權力』與『財富』是互相侵蝕互相腐化的東西！」〔註226〕因此，中國的政治必須向著制度化的方向走，將「富」與「貴」截然分開。何永佶提到了柏拉圖的提案。柏拉圖建議「保護者」（統治階級）不得私有家庭，不得私有財產，「農工商」（被統治者）則可以有私產產業和家庭。這樣做的目的是把「財產」與「政權」絕對分開，就是把「富」與「貴」的聯繫截然斬斷。「貴」只做「貴」的事，「富」只做「富」的事。何永佶指出，眞正的「貴」人並不求物質的享受，而將他們的快樂寄託在工作中，他們生命的意義在於創造。在此，何永佶對「貴族」表示了足夠的尊敬和重視，他希望在貴富不分的中國社會裏，能夠在內政上「富」、「貴」分家，使中國的政治制度走上優良的道路。戰國策派學人認爲，在新戰國時代，大一統局面下的頹萎的官僚制度必須改革，「要個個做官的人，敏銳地感覺一官一職統不是個人功名利祿的對象，乃必須盡忠竭力，做得精彩絕世，使國家得以光耀馳驅於國際之場——這乃是我們官僚傳統所需要的基本精神革命。」〔註227〕

從「柔道型」的「士大夫」到建設「剛道型」的「大夫士」，從「個人」、「家族」到「集體」、「民族」，從忠於「家」轉到忠於「國」，從「內向型」的官僚改變爲「外向型」的官僚，對官僚傳統進行一個基本的精神革命。戰國策派學人從中國文化重建與民族精神改造的三大重點領域出發，進行了反思與批判，既無情批判國民性弱點和傳統文化，又在某些方面借鑒和皈依傳統資源。無論是批判還是借鑒，歸根結底，都是爲了「再造文明」。

第五節　「時代之波」：抗戰語境下的變態、繼承和超越

戰國策派在民族危亡時機思考中國文化發展之路，尋找新的文化重建的方式和手段，在特殊的時代背景中，帶有濃厚的民族主義色彩，甚至帶有極強的功利色彩和現實指涉意味。但是，不得不指出，整體而言，戰國策派的文化重建設想和民族精神改造是對五四新文化運動的一種繼承和超越。

〔註226〕何永佶：《富與貴》，昆明《戰國策》第4期，1940年5月15日。
〔註227〕林同濟：《官僚傳統——皇權之花》，重慶《大公報》第4期，1943年1月17日。

　　第一，戰國策派的出發點是思考中國文化發展的方向，它延續了五四新文化運動以來的國民性批判和文化重建的命題，通過文化重建和民族精神的改造實現中華民族救亡圖存、強民富國的理想。戰國策派改造國民性的思想資源來自文藝復興以來的西洋和春秋戰國時代的中國，西洋資源主要借鑒了德國的文化形態史觀、狂飆運動、尼采哲學、浮士德精神等等。中國資源主要繼承了一種「大夫士」精神，崇尚春秋戰國時代文武並重的社會結構，延續了近代以來「尚力」思潮的傳統。戰國策派期盼在中國培養新型的國民性格，即「剛道的人格型」，這種新型國民具有柯伯尼的宇宙觀和戰士式的人生觀。反映在文化上，就是要摒除柔弱的、缺乏活力的傳統文化，吸收國內外的「列國酵素」，轉化為「力」的文化，建立起活潑健全的「列國型」文化。他們認為，只有這種文化特質才適合在戰國時代重演下的環境中生存，也只有這種文化特質才能夠開啟「第三期的學術思潮」，建設「第三周的文化」，實現民族復興的理想。尤其可貴的是，戰國策派繼承了五四時期「重新估定一切價值」的懷疑批判精神，在各自的領域內不拘一格地發表自己的創見，涉及到哲學、歷史、政治、社會、地理、文學、藝術等各個方面，儘管有矛盾和衝突的地方，但對舊文化的批判，新文化的探索方面卻獨樹一幟、引人深思。

　　第二，在對待中西文化方面，戰國策派更理性更多元地整合了西洋文化與傳統文化的優勢。五四新文化運動由於多方面的原因，它否定和批判傳統文化存在盲目、過激的態度和行為，尤其表現在儒家文化方面。五四的重要特色是「破壞」，是「一齊打爛，重新做起」，「非破壞不足以完成它的歷史使命」。〔註228〕五四在破壞的同時也在開風氣之先，這是它最重要的歷史作用。但它在破壞的同時並沒有清晰地、具體地告知國人「如何建設」。戰國策派學人認為，五四新文化運動是破壞有餘而建設不足。李長之也指認五四新文化運動「有破壞而無建設，有現實而無理想，有清淺的理智而無深厚的情感」。〔註229〕在過激破壞傳統的同時，對西洋文化又存在盲目崇拜的傾向。雷海宗指出：「今日民族的自信力已經喪失殆盡，對傳統中國的一切都根本發生懷

〔註228〕周策縱：《依新裝，評舊制——論五四運動的意義及其特質》，上海《大公報》，1947年5月4日。

〔註229〕李長之：《五四運動之文化的意義及其評價》，重慶《大公報·星期論文》，1942年5月3日。

疑。這在理論上可算爲民族自覺的表現，可說是好現象。但實際的影響有非常惡劣的一方面；多數的人心因受過度的打擊都變爲麻木不仁，甚至完全死去，神經比較敏感的人又大多盲目地崇拜外人，捕風捉影，力求時髦，外來的任何主義或理論都有它的學舌的鸚鵡。」〔註230〕在對待外來文化的態度上，五四新文化運動表現出了全盤西化的態度。西洋思想二三百年的歷程，五四文化運動用個二十幾年就把它移植過來，移植卻沒有生根，「匆遽的重演」，既造成了思想上的混亂，也造成了食洋不化。戰國策派認爲，五四新文化運動對傳統文化中有助於文化重建的活力酵素繼承不夠，多數時候沒有把握住中國文化的核心，沒有深刻認識中國，也沒有深刻認識西洋，對西洋文化吸收得不夠徹底。陳銓重新解釋易卜生主義其實就是對五四時期胡適介紹易卜生主義的糾正。林同濟、陳銓分別介紹尼采學說也有糾正五四時期借用尼采學說方面的弊病。陳銓主編的《民族文學》著重發表一些專家教授的翻譯作品，目的也在於正確的介紹和吸收，改變五四時期膚淺的、錯誤的翻譯風氣。總而言之，戰國策派的文化建設方案是有破有立，有具體的措施和方法。在對待中西文化方面，保持了學者的理性態度。在批判僵化頹萎的傳統文化的基礎上，堅持吸收最親切的淵源——春秋戰國時代的中國的傳統文化，重視中國固有的精神道德和民族意識的培養。同時又以開放客觀的態度來對待外來文化，吸收尼采、斯賓格勒等西方現代學說，推崇德國文化資源卻並沒有走上「全盤德化」的路線。戰國策派這種中西融合、取今復古的開闊視野，超越了長期以來「全盤西化」和「本位文化」的局限，爲國民性、人生觀的改造和文化的重建做出了創新的探索和不凡的貢獻。

第三、戰國策派針對五四新文化運動多注重英美文化的傳統、提倡個性解放、倡導科學理智的實用主義的三大特點進行了修正與反撥。與之相反，戰國策派重視德國文化資源，提倡由「個性解放」、「個人主義」到「集體主義」、「民族主義」，強調情感、意志、浪漫、直覺等非理性主義因素，倡導一種反理性的人本主義。表面看來，戰國策派對五四新文化運動頗有意見和不滿，試圖在否定和超越它。但是，戰國策派並沒有真正否定它，也沒有意圖要抹黑它。戰國策派所有的觀點和態度背後隱藏著兩個重要的參照系：一是「時代」，二是「五四」。戰國策派立論的出發點是抗日救亡時期的中國現實

〔註230〕雷海宗：《無兵的文化》，林同濟、雷海宗合著：《文化形態史觀·中國文化與中國的兵》，吉林出版集團有限責任公司 2010 年版，第 300 頁。

以及世界戰國時代的到來。戰國策派的幾個刊物都與此有關。在面對記者范長江的提問，林同濟解釋：「淺一點說，《戰國策》即《抗戰建國方略》。」《抗戰建國方略》是抗日救亡時期國民黨制定的抗戰建國綱領。「如果再進一步解釋，戰即軍事第一、勝利第一。國即國家至上、民族至上，策即意志集中、力量集中。」〔註231〕「軍事第一、勝利第一」、「國家至上、民族至上」、「意志集中、力量集中」是國民政府「國民精神總動員綱領」中的「共同目標」。戰國策派以此作爲刊物的名稱，直指抗日救亡時期的中國現實。另外，取名「戰國策」和「戰國」還有他們的歷史哲學基礎：人類歷史和每個國家的歷史，都有一個「戰國時代」。戰國策派判斷，世界正處在人類歷史中的戰國時代，必須「討論這個偉大的戰國時代中各種問題」。〔註232〕戰國策派認識到目前中國最缺乏的就是活力，個人和民族都沒有活力，無法適應這個充滿力量的戰國時代，因此戰國策派的文化重建和民族精神改造都依存於戰國時代的重演這一事實。誠如林同濟指出：「眞理是多方面的，但談眞理必又因時代需要之不同而決定其所傾重的方面。」〔註233〕林同濟將《戰國策》半月刊和重慶《大公報・戰國》副刊上發表的文章集合命名爲「時代之波」，這是有深意的。如果歷史是一條長河，五四新文化運動提倡的科學、民主、自由、平等乃至個性解放都是歷史長河中的「常態」，戰國策派並不完全否定這些普世的價值和意義，相反在很多方面是繼承和肯定的，比如對個性解放的肯定和調整，對五四學生運動的讚揚，對民主的擁護和期待等等。「『五四』運動的解放個性正是我們從今而後國力發展運動的先鋒。如果我們的立場及目的與『五四』時代不同，那是我們隨著時代車輪的前進，把我們醞釀未熟的思想猛向現世界的本流合奔。」〔註234〕因此，他們對這些普世價值的批評否定是建立在特殊的戰國時代背景下，也就是魏小奮所言「抗戰語境裏的文化反思」。換而言之，戰國策派將中國抗日救亡的特殊時期看作是歷史長河中的「變態」，屬於歷史長河中非常特殊的「一截」。這種「變態」使戰國策派學人非常緊

〔註231〕長江：《昆明教授群中的一支「戰國策派」之思想》，湖南《開明日報》，1941年1月9日。
〔註232〕長江：《昆明教授群中的一支「戰國策派」之思想》，湖南《開明日報》，1941年1月9日。
〔註233〕林同濟：《〈時代之波〉卷頭語》，《時代之波》，重慶在創出版社1947年初版。
〔註234〕林同濟：《大政治時代的倫理——一個關於忠孝問題的討論》，《今論衡》第1卷第5期，1938年6月15日。

張和警醒，在救亡與啓蒙的雙重變奏中，戰國策派學人更爲倚重「救亡」。陳銓就指出：「現在的局面，不是前進，就是後退，不是生存，就是消滅，不作主人，就作牛馬。」「怎麼樣可以不作鐵砧，就是目前中國最迫切的問題」。〔註235〕爲了「前進」，爲了「生存」，爲了「作主人」，爲了「作鐵錘」，他們對五四新文化運動倡導的價值理念有所批評和否定。放在「時代之波」下的中國現實，確有它的合理性和必要性。

一旦跨越「時代之波」造成的「變態」，長期浸潤在五四新文化運動的知識涵養中，擁有自由主義的文化立場和開闊豐富的學識視野，接受了中國傳統文化和西洋文化的戰國策派學人，他們對五四新文化運動倡導的文化理念深以爲然，無形中化作了一種強大的精神資源，內化在他們的深層文化心理結構中，形成擺脫不掉的「五四」情結。

〔註235〕陳銓：《論新文學》，昆明《今日評論》第 4 卷第 12 期，1940 年 9 月 22 日。

第三章　《民族文學》：民族文學運動的園地

　　眾所周知，「國家至上、民族至上」的民族主義是戰國策派的核心思潮，反映在文學領域則是「民族文學」的構想與實踐。「民族文學」是戰國策派總體文化重建的重要部分。到了戰國策派後期，逐漸將文學作為提高民族意識和改造民族精神的重要方式，這就是陳銓提出的「民族文學運動」。這個運動在重慶《大公報・戰國》副刊就已經開始宣傳鼓動了（陳銓），在《戰國策》刊物上也有新文學運動的展望（沈從文），但真正在實踐方面努力的則是 1943 年陳銓創辦的《民族文學》。這個刊物通常被認為是戰國策派的後續，一向被目為戰國策派的刊物。筆者以為，考察《民族文學》雜誌，不僅是在發掘「民族文學運動」的園地，而且能夠察覺戰國策派尤其是陳銓的思想觀念的流變以及他與國民政府之間的關聯。《民族文學》雜誌背後折射出陳銓等戰國策派學人在遭遇左翼文化界攻擊、批判之後的一種複雜微妙的心態。

第一節　在「純文學」與「大文學」之間：《民族文學》概況

　　《民族文學》是由陳銓主編，1943 年 7 月 7 日在重慶創辦的一個文學刊物，停刊於 1944 年 1 月，共出版 5 期，第 6、7 期已出預告，不知何因終刊。1943 年 5 月 4 日，重慶《大公報》刊出「青年書店」出版的「三大月刊」《民族文學》、《青年與科學》、《新少年》的徵稿、發行廣告。其中《民族文學》

由「陳銓主編」，「特約撰述」為孫大雨、張沅長、朱光潛、沈從文、梁宗岱、吳達元。除此之外，該刊作者還有朱自清、馮至、姚可崑、費鑒照、商章孫、黎舒里、周曙山、柳無忌、吳晗、方重、袁昌英、黎錦揚、戴鎦齡、林同端、金啓華、楊靜遠、朱文振、辛郭、吳冰心、王年芳、華雄、鄧駿、閻童、吳瑞麟、依尚倫、季語誼等。廣告中提到的張沅長並未在刊物中出現，不排除以筆名方式出現。細讀這些名單，不難發現，《民族文學》的撰稿人多為西南聯大、武漢大學這兩所高校的學院派學者、青年。陳銓曾在武大任教，積累了一些人脈關係，比如孫大雨、費鑒照、方重、袁昌英、朱光潛等。更多的人脈關係則來自於西南聯大這所人才濟濟的高校，例如朱自清、馮至、沈從文、吳達元等等。朱光潛，精通中學美學的美學家、文藝理論家，在《民族文學》連載《文學與語文》，分別從內容形式與表現、體裁與風格、文言白話與歐化三個角度探討文學與語文的問題。吳達元，法國文學研究專家，著有《法國文學史》、《法語語法》、《歐洲文學史》、譯有《博馬舍戲劇二種》，可謂國內法國文學領域方面的權威。他在這刊物上發表的 5 篇文章都與他的專業相關。梁宗岱，詩人學者，翻譯家，他翻譯的《莎士比亞十四行詩》被譽為「最佳翻譯」，《民族文學》就刊載了他的這些譯詩。孫大雨，文學翻譯家，莎士比亞研究專家，尤以韻譯莎士比亞的《李爾王》而聞名。方重，著名文學家、翻譯家、中古英語專家、比較文學學者，曾譯名著《喬叟文集》、《坎特伯雷故事集》。刊登在《民族文學》上的《林邊老嫗》就是坎特伯雷故事之一。馮至，著名詩人、翻譯家兼德國文學與哲學研究家，中篇歷史小說《伍子胥》之《江上》刊載在《民族文學》上。其妻姚可崑是德語翻譯家，她在《民族文學》刊物上發表的譯文是卡羅薩的《麥耶爾牧師》。朱自清、沈從文、商章孫、袁昌英、黎舒里、戴鎦齡、費鑒照、周曙山、柳無忌、吳晗等都是各個領域的研究專家、作家或翻譯家。可見，《民族文學》的作者群多以高校的學者文人為主，他們受過高等教育，留學歐美，學識豐富，各自在專業領域有所特長。這些特點顯露在《民族文學》的每一期文章中，尤其表現在西洋文學的翻譯介紹中。總體而言，這個刊物彰顯出濃厚的學院性派氣息。

《民族文學》的主要「內容」為「建立民族文學，介紹西洋文學，鼓勵文學創作。」〔註1〕總體而言，《民族文學》的實際內容與此廣告一致。建立民族文學指的是開展一個類似於德國的「狂飆運動」即「民族文學運動」。

〔註1〕廣告，重慶《大公報》，1943年5月4日。

這個民族文學是以現階段的民族主義思潮為基礎，不以五四時期的個人為中心，也不以三十年代的階級為中心，而是以民族意識為中心。民族文學，其核心是把文學運動與民族運動結合起來，造就一種發揚民族精神、民族意識的文學類別。《民族文學》刊物就是朝著這個目標前進的，既有理論篇章闡述，也有具體的文學作品。理論文章主要有陳銓的《民族文學運動》、《五四運動與狂飆運動》、《中國文學的世界性》、《第三階段的易卜生》，朱光潛的《大學與語文》（上中下）等等。具體的文學作品有陳銓的《花瓶》、《飲歌》、《自衛》、《哀夢影》，鄧駿的《千草純子》，吳冰心的《豐山》，金啟華的《征鴻》，依尚倫的《巴爾虎之夜》、《勳章》等等。

　　介紹西洋文學則是《民族文學》第二個顯著的特點。吳達元負責法國戲劇的介紹，分別講述了法國戲劇詩人高乃依，喜劇詩人莫利哀，悲劇詩人拉辛的生活經歷與戲劇創作，是從學院派的角度進行的深度解說。袁昌英的《現代法國文學派別》就哲學方面的根據，介紹了十九世紀以來法國文學的派別，「替中國學者對於西洋文學研究，貢獻了一個新的方法。」〔註2〕即從受美國影響的偏於語言和技巧的風氣轉移到重視西洋文學的思想與精神方面。莎士比亞作為文藝復興時期傑出的戲劇家，在世界文學史上佔有極重要的地位。《民族文學》推出四位專家孫大雨、梁宗岱、陳銓、費鑒照，他們圍繞莎士比亞進行了多角度的論述。有的談譯作情況，如孫大雨的《譯莎劇「黎琊王」序》；有的精心翻譯莎士比亞的十四行詩，如梁宗岱的《莎士比亞的商籟》；有的論述各國對哈姆雷特的見解，如陳銓的《哈姆雷特的解釋》；有的介紹莎士比亞的故鄉，如費鑒照的《莎士比亞的故里》。費鑒照還特別關注了貝探的審美主義，討論了貝探的文學主張。〔註3〕華雄介紹了英國近代戲劇家巴蕾的生平簡歷、思想觀點。〔註4〕吳瑞麟則重點論述了巴雷（蕾）的平等觀念。〔註5〕商章孫翻譯了克萊斯特的小說《智利地震》，重點介紹了德國戲劇家烈興的生平事略，從情節、意義、佈局等方面論述了《愛美麗雅賈樂德》這個悲劇，仔細地分析了該劇每一幕情節，最後全文翻譯了這個劇作。〔註6〕姚可崑翻譯了德國小說家卡羅薩的《麥耶爾牧師》。方重翻譯了喬叟的《林邊老嫗》。吳

〔註2〕陳銓：《編輯漫談》，《民族文學》1944年第5期。
〔註3〕費鑒照：《貝探審美的文藝論》，《民族文學》1943年第1期。
〔註4〕華雄：《巴蕾》，《民族文學》1943年第3期。
〔註5〕吳瑞麟：《巴雷的平等觀念》，《民族文學》1943年第4期。
〔註6〕商章孫：《烈興的愛美麗雅賈樂德悲劇》，《民族文學》1943年第3、4期。

達元翻譯了莫泊桑的小說《懺悔》。林同端〔註7〕翻譯了曼殊菲爾的小說《心理》以及《醃蒔蘿》。戴鎦齡翻譯了英國傑出的批評家羅傑‧弗萊的文藝論著《藝術與人生》。柳無忌翻譯了弗雷德‧本傑明‧米萊特的著作《現代英國文學的背境》……總之，《民族文學》在介紹西洋文學尤其是戲劇方面是盡了全力的。

在鼓勵文學創作方面，主要體現在發表了在校學生和社會上嶄露頭角的文學青年的作品。例如武漢大學在讀學生楊靜遠小說《縈》，西南聯大學生黎錦揚劇本《小菩薩》，金啓華《征鴻》，王年芳《故事》，黎舒里《秋日》，閻童《夢景》，鄧駿《千草純子》，吳冰心《豐山》，依尙倫的《動章》和《巴爾虎之夜》等等，都是草根之作。草根之作，也有精品。譬如，楊靜遠的小說《縈》。這篇小說講述了兩位女性縈、璿和一位男性荻之間的情感糾葛。縈、璿是很要好的姐妹，同住一間宿舍，縈學的是文科，璿學的是理科。璿青梅竹馬的戀人荻學的也是理科。璿與荻從小一塊長大，雖然沒有訂婚，但都已經默認了他們之間的情感。荻爲了能與璿在一起，考取了璿所在的研究院，於是原本並不相識的縈與荻見面了。縈與荻經常爭辯，辯論最多的是文人和科學家、科學和文學之間的區別。理科生的荻認爲文人是「一群高明的騙子；騙了自己不算，還來騙人！」〔註8〕縈認爲科學家是「殺人不眨眼的強盜」，「殺死了神，又殺死鬼，爲的是搶奪人的信心。」〔註9〕彼此誰也沒法說服對方。隨著交流的深入，他們在某些方面達到了一致，最終認爲：「一部文學創作若是只能給一個人或少數人享受，能算是偉大的作品嗎？文學底價值，不在於它本身底欣賞，而在它所喚起的精神。科學發明提高人類底物質生活程度，文學提高精神生活程度。科學和文學同把人類從原始的愚昧裏解放出來；不過一個向外界的自然發展，是有形的；一個向內在的心靈發展，是無形的。」〔註10〕縈和荻都意識到：目前中國，無論從代表物質的科學還是代表精神的文學上看，都是個「營養不足的國家」。文學領域內問題更多，作爲代表民族精神的文學，缺乏共同精神，這種精神就是「忘己的同情心」。這實際上是針對現實文學，批評目前的文學缺乏民族精神和人類關懷意識。

〔註7〕林同端：林同濟令妹。
〔註8〕楊靜遠：《縈》，《民族文學》1943 年第 4 期，第 16 頁。
〔註9〕楊靜遠：《縈》，《民族文學》1943 年第 4 期，第 16 頁。
〔註10〕楊靜遠：《縈》，《民族文學》1943 年第 4 期，第 21 頁。

　　縈和荻在談人生、談文學的過程中逐漸獲得對方的好感和愛意。荻認為縈「代表豐富的生命力」，雖患有肺病，但是她代表「一個精神，一個力量，一個豐富的內容」。縈認為荻是個理智的有志青年和勇敢堅忍的鬥士，他「能穩健地踏著自己打好的基石，築起他堅實的大廈」。她希望「咱們的國家 —— 最親愛的老爸爸 —— 能多有幾個這樣的兒子！」〔註11〕縈對荻充滿崇敬之情，但荻卻比縈更為瘋狂地陷入了愛情當中，最終在一個風雨交加的下午對縈表白了。縈也喜歡荻，但囿於好朋友璿，不敢答應這份情感，為此思緒萬分，大病一場。生病期間，縈得到了璿的細心照顧，縈幾次想對璿脫口而出，面對璿天使般的面孔與心靈，最終沉默不語。縈決定為了友誼、為了更偉大的目標犧牲這份愛情，把自己有限的生命獻給醫院的病人。她寫了一封長信給荻，然後去了某教會醫院做女護士工作，將「愛底勇氣，帶到遠方的疆場，分送給無數顆頹廢的心」。〔註12〕

　　這篇小說的故事情節並沒有什麼新意，但文字極為流暢優美，環境意境的構造特別精心，整篇小說營造出濃濃的詩意。小說還具有哲理意味，充滿思辨色彩，對人生、文學、愛情、情感都有作者獨到的看法，代表著抗戰期間青年學生的思想狀況和人生選擇。「小說中描寫自然情緒的奔放，和崇高同情的發展，替青年生活，開闢一個新的境界。」〔註13〕這個新境界由一位大三外文系學生所做，實為難得，無怪乎陳銓稱讚道：「這樣年青，寫作已經有這樣成績，當然值得令人欣慕。」〔註14〕

　　由此可見，《民族文學》刊登的文學作品水平並不低，與同時期的抗戰文學或其他類別的文學作品相比，並不遜色。但大部分隨《民族文學》一起，遺忘在歷史的角落中。當然，屬於名家名作的作品隨著他們本身的名氣選入到各個集子當中閱讀、消費、流傳。譬如，梁宗岱舊詩詞《鵲踏枝》，朱自清《北望集序》，馮至歷史小說《伍子胥》之一《江上》，沈從文新燭虛系列之二《找出路》，孫大雨十四行詩《遙寄》等等。另外，陳銓本人就在這個刊物上發表了數篇小說、戲劇、詩歌等。細讀《民族文學》作品，不難發現，《民族文學》並不局限於以民族意識為中心的文學作品，相反，各種題材、各種風格、各種意識的作品都在這裡嶄露，延續了戰國策派寬鬆自由的編輯原則。

〔註11〕楊靜遠：《縈》，《民族文學》1943年第4期，第23頁。
〔註12〕楊靜遠：《縈》，《民族文學》1943年第4期，第35頁。
〔註13〕陳銓：《編輯漫談》，《民族文學》1943年第4期。
〔註14〕陳銓：《編輯漫談》，《民族文學》1943年第4期。

　　從以上內容來看，《民族文學》像極了純文學刊物，重視文學作品、翻譯、理論，具備純文學刊物的氣質與特徵。但全方位仔細審查《民族文學》，它並不是一個單一的文學刊物，看似單一其實多元，看似單純其實複雜。這不僅僅是一個純文學刊物，更是一個與「大政治」緊密關聯的「大文學」刊物，集中體現在除文學作品外的卷首語、論壇、理論批評、編輯漫談、廣告等各個方面。《民族文學》的「論壇」是特別值得注意的一個欄目。該論壇的文章短小精悍，為陳銓編輯或撰寫。陳銓指出：「論壇的目的並不在消極地批評現實，而在積極地建設原理。」⑦既在批評現實，關懷現實，對現實社會表達觀點和看法；又在建設原理，也就是提倡民族文學運動，倡導民族主義思潮。《民族文學》的「論壇」是《戰國策》、《大公報‧戰國》副刊的縮微版，延續了戰國策派一以貫之的思想理論。《民族文學》的理論批評文章也值得注意，有的是對五四以來的思想文化文學的檢討，有的是對天才、英雄的推崇，有的是對平等、自由的批評，有的是對中國文學的建設與憧憬等等，不一而足。《民族文學》通過「論壇」和理論批評文章繼續關注政治、歷史、文化等問題，戰國策派的基本觀點和立場並未有所改變，依然以「超階級」的立場，從唯實的國家利益出發，提倡民族主義，強調國防，否定階級，具有「大政治」的眼光和「大文學」的視野。

　　李怡曾指出：現代中國作家與現代知識分子一樣，等待他們關懷和解決的「問題」絕不只是作為「藝術」的文學，更多時候，文學和藝術的問題不得不納入更大的也更為複雜的社會文化的整體框架中加以思考，問題本身的錯綜複雜與歷史的流變繁複導致對這些問題的關注頗不單純。⑧換而言之，現代作家發表的文學作品、編輯的刊物絕不只是作為「藝術」的文學或刊物，而是與「民國」這個社會語境與歷史狀態密切相關。《民族文學》正是這類典型，它不僅僅是一個純粹的文學刊物，而與戰國策派密切相關，不僅僅提倡陳銓念念不忘的「民族意識」，更提倡「三民主義」、「新生活運動」等與國民黨相關的理論。陳銓在不自知、不自覺的狀態中加入了社會歷史文化方面的思考，《民族文學》不再純粹而變為複雜，他以「大文學」的視野評論文學之外的各種問題，鮮明地帶有抗戰時期的時代烙印。

　　筆者清晰地感知，主編《民族文學》時期的陳銓已經發生了情感的轉向與態度的偏好。《民族文學》充分表達了對國民黨領袖孫中山和蔣中正的尊重與推崇，兩者的思想言論影響著陳銓的觀點言論。陳銓為何在編輯《民族文

學》的過程中右傾？這與他因「戰國策派」和「野玫瑰事件」遭到左翼人士的猛烈批判脫不了干係。左翼人士武斷批判「戰國策派」是宣揚法西斯主義的派別，又粗暴圍剿他的劇本《野玫瑰》，抗議它獲得教育部的劇本三等獎。與此同時，在遭受左翼人士批判的艱難時刻卻被國民黨官員重視、保護起來，「一冷一熱」的兩級態度對陳銓而言具有重要影響，最終左右了他對國共兩黨的態度和立場。在鬧得沸沸揚揚的「野玫瑰」風波之後，陳銓對國民黨、中共的態度悄然發生了轉變，這就導致他在創辦《民族文學》過程中，不斷靠近國民政府，宣傳國民黨的理論，形成一個右傾的《民族文學》。

第二節　「大政治」：《民族文學》的立場和態度

　　從《民族文學》的立場與態度來看，多傾向於國民政府，某種程度上說是支持、贊同國民黨而批評、暗諷中共。這主要表現在《民族文學》1～5 期的卷首語、論壇、編輯漫談、廣告等方面。《民族文學》充分表達了對國民黨領袖孫中山和蔣中正的尊重與推崇，兩者的思想言論影響著陳銓的言論觀點，導致《民族文學》蒙上了右翼的色彩。這實際上是《民族文學》被左翼文化界批判的重要原因。

一、《民族文學》對孫中山思想言論的讚賞與推崇

　　在《民族文學》刊物中，主編陳銓經常論述先哲孫中山的思想言論，認為這不僅是加強民族意識的重要武器，也是文化改建的重要思路。孫中山在政治、思想、文化、精神等方面都給予了陳銓積極的影響。《民族文學》每期目錄的前頁（卷首語）即可接收這樣的信息。

　　《民族文學》第二期卷首語中，陳銓引用了一段孫中山談三民主義的話語：

　　　　從前有一個苦力，天天在輪船碼頭，拿一枝竹槓和兩條繩子去替旅客挑東西，每日挑東西就是那個苦力謀生之法。後來他積成了十多塊錢，當時呂宋彩票盛行，他就拿所積蓄的錢買了一張呂宋彩票。那個苦力因為無家可歸，所有的東西都沒有地方收藏，所以他買得的彩票也沒有地方收藏。他謀生的工具只是一枝竹槓和兩條繩子，他到甚麼地方，那枝竹槓和兩條繩子便帶到甚麼地方，所以他就把所買的彩票收藏在竹槓之內。因為彩票藏在竹槓之內，不能隨

時拿出來看，所以他把彩票的號數死死記在心頭，時時刻刻都念着。到了開彩的那一日，他便到彩票店內去對號數，一見號單，知道是自己中了頭彩，可以發十萬元的財；他就喜到上天，幾幾乎要發起狂來，以爲從此便可不用竹槓和繩子去做苦力了，可以永久做大富翁了。由於這番歡喜，便把手中的竹槓和繩子一齊投入海中。用這個比喻說，呂宋彩票好比是世界主義，是可以發財的。竹槓好比是民族主義，是一個謀生的工具。〔註15〕

這是孫中山在民族主義演講中講述他在香港遇到的眞實故事，典型說明了世界主義與民族主義的關係，意在提醒國人，不能專談世界主義而不重視民族主義。孫中山認爲，「我們要發達世界主義，先要民族主義鞏固才行；如果民族主義不能鞏固，世界主義也就不能發達。」〔註16〕在抗日救亡時期的中國，尤其要講民族主義才能抵抗日本帝國主義的侵略。目前的中國正是民族主義情緒高漲的時代，唯有發揮民族主義，才能首先保證本民族的生存與發展。陳銓判斷：「現在的世界，正是民族主義的時代，不是世界主義的時代。」〔註17〕因此，他認爲一個民族主義的時代已經來臨，伴隨著這個特殊的時代，應該有新的精神，新的文學——民族文學。《民族文學》摘錄孫中山的話語顯然是爲提倡民族文學運動給予信念和力量。這與戰國策派向來的立場：拋棄世界主義，提倡民族主義相吻合。民族主義本身也是戰國策派的核心思潮，《民族文學》並不脫離這個大的思潮宗旨。

何永佶、洪思齊在闡述「大政治」這一觀點時有著具體的解釋，且看這一篇文章《留得青山在！——「工人無祖國」嗎？》。何永佶公開指責那些高喊「工人無祖國」口號的人，是眼中只有蘇聯的祖國，而無自己的祖國，是被別國看似美好的主義給蠱惑迷亂了。「工人的眞正祖國還是他們現在所站著的一塊土，他們生活改進的希望也只能寄託在這塊土上。只有這塊土才是他們生命之源，其他的都是假的幻的。」〔註18〕因此，眞正需要考慮的是生他養他的「自己的祖國」的生存發展，即在現階段重視民族主義的團結救國作用，拋棄虛僞無用的世界主義。「人爲刀俎，我爲魚肉，我們的地位在此時最

〔註15〕《民族文學》第2期卷首語。
〔註16〕黃彥編注：《三民主義》，廣東人民出版社2012年2月重印，第53頁。
〔註17〕論壇：《第三國際正式解散》，《民族文學》1943年第2期。
〔註18〕丁澤：《留得青山在！——「工人無祖國」嗎》，昆明《戰國策》第3期，1940年5月1日。

為危險。如果再不留心提倡民族主義，結合四萬萬人成一個堅固的民族，中國便有亡國滅種之憂。我們要挽救這種危亡，便要提倡民族主義，用民族精神來救國。」〔註19〕孫中山發表在20多年前的言論，到了抗戰時期，反而更有強烈的現實意義和指導意義。向來具有學術救國意識的陳銓，在孫中山的思維邏輯中找到了思想資源。他在這期的編輯後記中再次強調：「我們的先知先覺，在許多年以前，就再三指示我們，要達到世界主義，決不可拋棄民族主義。」〔註20〕應該說，提倡民族主義一直是戰國策派的核心觀念，也是《民族文學》的核心主題。無論是《戰國策》、《戰國》副刊，還是《民族文學》，它們都抨擊世界大同、國際主義、階級、和平、正義等這些虛幻的理想，提倡「國家至上、民族至上」的民族主義，這是它們共同的思想特徵。

不過，在這個學派中，並非所有成員的思想都是一成不變的。以陳銓為例，他在參與編輯《戰國策》、《大公報·戰國》副刊、《民族文學》這三個刊物中，其思想有一個流變過程。以陳銓的《政治理想與理想政治》為標誌，陳銓從學理上探討民族主義轉向支持、幫助國民黨宣傳抗戰建國綱領和三民主義。「抗戰以來，中國最有意義，最切合事實的口號，莫過於『軍事第一、勝利第一』，『國家至上、民族至上』，『意志集中、力量集中』。林同濟先生對於這三個口號有極其巧妙的解釋，第一個就是『戰』，第二個就是『國』，第三個就是『策』。」〔註21〕這是對國民政府最有力的文字聲援，把國民精神總動員口號和「戰國策」的稱號聯繫起來。同時，他還在文中正式譴責具有「國際」、「人類」的左派思想的糊塗和愚蠢，要求樹立孫中山的民族主義的「理想政治」：

> 在世界沒有大同，國際間沒有制裁以前，國家民族是生存競爭唯一的團體；這一個團體，不能離開，不能破壞。民族主義，至少是這一個時代環境的玉律金科，「國家至上、民族至上」的口號，確是一針見血。然而中國現在許多士大夫階級的人，依然滿嘴的「國際」、「人類」，聽見人談到國家民族，反而譏笑他眼光狹小，甚至橫加污蔑，好像還嫌中國的民族意識太多，一定要儘量澆冷水，讓它完全消滅。他們忘記孫中山先生雖然講世界大同，他同時更提倡民族主義，世界大同是他的政治理想，民族主義才是他的理想政治。

〔註19〕 黃彥編注：《三民主義》，廣東人民出版社2012年2月重印，第9頁。
〔註20〕 《編輯漫談》，《民族文學》1943年第2期。
〔註21〕 陳銓：《政治理想與理想政治》，重慶《大公報·戰國》第9期，1942年1月28日。

顛倒他的步驟便是顛倒他的是非。這一點，我們不容忽視。〔註22〕
這段話非常典型地說明了陳銓的民族主義理念，也對左翼文化界的國際主
義、階級鬥爭表示了極大的不滿。行文中情緒憤慨，這是有它的深層原因的。
〔註23〕值得注意的是，這是陳銓在《大公報·戰國》副刊上第一次公開談到
孫中山的民族主義。

　　從《民族文學》開始，陳銓就以先知先覺孫中山的思想言論作爲行動的
指南，多次肯定和宣傳他的三民主義。這主要體現在《民族文學》的「論壇」
中。《民族文學》第四期論壇《中國文化的三條路線》中認爲「全盤西化」的
路線是走不通的，「中學爲體，西學爲用」的改革路線也走不通，唯有「孫中
山的主張」才是「改革中國文化最好的路線，是走得通的」。「孫中山的主張」
就是國民黨的理論綱領「三民主義」。「孫中山先生的三民主義，不但是恢復
中國古代的哲學思想，民族精神，同時也專採歐美的政治思想，政治制度。
如像天賦人權的觀念，民治民有民享的基本原則，社會主義的潮流，無不融
會貫通在他的主義之中。」〔註24〕陳銓對孫中山三民主義的讚賞油然紙上。

　　筆者查閱《戰國策》和《戰國》副刊，除上述陳銓的《政治理想與理想
政治》以及林同濟的《民族主義與二十世紀──一個歷史形態的看法（上、
下）》文章外，戰國策派從未在文中正式宣傳和肯定孫中山的三民主義，雖然
他們的理論不乏與孫中山爲代表的國民黨理論有相似或雷同之處。林同濟的
演講是受雲南省黨部囑託，雖講的是民族主義，卻是從學術的角度（歷史形
態學）來闡述民族主義，具有較強的學理性。林同濟談三民主義也是一種客
觀的闡發。他肯定「孫中山如炬的眼光」，「在國人半醉半夢的時辰，提出民
族主義，作爲開宗明義第一章，這是他把握著歷史。把握時代精神的中心。」
〔註25〕同時，林同濟也看到西洋的民族主義已經危機四伏。對於國內的民族
主義，他認爲「我們要小心，眼光莫要迷亂，免得不提防中軟化了中山先生
的民族主義，把它變質了，無形中捐棄了。」〔註26〕林同濟難能可貴地看到

〔註22〕 陳銓：《政治理想與理想政治》，重慶《大公報·戰國》第9期，1942年1月
　　　　28日。
〔註23〕 具體可參看本章第三節「『野玫瑰』風波、《民族文學》與陳銓的轉變」。
〔註24〕 論壇：《中國文化的三條路線》，《民族文學》1943年第4期。
〔註25〕 林同濟：《民族主義與二十世紀──一個歷史形態的看法》（上），重慶《大
　　　　公報·戰國》第29期，1942年6月17日。
〔註26〕 林同濟：《民族主義與二十世紀──一個歷史形態的看法》（上），重慶《大
　　　　公報·戰國》第29期，1942年6月17日。

了民族主義可能帶來的現實和政治的負面因素。

　　到了《民族文學》，孫中山的三民主義有了強大的理論先導。陳銓現在談民族主義，有了具體的所指——孫中山的民族主義。陳銓直言：「德國的狂飆運動，孫中山先生一貫的民族主義，都是我們不可忽視的指南針。」〔註27〕林同濟倡導的「第三期學術思潮」，陳銓也找到了兩個可借鑒的思想資源：對外則是德國的狂飆運動，對內則是孫中山的民族主義。在批評五四新文化運動時，也有了具體的評價尺度：「二十年前，中國新文化運動正在轟轟烈烈的時候，我們的先知先覺已經發現了他嚴重的錯誤，就是反對民族主義，專談世界主義。」〔註28〕孫中山對於五四新文化運動的確是頗有意見。提倡新文化的新青年認為世界主義是現階段最新最好的主義，提倡民族主義顯得狹隘和過時，從而對國民黨的三民主義不以為然。孫中山則認為世界主義不是被受屈辱的民族應該講的：「我們受屈民族，必先要把我們的民族自由平等的地位恢復起來之後，才配得來講世界主義。」〔註29〕因此對提倡世界主義，不重視國民黨的三民主義的新文學運動多有批評。陳銓顯然也意識到了新文化運動的缺陷和不足，他將孫中山的民族主義作為理論指南並無過錯之分，但其背後的思維邏輯是：一方面抬出國共都贊同的孫中山的民族主義理論作為批評五四或左翼的武器；另一方面又在宣傳、建構自身的民族主義理論。此時陳銓的民族主義理論與國民黨的民族主義理論走向了相同的道路，兩者都以孫中山的民族主義理論為先導。如此，《民族文學》的理論支點具有更大的依附性。

　　　　二十年來，民族意識不能加強，國防心理未能建設，對內則鬥
　　　爭消耗國力，對外則癡心依賴他人，思之傷心，言之髮指！這樣沉
　　　痛的教訓，這樣明白的事實，日日誦讀先哲的教導，始終不能改變
　　　這些人頑固的頭腦。思想界中毒如此，得不令人悔恨交集！〔註30〕

陳銓一方面在談加強民族意識的重要性，抨擊世界主義的危害性。但看這些言行，陳銓顯然是將孫中山作為思想言論的精神導師，像蔣介石那樣以孫中山的衣缽繼承人身份發言的架勢和姿態。這實際上已經遠離了學者客觀、理性的立場和態度。

〔註27〕陳銓：《五四運動與狂飆運動》，《民族文學》1943年第3期。
〔註28〕論壇：《二十年前的錯誤》，《民族文學》1943年第3期。
〔註29〕黃彥編注：《三民主義》，廣東人民出版社2012年2月重印，第53頁。
〔註30〕論壇：《飛機大炮在後面》，《民族文學》1943年第3期。

孫中山是民國時期的精神領袖，是中華民國國父。他的思想言論是本土最重要的思想資源，被國共兩黨及其他黨派都承認和尊重。陳銓將孫中山的思想言論奉爲圭臬，說明他開始重視本國資源的文化傳統來應對中國的民族危機，同時也表露出在思想理念和情感態度方面，他更認同於國民黨。

二、類似於國民黨機關刊物的《民族文學》

如果說，認同、推崇孫中山的思想言論不過是社會上的普遍行爲和選擇，那麼，在《民族文學》中不遺餘力地宣傳、闡述抗戰最高領袖、國民政府主席蔣中正的思想言論則顯然是在現實的政治選擇中緊靠國民政府，走向國民黨陣營。這主要體現在《民族文學》中的卷首語、論壇、廣告當中。

首先，從《民族文學》的「卷首語」來看，除第 2 期引用的是孫中山的話語外，其他的卷首語都與蔣中正密切相關。

《民族文學》創刊號的卷首語用超大字體摘錄蔣中正剛出版的著作《中國之命運》「社會與學術風氣之改造問題」中的一段話：

> 自清末維新，中經辛亥革命，五四運動，以至於國民革命時期，因講學而改變學風，舉凡自由主義、國家主義、共產主義、無政府主義，世界各國所有的思潮，都經試驗。若深加考察，雖有不少的進步成分，散在社會，然而眞誠篤實的風氣，終竟沒有造成。治學的人士，不能實事求是，身體力行；或思而不學，閉目空談，自逞胸臆，妄立門戶。或學而不思，東塗西抹，人云亦云，無有定見。崇西化則捨己從人，尚國學則閉關自大。講學的人士，輕於發言，不負責任，附和流俗，姑息取容。以個人的私欲爲前提，而自以爲「自由」；以個人的私利爲中心，而自以爲「民主」。以守法爲恥辱，以抗令爲清高。利用青年的弱點而自以爲「青年導師」，妄肆淺薄的宣傳而自以爲「先進學者」。極其所至，使國家爲之紛亂，民族因而衰亡。在這種潮流之中，求「以天下興亡爲己責」的人，眞不多得。
〔註31〕

《中國之命運》內容很多，陳銓爲何單獨選用這一段話？它有什麼特別的涵

〔註31〕《民族文學》創刊號卷首語。參見蔣中正：《中國之命運》，秦孝儀主編：《先總統蔣公思想言論總集》卷四（專著），中國國民黨黨史會 1984 年版，第 112～113 頁。

義？它與《民族文學》又有什麼關係？眾所周知，陳銓對五四新文化運動頗有微辭，也對學界思想風氣頗有意見，認爲他們沒有認清時代的要求，沒有站在中國最核心的問題上給予積極地建設，造成了思想的紛亂和國力的頹散。「全國民眾意見分歧，沒有中心的思想，中心的人物，中心的政治力量，來推動一切，團結一切。這是文學的末路，也是民族的末路。」〔註32〕陳銓認爲中國思想雜亂，沒有中心思想來推動民族進步，正如蔣中正所言，自由主義、國家主義、共產主義、無政府主義等各國思潮都在中國試驗過，「人云亦云，無有定見」，沒有確立起民族主義的中心思想。蔣中正對新文化運動歷來持批評意見，他這段批評思想界、學界的言論正契合陳銓的理念，因此將它作爲《民族文學》創刊號的卷首語重點宣傳。「天下興亡匹夫有責」，他希望社會上、思想界的人都能認眞對待和思考蔣委員長的這段言論，在實際行動中有所變革。陳銓則身先士卒在《民族文學》上提倡「民族文學運動」，發揚民族意識，發揮「眞誠篤實的風氣」，爲抗戰建國貢獻心力。事實上，《民族文學》多次暗合蔣中正的上述觀點：「不讓一般人再妄談空談，使思想文化，眞配作推動一切的力量，不能說不是目前當務之急。」〔註33〕既與上述蔣中正的言論吻合，又抨擊思想界的妄談空談、浮誇淺薄的現象。

　　《民族文學》第3期卷首語摘錄的是蔣委員長1939年3月5日招待第三次全國教育會議出席人員演講詞：

> 我們尤其要知道「六藝」——「禮」「樂」「射」「御」「書」「數」之一貫的精神，就是軍事，亦就是武裝的教育，因爲一切禮樂射御書數的修養和技能，都是能用在軍事上面，本來古人立國，一切都基於軍事，故其設教亦以軍事爲主，即在近代，無論歐美各國即不能離開這一個立國的根本原則。各位擔任建國基本責任的教育界同人，特別要注意到這一點，要知道我們教育的效能，從何表現，應該用在什麼地方，我們學礦物者爲礦師，學天文者爲天文家，都是要爲軍事而用，都是要能增強國家的武力，古人所謂軍事就是「武」，所謂六藝的教育，其根本目的，就是教民以武，唯有具備武術武藝的國民，才是能獨立的國民，才能夠建立獨立自由的國家。從亡清以來，一般教育上重文輕武，對於六藝早已不講了，實在他

〔註32〕陳銓：《民族文學運動》，重慶《大公報·戰國》第24期，1942年5月13日。
〔註33〕論壇：《妄談與空談》，《民族文學》1944年第5期。

的用意，就是要卸除我們民族的武裝，這都是滿清專制的遺毒。可惜民國成立以來，一般教育不知道這個意思，還是無形中承襲了這個殘餘的遺習，枝節儘管革新，根本日就淪亡，以致國民散漫虛弱，國家失卻保障。現在正是我們一面抗戰一面建國的時期，我們教育界一定要知道：我們教育的一切都要適合於軍事，最後歸向於軍事。〔註 34〕

蔣中正向來重視軍事教育，加強軍事建設，反對教育上的重文輕武，這在抗日救亡時期具有很強的現實意義。但「教育的一切都要適合於軍事」，戰國策派學人未必贊同，陳銓也未必贊同。不過，蔣中正指出中國教育上存在重文輕武的現象，因此要加強軍事建設，增強國家武力，這一點卻深得戰國策派的首肯。雷海宗就指出，秦統一之後，中國逐漸放棄了對兵的重視，形成了無兵的文化，導致中國文化的頹廢無力，要建設第三周的文化，就必須將無兵的文化轉化成文武並重的局面。林同濟非常欣賞春秋戰國時代的大夫士文化，秦漢以後的大一統形態只是將中國文化奴役為柔弱的、無力的文化，活力喪失，因此要崇尚「力」，推崇尚武精神，要將「柔道的人格型」轉變成「剛道的人格型」。陳銓非常欣賞德國民族的性格與思想，「他們永遠不忘記加強他們的軍事訓練組織，和戰爭的意識。」〔註 35〕反觀中國，二千年來處於大一統局面下，中國文化「無疑地是重文輕武」，人生觀也是和平苟安，沒有戰爭意識，也沒有民族意識，整個國家一盤散沙岌岌可危。由此可知，戰國策派的觀點與蔣中正的上述言論極其相似，故而引起陳銓的重視，摘錄在此，既有利於刊物順利通過審查，也宣傳了本刊物的主旨。

《民族文學》第 5 期卷首語則引用了《軍聲》雜誌的發刊詞：

夫太平洋沿岸，其為萬國競爭之焦點者，獨我中華土地耳。何以故？美洲既卵翼於美國門羅主義之下，他國莫敢垂涎。澳洲則為英國勢力範圍之所及，國旗所指，令人望而生畏。非洲之南端已為英所攫取，其北之摩洛哥，亞昔里，阿比西尼等，又隸法、意諸國之版圖。至於小亞細亞及印度之北陸，無甚價值，列強尚置為緩圖。

〔註 34〕 《民族文學》第 3 期卷首語。參見蔣中正：《軍事化的教育》，秦孝儀主編：《先總統蔣公思想言論總集》卷 16（演講），中國國民黨黨史會 1984 年版，第 140～141 頁。

〔註 35〕 陳銓：《德國民族的性格與思想》，昆明《戰國策》第 6 期，1940 年 6 月 25 日。

則其鷹瞵鶚視，倡議瓜分，而以利益均霑爲飽慾之計者，心目中已
早無我支那人種位置之地矣。西人有言曰：兩平等之國，論公理不
論權力。兩不平等之國，論權力不論公理。夫既以權力爲勝負，則
俾士麥所倡鐵血主義，正我國人所當奉爲良師者也。〔註36〕

《軍聲》是蔣中正在1912年創辦的刊物，他在該刊物上先後發表了《〈軍聲〉
發刊詞》、《革命戰後軍政之經營》、《軍校統一問題》、《蒙藏問題之根本解決》、
《征蒙作戰爭議》和《巴爾幹戰局影響於中國現列國之外交》等六篇文章。
在主辦《軍聲》過程中，蔣介石初步形成了一套治國安邦的軍事謀略，並在
後來實踐中逐步將其完整化、系統化。這裡，蔣介石主要鼓吹尚武和強權，
推崇俾士麥的鐵血主義，這也是戰國策派學人追求和倡導的。如前所述，戰
國策派崇尚武力，敬仰德國精神，陳銓就曾專門介紹德國民族的性格思想與
精神氣質，先從費希特、脾斯麥、莫提卡乃至希特勒的言論談起，總結出德
國民族有歷史以來根深蒂固的崇尚武力思想，認爲德國民族具有理想、準確、
好戰的性格，形成了國家至上、民族至上的觀念。〔註37〕蔣中正的言論與陳
銓的言論再次吻合。

　　《民族文學》第4期卷首語則直接引用國民精神總動員的目標：「國家
至上、民族之上；軍事第一、勝利第一；意志集中、力量集中」。陳銓認爲
這是目前中國最有意義，最切合事實的口號。在世界沒有大同，國際之間沒
有力量制裁各個國家之前，國家民族是生存競爭的唯一團體，這些政策和口
號才最合於「理想政治」。陳銓的思想觀念與國民政府的精神總動員綱領有
著驚人的契合，這是時代的選擇，也是陳銓得以靠近國民政府的思想基礎。
試想，如果國民政府提倡和平正義、唯物史觀、階級鬥爭等理念，勢必要使
陳銓無以「借」國民精神總動員「說」自己的觀點。實際上，這個想法並非
陳銓一人所有。林同濟在接受記者採訪時解釋了他們取名「戰國策」的原因：
「如果淺一點解釋，《戰國策》即《抗戰建國方略》。如果再進一步解釋，戰
即軍事第一、勝利第一。國即國家至上、民族至上，策即意志集中、力量集
中。」〔註38〕由此可知，在抗日救亡的艱難時期，家國情懷、危機意識讓部

〔註36〕《民族文學》第5期卷首語。
〔註37〕陳銓：《德國民族的性格與思想》，昆明《戰國策》第6期，1940年6月25
　　　　日。
〔註38〕長江：《昆明教授群中的一支「戰國策派」之思想》，湖南《開明日報》，1941
　　　　年1月9日。

分知識分子積極靠攏國民黨，從國家民族的生存目標上主動協助國民政府抗戰建國，服膺於國民黨設計的「救國道德」和「建國信仰」之下。總之，《民族文學》刊物選用的卷首語與戰國策派的「大政治」宗旨一致，也與陳銓的思想理念一致，這就無形中決定了《民族文學》的態度和立場。

其次，從《民族文學》的「論壇」來看，國民政府的政策、蔣中正的言論依然是陳銓言說的重點。

1943 年 3 月蔣中正《中國之命運》出版，國民黨宣傳部門正大力宣傳這本書，要求每個國民都閱讀這本書。陳銓主編《民族文學》時，國民黨與共產黨因這本書引發了一場意識形態的輿論之爭。陳伯達的《評〈中國之命運〉》奉毛澤東之令寫成，與蔣介石的《中國之命運》針鋒相對。這場論爭從 1943 年的 7 月份開始長達三個月，貫穿於《民族文學》創辦期間。據現有資料記載，《中國之命運》遭到了各方面的反對，且不說中共這邊鬧得厲害，即便是國民黨內部，也頗有異議，主要原因在於書中抨擊了不平等條約，抗戰時期有礙於西方外交與聯盟。任戰時最高權力機構國防最高委員會的參事浦薛鳳參與了《中國之命運》的英文翻譯工作，他後來回憶：「當時高級文武官長對實際執筆人，殊頗不滿。……不平等條約固是國恥，政治、經濟、社會、道德、文化一切之墮落，皆歸罪於不平等條約，客觀研究殊有問題。質言之，殊難折服盟邦在朝執政人士之心。此在平時猶需酌量，況在戰時，又何況在需求協助合作之關頭？」〔註 39〕可見，國民黨內部也是很有意見的。然後在知識分子中間，以聞一多為代表，他讀了《中國之命運》，認為此書是「公開地向五四宣戰」，轉而對蔣介石本人深感厭惡，走上了激烈反對蔣介石及其政府的道路。蔣書遭到各方反對與議論，陳銓未必沒有所聞，但他仍然站在了國民黨這邊，支持肯定蔣中正的《中國之命運》。陳銓仔細研讀了這本書，並從多方面給予宣傳鼓勁。譬如第一期的卷首語，第二期的論壇。在《飛機大炮在後面》一文中，陳銓寫道：

> 讀我們最高領袖的近著，他提出五項建設，預備「造成文化國防與經濟合一的國家大業」。同時他還期望全國學者「智育與德育兼施，文事與武備相應」。他勸青年人人應志為軍人，為飛行員。他要全國國民養成獨立自主的思想，重新來做獨立自由的國民，思想上不為人奴役，政治上不為人藩屬。這真是中國今後國防物質建設心

〔註39〕浦薛鳳：《浦薛鳳回憶錄》（中），黃山書社 2009 年版，第 202 頁。

> 理建設最好的指南針。我們深信在他的領導之下，全國上下，都能
> 夠拿出良心，摒除偏見，精誠合作，努力創造，保衛祖先的基業，
> 開拓偉大的將來。在中華民族真正獨立自由，全世界人類真正相親
> 相愛之時，也就是飛機大炮完全絕跡之日。〔註40〕

陳銓支持贊同蔣介石提出的五項建設，重視國防物質建設、心理建設與文化
建設，他希望全國上下以蔣中正為最高領導人，「摒除偏見，精誠合作，努力
創造」，共同完成抗戰建國的偉業。

　　在這期《編輯漫談》中他再次強調：「最近我們的最高領袖又詳細告訴我
們國防物質建設和心理建設的大政方針。現在蘇聯已經正式宣佈第三國際解
散，不平等條約業經廢除，中國民族主義的怒潮，隨著鄂西大捷，人心振奮，
更有排山倒海，不可抑制之勢，今後全國上下，一心合作，努力向此目標奮
鬥建設，自在意料之中。」〔註41〕一方面，宣傳了蔣介石的國防物質建設和
心理建設，另一方面希望提高民族意識，以民族主義思潮取代國際主義思潮。
陳銓在論壇中「再四說明」，要「拋去無謂的爭端，來談國防建設的策略」。
這裡的爭端則是國家性質之間的論爭，陳銓認為，無論是蘇聯還是中華民國，
都需要加強國防建設來保證國家的安全，國防建設問題與各種主義（如世界
主義、國際主義）毫無關係。

　　針對國內的國防建設，陳銓提出了以下建議：

> 　　我們認為國防物質的建設，必須同國防心理的建設，同時並
> 進。而國防心理的建設，第一要培養國民愛國的情感，第二要培養
> 國民保衛國家的鬥爭意識。我們的教育，從小學到大學必須有一貫
> 的方針；我們的宣傳，必須有全部的策略；我們的智識階級，特別
> 是思想家，文學家，音樂家，藝術家，必須要全體動員，造成濃厚
> 的空氣，堅強的意志；凡事有削弱國防背叛祖國的言論著作行為，
> 必須要徹底禁止，要不然不但國防的物質建設，不能迅速實現，就
> 算實現的奇跡發生，國家一旦被人侵略，也沒有多少鐵打的戰士勇
> 敢地運用它來打擊敵人。〔註42〕

陳銓以堅定的意志和不容辯駁的態度來強調國防建設中「心理建設」的重要

〔註40〕論壇：《飛機大炮在後面》，《民族文學》1943年第2期。
〔註41〕陳銓：《編輯漫談》，《民族文學》1943年第2期。
〔註42〕論壇：《飛機大炮在後面》，《民族文學》1943年第2期。

性和全民性，既嚴厲抨擊左翼文化界的國際主義、世界主義觀點，又號召智識階級努力於國防建設。「凡事有削弱國防背叛祖國的言論著作行為，必須要徹底禁止」，像是國民黨宣傳部門的官員在表達政策方針，嚴肅權威，帶有不容回絕的氣勢。陳銓不僅替國民政府宣揚國家意識的國防建設，也宣揚代表精神生活的新生活運動。「民族文化的遺產，是應當愛惜的，貪婪的傳統，是應當根絕的。新生活運動的成功，正有賴於新哲學新文學，從國民精神生活上面去加以劇烈的改造。」〔註43〕新生活運動試圖改變數千年來根深蒂固的生活習慣和精神面貌，出發點固然極好，正如民眾的貪婪傳統是應該根絕的，但實踐起來卻困難重重。陳銓認為，民族文化要取其精華、去其糟粕，新生活運動應以新哲學和新文學注入積極的元素，從國民精神生活方面加以改造，這響應了國民政府的新生活運動，但仍處在空談的階段。

陳銓以堅定的意志和不容辯駁的態度來強調國防建設中「心理建設」的重要性和全民性，既嚴厲抨擊左翼文化界的國際主義、世界主義觀點，又號召智識階級努力於國防建設。「凡事有削弱國防背叛祖國的言論著作行為，必須要徹底禁止」，像是國民黨宣傳部門的官員在表達政策方針，嚴肅權威，帶有不容回絕的氣勢。陳銓不僅替國民政府宣揚國家意識的國防建設，也宣揚代表精神生活的新生活運動。「民族文化的遺產，是應當愛惜的，貪婪的傳統，是應當根絕的。新生活運動的成功，正有賴於新哲學新文學，從國民精神生活上面去加以劇烈的改造。」〔註44〕新生活運動試圖改變數千年來根深蒂固的生活習慣和精神面貌，出發點固然極好，正如民眾的貪婪傳統是應該根絕的，但實踐起來卻困難重重。陳銓認為，民族文化要取其精華、去其糟粕，新生活運動應以新哲學和新文學注入積極的元素，從國民精神生活方面加以改造，這響應了國民政府的新生活運動，但仍處在空談的階段。

最後，《民族文學》雜誌刊登的「廣告」依然與國民黨、蔣中正密切關聯。

第三期刊登了「三民主義青年團中央團部徵集國文史料啟事」。第二、三期刊登了「中央圖書雜誌審查委員會主辦三十二年度第二次徵文啟事」，針對的是「總裁近著《中國之命運》」，希望選拔出各行各業實際生活的經驗文章以激發青年對國民政府五大工程建設（心理建設、倫理建設、社會建設、政

〔註43〕 論壇：《貪婪怯懦沒有同情心》，《民族文學》1943 年第 2 期
〔註44〕 論壇：《貪婪怯懦沒有同情心》，《民族文學》1943 年第 2 期。

治建設、經濟建設）的積極和傾慕之心。由此可知，《民族文學》對蔣中正的
《中國之命運》及其相關理論的確是費盡心力大力宣揚。第一、二期刊登青
年書店發行的新書即賀麟著作《知難行易說與知行合一說》。按常理來說，新
書介紹一般都以著作的主要內容或者作者的生平、觀點為宣傳內容，但這本
書的介紹卻以「委員長」的話為重點：

委員長說：

後世的學者，把古人累世的經驗與畢生的力行得來的真知，看
容易了。所以他們以知為易，以行為難。「知之非艱，行之為艱」的
古說，因而深入於人心，發生知行分離，與以易為難，以難為易的
流弊。陽明的「知行合一」之說，意在糾正知行分離的流弊。然而
在科學時代，「即知即行」的道路，仍不足為人生指導的原理。依據
科學的方法，每一個人的工作，必遵循分工專職的原理，知者與行
者雖有合作的必要，然仍需分工。故惟有國父知難行易之說，才是
指導的生人真理。

賀麟先生為國立西南聯合大學哲學教授，茲以學理的根據，遵
從委員長指示，來闡揚國父遺教，深入淺出，文筆雋永，實為青年
陶冶思想必讀之好書。〔註45〕

這則新書廣告，重點是蔣委員長的話和國父的言論，賀麟著作的內容和觀點
則在其次了。這則廣告既表達了對國父「知難行易」說的支持和肯定，也表
達了對蔣委員長言論的支持與尊重，同時還揭露了蔣介石與賀麟之間的關
係，「遵從委員長指示，來闡揚國父遺教」，說明蔣介石對賀麟頗為重用，根
據賀麟在抗戰時期的表現，他對蔣介石也多為尊重吹捧。〔註46〕陳銓與賀麟
是多年好友，同為戰國策派的重要成員，負責賀麟新書出版的又是陳銓主導
的書店，三者之間的交叉重合暗示了在思想層面上的共鳴。《民族文學》這則
廣告，再一次說明了陳銓與國民黨、蔣介石之間的關係。

綜上所述，《民族文學》貫徹了戰國策派的「大政治」宗旨，鼓吹「國家
至上、民族至上」的民族主義。與之不同的是，該刊物公開推崇孫中山、蔣
中正的思想言論，支持、贊同國民政府的政策言論，整體而言偏「右」、偏
「白」。

〔註45〕新書廣告，《民族文學》1943 年第 2 期。
〔註46〕黃克武：《蔣介石與賀麟》，《中央研究院近代史研究所集刊》2010 年第 67 期。

三、餘　論

　　戰國策派的「大政治」觀必然對以世界主義、階級主義爲標榜的蘇聯乃至左翼文化界持批評、警惕意見。陳銓在編輯《民族文學》過程中也繼承了這一點。「處在中國目前的層面，我們是被侵略者，我們只有全國一致地抵抗侵略，來保衛我們的國家民族，而我們決不能再有內爭，這是全國民眾一致的要求。」「凡事鼓動內爭的文學，都是我們反對的文學」〔註47〕「凡事有削弱國防背叛祖國的言論著作行爲，必須要徹底禁止」，「除非反對的人，心存偏愛。一定要說，像蘇聯共產黨領導的那樣國家，就應當講國防，像中國國民黨領導的這樣國家，就不應當講國防，應當專談世界主義。」〔註48〕……無需多舉，明眼人一看就知道批評的是誰。戰國策派曾多次公開批評左翼文化界的行爲和言論。如前所述，陳銓曾指責左翼人士滿嘴「國際」、「人類」，不講「國家」、「民族」，階級意識濃厚導致社會分裂，自備武裝分散了軍事力量。〔註49〕林同濟用歷史形態學的方法解說民族主義，在談到社會主義運動時，他指出這種工人解放、階級革命的運動，最終要指向集權式的國家。「凡屬於社會主義性的國家，無論是蘇聯或是納粹德國，其在政治組織上，乃也必然地呈出一種極高度的強化。不管理論家的說法如何，就已有的事實表現上看，社會主義的實現，竟便是產生了集權式的國家！」，「『上下別』的階級解放運動都終要有意無意變成爲『內外分』的國家極權運動。」〔註50〕這些看法，遭到了中共理論家章漢夫的嚴厲批評，認爲會給讀者造成德蘇都「一樣惡」的結論，這是將法西斯國家與非法西斯國家故意混淆的惡意行爲，他不得不花費篇幅證明「蘇聯是眞正社會主義的，民主的，有發展的國家。」〔註51〕侯外廬曾回憶道：「記得，雷海宗主編的刊物《戰國策》，對我黨態度不友好，《群眾》主編章漢夫著文批判《戰國策》，點了雷海宗的名。」〔註52〕這說明戰國策派對待中共的態度早已得到了對方的確認和不滿。《民族文學》依舊不改這種態度，對左翼人士冷嘲熱諷，這就

〔註47〕論壇：《兩種分法》，《民族文學》1943 年第 1 期。

〔註48〕論壇：《飛機大炮在後面》，《民族文學》1943 年第 2 期。

〔註49〕陳銓：《政治理想與理想政治》，重慶《大公報·戰國》第 9 期，1942 年 1 月 28 日。

〔註50〕林同濟：《民族主義與二十世紀（下）──一個歷史形態的看法》，重慶《大公報·戰國》第 30 期，1942 年 6 月 24 日。

〔註51〕漢夫：《「戰國」派對戰爭的看法幫助了誰？──斥林同濟：「民族主義與廿世紀」一文》，《群眾》週刊，1942 年第 7 卷第 14 期。

〔註52〕侯外廬：《韌的追求》，北京生活·讀書·新知三聯書店 1985 年版，第 123 頁。

可以解釋《民族文學》為何會遭遇左翼文化界的大批判，甚至將它視為戰國策派的後續刊物和宣揚法西斯主義的反動刊物。

　　大批判背後昭示著左翼的強大邏輯：「《民族文學》＝陳銓＝戰國策派＝法西斯主義＝國民黨」。《民族文學》繼承和加強了《戰國策》、《大公報・戰國》副刊的相關理論和觀點，不同之處在於更加鮮明地傾向於國民黨。如果說，《戰國策》、《大公報・戰國》刊物還試圖維持為中間道路、自由文人的編輯方針和理念，《民族文學》則失去了這種立場，極具右翼色彩，從卷首語、論壇、編輯漫談、廣告等方面來看，有類似於國民黨機關刊物的嫌疑。當然，在 1943 年的特殊歷史語境中，國民政府是中華民國的合法政府，是抗戰的中堅力量，此時領導的抗戰前途也較為明朗，蔣中正的聲望達到頂峰，加之，《民族文學》的出版發行受到了國民黨的經費支持，陳銓主編《民族文學》具有這樣的思想和行為，其實無可厚非，這畢竟是在艱難的抗戰時期大部分知識分子的共同選擇。關鍵在於，陳銓為何會由一位中間派文人走向國民黨陣營，他在抗戰時期到底經歷了怎樣艱難的心路歷程？這個中緣由的複雜因素，值得我們進一步探討。

第三節　「野玫瑰」風波、《民族文學》與陳銓的轉變

　　是什麼原因讓原本客觀中立的陳銓轉向了國民黨這邊？這要聯繫起陳銓在抗戰時期的經歷與遭遇來說，也要考察陳銓從德國留學時期到抗戰中後期的思想變化。

一、創傷記憶：「野玫瑰」風波引發的心理變異與政治選擇

　　陳銓是戰國策派最核心的成員，他至始至終貫穿了戰國策派的三大刊物，從《戰國策》、《大公報・戰國》到《民族文學》，陳銓的態度和思想有一個漸變過程。《戰國策》、《大公報・戰國》雖然強調民族主義，要求學習德國，提倡尚武精神、尼采哲學等，但這些都融於學術文化探討範圍之內，與國民黨保持不即不離的距離，在必要時著文批評國民黨。「抗戰以來，中國的武人，在前線都有可歌可泣的功烈，中國的文官，卻在後方極盡頹廢貪婪的能事。」〔註 53〕這是陳銓對國民政府文官的批評。縱觀陳銓在《戰國策》、《大公報・

〔註 53〕陳銓：《論英雄崇拜》，昆明《戰國策》第 4 期，1940 年 5 月 15 日。

戰國》、《民族文學》這三個刊物的發文情況，我們發現，陳銓在《戰國策》
上發表的文章多爲介紹德國的民族性格思想、哲學家叔本華尼采以及狂飆運
動等等，重點是介紹尼采，從尼采的政治觀、道德觀、婦女觀、無神論等各
個方面闡述尼采的思想，總體而言是學術性的，與國民黨無任何瓜葛。引起
爭議的則是陳銓的「英雄崇拜」觀念。戰國策派內部人員沈從文、賀麟分別
著文進行了批評，陳銓是歡迎和感激的，至於那些「謾罵攻擊的文章，或者
應用一些膚淺無聊輕視侮辱的政治口號，或者因襲五四以來流行的極端個人
主義的立場，不明時代，不顧事實，不解學理，實在沒有反駁的價值。」〔註
54〕陳銓不屑於批駁那些沒有學理思考、無聊謾罵的文章，當然也無視胡繩、
茅盾等人的批評。不過，胡繩僅僅是批評戰國策派不應介紹與法西斯相關的
非理性主義思潮，應該發揚清醒的、現實的、科學的理性主義。〔註55〕在 1942
年之前，左翼文化界對戰國策派包括陳銓的批評都算是比較溫和的。

　　1942 年之後，1 月 25 日，章漢夫在其主編的中共機關刊物《群眾》公開
指責戰國策派宣揚法西斯主義，其本質也是法西斯主義，是希特勒的應聲蟲。
在國際局勢逐漸明朗，中國加入反法西斯同盟國，反法西斯與法西斯兩大陣
營涇渭分明的情況下，聲稱戰國策派是法西斯主義無疑是最嚴重、也是最致
命的批評。由胡繩批評戰國策派宣傳非理性主義思潮到章漢夫公開指認戰國
策派的法西斯主義本質，左翼文化界對戰國策派的批評不斷加重，調門越來
越高，最終扣上了臭名昭著的「法西斯主義」的大帽子。我們無法知道戰國
策派同仁對於章漢夫的批評是持哪種態度，未見他們站出來發表文章公開反
駁或解釋，或許對於左翼文化界這種亂扣帽子、毫無學理性的意識形態批判，
戰國策派內心是鄙夷不屑的。

　　但是，仔細考察陳銓的文章，我們卻發現他的行爲和態度是有變化的。
在章漢夫那篇文章出來之前，陳銓在《戰國策》、《戰國》副刊發表的文章並
不涉及中共和左翼文化界的言論。雖言語有偏激之處，但他只是就自己的觀
點進行學理性的闡述。繼章漢夫這篇文章刊登之後，陳銓對於左翼文化界的
態度發生了轉變。「中國現在許多士大夫階級的人，依然滿嘴的『國際』、『人
類』，聽見人談到國家民族，反而譏笑他眼光狹小，甚至橫加污蔑，好像還嫌

〔註54〕陳銓：《再論英雄崇拜》，重慶《大公報・戰國》第 21 期，1942 年 4 月 22 日。
〔註55〕胡繩：《論反理性主義的逆流》，《讀書月報》第 2 卷第 10 期，1941 年 1 月 1
　　　　日。

中國的民族意識太多，一定要儘量澆冷水，讓它完全消滅。」〔註56〕情緒的憤慨、不滿油然紙上。陳銓談國家民族，講民族意識，反而遭到左翼文化界的「譏笑」、「澆冷水」甚至「橫加污蔑」。1942 年 1 月 28 日發表在重慶《大公報・戰國》上的《政治理想與理想政治》一文就對此進行了批評與反攻。正是在這篇文章中，陳銓詳細闡述了國民政府「國民精神總動員」綱領。「意志集中」「絕不是要求『世界大同』、『正義和平』的意志，更不是『階級鬥爭』、『個人自由』的意志。」〔註57〕陳銓認爲，「世界大同」、「正義和平」、「階級鬥爭」、「個人自由」僅僅是虛幻的理想，並不是這個戰國時代應該宣傳的口號，唯有「軍事第一、勝利第一」，「國家至上、民族之上」，「意志集中、力量集中」才是抗戰時期中國「最有意義，最切合事實的口號」。左翼文化界宣傳的唯物史觀、階級鬥爭「實際影響乃減弱了民族團結的精神，增加了民族依賴的心理，甚至遲延了政治的統一，散分了軍事的力量。」〔註58〕這顯然是在指責中共及其左翼文化界的政治理念，影響了國民政府的統一，分散了抗戰的軍事力量。在國民黨這邊，陳銓則建議和希望國民政府從實際的「理想政治」出發，拋棄虛幻的「政治理想」，建立一個強有力政府實現各方面的「集權」，從而達到中華民族的獨立自由：

> 在目前緊迫情勢下，我們需要一個強有力的政府，能夠對於軍事政治經濟教育，徹底計劃：訓練每一個青年配作一個戰士，整個的國家配作一個強有力的戰鬥單位。遼遠的政治理想，外交官的辭令，暫時不必對民眾宣傳，先實行能夠應付時代理想，爭取中華民族獨立自由的理想政治。〔註59〕

不知是巧合還是有意，陳銓在《政治理想與理想政治》一文第一次對中共及左翼文化界進行批評指責，恰好是在章漢夫的《「戰國」派的法西斯主義實質》發表後的第四天。我們無從得知陳銓寫這篇文章時是否看過此文，從時間上

〔註56〕陳銓：《政治理想與理想政治》，重慶《大公報・戰國》第 9 期，1942 年 1 月 28 日。

〔註57〕陳銓：《政治理想與理想政治》，重慶《大公報・戰國》第 9 期，1942 年 1 月 28 日。

〔註58〕陳銓：《政治理想與理想政治》，重慶《大公報・戰國》第 9 期，1942 年 1 月 28 日。

〔註59〕陳銓：《政治理想與理想政治》，重慶《大公報・戰國》第 9 期，1942 年 1 月 28 日。

看完全可能，從陳銓對中共及左翼的態度上看也有變化。自此之後，陳銓對中共、左翼文化界的態度更加不友好，多次在文中指責、抨擊他們。「中國最迫切的問題，是怎樣內部團結一致，對外求解放，而不是互相爭鬥，使全國四分五裂，給敵人長期侵略的機會。」「現在中國有許多的喪心病狂的人，不驕傲自己的祖國，而驕傲別人的祖國。這樣的人，連自己的祖先都弄不清楚，還配談什麼文學？然而這樣的文學口號，卻風行一時，許多青年認為時髦；許多在社會上有地位的文學家，為著博取一般青年人的歡迎，也勉強在自己作品中間摻雜一些這樣的口號，真是可惜！」〔註60〕

確切地說，1942 年 3 月在重慶公演的話劇《野玫瑰》及其引起的「野玫瑰」風波這一事件，各種錯綜複雜地因素將陳銓推向了國民黨這邊。

1942 年初《野玫瑰》劇本被中央文化部部長張道藩看中，他親自組織人馬，預備在重慶公演。1942 年 3 月正式在重慶公演，取得了巨大成功，並獲得了教育部學術審議委員會頒佈的劇本三等獎。緊接著，《野玫瑰》在國統區文藝界引發了一場曠日持久的論爭。首先遭到了左翼文化界的強烈批評與反抗。中共組織重慶戲劇界、文化界 200 餘人由石凌鶴執筆，聯名致函全國戲劇界抗敵協會，要求教育部撤銷對《野玫瑰》的獎勵。他們認為，《野玫瑰》在曲解人生哲理，為漢奸製造理論根據，不利於抗戰建國宣傳政策。《時事新報》、《新蜀報》、《華西日報》等報刊都發表了批判文章，對《野玫瑰》獲獎表示不滿。

面對進步文化界的大規模抗議活動，既有許多文章發表批評意見，又開座談會批評抗議，多面出擊。國民政府不僅堅持原議，而且主持文化工作的各官員多次在公開場合表態支持《野玫瑰》。5 月 16 日，在國民黨召開的戲劇界人士茶會上，與會人士再次提出抗議，要求撤銷《野玫瑰》獎勵，並禁止上演。在場的陳立夫、張道藩、潘公展等人極力維護。陳立夫言：「審議會獎勵係投票結果。給予三等獎，當然並非認為最佳者，不過聊示提倡，一二等獎，尚留以有待。」〔註61〕張道藩指出：「我是學術審議會之一分子，但我不便明言我係投獎勵《野玫瑰》的票或反對票。可是我又是全國戲劇界抗敵協會之常務理事，所以把戲劇界同人抗議《野玫瑰》的意見交給陳部長的也是

〔註60〕陳銓：《民族文學運動》，《民族文學》1943 年第 1 期。
〔註61〕《「戲劇界茶會」速寫》，《時事新報》，1942 年 5 月 20 日。

我，不過抗議是不對的，只能批評。」〔註62〕張道藩的話說明他既參與了《野玫瑰》的投票，也知曉《野玫瑰》被抗議一事，但他仍然爲陳銓辯護，「不許抗議」，「只能批評」，這是對陳銓最有力的支持。「潘主委公展最後發言，對於大家攻擊《野玫瑰》，表示礙難同意。《野玫瑰》不惟不應禁演，且應提倡，倒是《屈原》劇本成問題。這時不應該鼓吹爆炸。」〔註63〕潘公展甚至認爲：「誰說《野玫瑰》是壞戲，《屈原》是好戲，誰就是白癡！」〔註64〕潘公展極力維護《野玫瑰》聲譽，打擊《屈原》，顯然是站在政治立場上維護美化國民政府抗戰地位的《野玫瑰》，希望借助《野玫瑰》來打擊削減郭沫若的「屈原熱」，轉移民眾的注意力，消除《屈原》的影響。

陳銓未必能看到「野玫瑰」之爭背後隱藏的政治力量的博弈，但面對左翼文化界撲面而來的批評，著實給他帶來了深重的創傷記憶。各大報紙《新華日報》、《新蜀報》、《時事新報》、《華西日報》、《國民公報》等都刊載了批判《野玫瑰》的文章。例如，顏翰彤《讀〈野玫瑰〉》，方紀《糖衣炮彈藥——野玫瑰觀後》，谷虹《有毒的〈野玫瑰〉》，孟山《野玫瑰觀後感》，洪鐘《評野玫瑰》，徐曼《剪燈碎語之二》，余士根《指環的貶值》……面對人生以來第一次大風暴，陳銓鬱悶不已，頗爲困惑。有資料記載，陳銓曾託人去說要看望左翼文化界的領導陽翰笙，陽翰笙「連忙過去」會訪老同學。〔註65〕陳銓與陽翰笙同爲 1920 年代初四川省立一中同學，算是多年朋友，遭到這樣的批評與打擊，陳銓想必是希望從老同學那得到解釋或者安慰，同時爲《野玫瑰》、爲自己辯解。至於他們到底談了些什麼內容，目前未有資料公開。倒是陽翰笙在多年以後告知：「陳銓當時情緒有些低落，大概是挨了批判的緣故，他勸他振作精神，繼續教書寫作。」〔註66〕陽翰笙試圖安慰陳銓不必介意這件事，但對陳銓而言並沒有什麼效果，創傷已經產生。

陳銓作爲一個自由文人，既無官方背景，也與左翼文化界無任何瓜葛，僅僅因爲《野玫瑰》就遭致這樣猛烈的批評，想必他是無法理解的。按照他的學識見解和理論邏輯，《野玫瑰》並非是在歌頌美化漢奸，不過是想將戰爭、

〔註62〕　《「戲劇界茶會」速寫》，《時事新報》，1942 年 5 月 20 日。
〔註63〕　《「戲劇界茶會」速寫》，《時事新報》，1942 年 5 月 20 日。
〔註64〕　陳白塵：《對人世的告別》，生活・讀書・新知三聯書店 1997 年版，第 762頁。
〔註65〕　陽翰笙：《陽翰笙日記》，四川文藝出版社 1985 年版，第 77 頁。
〔註66〕　徐志福：《陽翰笙與陳銓》，《四川政協報》，1995 年 1 月 13 日。

愛情與道德三種題材糅合一體，批判個人主義錯誤，其宗旨是鋤奸抗敵，宣傳民族意識，整體上具有鼓舞民心團結抗戰的力量。對於這些批評，甚至人身攻擊，陳銓極不服氣，情緒受到了極大波動，不過隱忍不發而已。當中共這方面組織人馬一邊倒地批評《野玫瑰》，想必在陳銓的心裏留下了深重的陰影。因此，陳銓對中央政治學校教授羅夢冊發表的一篇文章《論少壯》深有體會，產生了強烈共鳴。羅夢冊認為，人生在少壯階級是最苦痛最艱辛的階段，在做學問或事業的道途上必然要遭遇些艱難。有時走得勇猛或迅速，難免在路上會跨過前人，挺撞旁人，踩著別人。「或者是雖根本與他人無涉，一顆彗星的出現，每會襯出他人的無顏色，也每會威脅或動搖一些過時的偶像，這樣一來，幾乎是無可逃免地，一個嚴重的打擊就會隨之而來。」〔註67〕陳銓認為這背後「隱藏著人生的經驗」，「是一段說盡人情世故的文章」。強烈的心靈共鳴讓陳銓覺得遇上了知音。他深有感悟地摘抄這一段話：

> 不是前邊的人回頭給您當頭一棒，或劈面一個耳光，便是聯合所有被您的光芒所威脅的人們對您作一個圍攻或包剿，把您擯斥於孤獨畸零的角落，或把您拌成為一個滑稽或不懂人事的徵象，使人人對您不喜。這種打擊，每會使一個被打者為之一蹶不振，漸漸地頹廢下去；也會使每一個被打者被人遺忘，永處下塵。〔註68〕

仔細看這一段話，「當頭一棒」、「聯合」「圍攻或包剿」、「孤獨畸零」、「滑稽或不懂人事的徵象」，與其說是解說羅夢冊的話語，不如說是陳銓的夫子自道、心靈獨白。面對左翼文化界突如其來的批判、諷刺、挖苦，乃至誤解、曲解他的文章思想，陳銓的內心遭受了暴風雨般的煎熬。這種圍剿、批判嚴重損害了他的聲譽，在文化界陷入「孤獨畸零」的境地，事業上遭遇重大波折。有論者指出，對《野玫瑰》「批判的濃厚政治色彩，猛烈嚴屬程度，幾乎是沒有前例的」，即使「在整個現代文學史上，也是不多見的。」〔註69〕既然是政治立場上的嚴屬批判，陳銓必然會意識到，中共這條道路走不通，緊跟國民黨才能確保自己不被打壓和遺忘，像強者那樣「在人類社會上光榮地生存」，藐視這些無謂的批判，確立自己的權威和真理。

〔註67〕 論壇：《少壯的階級》，《民族文學》1943 年第 2 期。
〔註68〕 論壇：《少壯的階級》，《民族文學》1943 年第 2 期。
〔註69〕 馬良春、張大明：《中國現代文學思潮史》，十月文藝出版社 1994 年版，第 1147 頁。

在這個過程中，國民黨方面的保護與維護，陳銓從心理層面上是動容的，我們無法斷定「野玫瑰」論爭對陳銓的轉向到底有多大的影響，有一個不容置疑的事實卻是正是這次「野玫瑰」論爭將陳銓「拉入」了國民黨陣營。通過「野玫瑰」風波事件，陳銓認識了國民黨方面的官員，建立起了事實上的聯繫。有資料證明，陳銓來到重慶後，的確在與國民黨官員交往。「國民黨的高級將領張治中特地接近了陳銓，當時國民黨政府的宣傳部長朱家驊也在重慶宴請陳銓和西南聯大的蔣夢麟、梅貽琦兩位校長。」〔註70〕 陳銓經常在《軍事與政治》雜誌中發表文章，該雜誌刊登了他的劇作《衣櫥》、《金指環》、《藍蝴蝶》以及戲劇理論文章《文學運動與民族運動》、《戲劇的深淺問題》、《戲劇批評與戲劇創作》等。《軍事與政治》隸屬國民黨軍事委員會政治部，張治中時任軍委會政治部主任。張治中「特地接近」陳銓，本身就說明兩者之間的交往與交情。和陳銓一樣，留德出身的朱家驊對於德國學術和文化是熟悉和認同的，他們之間有著共同的學術背景，兩者對德國文化的推崇也有了交往的基礎。「宴請陳銓」是和西聯大校長蔣夢麟、梅貽琦同時進行，由此可知，陳銓備受朱家驊尊重和重視。

陳銓在 1950 年代初「肅反運動」的交代材料中坦言：

> 當我握筆寫《野玫瑰》這個劇本的時候，在中國政治上我認識
> 的人很少，國民黨的大頭，如朱家驊，張道藩，潘公展，陳立夫，
> 張治中，戴笠，我一個也不認識，我認識他們在 1942 年到重慶之後，
> 由於《野玫瑰》的關係才認識的。〔註71〕

這份材料說明陳銓來重慶之前，與國民黨這幾位官員沒有聯繫。可以推斷，陳銓在爲《戰國策》與《戰國》組稿發文章時，也不認識這幾位官員，與他們保持著相當的距離。但是「野玫瑰」事件改變了這一距離，將他們的關係拉近了，「野玫瑰」相當於一個橋梁，聯繫起了陳銓與國民黨，也相當於一個擋箭牌，阻礙了陳銓與中共之間的聯繫。

話劇《野玫瑰》的成功給陳銓帶來了巨大聲譽，使陳銓由一個默然無聲的大學教員迅速成爲抗戰時期大後方著名的文化人士，他的人生從此走向了新的道路。1942 年 8、9 月，陳銓來到重慶，經好友向理潤介紹到中國電影製片廠任「編導委員」。緊接著是中國青年劇團編導、重慶正中書局總編輯、重

〔註70〕 季進、曾一果：《陳銓：異邦的借鏡》，北京文津出版社 2005 年版，第 89 頁。
〔註71〕 《陳銓檔案》，南京，南京大學檔案館。

慶青年書店總編輯。1943 年 1 月正式擔任重慶中央政治學校教授。中國青年
劇團隸屬於國民黨，正中書局是一家隸屬於國民黨中央的國民黨黨營出版機
構。中央政治學校是中國國民黨訓政時期培育國家政治人才的主要基地，當
年地位類似今日的「中共中央黨校」。陳銓積極參與了國民黨官辦的文化機
構，參與本身就說明了他在與國民黨採取合作態度。對於國民黨官辦的文藝
刊物《文藝先鋒》和《文化先鋒》，陳銓積極配合。1942 年 9 月，張道藩在《文
化先鋒》創刊號上炮製出代表官方文藝政策的文章《我們所需要的文藝政
策》，由於梁實秋的質疑與批評引發了不大不小的論戰，陳銓站在張道藩這
邊，著文《柏拉圖的文藝政策》給予聲援。他認為，國民黨現在實行文藝政
策是世界的潮流趨勢，無可厚非。當今時代是由個人主義轉向了柏拉圖的集
團主義，「文藝方面，是否需要文藝政策，這完全要看民族生存的大前提之下，
是否需要，假如需要，是沒有多少討論的餘地的。」〔註 72〕來到重慶的陳銓
與張道藩、李辰冬等人多有交往，陳銓事後承認：「在重慶時，張道藩命他辦
《文藝先鋒》及《文化先鋒》，他常來請我寫文章。他又奉命來拉我入黨，我
沒有答應。」〔註 73〕陳銓雖然沒有入黨，但並不代表他與國民黨就是界線分
明，相反，陳銓與國民黨之間的關係複雜而微妙。

　　事實上，正是「野玫瑰」風波事件，將陳銓與國民黨之間聯繫起來，也
將與中共隔離開來。左翼文化界不接受陳銓，集體抨擊他，給他扣上「宣揚
法西斯主義」、「漢奸文人」的帽子，視之為中共的敵人、國民黨的御用文人。
人都有趨利避害的防禦心理，這反而將陳銓拋向了國民黨這邊。自陳銓來到
重慶後，他就與國民政府採取合作的態度，明顯支持和宣揚國民政府的政策、
文化理念。當他有機會擔任青年書店總編輯，有能力創辦《民族文學》刊物
時，陳銓結合自己的思想理論，既堅持倡導以民族意識為中心的民族文學運
動，又贊同宣傳國民黨的三民主義理論，在自己的刊物上替國民黨宣傳。這
就使刊物帶有較強的右翼特徵，對中共態度更加不友好，進一步刺激了左翼
文化界的批判。洪鐘《「戰國」派文藝的改裝》專門針對的就是《民族文學》
的言論挑刺，他認為陳銓的文學理論，仍然建立在法西斯的哲學基礎上，指
責「陳銓所見的民族文學運動跟中山先生的三民主義的民族運動是毫無共同
之點的。如果硬要把法西斯的侵略民族主義強加在三民主義的民族主義的頭

〔註72〕中央文化運動委員會編：《文藝論戰》，正中書局 1944 年版，第 225 頁。
〔註73〕《陳銓檔案》，南京，南京大學檔案館。

上，其存心如何我們頗不便忖度了。」〔註74〕這裡蘊含著三個層面的問題：一、洪鐘意識到陳銓在將自行倡導的民族文學運動與國民黨的三民主義結合起來。前文我們說過，陳銓的確是將孫中山的三民主義作為自身的民族主義理論、文化改建等方面的指南針。二、陳銓的民族主義理論與孫中山的民族主義理論並無實質性的差別，但是洪鐘否認他們之間的共同點，其最終的目標仍然是將陳銓與法西斯主義掛上等號，「陳銓=法西斯」，破壞他的名聲，也就是詆毀民族文學運動。三、如果陳銓的民族主義與三民主義的民族主義一樣，那麼就說明陳銓與國民黨在合作，文人依附現任政府，洪鐘不便明言，「其存心如何我們頗不便忖度了」。還是中共機關刊物《解放日報》編者說得明白：「在大後方嚴密的書報雜誌檢查法網之下，這種公開宣傳法西斯主義的刊物，卻可以自由自在地向出版界放毒，這在全世界反法西斯的同盟國家裏豈不是怪事！」〔註75〕《解放日報》編輯直接認為《民族文學》是在宣傳法西斯主義，並且譴責國民黨縱容、包庇陳銓。不管陳銓是走向法西斯還是走向國民黨，左翼文化界都是雙面出擊、嘲諷批判。左翼文化界的所作所為導致陳銓更加傾向於國民黨。陳銓以一人之力無法抵抗左翼文化界，深處政治漩渦中的他無可奈何，可悲地成了國共政治鬥爭的犧牲品。

二、理念契合：時代、現實與思想的共同選擇

必須指出，「野玫瑰」風波事件絕不是陳銓偏向國民黨的最終原因，它只是一個關鍵節點，沒有它可能不會有後面的事情發生，但僅有「野玫瑰」事件卻並非一定走向國民黨。最核心的原因還是陳銓的民族主義理論與孫中山的民族主義理論有契合之處。國民黨名義上公開繼承弘揚的是孫中山的民族主義，兩者之間從形式上看沒有多大區別。因此，陳銓接受和宣傳孫中山的民族主義，實際上也就是在宣揚肯定國民黨的民族主義。孫中山的三民主義理論雖然深度不夠，思辨性不強，但在中國卻具有它的切實性、可行性和有效性。用陳銓的話來說，就是建立在時代基礎上的「理想政治」。孫中山在民國 20 年代就意識到帝國主義所講的世界主義並不適合受屈辱的中華民族，絕不要被帝國主義的

〔註74〕 洪鐘：《「戰國」派文藝的改裝》，《群眾》第 9 卷第 23、23 合刊，1944 年 12 月 25 日。

〔註75〕 《解放日報》編者：《「民族文學」與法西斯謬論》，《解放日報》，1944 年 8 月 8 日。

巧言令色給蒙蔽了，認清中國現實，提倡民族主義才能改變目前中國的命運。孫中山反覆說明民族主義在目前中國極其需要，它是拯救中華民族的重要武器。「人爲刀俎，我爲魚肉，我們的地位在此時最爲危險。如果再不留心提倡民族主義，結合四萬萬人成一個堅固的民族，中國便有亡國滅種之憂。我們要挽救這種危亡，便要提倡民族主義，用民族精神來救國。」〔註76〕因此，孫中山反對當時主張新文化運動的新青年提倡世界主義，認爲受屈辱的民族最要緊的還是民族主義。民族主義在孫中山的三民主義理論中佔據著最重要的角色，這也是國民政府最重要的理論支點。孫中山的三民主義學說概括了整個時代的要求和歷史的動向，是當時中國最先進最完整的思想體系。

對於孫中山的思想理念，陳銓深以爲然。在抗日救亡時期，中華民族遇到了空前的民族浩劫，如何在抗戰中取得勝利，如何激發團結每個民眾投身於抗日救亡大潮中，塑造起堅強的民族意識，這是具有愛國精神的陳銓重點思考的問題。抗戰的爆發，本身就是民族主義勃興的絕佳機會。一方面陳銓接受了從西方傳來的尤其是德國思想資源中的非理性主義思潮，重視意志、情感、浪漫、直覺這些非理性因素，宣揚尼采的意志哲學，將之作爲激發民族情緒的一種手段。另一方面，陳銓又從先知先覺孫中山的三民主義、國民政府的抗戰建國綱領中獲得了另一種理論資源。陳銓民族主義的理論淵源，很大一部分來自於孫中山的民族主義理論。我們對比孫中山、陳銓的民族主義言論就會發現這一點：

> 我們受屈民族，必先要把我們的民族自由平等的地位恢復起來之後，才配得來講世界主義。……我們要發達世界主義，先要民族主義鞏固才行；如果民族主義不能鞏固，世界主義也就不能發達。〔註77〕

> 怎樣把自己的國家民族，先做到獨立自由，有自衛的力量，旁的國家民族，無法施展他們侵略的手段，這是最要緊的先決問題。自己的地位，建設鞏固以後，然後利用全國的力量，反侵略反殘暴的政策，左右世界，使大家相安無事，站在這一立場的人，國家民族的觀念，和對祖國的熱情，是不能喪失的。〔註78〕

〔註76〕黃彥編注：《三民主義》，廣東人民出版社2012年2月重印，第9頁。
〔註77〕黃彥編注：《三民主義》，廣東人民出版社2012年2月重印，第53頁。
〔註78〕論壇：《兩種分法》，《民族文學》1943年第1期。

在思考這個苦難的中華民族如何走出困境，擺脫屈辱地位，孫中山和陳銓都想到了民族主義這一具有強大凝聚力的武器，都意識到民族主義遠比世界主義、國際主義更適合當時中國的國情，是中國切實需要的「理想政治」。誠如蔣介石所言：「今日中國所需要的不是討論未來中國將實行何種理想的主義，而是需要眼下將能夠救中國的某種方法。」〔註79〕這就是陳銓的「政治理想」與「理想政治」的區分。在探尋「眼下將能夠救中國的某種方法」，陳銓想到了民族主義及其民族文學，試圖在中國刮起一場民族文學運動，增強中華民族的民族意識，爭取抗戰建國的勝利。這與戰國策派的目標和理念相一致。戰國策派用《國民精神總動員綱領》中提出的共同目標為自己的刊物命名，且在發刊詞中反覆強調「民族至上、國家至上」的主旨，鮮明地反映了戰國策派欲以雜誌報刊為精神陣地，議時論政，為抗日救國獻計獻策，借文章來抒發憂時憂世之心和愛國愛民之情。陳銓也不例外，運用自己的知識和理論，為抗戰建國貢獻心力。陳銓創作的眾多劇本《黃鶴樓》（1939 年）、《野玫瑰》（1941 年）、《金指環》（1943 年）、《無情女》（1943 年）、《藍蝴蝶》（1943 年）以及獨幕劇《婚後》、《自衛》、《衣櫥》等等，圍繞其中的核心主題就是鋤奸抗敵，宣傳民族意識，批判個人主義錯誤，鼓舞民心團結抗戰。

　　陳銓萬萬想不到的是，自己的一片苦心、十分熱忱，換來的卻是左翼文化界的冷嘲熱諷、污蔑造謠，攻擊自己為希特勒之流，戰國策派就是在宣傳法西斯主義，這無疑對陳銓是嚴重打擊。這也使他在現實的政治選擇上更加傾向於雖不乏腐敗卻也英勇抗日的國民政府，盡自己所能幫助它、完善它。再加上，國民政府的民族主義理論、抗戰建國綱領深得陳銓的認同和讚賞，這就有了思想的基礎和行動的可能。有學者指出，「此時的陳銓，已經完全擺脫了個人主義，成為一個激進的民族主義者，而且確實是比較傾向於政府權力層面的民族主義者，強調民眾順從政府和領袖的領導，共同抗擊外敵的入侵，實現民族的復興。這樣的傾向，理所當然會受到喜歡批評政府的自由主義者和提倡啟蒙大眾的左翼知識分子的猛烈抨擊。」〔註80〕筆者以為，這個判斷是可靠的，陳銓的確、尤其在後期是傾向於政府權力層面的民族主義者。但他並非一開始就傾向於國民政府，而是在現實的遭遇中不斷思考和變化的

〔註79〕 易勞逸：《流產的革命：1927～1937 年國民黨統治下的中國》，陳紅民等譯，中國青年出版社 1992 年版，第 54 頁。
〔註80〕 季進、曾一果：《陳銓：異邦的借鏡》，北京文津出版社 2005 年版，第 86 頁。

結果。其中，「野玫瑰」風波是最重要的現實因素。

　　筆者以爲，陳銓的選擇本身並沒有對錯之分，這是大部分知識分子的共同選擇，也是時代使然。畢竟當時的知識分子面對的是國民黨掌權的國民政府，這個政府是擔當抗日救亡重任的政府，沒有這個政府，一切的抗日都無從說起。這個政府也是政權統一和政局穩定的象徵。在民族危難之際，知識分子更需要一個統一和穩定的政府來面對國際間的戰爭，早日擺脫國家的危亡狀況，走上民族獨立自主的道路，這是戰國策派同仁共同的希望，也是知識分子的心願。面對民族的空前大災難，抗戰期間的教授學者們紛紛走出學堂、書齋，或投筆從戎，或投身政府，或議軍議政，採用各種方式爲國家和民族貢獻自己的力量。據西南聯大教授聞一多回憶：「教授們每天晚上吃完飯，大家聚在一間房子裏，一邊吃茶，抽著煙，一邊看著報紙，研究著地圖，談論著戰事和沿途的消息。……我們腦子裏裝滿了歐美現代國家的觀念，以爲這樣的戰爭，一發生，全國都應該動員起來，自然我們自己也不是例外。於是我們有的等著政府的指示，或上前方參加工作，或在後方從事戰時的生產，至少也可以在士兵或民眾教育上盡點力。」〔註81〕抗戰時期的知識分子，總體而言都傾向於國民政府，團結在它身邊做貢獻。即便像西南聯大這樣具有自由民主氛圍的高校，就有半數教授加入了國民黨黨籍，稱之爲「民主鬥士」的聞一多都曾鼓動朱自清加入國民黨黨籍。應該說，在抗日救亡的背景下，知識分子傾向於國民黨是一個普遍的現象。筆者以爲，陳銓的選擇在當時的歷史情境中並沒有什麼錯誤，反而是一種愛國的表現。參與國事政事，歷來是中國知識分子的傳統。浸潤在「國家興亡，匹夫有責」，「爾曹不出，若天下蒼生何」等觀念的薰陶下，陳銓的轉變是時代的選擇，現實的遭遇所迫，更是符合他思想脈絡的選擇。

　　其實，不僅陳銓的政治立場和態度發生了顯著的變化，戰國策派的其他成員也發生了或明顯或微妙的變化。雷海宗，1942 年由姚從吾推薦，朱家驊親自出面邀請，加入了國民黨。他不僅是國民黨黨員，而且還擔任了該黨西南聯大直屬區分部委員。1948 年初，接朱家驊之請負責主編《周論》，告誡青年不必追隨共產主義「信仰的潮流」。國共內戰失敗後，雷海宗成爲國民黨重點搶救的知識分子之一，被列爲「因政治關係必須離平者」。林同濟雖然在 1937 年的廬山座談會上拒絕入黨，想做一名獨立於政治權威的公眾知識分子，但是他又想

〔註81〕孫黨伯、袁謇正編：《聞一多全集》，湖北人民出版社 1993 年版，第 427 頁。

「影響反動政府的思想,並引起他們對我的注意與尊重。」〔註82〕林同濟自供在《第三期的中國學術思潮》之後他已經有了通過文章來「抬高聲價」,「造成條件」,使國民政府來拉攏他的思想。與國民政府保持某種距離「事實上維持距離也正是抬高身價的一法」。〔註83〕對於蔣介石,林同濟在西安事變以前,對蔣勢力是半信半疑的,「『八‧一三』後,我完全信任他。」所以,在受到邀請翻譯蔣著《中國之命運》時,他表現出積極認真的態度。浦薛鳳回憶道,《中國之命運》初譯後請英文水平高的專家來復譯,「所請四位大將,老實說,假使每位肯賣力氣,自然勝任,但實際工作雖非敷衍從事,但亦未賣力氣,此則亦不能諱。或者複譯者未知亮公之謹嚴標準,故爾如此。唯(林)同濟則確賣力氣,譯筆流暢,對初譯不啻置之一旁,則另起爐竈重新自譯。」〔註84〕其他的三位大將是敷衍從事,不肯賣力氣,林同濟則非常認真仔細,重新自譯,這個行為本身就已經說明了林同濟與國民政府的親近、合作態度。林同濟說直至 1948年才對「蔣匪」表示「厭惡」。寫在建國五十年代的「思想檢討報告」,「厭惡」的真實程度有多少,其實值得懷疑。何永佶,曾任雲南財政廳長繆雲臺的私人秘書,並且為此謀得了《戰國策》的出版資金。1946 年左右擔任中央政治學校教授。沈從文與國民黨的關係歷來微妙複雜,學界有人專門對此進行過論述,可參看丁錫才的《沈從文與國民黨》。〔註85〕沈從文是作為「學術上有地位者」被國民黨安排搶救去臺。賀麟在抗戰時期的變化,歷來備受中共注意,他和國民黨、蔣介石之間的關係,可參看黃克武的《蔣介石與賀麟》。〔註86〕賀麟是作為「在北平教育行政負責人」第一批搶救對象。

筆者簡單提及這些戰國策派學人與國民黨之間的關係,不由地想到,郭沫若將戰國策派列為「藍色」,左翼文化界判定戰國策派是在為國民黨服務,「為國民黨統治提供學理依據」,雖言過其實,但並非空穴來風。學界在這個層面上平反戰國策派的同時,依然還得重新考慮:戰國策派與國民政府、國民黨到底是何關係?

〔註82〕林同濟:《思想檢討報告(1952.7.20)》,許紀霖等編:《天地之間——林同濟文集》,復旦大學出版社 2004 年版,第 307 頁。
〔註83〕林同濟:《思想檢討報告(1952.7.20)》,許紀霖等編:《天地之間——林同濟文集》,復旦大學出版社 2004 年版,第 307 頁。
〔註84〕浦薛鳳:《浦薛鳳回憶錄》(中),黃山書社 2009 年版,第 200~201 頁。
〔註85〕丁錫才:《沈從文與國民黨》,西南大學 2011 年碩士學位論文。
〔註86〕黃克武:《蔣介石與賀麟》,《近代史研究所集刊》2010 年第 67 期。

第四節　時間和空間的雙重建構：論陳銓的「民族文學」理論

「民族文學運動」主要是戰國策派核心成員陳銓倡導的一場文學運動。早在 1941 年，陳銓就開始號召發起一場文學運動，在《軍事與政治》第 2 卷 2 期上發表了《文學運動與民族文學》，這應是他提倡民族文學運動的先聲。爾後在重慶《大公報》副刊《戰國》第 24、25 期上連續刊出《民族文學運動》、《民族文學運動的意義》，以上兩篇合併就是《民族文學》上具有發刊詞性質的《民族文學運動》一文。陳銓於 1943 年「七·七」抗戰六週年紀念日創刊《民族文學》雜誌，全面提倡民族文學運動。在創刊號上，連登發表 4 篇他的文章：論文兩篇《民族文學運動》和《中國文學的世界性》；小說、詩歌兩篇《花瓶》（戲劇《野玫瑰》的小說版）、《飲歌》。身體力行地在理論和創作方面開風氣。陳銓自以為掌握著時代的真理，把握了文學的發展動向，所以在《編輯漫談》中再次強調這個運動，並且希望大家參與討論：

> 民族文學運動，自從去年在大公報正式提出後，引起各方面許多的同情和攻擊。但是世界上只有真理，才能夠推動時代，只有真理，才不怕別人的誤解。民族文學運動，能否成立，就是看它本身是否把握著真理。現在把兩篇文章，重新整理，合成一篇，以代替發刊詞，同時希望大家參加討論。〔註87〕

陳銓對民族文學運動是傾盡全力的，通過各種辦法宣傳這一運動。陳銓在創作上努力實踐「民族文學」的樣本。這一時期的作品，多幕劇有《野玫瑰》、《藍蝴蝶》、《無情女》、《金指環》等，獨幕劇有《婚後》、《自衛》、《衣櫥》等，長篇小說有《狂飆》等等，都是他創作的實績。不僅通過報刊雜誌，也在實際生活中宣傳。譬如，1942 年 9 月 23 日，陳銓就在文化會堂上作了《民族文學運動試論》的演講，該文刊登於《文化先鋒》第 1 卷第 9 期。陳銓倡導這一民族文學運動有他內在的理論支撐和邏輯思路。

首先，陳銓對文學的性質進行了界定。陳銓從文化形態史觀的角度出發，認為文學是文化形態的一部分，「假如一種文化，因為時間空間的不同，它的各種形態就會呈現出各種特殊的情狀，那麼文學的性質也同樣受時間空間的

〔註87〕陳銓：《編輯漫談》，《民族文學》1943 年第 1 期。

支配。」〔註88〕一個時代有一個時代的文化，一個時代也有一個時代的文學，
「文學受時間空間的支配，空間是民族的特性，時間是時代的精神。」「所以
時間和空間，對文學有偉大的支配力量。時間就是時代的精神，空間就是民
族的性格。拋棄了這兩個條件來談文學，我們就不能眞正瞭解文學。」〔註89〕
這裡，陳銓爲文學的界定找到了兩個重要因素：一是時間（時代精神），二是
空間（民族性格）。從時間角度看，每個時代有每個時代的精神，「時代精神
有轉變，民族特性表現的方式也有轉變。」〔註90〕陳銓認爲，今日中國已進
入戰國時代和民族主義時代，代表時代精神的應該是民族主義而不是個人主
義、社會主義或世界主義。今日的文學爲了配合時代精神的變化，理應倡導
民族文學運動，這才符合排山倒海的民族主義情緒的高漲。從空間角度看，
各個民族有各個民族的文化，各個民族有各個民族的文學。文學應該表現各
自民族的特殊情狀，英國、法國、德國、中國的文學各不相同。一個民族必
先有自己的民族意識，才能深刻地認識自己的民族，然後才能創造獨屬於自
己民族的文學。世界文學正是由發揚了各自民族特色的文學組成。「所謂世界
文學，並不是全世界清一色的文學，或者某一個民族領導，其餘的民族仿傚
的文學，乃是每一個民族發揚自己，集合攏來成功一種文學。我們可以說，
沒有民族文學，根本就沒有世界文學；沒有民族意識，也根本沒有民族文學。」
〔註91〕陳銓顯然非常重視各個民族根據各自的時代精神表現出具有自己民族
特色和民族意識的文學，「文學的使命，是要表現特殊的事物」〔註92〕。中國
文學的使命也就是要表現中華民族在這個民族主義時代的精神狀況、民族性
格。因此，提倡民族文學運動是一個符合時代精神、表現自身民族性格的文
學運動，本身具有一定的合理性。「五四」以來，人們對文學的認識大多是從
時間維度上去考察，古典主義、浪漫主義、現實主義等都是從橫向的座標系
來標識文學。陳銓卻認爲，在橫向座標系上應該加上空間縱標系，即民族意
識、民族特色、民族性格等。這種文學觀念有別於過去的文學定義，豐富了
文學的含義，有利於建構一個較爲豐富博大的民族文學觀念。無論是五四新
文學還是左翼文學都僅僅是在「時間」的刻度上延伸下去而並未意識到文學

〔註88〕陳銓：《民族文學運動》，重慶《大公報‧戰國》第 24 期，1942 年 5 月 13 日。
〔註89〕陳銓：《民族文學運動》，重慶《大公報‧戰國》第 24 期，1942 年 5 月 13 日。
〔註90〕陳銓：《民族文學運動》，重慶《大公報‧戰國》第 24 期，1942 年 5 月 13 日。
〔註91〕陳銓：《民族文學運動》，重慶《大公報‧戰國》第 24 期，1942 年 5 月 13 日。
〔註92〕陳銓：《民族文學運動》，重慶《大公報‧戰國》第 24 期，1942 年 5 月 13 日。

的「民族性」，陳銓卻以時間和空間來定義文學，從這一點看，陳銓的文學觀顯然是有價值和意義的。

陳銓特別重視文學表現「特殊」這一性質。他在《民族運動與文學運動》、《民族文學運動》、《民族文學運動試論》等文章中不厭其煩地對哲學科學與文學藝術進行了區分。「哲學科學求同，文學藝術求異；哲學科學是抽象的，文學藝術是具體的；哲學科學要超時空，文學藝術要表時空；哲學科學家的目的，在尋求人類世界普遍的真理，文學藝術家的目的，在描寫人類世界特殊的狀態。所以哲學科學家愈普遍愈近真理，文學藝術愈特殊愈有價值。」〔註93〕這樣的區分目的是為了突出「文學表現當時此地特殊的情狀」的性質，正因為文學有這樣的性質，並且是受時間和空間限制的，民族文學當然也要盡可能地表現民族的特殊性。既要表現時代精神，又要表現本民族的性格，民族文學的這兩個基本內容可以激發民族自豪感與民族意識。一個民族認識了自我，意識到與其他民族不一樣，並且表現出本民族的特殊性，蘊含著強烈的民族意識，這些意識映像到文學中，就是描寫當時此地民族的特殊情狀，這樣的文學就是民族文學。

值得注意的是，陳銓的民族文學觀是建立在西方各國文學運動的基礎上提出的一個具有世界性眼光的命題。陳銓考察了意大利、法國、德國、英國的文學運動，尤其是德國和法國的文學運動。陳銓認為法國和德國的文學運動典型地說明了民族與文學的關係。語言文字是表現一個民族特殊性最直接了當的方式。陳銓在研究歐洲各國文學發達的歷史，發現每一個文學運動，「都要先經過語言運動，民族意識又往往是推動語言文學運動原動力。」〔註94〕16 世紀的法國受意大利的影響，開始採用本國的語言，創造法國的文學。經過法國本民族的努力，法國語言運動成功了。由此，法國人找到了自己的民族特性：喜修飾、整齊、有秩序、有條理，從而在理性主義高漲的十七世紀又發生了新古典主義運動。這是符合法國民族性格和時代精神的文學運動，奠定了法國文學的基礎。經過這樣的民族運動與文學運動，法國作家可以在文學創作中盡情發揮本民族特性，從而使法國文學風行歐洲。德國也如此，

〔註93〕陳銓：《文學運動與民族運動》，《軍事與政治》第 2 卷第 2 期，1941 年 12 月 15 日。

〔註94〕陳銓：《文學運動與民族運動》，《軍事與政治》第 2 卷第 2 期，1941 年 12 月 15 日。

在十七世紀，德國文人反對外國文字的侵入，主張洗刷錘鍊德國文字進行創作。德國人認識到自己的民族特性，擺脫法國文學的勢力，再經過「狂飆運動」的洗禮，德國文學民族意識強盛起來，迎來了德國文學的黃金時代。

陳銓認為：「民族運動，文化運動，語言運動，文學運動，是一套連貫的現象，它們交互影響，交互推動，缺少一樣，其他一樣就不能單獨進行。」〔註95〕陳銓一直將文學運動、民族運動、語言運動和文化運動聯繫起來看，認為它們往往要同時發生才能促進本民族文學的發展。「世界上許多偉大的文學運動，往往同偉大的民族運動同時發生，攜手前進」〔註96〕，文學運動與民族運動密切相關，這就必然涉及到文學與政治的關係。陳銓認為：「特別在近代社會裏，文學和政治常常是分不開的，因為政治的力量支配一切，每一個民族都是一個嚴密組織的政治集團。文學家是集團中的一分子，他的思想生活，同集團息息相關，離開政治，等於離開他自己大部分的思想生活。他創造的文學，還有多少意義呢？所以民族意識的提倡，不但是一個政治問題，同時也是一個文學問題。」〔註97〕在這裡，陳銓強調了文學與政治的緊密聯繫，民族意識的形成和高揚不僅離不開嚴密組織的政治集團，更離不開文學上民族意識的表現和發揚。只有從政治與文學兩方面共同作用，才能真正發揮本民族的意識，創作出本真的民族文學。

在對意英法德等國的文學運動進行考察後，陳銓將目光投向五四新文化運動以來的文學，對五四新文化運動以來的歷史經驗進行重估。既然一時代有一時代之文學，一民族有一民族之文學，時代精神發生了變化，反映民族特性的文學也會隨之變化。陳銓將五四新文化運動以來的思潮分為三個階段，即個人主義階段、社會主義階段、民族主義階段，認為文學的發展也隨著三個階段思潮的變化而發生變化。在個人主義階段，思想界的領袖努力解放個人，宣揚個性解放，他們對一切壓迫個人自由的標準進行激烈地反抗，不願意受任何的束縛，要求自由的意志，由此造成個人主義的流弊。反映在文學上就是文學作品表現的都是個人問題，這一種文學有利於打破舊傳統，卻不利於建設新傳統和發揚民族意識。此時的文學大部分模仿西洋，詩歌學

〔註95〕陳銓：《文學運動與民族運動》，《軍事與政治》第 2 卷第 2 期，1941 年 12 月 15 日。
〔註96〕陳銓：《民族文學運動》，重慶《大公報·戰國》第 24 期，1942 年 5 月 13 日。
〔註97〕陳銓：《民族文學運動》，重慶《大公報·戰國》第 24 期，1942 年 5 月 13 日。

美國的自由詩，戲劇尊崇易卜生的問題劇，浪漫主義中包含的感傷主義彌漫於各種文體間。在社會主義階段，社會主義成為思想界研究的對象，一切問題都圍繞階級鬥爭問題展開，社會自由成為個人自由的前提。這一階段的文學仍然是模仿外國，主要是俄國。文學以階級鬥爭為表現對象。陳銓認為對階級鬥爭的強調，使得國家陷入分裂，消弱了民族意識，偏離了中國最需要的內部團結一致對外的要求，因此是民族意識最薄弱的時期。第三個階段是以民族為中心。在這個階段，一切應以民族利益為中心，「個人主義社會主義，都要聽他支配，凡是對民族光榮生存有利益的，就應當保存，有損害的，就應當消滅。」〔註98〕陳銓認為這一時期應養成強烈的民族意識，以對付抗日救亡的局面。顯然，陳銓提出「民族文學」的口號，一方面基於五四新文化運動歷史經驗的重估；另一方面也是出於現實的需要，渴求民族意識強烈的「新文學」，開展一場民族文學運動，擺脫過去階段中存在的文學流弊，使中國文學迎來偉大的將來。

在陳銓看來，民族文學的產生必須具備以下三個條件：一是一個能推動民族運動產生的新時代，它含有不同於以往時代的新精神。二是新時代的到來有力地促進了民族自我的認識和民族意識的自我覺醒。認識到自身民族的特殊性獨特性，具備「強烈的民族意識」，「才能產生真正的民族文學」〔註99〕。三是借鑒世界各國的民族運動、文學運動的歷史經驗和文化精髓，尤其是德國的狂飆運動，提高作家的文學修養與歷史洞察力。這種理論上的認識，是陳銓對西方各國文學發達史的實際考察中獲得的，也是對五四以來的中國文學進行觀察和反思中獲得的。

陳銓認為，民族文學應該是一種盛世文學，充滿生命力的文學，充滿感情的文學。作家應該具有直面生活的勇氣，對人生抱著積極進取的態度，發現生命中蘊藏的意義和偉大，反映在文學上，就是作品中張揚著一種雄渾、奔放的氣象，具有壯美的風格。壯美的文學給人以震動，使人獲得力量。所以應拋棄使人的生命力枯竭、給人沉靜的幽美的文學，應拋棄流露內心的消極困頓、在表現形式上賣弄技巧的文學。陳銓推崇盛世文學，批駁了末世文學。在《盛世文學與末世文學》一文中，他對盛世文學與末世文學進行了辨

〔註98〕陳銓：《民族文學運動》，重慶《大公報‧戰國》第24期，1942年5月13日。
〔註99〕陳銓：《民族文學運動》，重慶《大公報‧戰國》第24期，1942年5月13日。

析，這種認識未必是正確合理的，未必是對文學價值做出的正確判斷，但與陳銓一直以來的文學立場一脈相承。陳銓推出這兩種文學形態本意並不在於討論文學的評價標準，而是強調盛世文學中彰顯的蓬勃生命力的重要性，藉此批判末世文學的萎頓低靡之氣，其最終目的仍然是爲了形成強烈的民族意識，從而創造出戰國時代富有朝氣的民族文學。在《琴與畫》一文中，陳銓讚賞徐悲鴻的畫和王人藝的小提琴演奏就在於他們都是在「伸張自我，鼓動人生」，具體地說，「徐悲鴻先生的畫，有一貫的精神，這一種精神就是意志力量的表現。」王人藝先生「不管他用的什麼樂器，奏的什麼曲子，他自己的天才力量，激烈的感情，駕馭感情的本事，對人生樂觀的態度，細膩的體會，深刻的感覺，都得著了充分的表現。」〔註100〕從徐悲鴻的畫和王人藝的琴中，陳銓得出結論，外來的文化是必須採取的，但採取的前提則是「表現我們固有的民族精神」。反映在文學方面，就是一定要表現出新的內容和形式，表現出「新的中華民族」。

　　與理性相比，陳銓更重視非理性主義，例如生命、意志、情感等。陳銓非常肯定感情在生命、文學中的作用。他十分贊同楊靜遠小說《縈》中的一段關於感情的宣言：「別小視情感！它不是一星火花，隨時就應以熄滅的。自有人類開始，這東西就佔據人性底一大部分。人沒法除去它，也不能缺乏它。它是整個歷史演進底主角；小至日常口角，大至國際戰爭，那一幕少了它？愛與恨，仇與恩，那一段時期人類停止生活在它們底鬥爭圈內？儘管社會底制度，生活底方式不斷在改變，情感總是同一的。人類智識增加能逐漸把握外界的自然，可是不能控制情感，永遠不能！情感，是人類賴以生存的一團火，它猖狂起來可以毀滅人。人卻不能熄滅它，正如不能阻止自己底生存。」〔註101〕陳銓將這一段話摘錄到《編輯漫談》中，並且加了這樣的按語：「我們聽聽這位代表新時代青年的呼聲，可以預測倒行逆施的復古腐儒，終將一敗塗地。」〔註102〕情感在陳銓的思想觀念乃至文學理念上都佔據重要地位。在短論《感情就是一切》一文中進一步確認了感情的重要性。他認爲，「感情是推動人生最偉大的力量」，「至於文學藝術，更離不了感情，沒有感情的文學，就是沒有生命的文學，文學的形式，也許需要理智的安排，文學的內容，完

〔註100〕論壇：《琴與畫》，《民族文學》1943 年第 1 期。
〔註101〕楊靜遠：《縈》，《民族文學》1943 年第 4 期，第 25 頁。
〔註102〕陳銓：《編輯漫談》，《民族文學》1943 年第 4 期。

全靠感情來充實。」〔註 103〕在一個民族主義高漲的時代，也應當是感情主義高漲的時代，陳銓清楚地知道，「民族主義最需要的，不是愛國的『道理』，而是愛國的『感情』。」〔註 104〕只有重視感情的因素，才能真正培養起濃厚的民族意識，如此才有民族文學的產生。

在《民族文學運動的意義》一文中，他提出了民族文學的六個原則，肯定和否定各三條，作為當時民族文學運動的指針。第一，民族文學運動，不是復古的文學運動。一個時代有一個時代的文學，新時代有新時代的思想、語言、環境、形式技術等等，「明瞭當時此地，不向時代開倒車，才是真正的民族文學運動」。第二，民族文學運動不是排外的文學運動。陳銓認為，「一個真正偉大的文學，決不排斥外來的影響，因為這種影響，如果善於利用，對本身是有意無損的。」因此，對於外來的文學，既「不能奴隸地仿傚」，「也不能頑固地拒絕」，而應當有一個恰當的尺度，有利於本民族文學的發展。第三，民族文學運動不是口號的文學運動。陳銓希望民族文學運動拋棄惹人嫌厭的口號，作家們「埋頭創造，用有形的方式，表現高尚的理想」。第四，民族文學運動應當發揚中華民族固有的精神。固有的精神主要指戰鬥的精神和祖先道德的精神。「要恢復先民勇敢善戰的精神，才可以在現今戰國時代達到光榮生存的目的。」〔註 105〕要人人「奉公守法，誠實忠信」。「今後的文學，應當用藝術的形式，提倡固有的道德精神。這樣的文學，才是真正的民族文學。」〔註 106〕第五，民族文學運動應當培養民族意識。「民族意識是民族文學的根基，民族文學又可以幫助加強民族意識，兩者互相為用，缺一不可。」〔註 107〕「民族文學運動，最大的使命就是要使中國四萬萬五千萬人，感覺他們是一個特殊的政治集團。」〔註 108〕利害相通，精神相通，對本民族的歷史充滿自豪感，對祖國懷有深厚的情感，能夠為國家的獨立自由而努力奮鬥。第六，民族文學運

〔註 103〕論壇：《感情就是一切》，《民族文學》1943 年第 4 期。

〔註 104〕論壇：《感情就是一切》，《民族文學》1943 年第 4 期。

〔註 105〕陳銓：《民族文學運動的意義》，重慶《大公報‧戰國》第 25 期，1942 年 5 月 20 日。

〔註 106〕陳銓：《民族文學運動的意義》，重慶《大公報‧戰國》第 25 期，1942 年 5 月 20 日。

〔註 107〕陳銓：《民族文學運動的意義》，重慶《大公報‧戰國》第 25 期，1942 年 5 月 20 日。

〔註 108〕陳銓：《民族文學運動的意義》，重慶《大公報‧戰國》第 25 期，1942 年 5 月 20 日。

動應當有特殊的貢獻。所謂「特殊的貢獻」是指：「要採中國的題材，用中國語言，給中國人看。」〔註109〕陳銓希望文人創造一種「智識潮流」，使中國的文學向著民族文學的潮流前進，創造出符合現時代精神的文學運動。

　　陳銓提出的以上原則，作為一種個人的理論探討，無可厚非，但是未免空泛，沒有什麼實際內容。雖說他反對口號式的民族文學運動，但這些原則不是口號卻勝似口號，而且，這些原則有很多漏洞，偏激而不全面，容易引起誤解。譬如，發揚中華民族「固有的精神」，難道這「固有的精神」僅僅指「戰鬥精神」和「祖先道德的精神」？辨析不清楚，論述不全面，這就容易遭致左翼文化界的批判。所以，民族文學運動的這六個原則還是有它的局限性，屬於自說自話的理論設想，缺乏嚴密的言說體系。

　　綜上所述，陳銓對文學的性質、價值和功能都具有清晰的界定和闡述。陳銓提倡民族文學運動，自有他的理論基礎和現實依據。作為一個中西文化比較學的留洋博士，陳銓的民族文學理論既重視本國的時代精神、文學狀況，也考慮到世界文學的發展狀況，是以世界文學的高標準和要求來審視中國文學，具有開闊性的視野。另外，倡導民族文學也是戰國策派文化重建構想的一部分。基於現實的需要，他們渴求具有民族凝聚力和民族感情的「新文學」，從而建樹民族文化，振奮民族精神，提高民族自信心，鼓舞鬥爭意志，最終達到抗戰建國、文學啟蒙的目的。

第五節　《民族文學》：民族意識與文學創作

　　陳銓認為，民族文學所要表達的基本主旨是時代精神和民族意識。陳銓的創作正契合了抗戰時期的時代精神，一定程度上體現了他的民族文學理論。陳銓把文學作為建構民族意識的重要途徑，通過編輯刊物《民族文學》，發表大量的論文、文學作品，著力倡導和實踐民族文學運動。譬如，劇本《野玫瑰》、《無情女》、《金指環》、《藍蝴蝶》等，小說《狂飆》，詩歌《哀夢影》等，幾乎無一例外地表現出鮮明的民族意識。具體涉及到《民族文學》這個刊物，我們也能明顯地發現，發表的作品都在儘量吻合民族文學的特性。例如，陳銓的《花瓶》、《飲歌》、《自衛》、《哀夢影》，吳冰心的《豐山》，金啟

〔註109〕陳銓：《民族文學運動的意義》，重慶《大公報·戰國》第25期，1942年5月20日。

華的《征鴻》，依尚倫的《巴爾虎之夜》等等，都是民族文學的代表作。這些作品多以抗戰爲主題，歌頌抗日英雄，強調民族意識，在個人與國家的衝突中，突出爲國家、理想獻身的崇高精神。

一、《花瓶》

《花瓶》是一篇小說，是話劇《野玫瑰》的前身。故事情節、內容和人物都有較大的不同。陳銓自己解釋：「『花瓶』爲『野玫瑰』的前身。作者最初寫完這一篇短篇小說以後，擱筆一年，然後才根據它寫成劇本。時間縮短，人物增多，情節變複雜，對話改明亮，結局有出入，一切都依照著戲劇發展的原則。小說和戲劇不同的地方，參考比較，亦饒興趣。」〔註110〕《花瓶》就是按照小說的寫法進行結構，重點講述了劉雲樵與曼麗之間的愛情故事，在談情說愛的過程中，劉雲樵作爲南方政府派來的間諜，還從事著探聽北平政府消息、傳遞信息的任務。曼麗的父親是北平政府的重要領袖，又是劉雲樵的姑父。劉雲樵與曼麗處在戀愛狀態中，最後住到了姑父家，趁機送給姑父一個裝了最新式的無線電發音機的大花瓶。多重的優勢使他能夠輕易地獲取情報爲南方政府效勞，從而達到抗日鋤奸的目的。因爲劉雲樵，北平的游擊隊更加得心應手，打擊了日本人以及北平漢奸，北平政府的秘密消息能夠及時發送出去，沉重打壓了北平政府與日本政府，幫助抗日的南方政府挽救時局。劉雲樵，在親情與愛情面前，更重視國家和民族利益，大義滅親，不惜犧牲自己的親人來獲取情報。最後還影響了曼麗，走上了共同抗日的道路。小說充滿了愛情的氣息和民族的意識，情節集中緊湊，突出的是劉雲樵和曼麗的形象，漢奸曼麗的父親以及日本官員反而是一個模糊的影像。

小說《花瓶》與話劇《野玫瑰》顯著不同。《野玫瑰》中增加了兩個新的角色：夏豔華、王安，也就是說在王立民的家中多安插了兩個間諜，一個比一個級別高，劉雲樵黃字五十三號，僕人王安天字二十一號，戲中主角夏豔華天字十五號，每個間諜都有他各自的作用與特色，獨自運轉在王立民家。與《花瓶》不同，《野玫瑰》講述的重點從間諜劉雲樵轉移到間諜夏豔華，變成了一個描寫國民黨女間諜反日鋤奸的正劇。夏豔華是國民黨的高級女間諜。三年前「犧牲兒女私情，盡忠國家民族」，毅然「拋棄」熱戀中的情人劉雲樵，受命嫁給北平偽政委會主席王立民，目的是刺殺「同日本軍閥浪人勾

〔註110〕陳銓：《編輯漫談》，《民族文學》1943年第1期。

結，在華北無惡不作」的大漢奸。但因中日關係越發緊張，戰事隨時爆發，
上方指示她暫時不要殺死王立民，而要「利用他來探聽日本人各方面的消
息」。於是她費勁心機，花言巧語來贏得丈夫的歡心，不斷獲取一些極端重要
的絕密情報，成為埋在華北日偽心臟的赫赫有名的女間諜。劇中夏豔華先施
「美人計」讓警察廳長送走了劉雲樵和曼麗，再施「反間計」借王立民之手
斃殺警察廳長，顯示了非凡的技巧與才能。夏豔華的人生選擇與行動，具有
崇高的民族英雄的氣概。

　　無論是《花瓶》還是《野玫瑰》，文中都浸透了為國家、為民族而戰，不
惜犧牲個人親情、愛情的民族意識，但顯然，《野玫瑰》要比《花瓶》渲染地
更豐滿更複雜一些。《野玫瑰》不僅在宣揚國家至上、民族至上的愛國情感，
而且在劇中宣揚了陳銓的思想理論——尼采的意志哲學。《野玫瑰》正是陳銓
理念的領域延伸和形象詮釋。

二、《自衛》

　　《自衛》是一個獨幕劇本。講述的是在面臨日本鬼子攻佔騰街的危險時
期，以夏三爺、王鐵生為主力，自發組織村民組成游擊隊，抵抗日本鬼子的
英雄事跡。在劇本中，中國軍隊是英勇抗戰的，村民積極擁護、幫助中國軍
隊抵抗日本軍隊。當小三子認為中國軍隊「好像要撤退的樣子」，夏三爺力挺
中國軍隊：「中國軍隊不會撤退的，你們不要驚戰。」面對女兒珮芝的困惑：
「不知道為甚麼，中國軍隊會站不住？」，夏三爺解釋道：「這沒有關係，就
算政府軍隊，因為戰略上的關係，暫時撤退，我們人民一樣地可以起來自衛。」
〔註 111〕作為地主階層出身的夏三爺，他不僅知曉政府的軍事戰略，而且積極
號召村民組織游擊隊抵抗日本軍隊，甚至強調組成游擊隊抗擊日本是「我們
戰區民眾的責任」，夏三爺就在村中擔任起組織者的作用。夏太太要求全家回
昆明躲避日本軍隊，夏三爺堅決不回去，大義凜然地說道：「你們都可以走，
只有我不能走，我一走，合村的人民，就是一盤散沙，我必須要留在這裡把
他們組織起來，編成游擊隊，來抵抗日本。」「我要留在這兒，把民眾組織起
來，同日本人拼命。」〔註 112〕為此，夏三爺一方面命令手下的奴僕去請抗日
軍人王鐵生參加游擊隊，另一方面又派吳麻子、趙玉和、小三子去召集村裏

〔註 111〕陳銓：《自衛》，《民族文學》1943 年第 2 期，第 46 頁。
〔註 112〕陳銓：《自衛》，《民族文學》1943 年第 2 期，第 47 頁。

的壯丁在白雲庵集合，組織起來，進行武力自衛。在劇中，夏三爺成爲一個有擔當、有責任感、爲國家、爲民族捨生取義的大英雄。

如果從左翼文化界的階級觀點看，那麼，夏三爺不僅不能成爲組織村民自衛的大英雄，而且將是一個被指責和攻擊的對象。按照階級的觀點，夏三爺顯然是一個「靠收租吃飯」的剝削階級，是要被打倒的人物。無產階級革命文學的標準範本丁玲的《水》就是這樣。前半部分寫人們與洪水頑強抗爭，抵抗失敗，大批農民淪爲災民，生命遭到威脅，救濟無果，一批批餓死。後半部分則寫在「黑臉農民」的鼓動和帶領下，意識到衙門、地主階層才是農民眞正的敵人，沒有飯吃就應該去搶，搶回屬於自己的糧食，這顯然已經轉入了階級鬥爭的書寫範疇。《自衛》就不一樣，農民趙玉和、長工吳麻子、牧童小三子都臣服於夏三爺，認爲夏三爺才是主心骨，抵抗日本鬼子的領袖。農民階層與地主階層和諧相處，毫無階級鬥爭的影子。當夏太太勸夏三爺搬家時，夏三爺答道：「搬家，談何容易？我們家全靠收租吃飯，逃到別的地方，拿甚麼來生活？恐怕只有活活餓死。」〔註113〕對於夏三爺來說，靠收租吃飯這是天經地義的事情，長工吳麻子也無任何階級覺悟，剝削階級與被剝削階級處在一種融洽狀態，唯一的敵人就是日本鬼子。這兩個階層的人都積極抗日，被剝削階級趙玉和、吳麻子、小三子都聽命於剝削階級夏三爺，團結在一起積極抗日。

不僅這兩個階層積極抗日，就是知識分子階層，以張秀才爲代表，也用自己所學貢獻心力。張秀才鼓勵夏三爺採用游擊的方式對抗日本，他說：「鄙人素來就主張組織游擊隊，因敵強而我弱，攻其正我必敗，攻其側我必勝，苟能敵去而我來，敵來而我去，出其不意，攻其不備，使敵人疲於奔命，然後集大軍以攻之，則我可操必勝之算矣。」〔註114〕張秀才就像是一個軍師，給夏三爺出謀策劃：「吾鄉王鐵生，蓋世之雄也。三爺欲舉大事，非得此人不可。」作爲一介書生，張秀才秉著「國家興亡，匹夫有責」的家國意識：「如有用我者，雖粉身碎骨，赴湯蹈火，亦不敢辭。」愛國之情躍然紙上。

確切地說，在《自衛》這個劇本中，不分階級，男女老少全民抗日，上至五十多歲的老秀才，下至十一二歲的少年，都抱著一顆誓死保衛鄉土的決心。這正應了蔣中正在「七七事變」之後的廬山講話：「如果戰端一開，那就是地無分南北，人無分老幼，無論何人，皆有守土抗戰之責，皆抱定犧牲一

〔註113〕陳銓：《自衛》，《民族文學》1943 年第 2 期，第 46 頁。

〔註114〕陳銓：《自衛》，《民族文學》1943 年第 2 期，第 48 頁。

切之決心。我們只有犧牲到底，抗戰到底，惟有犧牲的決心，才能博得最後的勝利！」，「全國國民亦必須嚴肅沉著，準備自衛。」〔註115〕《自衛》的主題正是蔣中正的廬山講話，用文學作品的方式傳達了廬山講話精神。這裡，陳銓拋棄、否定了階級的眼光，從民族主義的立場來敘述這次自衛事件，弘揚的是全民抗戰的民族意識，鼓舞民眾抱定犧牲、勇於抗日的自衛精神。全劇還宣揚了尚武精神、戰鬥意識。作為一個勇猛善戰的軍人王鐵生受到了村民的集體擁戴，連曉雲這樣的使女都對十一二歲的小男孩發生這樣一種呼籲：「我勸你以後不要用女人的東西。你是一個男人，你應該學軍人，拿著槍，上前線去衝鋒，打戰。」〔註116〕女人喜歡、崇拜的對象是軍人，導致十一二歲的小男孩從小就樹立起戰鬥和尚武的意識。這與陳銓的民族文學理論以及戰國策派「文武兼備」的理論觀點一脈相承。陳銓在這個劇本中描繪了他心中的理想圖景：中國人民在面對民族災難時表現出空前的勇氣與責任感，為了民族國家的獨立和自由不怕犧牲、勇敢戰鬥，具有強烈的愛國熱情和偉大的民族主義精神。

三、《哀夢影》

　　《哀夢影》是白話組詩，分別發表在《民族文學》第 1 卷第 3 期和第 5 期上，共 41 首。1944 年由在創出版社出版同名詩集《哀夢影》，詩集是在《民族文學》基礎上，補充了《空談》、《死後的安慰》、《催眠曲》、《桃花》、《失敗》、《既然》、《飲歌》這 7 首詩，加上在《民族文學》上發表的 41 首詩，合輯成 48 首詩的《哀夢影》。這是陳銓唯一的白話新詩集。在題記中，陳銓交待了組詩的由來：他的好友劉夢影是「一個有熱情，有才氣的青年」，「愛上了一個位不愛他的女人」〔註117〕，內心經歷了痛苦的愛情波折。失敗之後，「翻然悔悟，立志從軍」〔註118〕，成為一名戰績頗著的戰士。然而鄂西大捷之後，卻傳來了夢影陣亡的噩耗。陳銓為紀念亡友，模仿夢影的口吻和思想作成抒情詩，以表現夢影高潔的品格和精神，「為新中國的新青年，立下一個誠懇熱情遠見的模範」〔註119〕，同時，以此表達他個人對這位摯友綿綿不盡的哀思。

〔註115〕1937 年 7 月 17 日蔣介石在廬山會談上的講話。
〔註116〕陳銓：《自衛》，《民族文學》1943 年第 2 期，第 44 頁。
〔註117〕陳銓：《哀夢影》，《民族文學》1943 年第 3 期，第 26 頁。
〔註118〕陳銓：《哀夢影》，《民族文學》1943 年第 3 期，第 26 頁。
〔註119〕陳銓：《哀夢影》，《民族文學》1944 年第 5 期，第 77 頁。

　　《哀夢影》集中表達了對感情的重視。陳銓認爲，在民族主義高漲的時代，也應當是感情主義高漲的時代。一個沒有感情的人，沒有「愛」和「恨」體驗的人，是不可能產生愛國的感情。沒有愛國的情感，就無法產生民族主義，沒有民族主義，也就無法產生民族文學。陳銓認識到了感情在喚醒民族意識、建構民族文學中的重要作用。在《哀夢影》當中，他特別重視劉夢影的感情生活，也藉此宣揚了「感情就是一切」的觀點，這尤其表現在《不要信》與《感情頌》這兩首詩中：

《不要信》
不要信那些學究先生們，
他們說青年人要壓制感情
不要聽那些胡言亂語，
戀愛和救國勢不兩立。

人生活像一堵籬牆，
感情加上玫瑰芬芳。
陣雲裏冷氣森森，
眞正的勇士才是眞正的愛人。〔註120〕

《感情頌》
感情就是一切，
眞理不容障厄。
感情一日不停，
眞理一日不減。

花枝點綴莊嚴朝宇，
太陽斜照肅殺秋林。
感情描出悲壯歷史，
歷史產生孽子孤臣。

理智是感情的奴隸，

〔註120〕陳銓：《哀夢影》，《民族文學》1943年第3期，第28〜29頁。

整日供主人驅遣呼喚。
奴隸一朝作了主人，
家庭從此虛偽紛亂。

先哲感歎行易知難，
感情是知的泉源。
人類沒有實意眞情，
永遠會不知不行。

不管人生爲的眞理，
不管眞理爲的人生。
假如眞理沒有感情，
一切都是虛幻無憑。

感情就是一切，
眞理不容障厄。
感情一日不停，
眞理一日不滅。〔註121〕

陳銓以高調、叛逆的姿態讚頌了感情，用新的人生觀和價值觀否定老學究們迂腐陳舊的觀點，歌頌感情，歌頌愛情，歌頌與感情一切相關的事物。他把感情拔高到超越理智、知行的範疇，就連眞理這樣一個純科學領域的事情，陳銓也強調眞理的感情因素：眞理爲的是人生，而不是人生爲眞理。陳銓佩服劉夢影也就在於他是一個感情豐富、眞摯的人，「念夢影文人，最富於感情，他對家庭，對朋友，對愛人，對國家，都是一貫的誠懇態度。」〔註122〕儘管是一段不被理解、不被對方接受的愛情，夢影還是眞心投入。戀愛如此，對國家也是這樣充滿感情。戀愛失敗之後，毅然從軍抗擊日寇。《我只要》講述得正是戀愛失敗後，男兒志在抗戰，要「拋棄萬種癡情」，「決心作一個勇敢軍人」。〔註123〕

〔註121〕陳銓：《哀夢影》，《民族文學》1944年第5期，第79～80頁。
〔註122〕陳銓：《哀夢影》，《民族文學》1944年第5期，第77頁。
〔註123〕陳銓：《哀夢影》，《民族文學》1943年第3期，第32～33頁。

　　除了在詩歌中強調感情之外，陳銓還著力宣傳了他所理解的尼采哲學中關於戰爭的觀念。《戰的哲學》說的就是戰爭問題。

　　　　《戰的哲學》

　　　　和平是人類本性，

　　　　戰爭是天地不仁。

　　　　虎豹不與綿羊嬉戲，

　　　　蚊蟲專靠鮮血生存。

　　　　農夫盡日芟除野草，

　　　　獵戶通宵守候山林。

　　　　弋人彎弓仰望青天

　　　　漁夫舉網潛行水濱。

　　　　歷史用血淚寫成，

　　　　世界從衝突產生。

　　　　和平是人類本性，

　　　　戰爭是天地不仁。〔註124〕

陳銓認為，在這個充滿衝突的世界，戰爭不可避免，我們應正視它。從感情上說，和平是人類的本性，但從理智角度看，戰爭卻是不可避免的，戰爭有它的合理性與正當性。當戰爭成為戰國時代不可避免的現象，那麼正視它、解決它才是一個正確的路徑，因此就應該培養國民的抗戰意識、尚武精神。《戰歌》就浸透了戰爭意識和民族意識，充分塑造了一個勇猛善戰、充滿愛和恨的戰士形象。

　　　　《戰歌》

　　　　天蒼蒼，

　　　　地茫茫，

　　　　男兒長征志氣壯。

　　　　槍在肩，

　　　　彈在囊，

　　　　滿腔熱血在胸膛。

　　　　（合唱）

　　　　饑餐倭奴肉，

────────────

〔註124〕陳銓：《哀夢影》，《民族文學》1944年第5期，第86頁。

渴飲倭奴血。
念及家國仇，
心頭如火熱。

槍在響，
炮在轟，
千軍萬馬向前衝。
天地泣，
男兒氣壯不回頭。
（合唱）
饑餐倭奴肉，
渴飲倭奴血。
念及家國仇，
心頭如火熱。

刀光閃，
劍氣橫，
殺氣層層透陣雲。
犧牲少，
斬獲多，
大家一齊唱凱歌。
（合唱）
饑餐倭奴肉，
渴飲倭奴血。
念及家國仇，
心頭如火熱。〔註125〕

總之，陳銓的《哀夢影》就是用一位有知識、有抱負的青年的生命、感情和思想歷程，印證了感情在塑造民族意識方面的作用，說明了愛情與愛國是和諧統一的、民族主義是正當和偉大的。

〔註125〕陳銓：《哀夢影》，《民族文學》1944年第5期，第85～86頁。

四、《飲歌》

《飲歌》實際上是劇本《無情女》中的插曲，陳銓作詞，黎錦暉作曲，張少甫和聲。陳銓單獨發表出來看不出什麼深意，歌曲說的是老王身上長了臭蟲，老王一片好心腸，捨不得弄死它，結果臭蟲肆意咬著老王，老王遍身發癢，長起了爛瘡，最後病倒在床。幸虧老王的女兒趁她爸爸睡著了一腳踩死了臭蟲，老王的身體才康復起來。如果我們把這個插曲放回到《無情女》這個劇本中，對比這兩個插曲〔註126〕，立馬就會明白，《飲歌》暗示的是：臭蟲是「日本」，老王就是「中國」。日本這個臭蟲肆咬「中國」的歷史太過於漫長。1895 年，日本迫使清政府簽訂割地賠銀的《馬關條約》，佔領臺灣全島。1915 年，日本迫使袁世凱接受滅亡中國的「二十一條」要求。1928 年日軍製造「濟南慘案」，打死中國軍民 1000 多人，並佔領濟南。1931 年，日本在瀋陽製造「九一八事變」，日軍強佔我國東北，實行「殺光、燒光、搶光」的「三光」政策，三千多萬名同胞淪為日軍鐵蹄下的奴隸。1933 年，日軍先後佔領熱河、察哈爾兩省及河北省大部分土地，進逼北平、天津，迫使國民政府簽署了限令中國軍隊撤退的《塘沽協定》。最終在 1937 年全面侵華，製造了震驚中外的「盧溝橋事變」，開始了長達八年的中日戰爭。整個過程實際上就是「臭蟲」日本不斷侵入「老王」中國的身體，然後開始任情肆咬，「老王」不斷妥協退卻，最終導致一病不起。老王一開始也以為「臭蟲不會咬死我呀，何必驚慌？」，沒想到「老王一天到晚遍身發癢，只覺得時時刻刻不舒服，長起爛瘡」。此時，中國政府應該對日本有所行動了，但是請看：

> 臭蟲越來越猖狂，
>
> 可憐的老王害病躺在床。
>
> 左右鄰居都請殺死臭蟲，
>
> 老王說：「別嚷別嚷，臭蟲聽見，誰敢擔當？」
>
> （合唱）老王說：「別嚷別嚷，臭蟲聽見，誰敢擔當？」〔註127〕

這一節實際上諷刺了北洋時代、國民政府時期的對日妥協政策，面對日本這

〔註126〕 發表在《民族文學》和《無情女》上的《飲歌》有區別，兩者用詞不同，意義也有差別。具體地說，《民族文學》中少了對國民政府的諷刺與挖苦，更像一個平常的小寓言。《無情女》則不同，寓意更加明白、深刻，直指國民政府的對日妥協政策。

〔註127〕 陳銓：《無情女》，中國現代文學館編：《陳銓代表作》，北京華夏出版社 2009年重印，第 191 頁。

樣的強國，執政府節節退讓、不願招惹、忍氣吞聲，國民政府還制定了「攘外必先安內」的基本國策。但中國抗日情緒高漲，最終發生了 1936 年的「西安事變」，抗日民族統一戰線逐漸建立起來。陳銓的這首《飲歌》喚醒人們不要將「仇人當作爹娘」，對於日本這樣的「臭蟲」，一定要無情剷除，「殺走狗，除漢奸，橫掃兇惡的敵人，打倒兇橫的日本！」〔註128〕，如此才能獲得中華民族的獨立自由。這一首寓言式的《飲歌》，寓意深刻，引人深思。

五、《豐山》

吳冰心的《豐山》是一篇抗日小說，講述的是棄甲歸田的老戰士翁眞公在面臨中國抗戰的危難局面，自發組織村民，憑藉著豐山的地理優勢和日本軍隊進行周旋、游擊。翁眞公是一位有組織才能、有謀有略的戰士。他憑藉一己之力，組織村民對抗日本，竟然也達到了勢不兩立的和平狀態，連日本鬼子也害怕他，千方百計地想捉拿他。不管是日本鬼子的游擊、掃蕩，還是火燒、封鎖，眞公和他的戰友們都能輕鬆對付，取得了一次次勝利。眞公的威名飄蕩在江淮間的平原上，最終他被政府收編，任命爲第×戰區的南路游擊司令。《豐山》意在表明，最可恨的敵人還是中國人自己——漢奸。投降日本的漢奸計謀了一條詐降，騙取眞公下山，眞公不肯屈降，壯烈犧牲。所幸，眞公的女兒超繼續領導父親的隊伍與日本對抗。

眞公是一位具有民族大義、家國情懷的愛國者。面對日本鬼子的突然來臨，眞公「殷勤」招待，鬼子兵勒索著要花姑娘，眞公將「痛苦含在內心」，「毫不猶豫地」喚出自己的家屬女眷來陪鬼子飲酒取樂，然後趁鬼子喝醉迷糊的狀態下槍殺了他們。面對漢奸的詐降，所有人都不贊成他前往，「眞公的愛女超，再三苦諫」，「但是眞公想爲國家增加力量的心，超過了自身安危的計較，他總是想說服姦人，共同的打擊敵寇」。〔註129〕在國家民族利益面前，眞公捨棄了親人安危、自身安危，最終英勇就義，充滿了大義凜然、堅貞不屈的浩然正氣。

不僅眞公充滿了民族大義與民族情感，整篇小說都籠罩著濃厚的家國情懷，傳達了民眾復仇雪恨、保家衛國的戰鬥力量。日本鬼子火燒村莊，失去

〔註128〕陳銓：《無情女》，中國現代文學館編：《陳銓代表作》，北京華夏出版社 2009 年重印，第 192 頁。
〔註129〕吳冰心：《豐山》，《民族文學》1943 年第 3 期，第 107 頁。

了家的人們，「更增加了他們復仇的決心」，面對日本鬼子的侵略，人們凝聚在一起，像休眠的火山立刻就會爆發出無窮的力量：「戰鬥的烽火，把這塊平原映得血紅，空氣吹過來血腥，柴城在鐵騎的踐踏下，平原上奔馳著猙獰的野獸，平原上的村落遭受到亙古未有的浩劫，人失去了家，人離開了家，但是許多破碎的家，零落的家，合組成一個大的家，真公領導著，武裝著這個大的家，『保衛這柏樹林裏的墳墓，就是保衛著祖國。』簡單的誓詞，偉大的力量，大家愛戴著真公，服從著他的命令，在起伏的山巒裏，蘊含著力量，時時在山的高空，呈現出一顆明亮的星，照耀著平原，照耀著平原上面的人民，是溫和的，是慈祥的，但是照在敵人的面上，是強烈的，是尖銳的，使他們不敢看第二次。」〔註130〕村裏的人們愛真公，服從真公，恨敵人，恨日本軍隊。「偉大的民族運動，應當是愛與恨的感情運動。」〔註131〕村人被戰爭激發出了強烈的「愛與恨」。強烈的民族主義感情，這是抵抗日軍的偉大力量，抗戰勝利的保證，也是中華民族強有力的精神武器。

六、《巴爾虎之夜》

依尚倫的《巴爾虎之夜》原本是一部四幕劇，《民族文學》只刊登了第一幕，如果刊登完全，這將會是一個不錯的劇本，融合了少數民族風情與民族意識的作品。僅從這一幕看，我們也能感受到作者在借這個劇本傳達了無論是少數民族還是漢族，都應該團結在中國旗幟下一致抗日。

劇本以巴爾虎草原上黛妮斯和鄂爾桑的愛情為主線，融入了戰爭敘事。黛妮斯是巴顏克酋長的女兒，她愛上了巴爾虎騎士鄂爾桑。鄂爾桑出身貧賤，巴顏克不同意女兒與他交往。當日軍進兵興安嶺西，侵犯科爾沁南邊的時候，鄂爾桑為了保衛祖先用鮮血換來的土地，集合了巴爾虎青年的騎士組成了一支鐵騎，馳往科爾沁，展開游擊的戰鬥生活。兩人約定在明年的招風崗再見。黛妮斯自小在俄國教會裏接受教育洗禮，具有國際視野，時刻關注本民族的發展狀況。「她常以國際的局勢，內地遭受九一八的暴風雨，警惕固執成行的父親，說明巴爾虎民族將要毀滅在自身不進化的生活方式裏。」〔註132〕黛妮斯具有強烈民族意識與家國意識，她雖然接受了現代俄式教育，並且她生長

〔註130〕吳冰心：《豐山》，《民族文學》1943年第3期，第105頁。
〔註131〕陳銓：《感情就是一切》，《民族文學》1943年第4期，第5頁。
〔註132〕依尚倫：《巴爾虎之夜》，《民族文學》1944年第5期，第89頁。

的這塊土地經常遭受外國人的統治，但她知曉外國人並非是真正在幫助他們，而是在掠奪和侵佔。黛妮斯的女僕白莉就疑惑到：既然我們是屬於中國的，「為什麼中國軍隊不來幫助我們？」，黛妮斯回答道：「這也難怪你，唉！四百年前這個地方還有中國政府派人來管理，以後，中國的政府腐敗下去，內地連年有戰爭，它們便顧不到我們這兒了。」〔註133〕黛妮斯認為面對日本的侵犯要自力更生，不用管中國政府是否來幫助我們，更不需要依靠俄國軍隊來趕走日本。黛妮斯的父親巴顏克看中的女婿安列卻並不以為然，他認為俄國政府比漢人政府對我們好，我們完全可以利用俄國兵力來擊退日軍。為此，黛妮斯與安列展開了一場辯論：

> 安：自力更生？你從那兒學來這一個好聽的名詞，我問你，我
> 們巴爾虎有什麼力量可以更生，這些年若沒有外力來幫助我們，我
> 們還不是不懂得西藥治病，不懂得甘麼叫做衛生，不懂得文明，我
> 們還不是每天「特兒呀嘶」，「特兒呀嘶」，（用鞭子趕羊狀）的牧羊，
> 流浪，生活，老死在這個草原上。

> 黛：（氣憤）難得你說出這一片奸細的理念！安列先生，你說
> 出口的時候，一點也不覺得慚愧嗎？一年了，我們巴爾虎草原，不
> 惜流血，戰爭，犧牲，死亡，幾千年戰爭的烽火，在草原上燃起了
> 又熄滅，多少壯士的鮮血，染紅了戰場，又被風沙掩埋。如今，換
> 來了這一塊土地，又生下你這樣不肖的子孫，你對得起草原下祖先
> 的白骨嗎？你對得起……〔註134〕

安列實際上已經被外國的勢力和文明給征服了，拋棄了「漢滿蒙回藏本是一家」的家國意識，變得崇洋媚外。當然，他的言論思想有一定現實基礎，黛妮斯的話語則是一劑解毒良藥，重新樹立起中華民族的情感和意識，這正是在抗日背景下極度缺乏的一種精神意識，尤其是在少數民族地區。

鄂爾桑外出一年毫無消息，黛妮斯只聽到巴顏克和安列傳來的壞消息，一個說他打游擊一次次失敗了，一個說她移情別戀了。黛妮斯堅信不疑，鄂爾桑一定會在相約的那個夜晚與她見面。為此，她拒絕父親給她安排的婚事，迫於各種壓力，答應在招風崗的約定之後再婚嫁。就在將要相見的前一晚，

〔註133〕依尚倫：《巴爾虎之夜》，《民族文學》1944年第5期，第92頁。
〔註134〕依尚倫：《巴爾虎之夜》，《民族文學》1944年第5期，第94頁。

黛妮斯思緒萬千：「鄂爾桑！你如明晚一定回來，我們還可以再見，如果你不回來，我並不怪你，我知道你正在領導著游擊隊和敵人在搏鬥，你爲了巴爾虎的生存，盡忠於生長你的草原，祖國，我不希望你歸來，可是，鄂爾桑，我擔心你的健康和現在的遭遇。」〔註135〕黛妮斯一方面希望可以和愛人相見，但另一方面更希望他能夠爲巴爾虎的生存和祖國的利益而戰鬥。在愛情與民族面前，黛妮斯選擇了後者，她對鄂爾桑的感情和對本民族的感情令人動容。

七、《征鴻》

金啓華的《征鴻》講述了主人公洗和他的隊友自發組成自衛隊維持家鄉安全和秩序，在故鄉失守之後流離失所，輾轉各地進行抗戰宣傳的一篇紀實性小說。洗原本在學校上學，後因戰爭的關係，學生相繼離開了學校，奔赴到各地，「保衛家鄉」。洗回到家鄉後，和舊友楹積極組織了自衛隊，在城裏招收壯丁編隊，加緊軍事訓練，以對抗即將來臨的日軍。整個城市來安的秩序就由城防自衛隊和洗的自衛隊操持著。在維持秩序的過程中，他們一方面對漢奸進行有力肅清，趕跑了地方上的漢奸遺老，進行了兩次肅奸運動。另一方面也對那些爲日本方面說好話，容易動搖軍心的宣傳者意大利人進行逮捕，以免影響眾人的抗日情緒。在得知南京失守之後，民心大亂，自衛隊裏也有人開始動搖，眾人開始逃離，長輩們也勸洗離開，洗抱定不做亡國奴，繼續維持城裏秩序，堅決抵抗日本。「他們的慈愛，我是感激的，我不是愛著故鄉，愛著祖國，我又何苦這樣呢？我是下決心了，我能在來安幾天，來安一定是我們的」，「我遊說城防自衛隊裏的同志，有我們在來安，鬼子兵是別要想進來。」〔註136〕赤誠之心躍然紙上。

南京失守後，洗和他的隊伍們更加謹慎，加強防備。當謠傳敵人已來到來安南鄉時，洗的戀人斌的家就在來安南鄉，愛情鼓舞著他的勇氣，準備帶領戰友到南鄉去對抗日軍。不料縣長杜因爲日軍即將到來想臨陣逃脫，洗爲了穩定秩序和民心，必須保證縣長駐紮來安，爲縣長這事奔波著而把私人的情感暫時擱下了。在群眾利益面前，個人的私利被放在了一邊。主人公是一個有擔當、有責任感、富於奉獻和犧牲的人，在國事、家鄉的利益面前，他可以犧牲自己的愛情與生命。當縣長最終下達了撤退命令，自衛隊和市民全

〔註135〕依尚倫：《巴爾虎之夜》，《民族文學》1944 年第 5 期，第 97 頁。
〔註136〕金啓華：《征鴻》，《民族文學》1943 年第 4 期，第 68 頁。

部開始逃離時，在撤退過程中，自衛隊仍不甘心就這樣不戰而走：「我們眞的
退走了嗎？不見敵人的影子就退走了嗎？同志們，我們這種行爲是對的嗎？」
「回進城去」。〔註137〕自衛隊在隊長的帶領下再次進入城裏準備圍攻日寇。然
而，當自衛隊正準備作戰時，街心跑來七八個老者來勸：

> 小老子們，不能打啊，打，我們全城都沒有了！你們眞能抵得
> 住人家嗎？你們難道不顧念你家嗎？你們趕快退，城裏不要你們來
> 問事，你們以後再等機會來吧！現在日本人的浪頭正屬害，你們暫
> 時保全實力，等候著機會，光棍不吃眼前苦，走吧，你們快走吧！
> 〔註138〕

不僅言語相勸，而且行動阻撓：「他們扯著我們和隊長王，一定要我們下命令
退，哭著，哀訴著，甚至於跪下了！」〔註139〕在這種處境下，隊長考慮到敵
我力量相差太大，最終還是撤退了。「我們走了，來安失了！」〔註140〕這一句
話，傳遞著沉痛的哀思，「感覺著受了莫大的委曲」〔註141〕。滿腔熱血，報國
無門，祖國的一寸寸土地在不斷失去，而他們所能做的卻只有「撤退」。盡心
盡力地組織民眾的力量抵抗日軍，最終卻不能與日寇作戰。目睹著故土的失
去，「心痛到萬分，血亦沸騰到極點」〔註142〕。

　　從來安退到古城，古城成爲了來安的縣政府所在地。洗在古城遇到街上
同學，勸他們到自衛隊裏來，準備作游擊戰，協助正規軍抗日，也希望能夠
打回來安擊退日軍。但是退回到古城的一縣之長卻毫無抗日之心，他身邊「帶
了很多錢」，「據聞還有幾千兩鴉片煙土」，他想出走，預備派遣保安隊護送他，
地方上的士紳們都反對，「認爲地方上的隊伍，應當保衛地方，哪能護送私人
呢？大家的意見是相左，各不讓步的。一二天內，謠言起來了！說城防自衛
隊要繳保安隊槍哪！保安隊要襲擊城防自衛隊哪！古城的人民驚恐著，古城
在風雨飄搖中，夜間，各自戒備，如防禦日本人一樣。」〔註143〕縣長最後佔
了上風，帶著保安隊出城。古城裏的士紳們開始排擠主戰分子，要求妥協求

〔註137〕金啓華：《征鴻》，《民族文學》1943年第4期，第71頁。
〔註138〕金啓華：《征鴻》，《民族文學》1944年第5期，第65頁。
〔註139〕金啓華：《征鴻》，《民族文學》1944年第5期，第65頁。
〔註140〕金啓華：《征鴻》，《民族文學》1943年第4期，第73頁
〔註141〕金啓華：《征鴻》，《民族文學》1943年第4期，第72頁。
〔註142〕金啓華：《征鴻》，《民族文學》1943年第4期，第68頁。
〔註143〕金啓華：《征鴻》，《民族文學》1944年第5期，第66～67頁。

和，把危險分子抓起來交給日本以求得古城的太平無事。主人公洗「再三的向地方紳士們貢獻我的意見，把來安四境的武力聯繫起來，召集所有受過軍事訓練的青年學生爲幹部！我們要打回來安去！」〔註144〕洗滿腔熱血卻遭遇到父輩們的滿盆冷水，父輩們不允許青年學生主戰。

洗既不願意做奴隸、順民，又不能在此作戰、施展才能，洗決定離開古城到其他地方求出路。洗和追隨他的五個學生組成「來安縣流亡青年學生宣傳隊」，沿途做些宣傳工作，喚醒廣大同胞。這是因爲，在流亡過程中，洗發現「老百姓們知道抗戰的，知道敵人兇殘的，並不多見哪！交通的阻塞，把他們丟在時代後面很遠了，籍著我們的流亡，我們想把他們趕上了時代，參加到抗戰去。」〔註145〕爲此，只要有可能，洗和他的隊友們每到一個鄉村鎮落就進行演講宣傳、歌曲鼓舞。但工作中卻遇到了許多挫折。比如到了雙滿〔註146〕，和平暫時籠罩在這個鄉村，主人公趁著集市的機會開始演講、唱歌，村人們的神情是「很新奇的聽我們說大書」。宣講完畢，洗想找區署接洽一下，展開宣傳工作。找到區署，區丁在站崗，「沒精打采的背著槍」，與之交談，他「帶著鄙視的神情說：『師爺都洗澡去了！區長還在家？』」〔註147〕，再準備談話，區丁跑向「一個油頭粉頸的女人搭訕去了！」〔註148〕村民麻木不仁，區署漠不關心，整個抗戰情形原來如此糟糕。留在這裡的青年人告訴洗：「這地方很沉悶，消息不容易得，他曾用收音機接受中央廣播電臺的消息，發刊一種壁報，不多久，就被地方的人禁止張貼了！現在的雙滿，沒有一張新報紙，前兩天，江蘇劇團在這裡演劇，很麻煩區署一下，區長現在都還很頭痛哪。」〔註149〕雙滿抗戰宣傳極度缺乏，又遭遇到各種勢力的阻撓，工作起來非常不容易。洗在去往泗洲路上，沿小站歇腳，「這村落，更充滿太平，貓在曬太陽，亦懶洋洋的，人更不知道戰爭，想宣傳一番，轉而又覺得是多事了！」〔註150〕村人看見他們很驚奇，洗趁機回答：「我們的家是被日本人佔領了！」希望能夠提高警惕，喚醒他們的同胞意識。到達泗洲，又碰上值勤的門崗不讓難民進城，幸而遇上了昔日好友漢文的親戚

〔註144〕金啓華：《征鴻》，《民族文學》1944 年第 5 期，第 67 頁。
〔註145〕金啓華：《征鴻》，《民族文學》1944 年第 5 期，第 71 頁。
〔註146〕可能是這倆字，看不清晰。
〔註147〕金啓華：《征鴻》，《民族文學》1944 年第 5 期，第 71 頁。
〔註148〕金啓華：《征鴻》，《民族文學》1944 年第 5 期，第 71 頁。
〔註149〕金啓華：《征鴻》，《民族文學》1944 年第 5 期，第 72 頁。
〔註150〕金啓華：《征鴻》，《民族文學》1944 年第 5 期，第 72 頁。

才被放行。以上情形可想而知，做一件有益於國家和民族的事情，在這個複雜冷漠的局面下是如此艱難。這就越發顯得，喚醒國民的抗戰意識，進行一場全民合作的民族自救運動，是多麼重要和緊迫！

　　當然，並不是所有的地方都是麻木、消極、冷漠，有些地方的宣傳工作和抗敵工作還是做得不錯。譬如泗洲，正是 1938 年元旦，「這裡很熱鬧，舉行擴大抗敵宣傳，漫畫標語貼滿一街，體育場內舉行壯丁幹部訓練班的畢業典禮，朝氣蓬勃的，戰時的嚴肅和緊張，在這裡表現得很充分。」〔註151〕另外，在南宿州狀況也不錯，「南宿州有抗敵後援會，青年活躍著」〔註152〕。洗去參觀之後，後援會請他們演講，報告故鄉失陷情形，後援會獲知形勢如此嚴峻，更「加緊」組織游擊隊的工作。應付抗戰的局面有好有壞，有喜有憂。洗從漢文二哥那得知徐州第×戰區在招收學生軍團，大家相約一起去徐州報考。到了徐州，發現報名的人「非常踴躍」，洗和夥伴們開始有了新的決定，踏上了隴海路的火車，「追趕著太陽去了」。〔註153〕

　　由於《民族文學》停刊，《征鴻》連載未完，筆者所見內容如上。僅從刊登的內容看，《征鴻》集中反映了以洗爲代表的青年學生積極向上、勇猛抗戰的民族意識和愛國情懷。他們自發組織自衛隊保家衛國，自發組織宣傳隊沿途演講，宣揚抗戰意識，自發尋找報效國家的出路，不願與舊勢力同流合污。誠如洗的宣言：「我更絲毫沒有改變我學生的本色，我是受過軍事訓練的，我應當報效國家對我的培植，我是主戰的有力分子。」〔註154〕因爲是主戰分子，所以不願意妥協，不願意做順命，決定出走，「這一刹那間，我向著自衛隊高呼！我們在民族復興的大道上會面。」〔註155〕在武裝渡湖的時候，一首「起來，不願意做奴隸的人們……」的歌曲響遍整個盱眙城。〔註156〕跋涉千里，終於到達戰爭前線，「看見了鐵道，像看見了故鄉，看見了國軍，像看見了我們的弟兄，充滿了愉快，充滿了希望。」〔註157〕然而，作者也抨擊了那些「很有妥協的可能，做苟且偷安的願民」〔註158〕，也就是父輩、紳士、民眾以及與日寇狼狽爲奸的漢奸，

〔註151〕金啓華：《征鴻》，《民族文學》1944 年第 5 期，第 73 頁。
〔註152〕金啓華：《征鴻》，《民族文學》1944 年第 5 期，第 75 頁。
〔註153〕金啓華：《征鴻》，《民族文學》1944 年第 5 期，第 76 頁。
〔註154〕金啓華：《征鴻》，《民族文學》1944 年第 5 期，第 67 頁。
〔註155〕金啓華：《征鴻》，《民族文學》1944 年第 5 期，第 68 頁。
〔註156〕金啓華：《征鴻》，《民族文學》1944 年第 5 期，第 69 頁。
〔註157〕金啓華：《征鴻》，《民族文學》1944 年第 5 期，第 75 頁。
〔註158〕金啓華：《征鴻》，《民族文學》1944 年第 5 期，第 67 頁。

他們經常以妥協的方式阻撓主戰的勢力，導致「主站的勢力沒有主和的勢力大，妥協的空氣相當的濃厚」〔註159〕。最值得批判的還是這班縣長、科長、秘書等文官們，不能擔任領導抗戰的大任，反而如此貪生怕死、及時行樂。請看：「杜縣長在這裡，又像是地頭蛇了！他赴宴會忙，應酬忙，忘記這時是抗戰，他是個失地的罪人了，一班科長秘書們，飲酒忙，大牌忙，妓忙，什麼亦不做，亦不願意人家做，他們是在及時行樂哪！」〔註160〕

　　《征鴻》從一個側面反映了群眾的自衛力量，反映了抗日戰爭的複雜局面。小說中，不僅有積極備戰、勇猛擔當、具有民族大義和家國情懷的自衛隊、宣傳隊等正面力量，還有像縣長、基督徒、對日妥協的紳士、漢奸、傳播謠言的群眾等負面力量，這兩股力量促使中日戰爭的情況越發紛亂複雜，最終有可能導致不戰而退、自家人打自家人的後果。縣長和地方紳士爭奪保安隊的情況就是這樣，地方紳士對學生的鄙視和敵視也是如此。漢奸們甚至散佈謠言：「說日本兵只恨學生，不損害別人的，只要古城不窩藏學生，日本人不會來打古城的，最好把那些危險分子交出來給日本人，古城一定是太平無事。」〔註161〕這就越發令人髮指，如果民眾沒有民族意識和家國意識，有時候會比兇猛的敵人更加兇殘。戰局一開，地方領導、紳士和民眾思想龐雜、行動不一、互起內訌，這才是最可怕的事情。《征鴻》反映了這種抗戰的多樣性、複雜性，並促使人們思考：在缺乏政府組織的情況下，群眾自發組織的自衛戰爭如何在多重勢力下得到順利、有效地展開？在戰爭時期，如何保證地方長官、紳士和民眾「意志集中、力量集中」，具備「國家至上、民族至上」的意識和精神？《征鴻》警醒人們：在戰爭形勢如此嚴峻的情況下，發揚國民的民族主義精神，具備民族意識，是如此重要和緊迫。唯有全民參與、團結、合作的抗戰才有可能是勝利的保障，這也是中日戰爭取勝的重要武器。

八、《狂飆》

　　談到民族意識與文學創作，我們自然會想到陳銓的長篇小說《狂飆》。這部小說沒有刊登在《民族文學》上，有一篇它的評論文章，就是辛郭的《讀狂飆》。辛郭認為《狂飆》「所表現的『民族意識』非常鮮明、強烈，值得說

〔註159〕金啓華：《征鴻》，《民族文學》1944年第5期，第67頁。
〔註160〕金啓華：《征鴻》，《民族文學》1944年第5期，第70頁。
〔註161〕金啓華：《征鴻》，《民族文學》1944年第5期，第67頁。

是『民族文學』的一部有力的作品」〔註162〕確實，《狂飆》可以說是「民族主義的範本」。它脫稿於 1941 年的 3 月 13 日，初版於 1942 年 10 月，小說主要描寫了以薛立群、王慧英、李國剛、黃翠心四個青年男女的戀愛糾葛為主線，貫穿了從五四運動到抗戰時期十八年的國民革命歷程，速描了一幅民國時期風雲變幻的時代背景圖，表現了受過國民革命教育和五四新思潮的青年一代的思想情感風貌，勾勒了他們在民族危急關頭從個人主義向民族主義轉化的過程，彰顯出鮮明的民族意識。

以薛立群和黃翠心為代表，呈現了五四時期追求愛情、自由、情感的個人主義思潮。富家子弟薛立群在學校接受了西方思潮的洗禮，閱讀了《新青年》、胡適新詩、《少年維特之煩惱》等，思想發生了巨變，發誓「要做一個新人物。……我要獨立、我要自由，我要擺脫一切束縛！」〔註163〕富家女黃翠心是典型的五四時代的新女性，漂亮、摩登、勇敢，自認為人生的目的是求快樂，反對道德和束縛，只忠實於自己的情感。「又是責任！又是道德！又是束縛！我恨極了！我要推翻一切！我寧肯死！我要自由！」〔註164〕雙方在個人情感的狂飆之下，陷入到戀愛的瘋狂當中，薛立群拋棄了青梅竹馬未婚妻王慧英，黃翠心橫刀奪愛、犧牲了最好的朋友王慧英的幸福。在得到愛情的同時，他們也失去了友誼、道德和良心，不明白人生是有限制的，自由並非無邊。婚後一度沉湎於狹隘的家庭生活中，耽於交際、享樂，陷入了個人主義的小圈子裏。

以李國剛為代表，他從小就在父親李鐵崖的民族主義教育下成長，立志要當軍人，考上大學後選學航空，畢業後主動學習飛行，戰爭爆發後，擔任「大鵬隊」的副隊長，立下戰功，最後為國英勇犧牲。在個人情感方面，他雖然深愛慧英，但卻把這份感情深埋於心，直到慧英經歷情變才吐露心聲，幫助慧英從絕望中走出來，過上和諧的家庭生活。他的身上剔除了一些個人主義、自私自利的思想，對自己的言行常加以責任的節制，堪稱青年表率。

不管怎樣，「七七事變」爆發後，這些人在民族危亡時刻不惜犧牲個人生命為求團體勝利。王慧英在公公李鐵崖的影響下，幫助他開展游擊戰，組織婦女救護傷員，被俘後堅拒日軍侮辱導致精神失常。她完成了由家庭到社會，

〔註162〕辛郭：《讀狂飆》，《民族文學》1943 年第 1 期，第 117 頁。
〔註163〕陳銓：《狂飆》，重慶正中書局 1942 年 10 月初版，第 84 頁。
〔註164〕陳銓：《狂飆》，重慶正中書局 1942 年 10 月初版，第 192 頁。

由賢妻良母到抗戰中堅的蛻變。黃翠心在南京傷兵醫院耳聞目睹許多慘絕人寰和可歌可泣的事情，反省自己沉溺在個人生活中間，對國家民族沒有貢獻。後果斷從事南京難民區國際委員會的工作，準備犧牲自己來拯救受苦受難的同胞，最後在日本軍官面前，臨危不辱，引刃自盡。國恨家仇面前，王立群奔赴無錫鄉間，接替李鐵崖成爲游擊隊領袖，承擔起先輩的未竟之業。

貫穿小說的線索是怎樣從「個人」的狂飆轉變成「民族」的狂飆，怎樣從五四時期的「個人主義」轉變成現階段的「民族主義」，最終主旨是樹立以民族意識爲核心的民族狂飆。這和陳銓倡導的民族文學運動相呼應。《狂飆》正是戰國策派處於興盛時期的文學代表作，集中反映了戰國策派學人的思想理念。譬如，對戰爭的重視，對民族主義的推崇，對個人主義、和平主義、國際主義的批評等等。最典型的言論莫過於：

> 現在的時候，是一個戰國時代，民族主義是一切問題的核心。一個國家處在這個時代，要求生存，一切的政治、經濟、社會機構，都要站在民族的立場來建設。全國的人民，一定要靠教育的力量，充滿了民族的意識。民族主義最重要的原則，就是要注重團體犧牲個人，一切的自由主義、放任主義、國際思想、階級鬥爭、功利主義，都不能同時並重。民族主義第二個重要原則，就是要把全國人民，都養成戰士。一種戰的人生觀，應當灌輸進每一個兒童。本來革命就是戰爭，一個革命政府，怎樣能夠不訓練戰士？沒有戰鬥的意志，民族怎麼能夠解放呢？〔註165〕

> 常常都想到戰爭，常常都預備戰爭。再不要像你父親那一代，成天成日希望國際間的和平正義。……和平正義就像馬戲場的馬，他們跳舞起來很好看，但是他們不會駝東西。〔註166〕

> 他再三叮囑，這一次大戰結束，非戰主義、國際和平的思想，又要抬頭，但是戰爭是人類不可避免的，中華民族必須要時時刻刻準備戰爭，不要再上別人的當，提倡戰爭的民族，別人不敢欺負，也許到可以免戰，信仰和平的民族，旁的國家，一定要乘機而來，戰爭反而不可避免。〔註167〕

〔註165〕陳銓：《狂飆》，重慶正中書局，1942年10月初版，第203頁。
〔註166〕陳銓：《狂飆》，重慶正中書局，1942年10月初版，第399～400頁。
〔註167〕陳銓：《狂飆》，重慶正中書局，1942年10月初版，第429頁。

這些話語都出自於老革命黨人李鐵崖的嘴裏，李鐵崖作為小說中的精神導師、民族英雄，自然就成為陳銓理念的代言人或者說戰國策派思想的傳聲筒。戰國策派拉唱民族主義思潮，反映在文學領域上就是提倡以民族意識為核心的民族文學運動，小說《狂飆》正是戰國策派民族文學觀最為狂飆的突顯。

結　語

　　戰國策派是在二十世紀四十年代特殊的抗日戰爭背景下誕生的思想文化
派別。戰國策派學人面對的最大現實就是抗日救亡，抗戰是最偉大、最艱難
的現實。如何煥發民族生命力，振興中華民族，取得抗戰勝利，是每一個憂
心國家民族未來的人都在努力思考的問題。深重的民族危機、紛亂的政治勢
力、萎靡的民族文化促使一批具有社會責任感的戰國策派學人秉承「書生論
政，文章報國」的傳統文人精神，對準中國的政治、歷史、外交、文化、文
學等各個方面集中火力、開出藥方，重建民族生命力和中國文化。

　　誠如林同濟所言：「抗戰的最高意義必須是我們整個文化的革新！戰勝是
不夠的（更莫說因人成事的戰勝）。打倒人家侵略主義，收復一切淪陷河山，
是無意義的——如果重新把佔了那金甌無缺的神州之後，我們，尤其是有智
力有才力的分子，還是依舊地憒憒嬉嬉，依舊地欺人自欺，還是一味地骯髒、
混亂、愚昧、貪污。抗戰歷程中的種種浩大犧牲，若要有眞正的代價的話，
我們責無可逃地必定要在那座收復回來的江山之上，培養出一個健康的民
族，創造出一個嶄新的有光有熱的文化。」〔註1〕培養一個健康的民族，創造
一個嶄新的文化，正是戰國策派的核心主旨，也是戰國策派學人言論的中心。

　　爲實現這百年來中國人的理想，相比起國內的親英美派、親蘇派、乃至
親日派，戰國策派選擇了另一種西學——德意志思想文化。他們認爲日耳曼
文化才是歐洲文化的主流，中國過去介紹西方文化多偏向於英美，現在必須
整合以德國文化爲代表的西洋文化，改造中國的傳統文化，在中西文化融合

〔註1〕林同濟：《嫉惡如仇——戰鬥式的人生觀》，重慶《大公報・戰國》第19期，
　　　1942年4月8日。

的基礎上獲得民族文化的更新。因此，戰國策派特別推崇文化形態學、地緣政治學、尼采哲學、狂飆運動、浮士德精神等極具德國色彩的思想文化資源。尤其是在國際局勢尚未明朗，珍珠港事件尚未發生時，戰國策派學人對德國思想文化表現出了親近、曖昧的態度。不只戰國策派，同在民主堡壘的西南聯大誕生的另一個刊物——以拉唱自由主義、立場中論的《今日評論》在國際局勢的影響下也急劇右轉，開始懷疑英美的民主和自由，擁護專制和集權。作為「世界第三種研討地緣政治之雜誌」的《荊凡》則專門向國內介紹與德國法西斯密切相關的地緣政治學，試圖從地緣政治的角度觀照歐戰和中日戰爭，瞭解和預測國內外局勢。所謂「靈識無境界」，《荊凡》的學者們對德國學術文化表示出了推崇、敬仰之情。戰國策派亦如此。留學德美的陳銓、賀麟、林同濟、何永佶等長期受潤於德國學術文化，不自覺間表現出了對德國思想文化的好感。在世界局勢逐漸明朗，法西斯同盟與反法西斯同盟涇渭分明的情況下，這種親德的立場和態度遭到了嚴厲的批判，被視為宣傳法西斯主義，打入歷史冷宮。

但是，戰國策派崇尚德國文化卻是建立在學術研究的基礎上和國家民族的發展前途之上。在他們看來，西方文化是「力」的文化，西方人的人生觀是「力」的人生觀，西方人的組織是「力」的組織，「自文藝復興以來，就愈演愈著地以民族為單位，國家為單位」〔註2〕，由個人主義為中心轉入國命整合時期。所以西方國家尤其是遭受第一次世界大戰摧殘後的德國能夠迅速興盛、強大起來。中國恰恰與之相反。為此，他們在批判、反思的基礎上繼承五四新文化運動以來的學術文化，並提倡「第三期的學術思潮」，倡導「第二度新文化運動」，造就一種具有世界時代精神回音的「國家至上，民族至上」的民族主義思潮。反映在文學領域，則是以德國的「狂飆運動」為藍本，展開一場「民族文學運動」。這些觀念和主張分別反映在戰國策派的連貫一體的三個刊物《戰國策》、《大公報·戰國》副刊、《民族文學》之上。從政治歷史到文化重建再到文學運動，戰國策派的理念和主張隨國內外形勢的發展和自身關注的重心不斷變化，這種流動性和流變性使得戰國策派更豐富，更複雜，呈現出動態、綜合的文化體系。

流動和流變卻並不膚淺。作為一個兼容並包、海納百川的文化派別，戰

〔註2〕林同濟：《思想檢討報告（1952.7.20）》，許紀霖等編：《天地之間——林同濟文集》，復旦大學出版社2004年版，第305頁。

國策派運用的思想理論仍然煥發出生命力。譬如「戰國時代的重演」，在伊拉克戰爭之後，有學者認為當今的時代並非和平與發展的時代，世界正在進入「新戰國時代」。〔註3〕被斥為「法西斯主義」的「大地政治學」在八十年代就重登中國的政治舞臺，在複雜的國際局勢中扮演著越來越重要的作用。二十世紀九十年代，繆爾‧亨延頓提出「文明衝突論」正是文化形態學的靈活運用。東方文明與西方文明的衝突與融合一直是世人關注的焦點。彌足珍貴的是，戰國策派提出的文化重建方案，是一份長遠的文化設計。在二十一世紀的今天看來，仍然具有深刻借鑒和警醒意義。中國文化在儒、道、釋文化的長期浸潤下，戰國策派批判的民族性、國民性弱點還在延續。「妥協，折中，好講價，喜取巧，惡極端，反徹底，善敷衍，厭動武……」〔註4〕，呈現出因循守舊、奴隸順從、「中間人精神」、「官商者模樣」的國民世態。戰國策派曾批判二千年大一統局面下造就官僚傳統具有皇權毒、文人毒、宗法毒、錢神毒這四種特質，今天的新官僚傳統的毒素並沒有減少反而增多，做官弄權的宦術化依舊存在，「中飽」的現象仍然普遍，「富」與「貴」仍舊聯姻在一起，「做事的精神」、「技術傲氣」、「使命」和「天召」感依然欠缺。歷史以一種諷刺性的存在，更加突顯了戰國策派的價值和意義。

〔註 3〕參見王建等著：《新戰國時代》，北京新華出版社 2004 年版。
〔註 4〕林同濟：《中飽與中國社會》，昆明《戰國策》第 12 期，1940 年 9 月 15 日。

附　錄

一、筆名考證〔註1〕

江沛考察戰國策派有 26 位「本刊特約執筆人」，分別是：

> 林同濟、雷海宗、陳銓、賀麟、朱光潛、費孝通、沈從文、郭
> 岱西、吉人、二水、丁澤、陳碧生、沈來秋、尹及、王訊中、洪思
> 齊、唐密、洪紱、童雟、疾風、曾昭掄、何永佶、曹卣、星客、上
> 官碧、仃口。〔註2〕

江沛指出唐密為陳銓筆名，尹及為何永佶筆名。實際上，丁澤也是何永佶的
筆名。何永佶在《戰國策》第 12 期《希特勒的外交》一文中明確指認：「我
繼《希特勒與朱元璋》一篇文後（本刊第十一期）寫這篇的用意，就是想國
人知道一代女近代戰國的作風，和希特勒所說的外交任務。希氏是一個說到
做到的人，他特別的政治見解，七年來他實施於政治行為上。」〔註3〕《希特
勒與朱元璋》署名丁澤，討論的是希特勒的崛起過程，他的外交見解和治國
觀念。文中末尾寫道：「他上臺以來，德國外交有顯著的成功，迫使民主國家
節節退讓，弄到不能有效地抵抗。這點需要專文來解說清楚，欲知後事如何，
且看下一期的《戰國策》。」〔註4〕確實，下一期的《戰國策》緊接上述問題
而來，討論的就是希特勒的外交政策和思想，並且自報家門，上期的文章是

〔註1〕該筆名考證寫於 2013 年 8 月，寫完後準備拿去發表時發現孔劉輝已考證過《戰
　　　國策》、《大公報・戰國》兩個刊物的筆名情況，詳見《「戰國派」作者群筆名
　　　考述》，《新文學史料》2013 年第 4 期。
〔註2〕江沛：《戰國策派思潮研究》，天津人民出版社 2001 年版，第 12 頁。
〔註3〕何永佶：《希特勒的外交》，《戰國策》第 12 期，1940 年 9 月 15 日。
〔註4〕丁澤：《希特勒與朱元璋》，《戰國策》第 11 期，1940 年 9 月 1 日。

何永佶本人寫的。自此，丁澤這個筆名沒有在戰國策派刊物上出現過。之前以「丁澤」署名的文章有《留得青山在！──「工人無祖國」嗎》、《行行復行行》、《東擊與西擊》，加之《希特勒與朱元璋》共 4 篇，總體而言，這四篇文章的觀點和何永佶的文章觀點非常一致，並未有衝突或矛盾的地方，所以，筆者以為丁澤就是何永佶。

上官碧為沈從文筆名；洪紋、思齊為洪思齊筆名；星客為陳銓筆名，獨及、公孫震、望滄為林同濟筆名〔註 5〕；「疾風」學界一般認為是王平陵的筆名〔註 6〕，王平陵確有筆名為「疾風」，但筆者在王平陵的作品輯錄中並未找到這篇署名疾風的《雨》，找到一篇文章題目為《雨重慶之夜》，顯然語言風格都與疾風的《雨》迥異。話說這篇《雨》不像王平陵的行文風格，所以筆者以為疾風未必就是王平陵，可能是另有他人。

筆者以為曹卣即曹辛之，胡風在奔赴香港的抗戰回憶錄中這樣寫道：「在吃飯的時候一個小青年找來，我認出曾在生活書店見過，名叫曹卣（後名曹辛之），他是陪送鄒韜奮夫人一家去香港的。」〔註 7〕胡風指認曹卣是曹辛之。曹辛之1940 年奉調重慶，的確在生活書店總管理處工作過，在鄒韜奮直接領導下的《全民抗戰》週刊任編輯，後來也確實陪鄒韜奮夫人一家去過香港。胡風的這個回憶是確實的，疑惑的是，曹辛之這樣一位重要的九月派詩人、書籍裝幀美術家，學界公認的筆名只有「杭約赫」，凡是涉及曹卣筆名的文章學界依然判定是曹卣，無人確認曹卣此人到底是誰。曹卣顯然是個文學青年，發表了不少作品，譬如：在《現代文藝》刊物上發表過《清晨的煩憂》、《盒子裏的夏天》，在香港《大公報·文藝》發表了《他從池尾公館來》、《一百一十戶》、《一個人的晚上》、《破泊時候》，等等。曹卣在《戰國策》刊物上發表過一篇文章《鏡子──記一次被人遺忘了的空襲》，講述的是重慶的一次空襲，從時間來看，吻合曹辛之的生活軌跡，但僅憑證胡風的說法，筆者不能確定《戰國策派》中的曹卣就是曹辛之，這需要更多的證據佐證，但不排除有這個可能。如果曹卣就是曹辛之，那麼就是傾共黨人在戰國策派刊物上發表文章，考慮到戰國策派在後期被冠以「法西斯主義」的稱號，這個舉動就越發意味深長了。

〔註 5〕可參看：桑兵、關曉紅主編《先因後創與不破不立：近代中國學術流派研究》，北京生活·讀書·新知三聯書店 2007 年版，第八章第 515 頁。

〔註 6〕徐傳禮、李嵐都這樣認為。

〔註 7〕胡風：《胡風回憶錄》，人民文學出版社 1993 年版，第 230 頁。

　　吉人是否是何永佶本人，或者是汪吉人？吉人在戰國策派刊物上發表的 5 篇文章全都是關於希臘神話，分別是《兩件法寶（仿希臘神話 1）》（《戰國策》第 1 期）、《「這個好」（仿希臘神話 2）》（《戰國策》第 2 期）、《「擺脫爾」（仿希臘神話 3） —— 阿靈比士山的大政治》（《戰國策》第 9 期）、《智慧女神的智慧（仿希臘神話 4）》（《戰國策》第 14 期）和《阿靈比士山的革命》（《戰國策》第 11 期）。我們對比以「尹及」爲筆名發表的關於希臘神話的系列文章，分別爲：《蜚騰之死 —— 希臘神話（一）》（《戰國策》第 1 期）、《偷天活者 —— 希臘神話（二）》（《戰國策》第 2 期）、《敢問死 —— 希臘的答覆》（《戰國策》第 5 期）、《死與愛 —— 希臘對「死」的另一種答覆》》（《戰國策》第 7 期），行文風格和思想內容都非常一致，筆者以爲，吉人應該就是何永佶本人。另外，仃口在戰國策刊物上發表的文章僅一篇：《「非得已」 —— 希臘對於「死」的另一種答覆》，顯然是接著尹及的話題再說，筆者以爲，仃口應該也是何永佶。馮啓宏先生考證：「丁澤、吉人亦爲何永佶」〔註8〕。二水發表過一篇文章《論均勢》，這篇文章討論的是外交問題。中國歷來具有充滿依賴性的均勢觀念，歐洲各國也講究勢力均衡，凡爾賽條約代表的正是歐陸的均勢。二水認爲「均勢」並不能算國際政治的基本原則，更不能作外交政策的尺度。「均勢」在強者可以用來維持霸權和現狀，在弱者方面卻容易失去自主性，成爲附庸和犧牲品。因此要警惕玩均勢的外交手段。〔註9〕這篇文章與何永佶、洪思齊的觀點非常相近，考慮到何永佶在《戰國策》刊物上愛用筆名的習慣，而洪思齊一般都用思齊、洪紱兩個筆名，所以筆者以爲二水極有可能爲何永佶。

　　如果筆者考證無誤，那麼《戰國策》就僅有 17 位「本刊特約執筆人」，分別是：林同濟、雷海宗、陳銓、賀麟、朱光潛、何永佶、費孝通、沈從文、郭岱西、陳碧笙、沈來秋、王訊中、洪思齊、童寯、疾風、曾昭掄、曹卣。

　　《大公報・戰國》副刊上出現的筆名很少，上文已說過，獨及、公孫震、望滄爲林同濟筆名，唐密爲陳銓筆名。鈺生是著名的教育家、圖書館專家黃鈺生。

　　戰國策派的後續刊物《民族文學》的作者有：

陳銓、唐密、孫大雨、朱光潛、沈從文、梁宗岱、吳達元、朱自清、馮

<hr>

〔註8〕馮啓宏：《戰國策派之研究》，高雄：覆文圖書出版社，2000 年版，第 18～24 頁。

〔註9〕二水：《論均勢》，昆明《戰國策》第 2 期，1940 年 4 月 15 日。

至、姚可崑、費鑒照、商章孫、黎舒里、周曙山、柳無忌、吳晗、方重、袁昌英、黎錦揚、戴鎦齡、林同端、金啓華、楊靜遠、朱文振、辛郭、吳冰心、王年芳、華雄、鄧駿、闍童、吳瑞麟、依尙倫、季語誼等，其中唐密爲陳銓，所以共約 33 人。

《民族文學》徵稿時要求「發表時一律使用眞姓名」〔註 10〕，我們看這些作者也大多以眞實名字見刊。黎舒里，即王遜，著名的美術史家、美術理論家。20 世紀三、四十年代，他以黎舒里、王孫來等筆名在北平等地報刊上發表了相當數量的美學專論。《民族文學》難得一覓他的純文學作品《秋日》。辛郭，眞實名字有待考察，但根據這個名字的發文情況，與青年黨的陳善新關係良好，曾替他主編過一段時間的《青年生活》半月刊。根據他在《民族文學》發的文章《讀狂飆》來看，辛郭顯然是贊同戰國策派的主張，例如反對和平主義，重視戰爭國防，與陳銓的思想多有相似之處。華雄很有可能是翻譯家畢玆。陳銓主編的「近代世界名劇百種選」，其中就有華雄翻譯的巴蕾的《名門街》，這一點得到了陳銓本人的確認：「華雄先生這一篇介紹文字，寫得非常生動。巴蕾的另一名著〈名門街〉現已由華先生譯成中文，由青年書店出版。」〔註 11〕但現在公認爲，巴蕾的《名門街》是畢玆翻譯的，很有可能這兩個人是同一個人，當然也不排除是不同的兩個人，在此存疑不述。吳冰心，這裡的吳冰心並非詩人吳奔星。詩人吳奔星曾用過吳冰心的筆名。筆者曾致信吳奔星之子吳心海，他解釋說這篇文章不是他的父親吳奔星寫的。「這篇題爲《豐山》的作品是一篇小說，並不符合吳奔星慣有的創作體裁和風格。」〔註 12〕這有待進一步考證。王年芳、鄧駿、闍童、吳瑞麟、依尙倫、季語誼，這些人的具體情況未知。

二、《民族文學》目錄

《民族文學》由陳銓主編，青年書店印行。

1、《民族文學》第一卷第一期，1943 年 7 月 7 日出版

民族文學運動（編者）

論壇：

〔註10〕詳見《民族文學》徵稿簡則。
〔註11〕陳銓：《編輯漫談》，《民族文學》1943 年第 3 期。
〔註12〕吳心海：《原出鬚眉兩枝筆》，《書屋》2010 年第 3 期。

両種分法

琴與畫

人生最大難關 —— 錢與死

嫉妒的批評

文學家的學問

快慢問題

沒有結構的戲劇

譯莎劇「黎琊王」序（孫大雨）

法國戲劇詩人高乃依（吳達元）

花瓶（陳銓）

文學與語文〔上〕（朱光潛）

鵲踏枝（梁宗岱）

中國文學的世界性（唐密）

北望集序（朱自清）

江上（馮至）

貝探審美的文藝論（費鑒照）

找出路（沈從文）

心理（林同端）

飲歌（陳銓）

故事（王年芳）

讀狂飆（辛郭）

編輯漫談

2、《民族文學》第一卷第二期，1943 年 8 月 7 日出版

論壇：

第三國際正式解散

要大炮不要黃油

貪婪怯懦沒有同情心

少壯的階段

文化人

飛機大炮在後面

　　　　黑奴捏死了白種的女人
文學與語文〔中〕（朱光潛）
莎士比亞的商籍（梁宗岱）
法國喜劇詩人 —— 莫利哀（吳達元）
自衛（陳銓）
智利地震（商章孫譯）
晚清女劇作家劉清韻（周曙山）
麥耶爾牧師（姚可崑譯）
莎士比亞的故里（費鑒照）
秋日（黎舒里）
現代英國文學的背境（柳無忌譯）
遙寄（孫大雨）
編輯漫談

3、《民族文學》第一卷第三期，1943 年 9 月 7 日出版

五四運動與狂飆運動（編者）
論壇：
　　　　二十年前的錯誤
　　　　文化的改建 —— 人生觀的改建
　　　　戀愛崇高化
　　　　莎士比亞在中國
　　　　美國六十家
法國悲劇詩人拉辛（吳達元）
哀夢影（陳銓）
巴蕾（華雄）
莎士比亞的商籍（梁宗岱）
文學與語文〔下〕（朱光潛）
千草純子（鄧駿）
烈興的愛美麗雅賈樂德悲劇（商章孫）
豐山（吳冰心）
記張蔭麟先生（吳晗）

夢景（閭童）

編輯漫談

4、《民族文學》第一卷第四期，1943 年 12 月出版

論壇：

中國文化的三條路線

無線電的發明

眞理與人生

感情就是一切

綠鵝

批評與創作

戲劇深刻化（陳銓）

縈（楊靜遠）

第三階段的易卜生（唐密）

小菩薩（黎錦揚）

巴雷的平等觀念（吳瑞麟）

征鴻（金啓華）

藝術與人生（戴鎦齡）

遙寄（孫大雨）

林邊老嫗（方重）

莎士比亞的商籟（梁宗岱）

懺悔（吳達元）

勳章（依尙倫）

醃蒔蘿（林同端）

愛美麗雅賈樂德（商章孫）

編輯漫談

5、《民族文學》第一卷第五期，1944 年 1 月出版

論壇：

以戰止戰

詩的時代

參考文獻

一、雜誌報刊

1. 《大公報·戰國》，重慶，1940～1943 年。
2. 《黃鐘》，杭州，1932～1933 年。
3. 《解放日報》，延安，1941～1945 年。
4. 《今日評論》，昆明，1939～1941 年。
5. 《荊凡》，重慶，1941 年 8 月～9 月。
6. 《軍事與政治》，重慶，1941～1945 年。
7. 《民族文化》，廣州，1941 年。
8. 《民族文學》，重慶，1943～1944 年。
9. 《群眾》週刊，重慶，1938～1946 年。
10. 《世界學生》，重慶，1942～1943 年。
11. 《文化先鋒》，重慶，1942～1948 年。
12. 《文史雜誌》，成都，1941～1943 年。
13. 《文藝先鋒》，重慶，1942～1945 年。
14. 《新華日報》，重慶，1937～1945 年。
15. 《新青年》，北平，1915～1926 年。
16. 《戰國策》，昆明，1940～1941 年。
17. 《中央日報》，重慶，1937～1945 年。
18. 《週論》，北平，1948 年。

二、文獻專著

1. 〔英〕阿諾德·湯因比《歷史研究》，郭小凌等譯，上海：上海人民出版社，2010 年。

2. 〔英〕埃里‧凱杜里《民族主義》，張明明譯，北京：中央編譯出版社，
   2002 年。

3. 〔英〕埃立克‧霍布斯鮑姆《民族與民族主義》，李金梅譯，上海：上海
   人民出版社，2006 年。

4. 艾克恩編纂《延安文藝活動紀盛》，北京：文化藝術出版社，1987 年。

5. 〔英〕安東尼‧D‧史密斯《全球化時代的民族與民族主義》，龔維斌、
   良警宇譯，北京：中央編譯出版社，2002 年。

6. 〔英〕安東尼‧史密斯《民族主義：理論、意識形態、歷史》（第 2 版），
   葉江譯，上海：上海人民出版社，2011 年。

7. 〔德〕奧斯瓦爾德‧斯賓格勒《西方的沒落》（上、下），齊世榮等譯，
   北京：商務印書館，2001 年。

8. 北京大學等編《文學運動史料選》第四冊，上海：上海教育出版社，1979
   年。

9. 〔美〕本尼迪克特‧安德森《想像的共同體——民族主義的起源與散佈》
   （增訂版），吳叡人譯，上海：上海人民出版社，2011 年。

10. 本書編輯委員會《中國新文學大系（1937～1949 年）》（第二集、文學理
    論卷二），上海：上海文藝出版社，1990 年。

11. 蔡儀主編《中國抗日戰爭時期大後方文學書系》（第二編、理論‧論爭第
    一集），重慶：重慶出版社，1989 年。

12. 重慶師範學院中文系編《國統區文藝資料叢編：「戰國派」》（1、2 冊），
    重慶：1979 年。

13. 曹穎龍、郭娜編《民國思想文叢：戰國策派》，長春：長春出版社，2013
    年。

14. 陳白塵、董健主編《中國現代戲劇史稿》，北京：中國戲劇出版社，1989
    年。

15. 陳鼓應《尼采新論》，上海：上海人民出版社，2006 年。

16. 陳銓《陳銓代表作》（中國現代文學館編），北京：華夏出版社，2009 年
    重印。

17. 陳銓《從叔本華到尼采》（理論），上海：在創出版社，1944 年。

18. 陳銓《革命前的一幕》（長篇小說），上海：良友圖書發行公司，1934 年。

19. 陳銓《歸鴻》（長篇小說），上海：大東書局，1947 年。

20. 陳銓《黃鶴樓》（戲劇），上海：商務印書館，1947 年。

21. 陳銓《婚後》（獨幕劇集），重慶：商務印書館，1945 年。

22. 陳銓《狂飆》（長篇小說），上海：大東書局，1947 年。

23. 陳銓《藍蝴蝶》（戲劇），上海：商務印書館，1943 年。

24. 陳銓《戀愛之衝突》（中篇小說），上海：良友圖書出版公司，1934年。

25. 陳銓《彷徨中的冷靜》（長篇小說），上海：商務印書館，1935年。

26. 陳銓《天問》（長篇小說），上海：新月出版社，1928年。

27. 陳銓《文學批評的新動向》（理論），重慶：正中書局，1943年。

28. 陳銓《無情女》（戲劇），重慶：青年書店，1943年。

29. 陳銓《戲劇與人生》（理論），上海：大東書局，1947年。

30. 陳銓《野玫瑰》（戲劇），上海：商務印書館，1946年。

31. 陳銓《再見冷荇》（長篇小說），上海：大東書局，1947年。

32. 陳銓《中德文學研究》（理論），瀋陽：遼寧教育出版社，1999年。

33. 陳銓《中德文學研究》（理論），上海：商務印書館，1936年。

34. 成芳《尼采在中國》，南京：南京出版社，1993年4月。

35. 成海鷹、成芳《唯意志論哲學在中國》，北京：首都師範大學出版社，2002年。

36. 〔英〕戴維‧米勒《論民族性》，劉曙輝譯，南京：譯林出版社，2010年。

37. 單世聯《中國現代性與德意志文化》（上中下），上海：上海人民出版社，2011年。

38. 丁衛平《中國婦女抗戰史研究》，長春：吉林人民出版社，2005年。

39. 丁耘《五四運動與現代中國》，上海：上海人民出版社，2009年。

40. 〔美〕杜贊奇《從民族國家拯救歷史——民族主義話語與中國現代史研究》，王憲明等譯，南京：江蘇人民出版社，2008年。

41. 〔英〕厄內斯特‧蓋爾納《民族與民族主義》，韓紅譯，北京：中央編譯出版社，2002年。

42. 〔英〕方德萬《中國的民族主義和戰爭（1925～1945）》，胡允桓譯，北京：生活‧讀書‧新知三聯書店，2007年。

43. 郜元寶編《尼采在中國》，上海：上海三聯書店，2001年。

44. 〔美〕格里德爾《知識分子與現代中國》，單正平譯，桂林：廣西師範大學出版社，2010年。

45. 〔美〕格里德《胡適與中國的文藝復興》，魯奇譯，南京：江蘇人民出版社，2005年。

46. 〔德〕海德格爾《尼采》（上下），孫周興譯，北京：商務印書館，2010年。

47. 何兆武口述，文靖撰寫《上學記》，北京：生活‧讀書‧新知三聯書店，2008年。

48. 侯外廬《韌的追求》,北京:生活‧讀書‧新知三聯書店,1985 年。

49. 季進、曾一果《陳銓──異邦的借鏡》,北京:文津出版社,2005 年。

50. 季羨林《旅德追憶》,北京:商務印書館,2000 年。

51. 江沛《戰國策派思潮研究》,天津:天津人民出版社,2001 年。

52. 江沛、劉忠良編:《中國近代思想家文庫:雷海宗 林同濟卷》,北京:中國人民大學出版社,2014 年。

53. 蔣延黻《中國近代史》,上海:上海古籍出版社,2006 年。

54. 〔澳〕傑弗里‧布萊內《戰爭的原因》,時殷弘譯,北京:商務印書館,2011 年。

55. 〔英〕卡萊爾《英雄與英雄崇拜》,何欣譯,瀋陽:遼寧教育出版社,1998 年。

56. 〔美〕柯偉林《德國與中華民國》,陳謙平等譯,南京:江蘇人民出版社,2007 年。

57. 〔德〕萊因哈德‧屈恩爾《法西斯主義剖析》,邱文、李廣起譯,北京:軍事科學出版社,1992 年。

58. 雷海宗《伯倫史學集》,北京:中華書局,2002 年。

59. 雷海宗《國史綱要(增補本)》,武漢:武漢出版社,2012 年。

60. 雷海宗《西洋文化史綱要》,上海:上海古籍出版社,2001 年。

61. 雷海宗《中國通史選讀》,北京:北京大學出版社,2006 年。

62. 雷海宗《中國文化與中國的兵》,北京:商務印書館,2001 年。

63. 雷海宗著,王敦書選編《歷史‧時勢‧人心》,天津:天津人民出版社,2012 年。

64. 李國祈等著《近代中國思想人物論──民族主義》,臺北:臺北時報出版公司,1981 年。

65. 李世濤主編《知識分子立場:民族主義與轉型期中國的命運》,長春:時代文藝出版社,2000 年。

66. 林同濟、雷海宗合著《文化形態史觀》,上海:大東書局,1946 年。

67. 林同濟、雷海宗合著《文化形態史觀‧中國文化與中國的兵》,長春:吉林出版集團有限責任公司,2010 年。

68. 林同濟主編《時代之波》,上海:大東書局,1946 年。

69. 林驤華編《形態歷史觀──丹麥王子哈姆雷的悲劇》,上海:復旦大學出版社,2016 年。

70. 林毓生《中國傳統的創造性轉化》(增訂本),北京:生活‧讀書‧新知三聯書店,2011 年。

71. 劉小楓編《猶太人與啟蒙──施特勞斯講演與論文集：卷一》，張纓等譯，北京：華夏出版社，2010 年。

72. 劉小楓選編《施米特與政治的現代性》，魏朝勇譯，上海：華東師範大學出版，2007 年。

73. 羅容渠主編《從「西化」到現代化──五四以來有關中國的文化趨向和發展道路論爭文選》（上中下三冊），安徽：黃山書社出版社，2008 年。

74. 羅志田《變動時代的文化履跡》，上海：復旦大學出版社，2010 年。

75. 羅志田《亂世潛流：民族主義與民國政治》，上海：上海古籍出版社，2001 年。

76. 羅志田《民族主義與近代中國思想》，臺北：東大圖書公司，1998 年。

77. 〔英〕馬克‧尼古拉斯《法西斯主義》，袁柏順譯，長春：吉林人民出版社，2007 年。

78. 茅盾《我走過的道路》，北京：人民文學出版社，1984 年。

79. 繆雲臺《繆雲臺回憶錄》，北京：中國文史出版社，1991 年。

80. 南開大學歷史學院編《雷海宗與二十世紀中國史學》，北京：中華書局，2005 年。

81. 尼采《查拉斯圖拉如是說》，孫周興譯，北京：商務印書館，2010 年。

82. 尼采《權力意志》，孫周興譯，北京：商務印書館，2011 年。

83. 倪偉《「民族」想像與國家統制──1928～1948 南京政府的文藝政策及文藝運動》，上海：上海教育出版社，2003 年。

84. 歐陽哲生《五四運動的歷史闡述》，北京：北京大學出版社，2012 年。

85. 浦薛鳳《浦薛鳳回憶錄》（上中下），安徽：黃山書社，2009 年。

86. 〔美〕塞繆爾‧亨廷頓《文明的衝突與世界秩序的重建》，周琪等譯，北京：新華出版社，2002 年。

87. 桑兵、關曉紅主編《先因後創與不破不立：近代中國學術流派研究》，北京：生活‧讀書‧新知三聯書店，2007 年。

88. 邵伯周《中國現代文學思潮研究》，北京：學林出版社，1993 年。

89. 沈從文《沈從文全集》（18、27 卷），太原：北嶽文藝出版社，2002。

90. 沈從文著，劉紅慶編選《中國人的病》，北京：新星出版社，2011 年。

91. 石鳳珍《文藝「民族形式」論爭研究》，北京：中華書局，2007 年。

92. 叔本華《作為意志和表象的世界》，石沖白譯，北京：商務印書館，1982 年。

93. 〔美〕舒衡哲《中國啟蒙運動：知識分子與五四遺產》，劉京建譯，北京：新星出版社，2007 年。

94. 〔美〕沙培德《戰爭與革命交織的近代中國（1895～1949）》，高波譯，北京：中國人民大學出版社，2016 年。

95. 司馬長風《中國新文學史》（中），香港：昭明出版社，1976 年。

96. 孫中山《三民主義》，黃彥編注，廣州：廣東人民出版社，2012 年重印。

97. 唐德剛譯注《胡適口述自傳》，臺北：傳記文學出版社，1981 年。

98. 〔美〕陶涵（Jay Taylor）《蔣介石與近代中國》，林添貴譯，北京：中信出版社，2012 年。

99. 王爾敏《20 世紀非主流史學與史家》，桂林：廣西師範大學出版社，2007 年。

100. 王錦厚《五四新文學與外國文學》，成都：四川大學出版社，1989 年。

101. 王奇生《革命與反革命：社會文化視野下的民國政治》，北京：社會科學文獻出版社，2010 年。

102. 王學振《民族主義與中國文學的現代轉型及話語嬗變（晚清至民國）》，北京：中國社會科學出版社，2011 年。

103. 王亞南《中國官僚政治研究》，北京：商務印書館，2010 年。

104. 王亞蓉編《沈從文晚年口述》，西安：陝西師範大學出版社，2003 年。

105. 溫儒敏、丁曉萍編《時代之波——戰國策派文化論著輯要》，北京：中國廣播電視出版社，1995 年。

106. 吳立昌《文學的消解與反消解——中國現代文學派別論爭史》上海：復旦大學出版社，2004 年。

107. 吳世勇編《沈從文年譜（1902～1988）》，天津：天津人民出版社，2006 年。

108. 〔美〕夏伊勒《第三帝國的興亡：納粹德國史》，董樂山等譯，北京：世界知識出版社，2005 年。

109. 《新華日報》、《群眾》週刊史學會編《章漢夫文集》，南京：江蘇人民出版社，1987 年。

110. 徐訊《民族主義》，北京：中國社會科學出版社，1998 年。

111. 徐志福《抗日救亡運動中的陳銓》，成都：巴蜀書社，2009 年。

112. 徐旭《「戰國策」派主辦報刊中的生存危機敘述》，廣州：世界圖書出版社廣東有限公司，2016 年。

113. 許紀霖、李瓊編《天地之間——林同濟文集》，上海：復旦大學出版社，2004 年。

114. 陽翰笙《陽翰笙日記選》，成都：四川文藝出版社，1985 年。

115. 楊琥編《歷史記憶與歷史解釋：民國時期名人談五四（1919～1949）》，福州：福建教育出版社，2011 年。

116. 葉雋《另一種西學——中國現代留德學人及其對德國文化的接受》，北京：北京大學出版社，2005年。

117. 〔美〕易勞逸《毀滅的種子：戰爭與革命中的國民黨中國（1937~1949）》，王建朗等譯，南京：江蘇人民出版社，2009年。

118. 〔美〕易勞逸《流產的革命：1927~1937 年國民黨統治下的中國》，陳紅民等譯，北京：中國青年出版社，1992年。

119. 〔美〕易社強《戰爭與革命中的西南聯大》，臺北：傳記文學出版社股份有限公司出版，2010年。

120. 殷克琪《尼采與中國現代文學》，洪天富譯，南京：南京大學出版社，2000年。

121. 余建華《民族主義：歷史遺產與時代風雲的交匯》，上海：學林出版社，1999年。

123. 張寶明《多維視野下的〈新青年〉研究》，北京：商務印書館，2007年。

124. 張昌山主編《戰國策派文存》，昆明：雲南人民出版社，2013年。

125. 張大明《主潮的那一面：三民主義文藝與民族主義文藝》，北京：中國社會科學出版社，2010年。

126. 張永通、劉傳學編《後期的陳獨秀及其文章選編》，成都：四川人民出版社，1980年。

127. 鄭大華《張君勱傳》，北京：商務印書館，2012年。

128. 中國第二歷史檔案館編《中國青年黨》，北京：檔案出版社，1988年。

129. 中國社會科學院近代史研究所中華民國史組編《胡適來往書信選》（上中下），北京：中華書局，1979年。

130. 中華全國婦女聯合會婦女運動歷史研究室《五四時期婦女問題文選》，北京：生活·讀書·新知三聯書店，1981年。

131. 鍾離蒙、楊鳳麟主編《中國現代哲學史資料彙編第三集第三冊：戰國策派法西斯主義批判》，瀋陽：1982年。

132. 周策縱《五四運動：現代中國的思想革命》，周子平譯，南京：江蘇人民出版社，2005年。

133. 周惠民《德國對華政策研究》，臺北：三民書局，1995年。

三、期刊論文

1. 白傑《文學話語的增殖與誤讀：對「民族文學運動」的再思考》，《學術探索》2007年第5期。

2. 鮑勁翔《試論戰國策派的文化救亡》，《安徽大學學報（哲學社會科學版）》1996年第2期。

3. 丁曉萍《陳銓的「民族文學」理論與創作》，《上海交通大學學報（社會

科學版）》2002 年第 3 期。

4. 丁曉萍《抗戰語境下的文化重建構想——陳銓與李長之對「五四」的反思之比較》,《中國現代文學研究叢刊》2012 年第 3 期。

5. 孔劉輝《「戰國派」新論》,《抗日戰爭研究》2012 年第 4 期。

6. 孔劉輝《〈野玫瑰〉上演的前後》,《新文學史料》2009 年第 3 期。

7. 孔劉輝《和而不同、殊途同歸——沈從文與「戰國派」的來龍去脈》,《學術探索》2010 年第 5 期。

8. 孔劉輝《多面的尼采形象——陳銓與尼采學說的來龍去脈》,《中國比較文學》2013 年第 2 期。

9. 孔劉輝《「戰國派」作者群筆名考述》,《新文學史料》2013 年第 4 期。

10. 李帆《「文化形態史觀」的東漸——戰國策派與湯因比》,《近代史研究》1993 年第 6 期。

11. 李嵐《〈野玫瑰〉論爭試探》,《中山大學學報論叢（社會科學版）》2000 年第 3 期。

12. 李雪蓮《沈從文與〈戰國策〉派的關係有多深？——沈氏佚簡〈提倡做人的新態度〉考釋》,《現代中文學刊》2016 年第 5 期。

13. 李揚《沈從文與「戰國策派」關係考辨》,《北京師範大學學報（社會科學版）》2012 年第 3 期。

14. 施蟄存《滇雲浦雨話從文》,《新文學史料》1988 年第 4 期。

15. 蘇春生《簡論「戰國策派」文化主義的文學批評理論》,《文學評論》2002 年第 1 期。

16. 蘇春生《文化救亡與民族文學重構——「戰國策派」民族主義文學思想論》,《文學評論》2009 年第 6 期。

17. 田亮《「戰國策派」再認識》,《同濟大學學報（社會科學版）》2003 年第 1 期。

18. 田亮《戰國策派」民族主義史學在抗戰期間的興衰》,《河北學刊》2003 年第 3 期。

19. 汪暉《預言與危機——中國現代歷史中的「五四」啓蒙運動（上）》,《文學評論》1989 年第 3 期。

20. 王本朝《從「民族主義文藝運動」到「戰國策派」》,《河北學刊》2004 年第 2 期。

21. 王學振《陳銓的「民族文學運動」》,《重慶社會科學》2005 年第 7 期。

22. 王學振《戰國策派的改造國民性思想》,《重慶社會科學》2005 年第 1 期。

23. 王應平《戰國策派與民族國家文學的現代建構》,《江西社會科學》2004 年第 11 期。

24. 魏朝勇《民族主義的政治正當──陳栓的政治抱負與文學理念》，《開放時代》2004 年第 4 期。

25. 吳世勇《爲文學運動的重造尋找一個陣地──沈從文參與〈戰國策〉編輯經歷考辯》，《淮南師範學院學報》2005 年第 1 期。

26. 徐傳禮《歷史的筆誤和價值的重估──「重估戰國策派」系列論文之一》，《東方叢刊》1996 年第 3 輯。

27. 徐茜《吳宓眞的是「戰國策派」嗎？》，《中華讀書報》2014 年 12 月 17 日。

28. 葉向東《論陳銓的民族主義文學思想》，《雲南大學學報（哲學社會科學版）》2002 年第 5 期。

29. 張江河《地緣政治與戰國策派考論》，《吉林大學社會科學學報》2010 年第 1 期。

30. 鄭萬鵬《陳銓：民族主義文學的倡導者》，《哈爾濱師範大學社會科學學報》2010 年第 1 期。

四、學位論文

1. 范珮芝《抗戰時期的救亡思想：戰國策派的文化改造主張》，碩士學位論文，國立臺灣大學，2011 年。

2. 高阿蕊《戰國策派的美學思想初探──以陳銓和林同濟爲代表》，博士學位論文，西南大學，2011 年。

3. 宮富《民族想像與國家敘事──「戰國策派」的文化思想與文學形態研究》，博士學位論文，浙江大學，2004 年。

4. 賀豔《「戰國策派」：關於國家與民族的敘述和文學想像》，碩士學位論文，西南大學，2003 年。

5. 李建華《中西交融、返本開新──戰國策派史學與文化思想探討》，碩士學位論文，華東師範大學，2010 年。

6. 李雪松《「戰國策派」思想研究》，博士學位論文，黑龍江大學，2010 年。

7. 李揚《陳銓創作研究》，碩士學位論文，河北師範大學，2007 年。

8. 路曉冰《文化綜合格局中的戰國策派》，博士學位論文，山東大學，2006 年。

9. 魏小奮《戰國策派：抗戰語境裏的文化反思》，博士學位論文，北京大學，2002 年。

10. 葉金輝《「古典」與「浪漫」的非常態融合──陳銓思想與作品研究》，博士學位論文，南開大學，2013 年。